뱀파이어
로망스

뱀파이어 로망스

초판 1쇄 찍은 날 | 2015년 8월 21일
초판 1쇄 펴낸 날 | 2015년 8월 31일

지은이 | 홍윤정
펴낸이 | 예경원

편집 | 유경화

펴낸곳 | 예원북스
등록번호 | 제396-2012-000132호
등록일자 | 2012. 7. 25
YRN | 제1-0114호

주소 | 경기도 고양시 일산동구 무궁화로 8-28 삼성메르헨하우스 1118호 (우) 410-837
전화 | 031-819-9431 팩스 | 031-817-9432
http://cafe.naver.com/yewonromance
E-mail | yewonbooks@naver.com

ISBN 979-11-5845-011-3 03810

※ 이 도서의 국립중앙도서관 출판시도서목록(CIP)은 서지정보유통지원시스템 홈페이지(http://seoji.nl.go.kr)와 국가자료공동목록시스템(http://www.nl.go.kr/kolisnet)에서 이용하실 수 있습니다.

홍윤정 장편 소설

Yewonbooks Romance Story

뱀파이어 로망스

YEWON BOOKS
예원북스

C • O • N • T • E • N • T • S

프롤로그

한태빈은 뱀파이어다.

그는 인류로 하여금 뱀파이어와 손잡게 하여 마침내 종족의 해방을 일궈낸 위대한 '마스터 오브 마스터'다. 해방운동이 끝나고 인류사회에 정착한 지 120여 년이 지났지만 뱀파이어들은 여전히 리더로서 그를 추앙했다. 그 대단한 존재감과 상징성으로 그는 세계 권력의 중심축이자 평형추가 되었다.

모두가 그를 따랐다. 그의 강인함을 존경했다. 그러나 아이러니하게도 한태빈은 현존하는 뱀파이어 중 가장 치명적인 약점을 보유하고 있었다. 그는 수세기 전부터 퇴화되기 시작하여 현대의 뱀파이어에게서는 좀체 찾을 수 없는 특징을 갖고 태어났다.

붉은 눈과 송곳니.

그는 끊임없이 피를 갈구하는 흡혈귀다.

"죄송합니다만 손님, 차례를 지켜주셔야겠는데요. 맨 끝 쪽으로 가주시겠습니까?"

태빈이 〈클럽 블러드(Club BLOOD)〉 입구에 서자 출입문을 지키고 있던 덩치 큰 직원이 막아섰다. 그는 즉각 알아챘다. 문지기에게서 피 냄새가 나지 않는다는 사실을. 놈은 인간이 아니었다.

"비켜."

"……."

덩치는 잠시 머뭇거렸지만 이내 길을 열어주었다. 태빈은 당당히 걸어 들어갔다. 등 뒤로 치익, 치익, 무전기 소리가 시끄럽게 울렸다. 적의로 가득 찬 시선도 느껴진다. 팽팽한 긴장감과 날 선 공격성도. 태빈이 등장한 지 채 1분도 지나지 않아 공기의 흐름이 빠르게 바뀌고 있었다. 자신들의 은신처에 적의 우두머리가 나타났으니 긴장할 만도.

〈클럽 블러드〉는 이름만큼이나 피 냄새가 넘쳐 나는 인간들의 도가니였다. 사이키델릭한 조명 아래에서 처음 보는 이들과 웃고 떠드는 인간들. 술에 취해 비틀거리며 짝짓기를 위한 유혹을 흘리는 그들 사이를 걷는 것은 한태빈처럼 치명적인 약점을 보유한 뱀파이어에게 몹시도 위험천만한 일이었다.

수백 년 동안 갈고닦은 대로, 태빈은 온몸의 주요 감각점들을 빠르게 닫았다. 유혹적인 피 냄새를 맡지 않도록. 끓어오르는 욕구에 잠식되어 송곳니를 드러내지 않도록. 인간의 목덜미를 꺾어 두 개의 구멍을 내고 흐르는 붉은 피를 빨아 마시지 않도록…….

"그레이구스."

춤을 추는 무리들을 헤치고 바에 도달하자마자 주문을 했다. 검은 머리에 어두운 피부를 지닌 바텐더가 흘낏 보더니 무심히 고개를 까딱했다. 그에게서도 역시 피 냄새는 나지 않았다.

"보드카 나왔습니다, 손님."

바텐더의 무겁고 불길한 음성이 음악 소리에 묻혀 흘렀다. 동시에 무색의 독한 알코올이 크리스털 글라스에 담겨 나왔다. 태빈은 바텐더를 보았다. 무취인 뱀파이어의 정체성은 '눈'이었으므로 놈의 눈동자를 확인하려 했으나 어둑한 조명과 머리카락이 그를 방해했다. 바텐더는 요즘 젊은이답지 않게 앞머리를 덥수룩하게 길러 커튼처럼 시야를 가리고 있었다.

"한 가지 부탁이 있는데."

태빈은 글라스를 입술에 댄 채 음울하게 중얼거렸다. 아름다운 속눈썹이 그의 새하얀 피부 위를 길게 드리웠다.

"자네 보스에게 전해주겠나? 얼마 전의 '납치 쇼'는 잘 구경했다고."

"무슨…… 말씀이신지?"

바텐더가 조용히 되물었다. 몹시 놀라는 척하고는 있으나 실은 아니다. 그의 맥박 수는 처음과 동일했다.

"이번엔 꽤 머리를 썼더군. 타깃의 최종목적지, 그 길목만을 노린다. 아군의 피해는 최소한으로, 상대에게는 최대한으로. 아주 경제적이고 영리한 작전이었어. 칭찬해 줄 만해. 상대를 잘못 고르지만 않았다면 기꺼이 박수를 쳐줬을 거야."

태빈은 한쪽 입귀를 틀어 올리며 나른히 미소를 지었다. 달콤한 사랑 고백이라도 하는 양. 그러나 선글라스 너머에서 빛나는 그의 눈은 그 반대를 말하고 있었다. 광기에 찬 바다를 연상케 하는 눈동자에는 상대를 오싹하게 만드는 매서운 살기가 있었다.

"내 사람 갖고 장난치지 마. 다시는."

"……."

"아무리 뱀파이어라도 목숨은 하나잖아?"

협박이었다. 그의 뜻을 제대로 알아먹은 듯 바텐더는 얼어붙은 채 꼼짝하지 못하였다. 숨소리조차 고요했다. 불쌍한 바텐더는 뒤늦게 상대의 정체를 알아채고 떨기 시작한 것이다. 이 정도의 공포심이라면 우두머리인 '테렌스 노튼'에게 무사히 전달될 것이 틀림없었다. 태빈은 만족스럽게 술잔을 기울였다.

"맛이 좋군."

뜨겁고 화끈한 보드카를 단숨에 마시고 술잔을 테이블 위에 딱, 내려놓았다. 그때 웬 여자의 비명 소리가 들려왔다.

"꺄악!"

동시에 알코올을 넘긴 식도에서 불이 났다. 무채색의 액체가 위장을 가로지르는 사이 강력한 약 성분이 위벽에 빠르게 흡수되기 시작했다. 태빈은 자신이 무언가 위험한 성분을 삼켰음을 깨달았다. 돌이키기엔 너무 늦었다는 것도.

심장으로 강력한 통증이 밀려왔다. 식도가 강제로 좁혀지는 듯 아파왔고, 심장박동이 미친 듯이 빨라졌으며, 새하얗고 매끄러운 피부 위로는 실핏줄이 하나씩 툭툭 튀어 오르기 시작했다. 태빈은 숨을 멈추고 가슴을 움켜쥐었다. 그러나 봉인해 두었던 감각세포들이 하나둘씩 열리는 것을 막을 길은 없었다. 충동. 폭력에의 욕구. 욕망. 피…….

남은 수순은 하나였다. 피와 욕망과 충동을 완성시킬, 단 하나의 수단.

송곳니.

태빈은 세차게 주먹을 틀어쥐었다. 점점 더 끓어오르는 뱀파이어로서의 원초적 욕구를 누르고 또 눌렀다. 노튼의 소굴 한복판에서 이성을 잃을 수는 없었다. 잔인하게 인간을 죽이고 맛보며 스스로가 나약하기 짝이 없는 뱀파이어임을 만천하에 드러낼 수는 없었다. 그런 추태는 과거 한 번으로도 족했다.

"뭐 하는 짓이에요? 이거 놔요!"

예민하게 달아오른 뱀파이어의 촉수가 소음을 흡수하고, 피와 여자와 폭력의 냄새를 가려냈다. 날카롭고 공격적인, 그러면서도 허스키하고 관능적인 여자의 목소리가 뚜렷하게 들려왔다. 빠르고 강렬하게 욕망이 솟구쳤다. 몸 아래쪽이 순식간에 단단해졌다. 거꾸로 솟구치던 피가 단박에 몸의 중앙으로 몰리고 피칠갑을 한 여자의 새하얀 목덜미가 눈앞을 어른거렸다. 동시에 전두엽 어딘가에 갇혀 있던 기억들이 주파수 고장난 라디오처럼 지지직거리며 대뇌를 떠돌았다.

"사랑해, 총잡이."

"알아요, 알아. 날 너무 사랑해서 내 조국까지도 사랑한다는 거. 근데 그쪽 서양인들은 사랑한다는 말을 막 그렇게 아무렇게나 하나? 너무 느글거리지 않아?"

"사랑하니까 사랑한다고 하는 거야, 총잡이."

"총잡이라고 그만해! 그 매끈한 몸에 총알 박고 싶어?"

"총알은 사양. 다른 건 박고 싶긴 해."

태빈은 목구멍과 심장이 쥐어 짜이는 고통을 안고서 비틀비틀 자리에서 일어났다. 그리고는 무언가에 홀린 듯 어디론가를 향해 걷기 시작했다. 통로는 격렬한 리듬에 몸을 실어 흔들고 비비는 인파들로 붐볐으나 어찌 된 일인지 그들은 그의 앞길을 터주었다.

"놓으라고요!"

또다시 여자의 음성이 들려온다. 대뇌 주파수가 기억 하나를 더 잡아냈다.

"통성명이라도 해야 하지 않을까, 총잡이? 키스까지 한 사이에."

"머리통을 날려 버리기 전에 입 닥쳐!"

태빈의 걸음은 몹시 빨라졌다.

"이거 왜 이래. 합석하자며. 같이 놀기로 합의한 거 아니야?"

"같이 놀기로 합의한 건 내가 아니거든요? 내 친구가……!"

"야, 내숭도 어지간히 떨어야지 귀여워. 딱 여기까지. 더 나가면 짜증낼 거다."

"내숭이 아니라 난 정말…… 꺄악!"

표인희는 새된 비명을 내지르며 욕설을 삼켰다.

분통이 터지고 짜증이 솟구쳤다. 애초에 정다혜, 그 계집애를 따라 클럽엘 오지 말았어야 했다. 아무리 술만 마실 거다, 춤만 추다가 가자, 꼬드겨도 믿지 말았어야 했다. 다혜가 누군가? 아름종합병원 간호사 중 최고의 바람둥이에 놀기로는 박사급인데다가

평소 인희더러,

"넌 너무 고리타분해. 언젠가는 내가 널 꼭 화끈한 여자로 둔갑시키고 말 거야."

라고 버릇처럼 떠들던 친구가 아닌가! 하여튼 잡히기만 해. 절대로 가만 안 둔다.

아드득 이를 갈며 인희는 낯선 남자에게서 벗어나기 위해 안간힘을 썼다. 불행히도 남자는 엄청나게 힘이 셌다. 술에 취했는데도 그녀를 완벽하게 제압하고 있었다. 인희가 아무리 발버둥을 쳐도 놈은 꿈쩍도 하지 않았다.

"이제 와서 꽁무니를 빼시면 안 되지. 날 유혹한 건 너잖아. 깔끔하게 뒷감당은 하고 가야 하지 않겠어?"

"무슨 말도 안 되는 소리예요? 내가 언제요!"

"이제 좀 솔직해져라. 너희 일부러 나한테 접근한 거 다 알거든. 너랑 같이 왔다가 튄 계집애, 여기 죽순이잖아. 그럼 내가 누구라는 것쯤 잘 알았을 거고, 합석하자 찔러댄 것도 그쪽. 딱 답 나오지. 나한테 한 번 안기고 싶다는 거잖아."

놈의 눈이 흔들리는 조명 아래에서 음흉하게 빛났다. 두려움이 목구멍을 턱 막았다. 이런 미친 사이코를 봤나!

"내 친구가 죽순이지 내가 죽순이인 건 아니잖아요! 난 오늘 당신 처음 보는 거거든요? 합석하자고 찌른 것도 내가 아니라 그 친구니까, 헛소리하실 거거든 그 친구한테나 하세요. 나하고는 상관없는 일이니까."

"어쭈? 깜찍한 계집앨세. 좋아, 인심 썼다. 너 오늘 당첨."

"뭐, 뭐요?"

"쓸데없이 기운 빼지 말고 지금 올라가는 게 어때? 클럽 위층에 내 방이 있는데, 콜?"

남자의 눈길은 이제 노골적으로 몸매를 훑었다. 온몸에 소름이 돋고 구역질이 났다. 이 변태 놈이 마음만 먹으면 지금 당장이라도 자신을 욕보일 수 있을 거란 생각에 눈앞이 캄캄해졌다. 인희는 잡힌 손목을 비틀면서 비명을 질렀다. 그러나 변태 놈은 그녀를 놓아주기는커녕 더 가까이 끌어당겨 자신의 몸을 밀착시켰다. 혐오감이 온몸을 관통했다. 끔찍했다.

"크악!"

바로 그때, 놈의 입에서 괴성이 터졌다. 무슨 일인지 파악하기도 전에 몸에서 변태가 떨어져 나갔다. 정신을 차리고 보니 놈은 벽에 못 박힌 채 금붕어처럼 입만 벙긋거리고 있었다. 주변 사람들은 소리를 지르며 펄쩍펄쩍 뛰어댔다. 웬 남자가 변태 자식의 목을 마치 닭 모가지 비틀 듯 틀어쥐고 있었다.

남자는 키가 아주 컸다. 건장하면서도 샤프한 몸매에 검은색 슈트를 걸쳤고 선글라스를 끼고 있었다. 누군가가 실내에서 선글라스를 꼈다면 몹시 우스꽝스러워 보였을 테지만 남자는 달랐다. 그는 누구든 함부로 비웃지 못할 오라를 주위에 감고 있었다.

"네놈의 숨통을 끊어주겠다."

목소리도 끝내줬다. 음악 소리와 비명 소리가 뒤섞여 난장판인데도 인희는 남자의 음성을 똑똑히 들을 수 있었다.

"케, 켁……!"

30초 전까지만 해도 그녀를 희롱하던 변태 놈은 안면과 목덜미를 새빨갛게 물들인 채 컥컥거렸다. 허공에 떠 있는 두 다리는 애처롭게 버둥거리고, 두 손은 목을 죄는 손아귀를 떼어내려 애쓰고 있었다. 흡사 벌레가 버르적거리는 듯한 모습에, 기가 막히게도 불쌍하단 생각이 들었다. 어쨌든 생명은 소중하니까. 성희롱 죄가 아무리 커도 죽어 마땅할 정도는 아니지 않은가.

"저기요. 난 괜찮아요. 이제 그만하세요."

"……."

"이봐요! 이제 놓아주시라고요. 그러다 사람 죽이겠어요."

인희는 괴력을 지닌 사나이의 옷자락을 잡아당기며 소리쳤다. 남자의 등줄기가 굳는가 싶더니 천천히, 소름 끼치도록 아주 천천히, 그가 고개를 돌렸다. 선글라스에 반쯤 가려진 남자의 흰 얼굴이 그녀를 향했다.

"뭐라고 했지?"

그의 입술이 꿈틀거리며 열렸다. 음악 때문에 제대로 알아듣지 못한 게 틀림없었다. 인희는 조금 더 크게 외쳤다.

"난 괜찮다고요! 이제 그 사람을 놓아줘요!"

"……."

그는 꼼짝하지 않고 인희를 내려다보았다. 여전히 변태는 벽에 붙어 버르적거리고 주변 사람들은 웅성거리며 시끄러운데, 이 남자만큼은 얼어붙은 게 아닌가 싶을 정도로 완벽히 정지해 있었다. 도대체 무슨 생각 중일까? 남자의 선글라스를 벗겨 버리고 싶은 충동을 꾹 누르며 인희는 좀 더 가까이 다가섰다. 고개를 쭉 내빼고 그의 귀 가까이에 입술을 바싹 붙였다.

"이제 괜찮으니까 그만두라고요! 난 저 사람이랑 경찰서에서 다시 만나기 싫단 말이에요!"

소리쳐 놓고는 제대로 알아들었는지 확인하기 위해 몸을 뒤로 뺐다. 검은 안경알 너머로 남자의 눈동자가 번뜩거렸다. 찌르르, 야릇한 감각이 등골을 타고 흘러내렸다. 꼴깍, 저도 모르게 마른 침을 집어삼키고 인희는 한 발자국 뒤로 물러섰다.

"귀 안 먹었어."

남자가 속삭이듯 말하고는 천천히 인희 쪽으로 손을 뻗었다.

"오히려 너무 잘 들려서 탈이지. 네 달콤한 피가 흐르는 유혹적인 소리."

그가 알 수 없는 말을 중얼거렸다. 벽에 꽂혀 있던 변태가 바닥에 나동그라졌다. 그와 동시에 인희는 낯선 남자의 품 안에 부드럽게, 그러나 빠르고 거침없이 끌려 들어갔다.

저항할 틈도 없이 단번에 입술을 빼앗겼다. 사실 저항할 생각은 손톱만큼도 할 수 없었다. 남자의 입술이 입술에 닿는 순간 당연하다는 듯이 입을 열고 맞았다. 평생을 기다려 왔던 일인 것처럼. 그를 받아들이는 것이 숙명인 듯.

"으음, 음……!"

그녀에게서 흠뻑 젖은 신음 소리가 흘러나왔다. 친구들로부터 너무 보수적이라고, 인생을 좀 더 즐길 필요가 있다는 조언을 들어왔던 표인희가 많은 사람들이 보는 가운데, 난생처음 보는 남자의 키스를 받으며 낯 뜨거운 신음을 흘렸다. 키스를 거부해야 한다는 걸 알면서도 남자를 밀어낼 수 없었다. 집요하고 뜨겁게 파고드는 남자의 혀가 최고급 초콜릿처럼 그녀의 미각을 만족시키고 있었으므로.

난 지금 미쳐 버린 걸까?

"미친 사람은 나야."

몽롱해진 의식을 뚫고 남자의 나직한 헐떡임이 들려왔다.

"날 미치게 하는 이는 너고, 총잡이."

남자가 정체 모를 말을 중얼거렸지만 귀에 들어오지 않았다. 인희의 내부에서 알 수 없는 감정이 고개를 쳐들었다. 알싸한 통증이 가슴을 물들였다. 화장지 위에 떨어진 한 방울의 잉크처럼 통증은 서서히 번졌다. 숨을 제대로 쉴 수 없을 때까지 서서히. 정체 모를 감정이 거센 해일이 되어 밀려들었다. 눈에 눈물이 차오르고, 알 수 없는 절박함이 샘솟았다. 앞에 있음에도 그가 그리워졌고 간절하게 원하게 되었다.

인희는 크고 단단한 상체를 꼭 끌어안았다. 그의 입술이 턱을 타고 목으로 내려왔다. 가슴을 싸하게 물들이던 통증이 점점 더 거세어졌다. 마음 깊은 곳으로부터 슬픈 감정이 올라왔다. 격렬한 감동이 또르르, 눈물이 되어 광대뼈를 타고 흘렀다.

"당신을 사랑해……."

인희는 눈을 감고 온몸 가득 느껴지는 남자의 따스함과 강인함을 음미했다.

"찬사를 보내지 않을 수 없군, 민영훈 박사. 당신은 인류 역사상 가장 위대한 뱀파이어 연구가야."

키스에 열광하는 수많은 관중 너머로 그들을 조용히 지켜보던 바텐더가 혼잣말을 중얼거렸다. 슥 고개를 들자 코끝까지 덮던 머리카락이 옆으로 흩어져 눈동자 하나가 그 모습을 드러냈다. 가무잡잡한 피부에 서글서글한 눈매를 한 바텐더의 까만 눈이 순식간에 은빛으로 번쩍였다.

"천하의 한태빈을 미쳐 날뛰게 만들었으니까."

테렌스 노튼의 입술이 섬뜩한 미소를 그렸다.

제1장 원나잇

태빈은 평소 습관대로 아침 정각 6시에 눈을 떴다.

인간들이 만들어낸 판타지에서 뱀파이어는 햇빛을 비롯한 수많은 약점을 갖고 있지만 그것은 말 그대로 판타지일 뿐이었다. 실제 뱀파이어는 신의 피조물 중 약점이 없는 거의 유일한 존재다. 뱀파이어가 주로 깜깜한 밤에 활동했던 것은 인간들을 대면함으로써 야기되는 수많은 문제들로부터 도망치기 위함이었다. 그마저도 정식으로 인간사회에 뿌리를 내린 이후부터는 불필요한 일이 되어버렸다. 뱀파이어는 외향적으로 완벽한 인간이며 인간사회 깊숙이 뿌리를 내려 서식하고 있었다.

커튼 사이로 스며들어 오는 한 줄기 햇살이 태빈의 눈동자를 찔러왔다. 찔끔 감았다가 천천히 눈꺼풀을 열었다. 깨질 듯한 두통이 밀려왔다. 생전 처음 겪는 찜찜하고도 불유쾌한 통증. 이런 걸 인간들은 '숙취' 라고들 하겠지. 그러나 이게 숙취일 리는 없었다. 뱀파이어의 생체적 능력치는 인간의 최소 열 배에 달하기 때문에 알코올 따위에 지배당하지 않는다.

어젯밤 마셨던 보드카에 뭔가가 섞여 있었다. 정확히 그것이 무엇인지는 알 수 없지만, 뱀파이어에게 치명적인 약물인 것만은 분명했다. 마시자마자 그의 뇌는 짐승 같은 본능에게 자리를 내어주고 자취를 감춰 버렸으므로. 게다가 어이없게도 태빈은 이후에 무슨 일이 일어났는지 기억할 수가 없었다. 인간들이 과음하면 그러하듯 필름이 끊겨 버린 것이다.

문득 목소리 하나가 망각의 수면 위로 희미하게 떠올랐다.

"당신을 사랑해……."

여자. 한 여자가 있었다. 팔딱팔딱 생기 넘치는 동맥과 생명력 충만한 심장을 지닌 여자가.

그는 여자가 내뿜는 파릇파릇한 영기와 달콤한 피 냄새에 이끌렸다. 동시에 수컷으로서의 강렬한 욕망도 느꼈다. 그 열기가 너무나 강하여 온몸이 타는 것만 같았다. 결국 참지 못하고 그 여자에게 다가가 키스를 했던 것이 떠올랐다.

"키스……."

클럽에 모인 수많은 인간들을 구경꾼으로 둔 채 여자를 삼키었다. 여자의 붉은 입술을, 새하얀 목줄기를 핥아 내려갔다. 얇은 블라우스 자락을 찢어내듯 걷어내고는 움푹 파인 쇄골에 입술을 묻었다. 여자는 뜨거운 숨을 연신 뱉어내며 고개를 열렬히 젖혔다.

자진해 제 목을 내어주는, 몹시도 순종적이고 유혹적인 태도로 인해 그는 피가 더욱 간절해졌다. 간절함이 더해질수록 잇몸은 간지러워졌고, 이내 아리듯 아파오기 시작했다. 송곳니가 튀어나오기 일보 직전까지 내몰리자 태빈은 여자를 어깨에 짊어졌다. 열정으로 꿈틀거리는 여자를 떠메고 군중 사이를 헤쳐 밖으로 나갔다. 그가 향한 곳은…….

"호텔."

호텔이었다.

불길한 예감에 휩싸여 태빈은 휙, 고개를 꺾어 옆자리를 확인했다. 침대 시트자락이 불룩하게 솟구쳐 있었다. 조심스럽게 손을 뻗어 시트를 걷자 머리카락이 보였다. 길고 가는 여인의 머리카락. 그는 어젯밤 여자와 잤다. 아무것도 모르는 순진한 아가씨를 유혹해 자신의 충동과 욕구를 채웠던 것이다. 믿을 수가 없다. 자신이 이런 미친 짓을 저질렀다는 사실을 도무지 받아들일 수가 없었다.

"렌스 노튼, 이 개자식……!"

모든 게 놈의 수작임이 틀림없었다. 간단하지만 악랄한 계획이었다. 술에 정체불명의 약물을 타고 코앞에 매혹적인 인간 여자를 데려다 놓기만 하면 됐을 테니까. 늘 피에 굶주려 있던 그가 인간 여자를 낚아채 양껏 취할 거란 예상은 정확하게 맞아떨어졌다. 자신이 죄 없는 인간 여인을 죽였다는 사실을 뼈아프게 자각하며, 태빈은 상처 입은 짐승처럼 거친 동작으로 침대를 빠져나와 바지를 입었다.

전날 밤의 급박하고 뜨거웠던 상황을 보여주듯 옷가지들은 바닥에 아무렇게나 널브러져 있었다. 그것을 보자니 또 한 번 정신력이 갈기갈기 찢기는 기분이 들었다. 그는 태어나 수백 년을 연명해 오면서 단 한 번도 인간 여자를 품지 않았다. 송곳니를 박고 피를 마신 적도 없었다. 그는 치명적인 약점들에도 불구하고 스스로를 잘 컨트롤해 왔었다. 딱 한 번을 제외하고는. 렌스는 그의 삶에 치명적인 족적을 만든 것이다. 화가 났다. 이런 일을 허용한 스스로에게. 고작 그의 정신력을 공격하고자 불쌍한 인간 여자를 죽게 만든 렌스에게도.

가만두지 않겠어. 절대로.

두 주먹을 불끈 쥐고, 테렌스 노튼에게 응분의 대가를 치르게 할 계획을 세울 때였다. 침대 속에서 신음 소리가 났다.

"흐음……."

태빈은 휙, 고개를 꺾었다. 시트가 부스럭거리며 흔들리는가 싶더니 팔뚝이 위로 불쑥 솟구쳤다.

"으으으으—"

작은 주먹. 가는 팔. 누군가가 기지개를 켜고 있었다. 좀비가 아니고서야 시체가 움직일 리 없었다. 여자는 살아 있었다. 죽지 않은 것이다!

"어? 벌써 깼어요?"

여자가 이불 위로 얼굴을 내밀더니 눈을 게슴츠레 뜨고 말을 했다. 잠에서 막 깬 탓에 반쯤 잠겨 허스키한 목소리는 섹시했다. 긴 곱슬머리는 고약한 잠버릇이 있음을 알리며 잔뜩 헝클어져 있었고, 두 볼은 장밋빛으로 알맞게 달아올라 있었다. 오렌지빛 립스틱 자국이 흐릿하게 남겨진 입술이 눈에 쏙 들어왔다. 본능적으로 아랫도리가 반응했다. 뇌세포가 되살리지 못한 어젯밤 기억을 그의 생식기는 완벽하게 기억하는 듯하였다.

"거기 서서 뭐 해요?"

바보가 되는 기분을 느끼고 있지.

속으로 빈정거리듯 중얼거리며 태빈은 이를 악물었다. 즉각 팔을 뻗어 뾰족한 여자의 턱을 휙 틀어재꼈다. 헝클어진 머리카락을 헤집었다. 가늘고 흰 목덜미가 드러났다.

"없어……."

이빨 자국이 없었다. 어젯밤 여자의 목덜미를 물지 않았던 것이다. 하지만 어떻게 그럴 수 있었을까? 그는 통제 불능 상태였다. 그런 상태로 관계를 맺었다면 당연히 흡혈을 했을 것이다. 여자의 매혹적인 목에 이를 박고, 신선하고 뜨거운 피를 들이마셔 오랜 갈증을 채웠을 거란 말이다.

"도대체 어떻게 된 거지?"

"뭐가요?"

인희는 잠이 덜 깬 몽롱한 정신으로 맹하니 물었다.

어젯밤 함께 뜨거운 밤을 보낸 남자가 이상한 소릴 지껄이고 있었다. 제일 먼저 든 생각은 '아주 힘이 넘쳐 나는구나. 난 이렇게 녹초가 됐는데' 다. 일터와 집만 오가며 운동부족의 인생을 살아온 인희로서는 어젯밤의 격렬한 행위들이 최근 십 년 치 운동량보다도 더 많게 느껴졌다. 직접 몸으로 체득한 바, 이 정체불명의 '섹시하고 남성적이며 눈호강이란 게 이런 거구나 싶게 잘생긴' 남자는 변강쇠의 뺨을 수차례 후려칠 자격이 있었다.

그는 강했고 끈질겼다. 게다가 섹스가 처음인 여자를 환희로 몸부림치게 만들 수 있는 능력자였다. 이십팔 년간 수녀처럼 살아온 표인희가 이런 남자한테 처녀딱지를 떼였다는 사실을 다혜가 알면 배 아파 죽겠다고 난리를 칠 것이다.

“왜 없는 거지?”

“뭐가 없다는 거예요?”

“이빨 자국.”

하나, 안타깝게도 처녀 표인희의 인생에 레드카펫을 깔아준 미스터 변강쇠는 정신 상태가 정상은 아닌 듯하였다.

“무슨 말이에요? 이빨 자국이라뇨?”

남자를 미개인 바라보듯 보며 중얼거릴 때, 갑자기 그가 시트자락을 휙 걷어냈다. 인희는 깜짝 놀랐다. 놀랄 수밖에 없었다. 시트 아래의 몸은 걸친 게 전혀 없는 상태였으니까!

알몸이 단박에 드러났다. 두 개의 새하얀 허벅지와 동그란 무릎, 그 사이 도톰한 둔덕, 보드랍고 둥근 젖가슴, 갑작스런 찬 공기에 단단해져 뾰족하게 올라선 젖꼭지…….

인희는 허겁지겁 손을 뻗었다. 그의 손에서 시트를 낚아채려는 의도였으나 실패. 그는 힘 하나 들이지 않고 인희를 가볍게 내치고는 그녀의 넓적다리를 양옆으로 쭉 벌렸다. 단박에 그녀의 비밀스럽고 소중한 부위는 그의 시야에 적나라하게 노출되고 말았다. 왈칵 수치심이 밀려든다.

“뭐 하는 짓이에요? 그만두지 못해요?”

두 손으로 그곳을 감싸 쥐고 인희는 몸을 일으키기 위해 버둥거렸다. 하지만 그 힘은 너무나도 미미했다. 태빈은 쉽게 그녀를 제압하고, 탐스럽고 은밀한 살점을 완전히 드러내었다. 붉은 웅덩이와 벌어진 채 반짝거리는 핑크빛 속살. 박처럼 새하얀 엉덩이 사이에 우윳빛 액체와 희미한 핏자국이 뒤엉켜 있었다. 바보가 아닌 이상 그것이 무얼 의미하는지 모를 리 없었다.

태빈의 뇌리 한구석에 기억 조각들이 카메라 플래시 터트리듯 팟팟, 떠올랐다.

"아, 아흑……!"

육체와 육체가 뒤엉켜 만들어내는 음란한 소리들. 찰박거림. 점점 드높아지는 여자의 열정적인 비명 소리.

기억 속에서, 그는 거침없이 파고들었다. 만족과 보챔의 신음성을 흘리는 여자는 그의 몸 아래에서 다리를 훌쩍 벌리기도, 무릎을 꿇은 채 뒤를 내어주기도, 그의 위에 올라타기도 하며 강력한 그의 침입을 다 받아내었다.

그는 컨트롤이라는 단어가 뭔지 모르는 동물처럼 미친 듯이 질주하였다. 여자를 취하고 또 취했다. 수백 년 동안 맛보지 못했던 쾌감을 음미하고 정욕을 채웠다.

여자는 짐승처럼 지치지 않고 올라타는 그를 거부하지 않았다. 다행히도 매번 흐느끼며 쾌감에 떨었고, 그도 절정에 이르러 만족스레 으르렁거렸다. 지쳐 쓰러진 듯 얌전히 엎드린 채인 여자를 뒤에서 공격할 때에는 그도 땀으로 범벅이 된 채 녹초가 되어버렸었다. 그때 그는 그녀의 몸 안에 우윳빛 체액을 가득 주유하곤 이렇게 속삭였었다.

"만족할 수 없어. 만족이 안 돼, 빌어먹을……."

욕설을 채 다 쏟아내기도 전에 그는 또다시 질주를 시작했었다.

어젯밤 그는 이곳에 몸을 묻었었다. 무자비할 정도로 완벽하게. 수백 년 동안 맛보지 못했던 육체적 쾌락과 환희에 몸을 떨었다. 뱀파이어 한태빈이 어젯밤 이 인간 여자와 관계를 한 것이었다. 그것도 여러 번. 뿐만 아니라 여자의 안에 뱀파이어의 씨앗을 남겼다. 믿을 수 없는 현실에 머리가 멍해져, 그는 침대 시트에 얼룩진 붉은 핏자국을 멍하게 내려다보았다.

"처녀였군."

"저기…… 무슨 생각을 하는 건지는 대강 알겠어요."

여자가 입을 열고 더듬더듬 말하기 시작했다. 아직도 충격에서 벗어나지 못한 듯 두 눈을 크게 뜬 채였다.

"걱정이 되시겠죠. 사실 나도 아주 조금은 걱정돼요. 하지만 별탈은 없을 거예요. 아무 일도 일어나지 않을 거니까 호들갑떨지 마시고, 일단 이…… 이 손 좀 놓고 얘기해요."

"어째서 아무 일도 없을 거라 생각하지?"

"그거야 지금은 배란기가 아니니까요."

"배란기?"

"배란기 몰라요? 난세포가 난소에서 배출되는 시기 말이에요. 가임기."

성인남자가 '배란기'가 뭔지도 모른다니 어처구니가 없었지만 남자니까 그럴 수 있다 치고, 인희는 직업정신을 발휘해서 최대한 친절하게 상황을 설명하였다.

"난 지금 가임기가 아니에요. 그렇다는 말은 임신 가능성이 낮다는 뜻이죠. 내가 그런 쪽으론 건강 체질이라 날짜가 정확하거든요. 한 달에 한 번씩 여자들만 겪는 끔찍한 마법 말이에요. 그게 규칙적이라는 건 가임기도 규칙적이라는 거고, 말했다시피 난 지금 가임기가 아니니까 안전하다는 말이죠. 무슨 뜻인지 알겠어요?"

"임신?"

"물론 피임을 해두는 게 확실했겠죠. 하지만 알다시피 우린 그리 못했잖아요. 그럴 정신이 없어서."

"그랬지."

"내가 하고 싶은 말은 별일 없을 거라는 거예요. 어젯밤의 무분별한 관계로 인해 원치 않은 생명과 맞닥뜨리는 불상사는 절대로 없어요. 그러니 겁먹지 마세요."

"……."

못 알아들었을까?

그는 인희를 우주 괴생물체를 바라보듯 빤히 바라보고 있었다. 착각 탓인지 바이칼 호수처럼 새파란 눈동자의 농도가 점점 더 짙어지는 것 같다. 이글이글 타오르는 것 같기도. 너무도 강렬하여 프라이팬 위의 베이컨처럼 피부가 지글지글 타들어가는 착각도 든다. 문득 어젯밤 처음으로 이 눈을 응시했을 때의 충격이 떠올랐다.

선글라스를 벗기 전까지 인희는 상대가 외국인일 거라곤 상상도 하지 못했었다. 완벽한 한국어를 구사했으니까. 하지만 선글라스 너머에는 이토록 아름답고 선명한 파란 눈동자가 있었다. 사람의 마음을 꿰뚫어 보는 듯한 눈. 그 앞에선 거짓도 속임수도 위선도 존재할 수 없을 듯한 눈. 그것은 인희로 하여금 발가벗겨지게 했다. 태어난 본연의 모습 그대로 자신의 정체성을 모조리 드러내게 만들었다. 눈동자에 영혼이 깃들어 있다는 말이 사실이라면 이 남자의 정체는 아마도 루시퍼일 것이다.

선과 악의 중간.

순수와 타락의 경계에 선 천사.

"알아들었어."

태빈은 천천히 중얼거리며 시선을 끌어 내렸다. 그녀의 벌린 다리 사이로.

인희는 움찔했다. 가랑이 사이로 썩 유쾌하지 못한 감각이 피어올랐다. 당황스러움에 냉큼 두 다리를 오므려 보았다. 하지만 양손이 묶이고 다리가 고정된 상태로는 꿈쩍도 할 수 없었다. 속수무책. 이대로 마치 채집 당한 곤충처럼 사지가 묶인 채 그에게 관찰당해야만 하는 것이다. 그 생각이 들자 기막히게도 그곳에 불꽃이 일었다. 인희의 숨이 가빠졌다.

"그러니까 당신은…… 살아남았군."

중얼거리며 그가 루시퍼의 눈을 들어 그녀의 눈을 들여다보았다.

"여기에 나를 품고도 죽지 않았어."

"그게 무슨 말이에요?"

설마 그동안 잔 여자들은 다 죽어나갔다, 뭐 그런 뜻일까? 그래서 지금 내가 멀쩡한 게 이상하다는 건가? 생각하다 보니 얼굴이 저절로 붉어졌다. '죽어나갔다'는 표현이 생각보다 민망하다. 남녀의 육체관계에서 '죽인다'는 표현이란 딱 한 가지 경우에만 쓰이니까. 그리고 이 남자는 확실히 '죽이는' 실력을 가졌다.

"어디 아픈 데는 없나?"

"당신의 마초적 자만심에 스크래치를 내고 싶진 않지만 괜찮은 것 같아요. 아니…… 괜찮아요. 근육통이 조금 있긴 한데 그거야 어젯밤 얼마나 다양하고 창의적인 자세를 많이 취했는가를 떠올려 보자면 이상할 게 없죠. 며칠 지나면 말끔히 나을 거예요. 이걸로 위자료를 청구하지는 않을 테니까 걱정 마세요."

"정말로 멀쩡한 것 같군."

감정을 읽어내기 어려운 새파란 눈동자가 인희의 얼굴에 구멍을 낼 듯 뚫어져라 바라보는 가운데, 그가 한쪽 입 언저리를 비스듬히 꺾어 올렸다. 비웃음 비슷한 것이었으므로 기분이 꼬깃꼬깃해져야 정상이건만 인희의 심장은 오히려 벌컥벌컥 뛰기 시작했다. 바이칼 호수가 별에 반짝거리듯 그의 눈에 생기가 어렸다.

"옷 입어."

태빈은 인희를 놓아주고 바닥에 흩어진 그녀의 옷가지들을 차례로 집어 올렸다. 블라우스, 스커트, 브래지어, 팬티…….

"이건 이제 쓸모가 없겠군."

그녀의 노란 제비꽃 색 팬티는 두 갈래로 야무지게 찢겨져 있었다. 어젯밤 야성을 드러내며 미친 듯이 그녀를 탐하던 그의 짓이었다. 그제야 정신을 수습한 인희는 시트자락을 열심히 끌어 올려 몸을 가리는 때 늦은 조치를 취하며, 홍당무처럼 벌건 얼굴로 더듬더듬 말했다.

"저기요, 급하시면 먼저 나가셔도 돼요. 난 샤워하고 나중에 천천히…….”

“나머지라도 입어. 일단 여기서 나가야 하니까.”

인희의 말을 들었는지 못 들었는지, 그는 그녀의 품에 옷가지를 던져 주고 자신의 와이셔츠를 집었다. 노란 팬티는 바지 호주머니 속에 들어간 후였다.

엉겁결에 옷을 받아 들고 인희는 인상을 찌푸렸다. 앞뒤 문맥 구조상 그의 말은 ‘당신은 나와 함께 가는 거야’로 해석되었기 때문이다. 말도 안 된다. 그들은 어제 원나잇스탠드, 말하자면 하룻밤의 일회성 관계를 맺었다. 그 말인즉슨 이 호텔방을 나가는 순간부터 두 사람은 바이바이, 모르는 사이가 될 거라는 뜻이다. 그런데 왜 굳이 이곳을 함께 나가야 하는가?

난 지금 당장 샤워가 간절한데!

“저기요…….”

“한태빈.”

“……?”

“내 이름은 한태빈이야. 앞으론 그렇게 부르도록. 그리고 아직도 상황파악을 못한 것 같아서 말해주는데, 우린 지금 당장 여길 떠야 해. 나와 당신, 둘이 함께.”

순식간에 재킷까지 모두 차려입은 남자가 그녀를 내려다보고 있었다. 새파란 물빛 눈동자를 그녀의 얼굴에 꽂은 채. ‘노우(No)’라고 하면 안 될 것 같은 분위기를 풀풀 풍기면서. 인희는 알 수 없는 공포감으로 인해 점점 조여드는 목구멍을 힘겹게 열고 겨우겨우, 꾸역꾸역 질문 한마디를 던졌다.

“……왜요?”

그의 대답은 너무 빨리, 너무 쉽게 날아왔다.

"그래야 하니까."

❖

"이 정도면 되겠지?"

남성용 청바지와 후드 티셔츠를 차례로 안기며 태빈이 물었다. 그윽하리만치 차분하고 부드러운 목소리였으나 인희는 속지 않았다. 선글라스 안의 파란 시선은 '된다고 말해' 하고 윽박지르고 있었다.

"뭐 그럭저럭…… 이요."

인희는 어색하게 웃음을 지으며 구김이 많은 바지자락을 엄지와 검지의 끝으로 슬쩍 집어 올렸다. 방금 전까지 웬 이름 모를 남정네가 입고 있던 바지를 노팬티 차림에 걸쳐야 한다고 생각하니 끔찍한 기분이 들었다. 하지만 지금으로선 달리 선택의 여지가 없었다. 아무리 '센 여자'에 대한 동경과 모험심으로 충만한 천하의 표인희일지라도 노팬티에 미니스커트 차림으로 대낮을 활보하는 짓만큼은 할 수 없었다.

"갈아입어. 5분이면 될 거야."

"여기서요?"

당황한 기색을 애써 숨기며 인희는 주위를 한 번 훑었다. 이곳은 어젯밤 그들이 묵었던 엠파이어 호텔의 청소도구 비품실. 퀴퀴한 곰팡내뿐 비교적 깨끗하고 잘 정돈된 편이었으나 후각이 예민한데다가 '병원'이라는 소독환경에 익숙한 인희에게는 충분히 불결하게 느껴지는 곳이었다. 물론 단지 그 이유만으로 옷 갈아입기를 꺼리는 건 아니다. 이곳엔 관객이 있었다.

“아.”

인희의 시선이 한 남자에게 꽂히자 태빈이 그제야 반응을 보였다. 비록 몹시도 단조롭게 들리는 음절 하나짜리 감탄사였지만.

태빈은 슬쩍 어깨 너머로 문제의 남자를 돌아보았다. 비품실 바닥에 손과 발이 묶이고 입에 재갈을 문 채 쪼그리고 앉아 있는 30대 중반의 남자. 호텔 손님인 그는 아침 일찍 방을 나서다 재수 없이 태빈의 눈에 띄었고, 곧장 비품실로 끌려와 입었던 옷을 다 벗어주어야만 했다. 흰색 아저씨 메리야스와 점박이무늬 사각팬티만을 남기고. 인희가 갈아입을 옷이 바로 이 남자의 옷이었다.

“저 남자가 신경 쓰이나?”

“말이라고 해요? 난 여자예요. 낯선 남자가 보는 앞에서 옷을 갈아입을 순 없다고요.”

“아.”

또 ‘아’ 다. 인희의 지적이 있기 전까진 그녀가 여자라는 사실을 몰랐던 듯한, 아주 몹쓸 뉘앙스의 말. 하지만 그 누구도 표인희가 여자라는 사실을 한태빈만큼 완벽하게 인지할 수는 없을 것이다.

갑자기 짜증이 났다. 이 남자에게 반한 것도 아니요, 앞으로 잘해볼 마음이 있는 것도 아닌데도 자신의 여성성을 무시하는 그의 태도가 몹시도 불쾌했다.

“그런 건 걱정 안 해도 될 것 같은데. 저 남잔 지금 무서워서 달달 떠느라 눈요기할 정신이 없을 테니까.”

한없이 느긋하고 부드러운 저 말투도 못마땅해. 귀여운 옆집 아이랑 놀아주는 어른 말투잖아. 속으로 중얼거리며 인희는 인상을 팍 찌푸렸다.

"그거야 당신이 협박했으니까요."

"내가?"

"아니라곤 말하지 마세요. 다 들었으니까. 저 사람의 옷을 벗기면서 귓속말로 조폭 흉내 냈잖아요. '죽이진 않을 테니 쫄지 말라고' 라고."

"이런. 당신 청력이 그리 좋은 줄은 몰랐군."

인희가 목을 빳빳이 세우고 헐리웃 배우 같은 그의 말투를 흉내 내자 남자는 눈썹을 슥 치켜 올렸다. 입가가 꿈틀거리며 위로 올라 싱긋, 미소를 지어 올리는 것 같기도. 착각일 것이다. 아무리 간이 커도 사람을 납치, 감금한 것도 모자라 소지품까지 탈취하는 중범죄를 저지르는 지금엔 결단코 한가하게 웃을 수 없을 터이다. 인희는 한숨을 푹 내쉬며, 한태빈을 만났던 불과 몇 시간 전을 떠올려 보았다.

그는 세상 온갖 여자들을 다 후릴 수 있을 만큼 핸섬하고 매력적인 남자였다. 남자에 대한 면역력이 거의 없는 인희는 눈 깜짝할 새에 그의 포로가 되었고, 곧장 광란의 밤을 보냈다. 미친 짓이었다. 분별력이 조금이라도 있는 여자라면 한태빈처럼 위험천만한 남자를 선뜻 따라나서 밤을 보내는 미친 짓은 저지르지 않았을 것이다.

'하지만 난 했지.'

것도 모자라 오늘 아침 또다시 그를 따라나섰다. 노팬티로…….

분통이 터지는 건 바로 이 대목이었다. 아무리 한태빈이 여인의 마음을 훔치는 특별한 능력과 그 누구도 거부할 수 없는 압도적 카리스마를 지녔다고는 하나, 그녀는 학습이란 게 가능한 인간이다. 한 번 실수는 두 번 반복하지 않을 수 있는, 뇌라는 걸 가진 인간이란 말이다. 한데도 그녀는 실수를 똑같이 재탕했다. 무뇌아마냥 한태빈이 시키는 대로 호텔방을 따라 나와 그가 주도한 범죄에 가담했다. 아무리 남자에게 반해 얼이 나가 버렸다지만 이렇게까지 멍청해질 수 있을까? 인희는 스스로가 한심해 죽을 지경이었다.

지금이라도 상황을 바로잡아야만 했다. 더 심각한 범죄를 저지르기 전에 한태빈을 제지하고 '원나잇스탠드'의 본래 취지대로 각자 헤어져 제 갈 길 가야만 했다. 단단히 각오하고, 인희는 사감선생님 같은 얼굴로 엄숙한 포스로 입을 열었다.

"난 바보가 아니에요. 당신이 왜 이러는지 다 알아요."

"……?"

"경고하는데, 여기서 더 나가면 후회하게 될 거예요. 유치장에 갇히는 신세가 되고 싶지 않으면 지금 당장 멈춰요."

"유치장?"

"난 이 옷을 입은 후 경찰서로 달려갈 거예요. 그리고는 당신이 그깟 돈 몇 푼에 무슨 짓을 저질렀는지 다 말할 거예요. 그러니 이쯤에서 끝내는 게 좋을 거예요. 다 포기하고 자수해서 광명 찾아요. 솔직히 당신, 아주 조금은 후회되잖아요. 안 그래요?"

"자수라고?"

"힘들겠지만 용기를 내보세요. 정상참작이라는 것도 있잖아요. 아직 이른 시간이니까 호텔 측에서 눈치채지 못했을 수도 있어요.

알아채더라도 손님이 자수한 이상 경찰을 부르진 않을 거예요. 어쨌든 그쪽도 시끄러워지는 건 바라진 않을 테니까요. 걱정하지 말고 대범하게 생각하세요. 설마하니 호텔 지배인이 당신을 죽이기야 하겠어요?"

"내가 왜 자수해야 한다는 거지?"

"몰라서 물어요? 당신 이러는 거, 호텔 숙박비가 없어서잖아요. 돈 안 내고 튀려고."

"내가?"

그의 입 주위가 또다시 꿈틀거렸다. 한태빈이 어떤 인간(?)인지 잘 아는 사람이라면 그 미미한 움직임을 두고 '재미있어 하는 게 역력하다'로 받아들이겠지만 불행히도 인희는 태빈을 몰랐다. 선글라스를 끼고 있는데다 말투마저 딱딱하고 건조해서 그가 무슨 생각을 하는지 전혀 알아챌 수가 없었다.

"오리발 내밀 생각 말아요. 오늘 아침 일어나자마자 이상한 소릴 지껄였잖아요. 그러고는 곧장 호텔방을 빠져나왔죠. 여기까지 오는 동안엔 사람들한테 들키면 안 된다면서 온갖 수상한 짓을 다 했고요."

"그 모든 행동들을 종합해서 결론을 내린 게 그건가? 숙박비 때문이라고?"

"당신은 어젯밤 술김에 평소 기피하던 숙박료 비싼 고급호텔에 묵었던 거예요. 깨자마자 그걸 알고 너무나 놀라서 충동적으로 달아나야겠다고 생각한 거죠. 그곳에 당신이 머물렀던 유일한 증거가 나니까, 나까지 데리고 나온 거고요. 날 이렇게 납치한 건…… 일종의 증거인멸인 셈이죠."

"내가 그쪽을 납치했다고?"

"억지로 끌고 왔잖아요! 이제야 하는 말이지만 굳이 이럴 필요까진 없었어요. 숙박비를 낼 정도의 돈은 나한테도 있으니까요. 물론 하룻밤뿐인 것치고는 비용이 만만치 않게 나왔겠죠. 박봉의 월급쟁이인 나로선 할부로 끊어야 했을 거예요. 그랬더라도 기꺼이 돈을 냈을 거예요. 어젯밤에 나도 충분히 즐겼으니까요."

"그러니까 당신 말의 요지는……."

딱 다물려 있던 그의 섹시한 입술이 희미하게 들썩거렸다. 그 사이로 벨벳보다도 더 부드러운 특유의 목소리가 흘러나왔다.

"어젯밤 나와의 관계가 좋았다?"

"아니오! 지금이라도 안 늦었다는 뜻이에요. 지금 당장 저 사람을 풀어주고 나랑 같이 로비로 가요. 내가 숙박비를 지불할 테니."

인희는 지갑을 찾기 위해 옆구리에 끼고 있던 핸드백을 뒤적거리기 시작했다. 구석에 포박된 채로 두 사람의 대화에 촉각을 곤두세우고 있던 남자가 '우우우' 괴상한 소리를 내며 엉덩이를 퉁김으로써 인희의 말에 열렬히 동의했다. 고개를 쭉 빼고 확인한 남자의 표정으로 보아, 그들이 풀어주기만 하면 숙박비를 대신 내줄 용의도 있는 것 같았다. 하지만 태빈은 딱 잘라 거절했다.

"안 돼. 로비는 위험해."

도대체 뭐가 위험하다는 거야? 속으로 불퉁하게 중얼거리자 그가 대답했다. 마치 그녀의 생각을 읽은 사람처럼 즉각적으로.

"이유는 말해줄 수 없어. 사정을 알게 되면 당신은 더 위험해질 거니까. 내가 이러는 건 당신한테 남자 옷을 입히려는 이유와 동일해. 아무도 당신이 여길 살아 나갔다는 사실을 알게 해선 안 되기 때문이지. 당신은 어젯밤 죽었어야 했어. 아니, 죽었어. 그렇게 알려져야만 해. 그러니 잔말 말고 옷 갈아입어. 지금으로부터 5분 안에 여길 나갈 거야."

"하지만……!"

"저 남잔 내가 처리하지. 원하는 대로."

"내가 원하는 대로요?"

"어떻게 해줄까? 죽여줄까, 살려줄까?"

나른하고 매끄러운, 그래서 음험하기 짝이 없는 목소리로 그가 물었다. 마치 그녀가 죽여달라면 죽여줄 수도 있다는 듯. 그러면서 최고급 슈트 상의를 천천히 벗기 시작했다. 일상적인 행동에 불과했으나 그가 방금 전까지 쏟아내던 사이코틱한 말들과 위험천만한 특유의 말투가 덧대어져 무척이나 위협적으로 보였다. 인희는 긴장했다.

"난, 어……."

드디어 그녀가 입을 열자 포박된 남자는 온몸을 들썩이며 정체불명의 말들을 쏟아내기 시작했다. 거의 울 것 같은 남자의 표정에는 죽기 싫다는 간절함이 묻어 있었다.

"무, 무고한 사람이 다치는 건 바라지 않아요."

"확실한가?"

"네……."

"아쉽군. 간만에 몸 좀 풀어보려고 했더니."

태빈이 가볍게 웃더니 손에 들려 있던 재킷을 휙 뒤쪽으로 던졌다. 검은색 슈트는 허공을 날쌔게 날아가 꽁꽁 묶인 남자의 머리 위로 정확히 떨어졌다. 눈 깜짝할 사이에 남자의 시야가 완벽하게 가려졌다. 순간 인희는 그에겐 처음부터 인질을 죽일 생각이 아예 없었단 사실을 깨달았다. 그는 인희를 갖고 장난을 친 거였다. 분한 생각이 들어 인희는 그를 잔뜩 노려보았다. 물론 한태빈의 태연자약함에는 요만큼의 영향도 줄 수 없었다.

"자, 이제 어서 갈아입어. 시간 없으니까."

몇 분 뒤, 인희는 앞장서 걷는 한태빈의 뒤를 따르고 있었다. 그는 깡패 업계의 프로인 양 놀랍도록 조용히 움직였다. 뿐만 아니라 고성능 촉각과 반사신경을 가진 듯 조그만 소리도 예민하게 알아채고 반응했다. 덕분에 긴 복도를 가로지르는 사이 두어 번의 위기가 있었음에도 무사히 비상구 계단까지 도달할 수 있었다.

"차는? 가져왔나?"

"아니오."

"좋아, 그럼 이대로 곧장 지하주차장으로 내려가. F구역에 검정색 벤츠가 있을 거야. 그걸 타고 여길 빠져나가도록 해. 할 수 있겠지?"

태빈이 슈트 안주머니에서 꺼낸 자동차 키를 인희의 손바닥에 쥐어주며 조용히 당부했다. 인희는 혼란스러워졌다. 여기까지 오는 동안 이런 결말을 상상해 본 적이 없었다. 이유는 모르겠지만 끝까지 그와 함께할 거라고 생각했었다. 그가 자신만 따로 떨어뜨려 도망가게 할 줄은 전혀 예상 못했다. 게다가 벤츠라니. 그런 비싼 차를 타면서 숙박비는 어째서 떼어먹으려고 이 난리인 거야?

"시키는 대로 해. 내 말 명심하고. 절대 뒤 돌아보지 마. 망설이지도 말고. 무조건 액셀레터를 밟아."

"왜 나 혼자 가라는 거예요? 숙박비 때문에 달아나려는 거라면 당신도 같이 가야죠."

"지금쯤이면 상황 파악이 됐을 거라고 생각했는데."

"무슨 상황이오?"

태빈은 작게 한숨을 내쉬다가 부드럽게 인희의 머리를 두 손으로 감쌌다. 그리고는 고개를 끌어 내려 시선을 맞추었다. 선글라스 안에서 파란 눈이 번쩍였다.

"잘 들어, 아가씨. 호텔 주인이 원하는 건 숙박비 따위가 아니야. 바로 당신이지."

"호텔 주인이 인신매매범이라도 돼요?"

"그자는 당신을 팔지 않아. 오히려 손에 넣으려 들겠지. 끔찍한 일이 벌어질 거야. 끔찍한 걸 보고, 끔찍한 걸 경험하게 되겠지. 그런 불상사를 겪기 전에 이곳에서 빠져나가야만 해. 꼭. 들키지 않고."

"끔찍한 일이라니요? 내가 뭘 보고 뭘 경험하게 될 거라는 거예요? 호텔 주인이라는 사람은 대체 누군데 날 손에 넣으려는 건데요? 내가 뭘 어쨌게요?"

"그만."

긴 손가락 하나가 인희의 입술을 꾹 눌렀다. 인희는 흠칫 놀랐다. 꾹 다문 입술 위를 짓누르는 남자의 손길은 어딘지 무자비하면서도 관능적이었다. 저도 모르게 후끈 몸이 달아올랐다. 꿀꺽 마른침을 삼키며 인희는 작게 숨을 헐떡였다.

"더 이상은 안 돼. 알려고 들지 마. 그냥 날 믿어."

"……."

"내가 하라는 대로 해. 그럼 그런 끔찍한 일을 겪지 않을 수 있어. 아까 지시한 대로 내 차를 타고 이곳을 빠져나가. 지체하지 말고 최대한 빨리, 조심스럽게. 그리고 다시는 이 호텔이나 클럽에 오지 마. 근처에도 얼씬거리지 마."

"……알았어요."

뭐가 뭔지 하나도 모르겠지만 일단 대답했다. 그래야만 할 것 같았다. 과대망상 같은 그의 말은 단 한 마디도 믿을 수 없었지만 그가 딱히 거짓을 말하는 것 같진 않았다. 그는 진실로 그녀를 우려하고 있었다. 정말로 그는 이 호텔 사장이 그녀를 손에 넣기 위해 끔찍한 짓도 서슴지 않을 거라 믿는 것 같았다. 한 편의 희극 같은 이 우스꽝스런 상황에 기꺼이 동참하는 것 이외에 그녀가 할 수 있는 대응은 전혀 없어 보였다.

"그럼 자동차는요? 어떻게 돌려주면 되죠?"

"지금 자동차 같은 걸 걱정할 때가 아니야. 모르겠어? 당신은 지금 생명이 위험하다고."

"난 빌린 물건은 꼭 돌려줘요."

인희가 고집스럽게 말하고 입술에 꾹 힘을 주었다. 사소한 동작이었으나 그녀의 강력한 의지력을 엿보기엔 충분했다. 태빈은 미소를 흘릴 수밖에 없었다. 이리도 긴박한 상황에서도 웃을 수 있음에 그는 스스로에게 놀랐다. 이걸 가능하게 만든 이 여자에게도.

"언제든지. 원하기만 하면."

태빈은 천천히 중얼거리며 그녀의 도톰한 입술을 엄지손가락으로 슥 문질렀다.

"우린 다시 만날 거야. 곧. 약속하지."

스러지는 태빈의 목소리는 천천히 인희의 입가에 닿았다. 잠시 후, 그녀의 입술을 머금었다. 뜨겁고 습한 입술은 기억하고 있는 것보다 훨씬 더 부드럽고 달콤했다. 작고 아늑한 그녀의 입안으로 혀를 밀어 넣자 줄곧 단단해져 있던 아랫도리가 몸집을 부풀리기 시작했다. 태빈은 저돌적으로 그녀의 혀를 휘감고 엮어 올려 쭉쭉 입안으로 빨아들였다. 그녀가 나른하고 자극적인 신음 소리를 흘릴 때까지.

"날 믿으라고, 아가씨."

간신히 입술을 떼고 태빈은 씩 미소했다. 습관처럼 늘 짓던 계산적인 미소가 아닌 진짜 마음에서 우러난 미소를. 그리곤 멍하게 생각했다. 오늘만 벌써 몇 번째 웃는 걸까 하고.

"내 이름은 아가씨가 아니라 표인희예요. 표, 인, 희. 아름병원 신생아중환자실 5년 차 간호사예요. 날 찾고 싶으면 아름병원으로 오세요."

촉촉한 눈길로 그를 바라보며 그녀가 중얼거렸다. 기분 탓인지 목소리가 잠긴 듯하다. 우는 게 아니길 태빈은 마음속으로 간절히 빌며 커다란 손으로 보드라운 뺨을 감쌌다.

"기억해 두지."

"당신은요? 당신은 뭐 하는 사람이에요? 이제 당신은 어떻게 되는 거예요? 여기 남아서 뭘 할 거예요?"

"난 한태빈이야. 당신이 알아야 할 건 그게 다야. 나머진 알려고 하지 마."

"……."

"내가 뭐 하는 사람인지, 사람인지 아닌지, 당신과 나 사이에 무슨 일이 벌어지고 있는지, 절대로 궁금해하지 마. 그게 당신 신상에 이로워."

"사람인지 아닌지…… 라뇨?"

"쉿!"

인희가 멍하게 그의 말을 되풀이할 때다. 태빈이 뭔가를 감지한 듯 또다시 손가락으로 그녀의 입술을 막았다. 미소를 머금고 있던 표정이 급속도로 굳었다. 인희도 온몸을 나무토막처럼 뻣뻣하게 굳혔다. 도대체 무슨 일인지 모르겠으나 지금, 아주 중요하고도 위험한 순간이 도래했음을 인희는 본능적으로 알 수 있었다. 그의 말을 거역해선 안 된다는 것도. 막연한 두려움이 몰려와 인희의 폐부를 바싹 조였다.

"움직여. 최대한 빨리. 소리 내지 말고. 뒤를 돌아보지 말라는 내 말, 명심해."

"한태빈 씨……."

"가."

그가 인희의 등을 단호하게 밀었다. 인희는 울지 않기 위해 애를 쓰며 비상구 계단을 서둘러 내려갔다. 세 번째 계단을 내려서는 순간 등 뒤에서 문이 열렸다가 닫혔다. 한태빈이 비상구 밖으로 나간 것이다. 그의 당부대로 뒤를 돌아보지 않기 위해 인희는 이를 악물어야 했다.

"이게 뉘신가? 테빈 갬블 님이 아니신가? 지난밤 재미를 좀 보셨다더니. 얼굴이 썩 좋은데? 간만에 피 맛을 보고 회춘하셨나?"

태빈 갬…… 뭐라고? 무슨 맛을 봐?

잠시 걸음을 멈춘 채 귀를 최대한 쫑긋 세워보았지만 더 이상은 들을 수가 없었다. 곧이어 쿵, 쾅, 하며 육중한 살덩이들이 벽과 출입문 등에 부닥치더니 때리고 비틀리고 짓이겨지는 소리가 이어졌기에. 인희는 달달 떨리는 다리를 이끌고 죽을힘을 다해 그곳을 빠져나왔다.

제2장 억만장자 변태 할아범

[오늘 새벽 서울시 주택단지 골목길에서 신원불명의 20대 남자가 살해된 채 발견되었습니다. 185cm 가량의 건장한 체구를 지닌 피해자는 발견 당시 목뼈가 부러져 있었는데, 경찰은 범행수법이 잔인하고 CCTV 사각지대에서 범행이 이루어진 점으로 보아 치밀하게 계획된 살인으로 추정하고, 수사를 확대하고 있습니다.]

늦잠을 잔 덕분에 부랴부랴 택시를 잡아탄 인희는 라디오에서 흘러나오는 살인사건 소식에 지그시 아랫입술을 깨물었다. 피해자는 20대, 건장한 체구의 남자. 한태빈도 20대의 외모에 건장한 체구를 지녔다. 키는 체감상 185cm를 훨씬 웃도는 것 같았지만.

살인사건 피해자가 그일까? 한태빈이 그때 그 깡패들한테 당한 것일까?

"아니야, 그럴 리가 없어."

한태빈은 그 누구보다도 더 힘이 센 사람이었다. 아무리 기습공격을 받았기로서니 그리 맥없이 죽어버릴 남자는 아니었다. 그가 죽었다면 최소한 총이나 칼에 치명상을 입었기 때문일 것이다. 시체가 발견된 장소가 주택단지라는 건 태빈이 희생자가 아니라는 증거였다. 태빈이 정체 모를 괴한들과 싸움을 벌인 장소는 호텔이었다. 호텔에서 살해당한 후 주택단지로 운반되었을 가능성도 있었지만 자연스럽지 못한 예측이었다. 살인자가 자신이 죽인 시체를 주택단지와 같은 발견되기 쉬운 곳에 유기할 리는 없으니까.

한태빈은 아닐 것이다. 그는 죽지 않았다.

"어이구, 손님! 어디 많이 아프십니까? 얼굴색이 영 안 좋습니다."

운전기사가 걱정스레 말을 걸어왔다. 인희는 어색하게 '괜찮다' 고 중얼거리고는 이 무기력함, 자괴감, 심란함의 원인제공자를 떠올려 보았다. 그녀를 클럽에 혼자 놔두고 사라져 한태빈을 만나고, 그와 뜨거운 밤을 보내게 만든 장본인, 정다혜를.

다혜는 일주일 전 일생 최초의 외박을 하고서 비싼 외제차와 함께 나타난 인희를 '잔소리' 라는 필살기로 고문했다. 그리하여 한태빈과의 일을 모조리 알아낸 그녀는 평생 처음으로 인희에게 피가 되고 살이 되는 충고를 해주었다.

"얘기 듣자마자 딱 견적 나오네. 사기."

"사기?"

"그 남자는 애인이 있거나 유부남이었던 거야. 아니면 누군가와 영속된 관계를 맺을 생각이 전혀 없거나. 것도 아니라면 뭐, 단순히 네가 마음에 안 들었을 수도 있지. 어쨌거나 그 남잔 네가 아이를 빌미로 자신의 발목을 잡을까 봐 두려웠던 거야. 그래서 말도 안 되는 상황을 만들어내는 대국민 사기극을 벌인 거지."

"아기 문제라면 미리 말했어. 배란기가 아니니까 안심해도 된다고."

"그 말을 믿겠냐? 그 남자, 그날 아침 네가 처녀였다는 걸 알아보았다면서. 처녀가 '나 책임져라'며 들러붙으면 대책 없어. 그렇다는 건 세상 모든 남자들이 다 아는 상식이야. 자기가 처녀를 상대했다는 걸 안 순간, 완전 깜놀 심쿵했겠지. 이러다가 진짜 9개월 뒤에 포대기에 싸인 갓난쟁이를 안고 '얘가 당신 아이예요' 하며 네가 나타날까 봐 머리가 빙빙 돌았을걸. 그래서 그딴 이상한 연기를 하고 벤츠에 태워 널 보낸 거야. 벤츠 한 대 먹고 떨어져라, 이건 거지."

"……하지만 그 사람은 나를 걱정했어. 나를 노리는 누군가가 있다고. 그 사람들로부터 날 지키기 위해서라고. 그땐 그냥 헛소리라고 넘겼는데 생각하면 생각할수록 의문스러운 점들이 많아."

"당연히 의문스럽겠지. 그게 다 널 겁먹고 달아나게 하려는 수작이었을 테니까! 괜히 지나가는 사람을 납치했겠니? 괜히 패싸움을 했겠어? 그 남자는 진짜 완전 고단수였던 거야."

"그건 아닐 거야. 다시 만날 거라고 했단 말이야. 내게 약속했어."

"그 말을 믿니? 평생을 기다려 봐라, 그 남자가 찾아오나. 모르긴 몰라도 우리 병원 근처에는 얼씬도 하지 않을 거다. 에구, 순진한 것! 바보천치! 어쩌다 그런 놈한테 걸려서는. 내가 한성그룹 후계자랑 연결시켜 줬잖아! 얌전히 그 남자 따라가서 처녀딱지나 뗄 것이지, 뭐 하러 그런 질 나쁜 남자를 만나서 수모를 당해?"

다혜의 말대로 그녀는 바보였다. 무턱대고 그를 옹호했다. 적어도 그 순간만큼은 진실했을 거라고 우겼다. 일말의 거짓됨도 없었을 거라고, 지금은 피치 못할 사정이 생겨서 나타나지 못하는 것이라고 믿으려 했다. 하지만 시간은 그 알량한 믿음을 퇴색시켰다. 피치 못할 사정이 생겼다 한들, 일주일 동안이나 자신을 찾아오지 않을 이유는 아무리 생각해 봐도 없었다.

"다 왔습니다, 손님."

일터에 도착하자 인희는 한태빈 생각을 억지로 밀어냈다. 머릿속을 비우고 기계적으로 움직였다. 병원 1층 스테이션에서 출근카드를 찍고 탈의실에서 옷을 갈아입었다. 깨끗하게 손을 씻고 병동으로 올라가 물품을 카운트하고, 근무 인계를 받기 전 휴게실에 들러 커피를 마셨다. 그때까지도 그녀는 주머니 속 휴대폰의 맹렬한 울림을 알아채지 못하고 있었다. 멍하게 그 누군가를 생각하느라.

"표 쌤! 왜 이렇게 전화를 안 받아?"

6년 차 조진영 선생이 인희를 발견하고는 황당해했다. 멀쩡히 휴대폰 벨소리가 울려대는데도 받지 않고 멍 때리고만 있는 인희의 모습이 '선배 전화 씹기'로 보였던 모양이었다. 인희는 그제야 허둥지둥 주머니를 뒤져 휴대폰을 찾아냈다.

"죄송해요, 제가 딴생각을 하느라. 무슨 일이에요? 응급 터졌어요?"

"응급은 응급이지. 수 쌤이 아까부터 계속 자기 호출했어. 원장님께서 널 찾는대."

"저를요? 왜요?"

웬만한 일엔 꿈쩍도 않는 강심장 표인희도 이번엔 놀라지 않을 수가 없었다. 수간호사의 호출만으로도 일개 간호사인 인희에겐 충분히 가슴 철렁한 일인데, 병원장의 호출이라니! 도대체 무슨 일로?

"낸들 알아? 어서 원장실로 가봐. 인계는 나중에 듣고."

"처음 뵙겠습니다."

원장실에서 인희를 맞이한 사람은 웬 여자였다. 삐쩍 마른 몸에 키가 매우 크고 두꺼운 안경을 쓴. 머리카락이란 머리카락은 죄다 끌어 모아 쪽을 지듯 말아 올린 헤어스타일, 고리타분한 회색 클래식 바지정장 차림의 여자는 누가 봐도 병원장이 아니었다.

"하임이라고 합니다. 하 비서라고 불러주세요."

"비서라고요?"

인희는 멍하게 중얼거리며 여비서가 내민 손을 잡았다. 첫눈에도 깐깐하고 유능해 보였다. 과도하게 반듯하고 꼿꼿한 허리와 목덜미, 차갑고 이성적으로 보이는 완고한 표정. 볼썽사나운 안경까지 쓰고 있는데도 꽤 예뻐 보인다는 것만 빼면 완벽한 여비서 상이었다.

"원장님께 비서가 있는 줄은 몰랐네요……."

"저는 병원장의 비서가 아닙니다. 신분 자체가 국가적 기밀에 해당하는, 아주 중요한 분을 모시고 있죠. 그분에 대해서는 어쩔 수 없이 간호사님께도 비밀에 부쳐야 할 사항들이 있다는 점, 미리 양해를 구하겠습니다."

"원장님 비서도 아니시라면서 왜 제게 양해를 구하세요? 전 원장님 호출을 받고 온 건데."

"병원장께서 선생님을 호출하신 건 저희 회장님의 부탁을 받았기 때문이니까요."

"네?"

"저희 회장님께선 아름종합병원의 VVIP이십니다. 연간 수십억에 달하는 기부금을 병원 측 발전기금으로 내놓고 계시지요. 아시겠지만 그런 위치에 계신 분이라면 특별업무에 필요한 간호 인력을 요구할 수 있습니다. 우리는 회장님의 곁에서 건강을 보살필 수 있는 전담간호사를 요청하였고, 병원장께선 표 선생님을 추천해 주셨지요."

"저를요?"

들으면 들을수록 기이한 얘기라 인희는 놀라지 않을 수가 없었다. 병원에는 인희보다 유능한 간호사가 많았다. 그녀는 5년 차, 겨우 초보딱지를 뗀, 아직도 배워야 할 게 많은 일개 간호사였다. 병원 VVIP의 건강을 책임질 정도라면 적어도 '팀 차지(Team Charge)' 정도는 되어야 하지 않을까? 인희는 병원장이 왜 자신을 추천한 것인지 도무지 납득이 안 되었다.

"하지만 전 별로 유능하지 않은데……."

"근무 평점이 높다고 들었습니다."

눈동자가 당장이라도 튀어나갈 듯 두 눈이 휘둥그레 떠진 인희가 흥미롭다는 듯 비서가 희미하게 미소를 지으며 차분히 이유를 댔다. 물론 인희를 납득시키기엔 너무 약한 이유였다.

"또한 결근이나 물의를 일으킨 적도 단 한 번 없으시고요. 병원에 드나드는 환자와 환자 가족들이 뽑는 이달의 스마일 상은 다섯 번이나 받으셨다더군요."

"하지만 저 같은 간호사는 저희 병원에 많아요. 근무 평점이 높은 편인 건 사실이지만 말 그대로 높은 편인 거지 최고수준은 아니에요. 스마일 상은 주마다 한 번씩 뽑는 거라서 웬만하면 받을 수 있고요. 대부분의 간호사가 저처럼 대여섯 번씩 받았을걸요. 제가 결코 특별한 케이스가 아니란 거죠. 그리고 간호사 일이란 게 상호보완적인 측면이 많아요. 한 사람만 빠져도 전체가 힘들어지죠. 그래서 다들 쉽게 결근할 생각을 못해요."

"표 선생님 말씀은, 병원장께서 저희에게 자격 없는 간호사를 추천하셨다는 말씀이신가요?"

바늘로 찔러도 피 한 방울 나지 않을 것 같은 여비서가 주저리주저리 길게도 늘어놓는 인희의 말을 딱 한 문장으로 요약, 정리한다. 단번에 이해되는 기막힌 요점정리였으나 그걸 인정할 수는 없었다. VVIP 측에 실례가 되는 일이니까. 수십억씩 기부금을 내는 VVIP에게 무례한 발언을 했다가는 곧장 해고될 수도 있었다. 인희는 열심히 부인했다.

"아니에요! 그런 건 절대로 아닙니다! 제 말은, 어…… 그러니까 원장님께서 굳이 저처럼 일천한 간호사를 추천하실 이유가 전혀 없다는 거죠. 수선생님이라든지, 주임선생님이라든지, 하다못해 팀차지 선생님도 저보다는 월등히 유능하세요. 그런 분들을 제치고 저를 추천하셨다는 게 저는 도무지 이해할 수가 없고……."

"그건 나중에 표 선생님께서 병원장께 직접 여쭈시면 될 것 같군요. 저희 쪽은 이번 추천 건에 아무 이의가 없으니까요."

"이의가 없으시다고요? 이해가 잘 안 되는데요. 방금 제가 말씀드렸잖아요, 저희 병원에는 저보다 더 능력 있는 간호사들이 많다고요. 저는 그저 일개…….”

“평범한 간호사에 불과하다는 말씀, 잘 이해했습니다. 그래서, 표 선생님의 근무 평점이 조작되었나요?”

인희의 말을 가로막더니 여비서가 질문을 던졌다. 그녀의 두 눈이 명민하게 반짝거렸다. 인희는 여비서가 왜 이런 질문을 날리는 것인지 짐작하면서도 어쩔 수 없이 사실대로 ‘아니오’라 대답할 수밖에 없었다.

“그럼 결근이나 물의를 일으킨 적은 있으신가요?”

“없습니다.”

“스마일 상은요? 환자 가족들로부터 친절한 간호사로 뽑히신 거, 맞습니까?”

“네, 하지만…….”

“그렇다면 저희 쪽에선 굳이 병원장의 추천을 문제 삼을 이유가 전혀 없습니다. 저희는 그분의 의과적 견해를 존중합니다. 저희 회장님께 어떠한 간호사가 적합한지에 대해 이 병원의 병원장이신 그분께서 가장 잘 파악하시고 계시리라 생각해요.”

요컨대 병원장이 어련히 알아서 잘 추천해 줬겠느냐는 말이다. 인희는 당황스러워졌다. 처음 제안을 들었을 때도 당황스러웠지만, 지금은 그보다 수백, 수천 배는 더 당황스러워졌다. VVIP의 개인 전담간호사가 되는 일은 한 번도 고려해 본 적 없던 업무였다.

“의료적 행위 이외에 저희가 가장 신경 쓰는 부분은 보안입니다. 제가 모시는 분께서는, 아까도 말씀드렸지만, 매우 특별한 위치에 계신 분이세요. 외부와 철저히 차단된 채 생활하시죠. 그런 생활이 오래 지속되다 보면 아무리 부드럽고 활달한 분도 저희 회장님처럼 까다롭고 예민해지실 수밖에 없답니다. 저희는 표 선생님처럼 책임감 있고 성실하며 환자를 사랑으로 돌보는 간호사라야만 회장님의 건강을 잘 돌볼 수 있을 것이라 판단했습니다."

"아아, 예……."

인희는 신중하게 듣는 척 중얼거리며 고개를 끄덕끄덕 흔들었다. 하지만 머리론 어떻게 하면 VVIP와 병원장의 심기를 거스르지 않고 이 일을 거절할 수 있을지, 미친 듯이 생각하고 있었다.

"송구합니다만 병원장으로부터 추천받은 후, 선생님에 대해 알아보았습니다. 재정 상태가 썩 좋지 않으시더군요. 선친께서 돌아가시면서 남긴 빚이 있으시죠?"

"제 뒤를 캐셨어요?"

"기분 나쁘셨다면 죄송합니다. 저희로선 꼭 필요한 작업이었어요."

"뭐, 보안을 가장 중요하게 생각하는 분을 모시고 있으니 어쩔 수 없었겠죠."

"불쾌하셨을 텐데 너그럽게 이해해 주셔서 감사합니다."

여비서는 기계 같은 멘트를 뱉으며 깍듯하게 고개를 조아렸다. 몹시 건조하고 도식적인 말투였기 때문에 다른 사람에게서 이런 말을 들었다면 결코 진심이라 생각지 않았을 것이다. 한데 이상하게 이 여자에게선 뭐랄까, 진정성이랄까, 정직함 같은 게 느껴졌다. 그녀의 입에서 무슨 말이 흘러나오든, 그건 포장된 가짜가 아니라 진짜, 진심일 거라는 생각이 들었다.

"불편하지 않아요. 제게 빚이 있다는 건 저희 병동 직원들도 다 아는 사실이니까요. 굳이 숨기지 않았어요. 빚이 있다는 사실 자체는 죄가 아니잖아요. 그 빚을 안 갚으면 문제가 달라지겠지만요."

"……."

"전 일하면서 열심히 빚을 갚고 있어요. 엄마 병원비와 동생 학비도 제가 대요. 얼마 전 이민 간 외숙부 대신 외할머니도 제가 모시죠. 빠듯하지만 그럭저럭 살 만해요. 아직까지 신용불량자가 되진 않았으니 이 정도면 잘해 나가고 있다고 생각해요. 뭐 더 궁금한 거 있으세요?"

"없습니다. 저희가 알아야 할 건 이미 다 알고 있으니까요. 오해하실까 봐 말씀드리자면 빚이 있다는 사실로 선생님의 채용을 망설이는 것은 아닙니다. 저희 회장님께서는 표 선생님처럼 유능한 분을 모실 수 있게 되어 무척 다행이라고 생각하십니다. 더불어 익숙한 업무환경에서 벗어나 낯선 곳에서 가족과 떨어진 채 근무해야 하는 선생님께는 그에 합당한 대가를 지불해 드려야 한다고 생각하시죠."

"특별수당을 제시하시는 건가요?"

"비슷합니다. 저희는 선생님께서 이 일을 수락하는 즉시, 아버님의 빚과 어머님의 수술 경비 일체를 지원해 드릴 예정입니다."

"네?"

인희의 두 눈이 또다시 휘둥그레 떠졌다. 지금껏 듣도 보도 못했던, 터무니없이 많은 금액의 특별수당이었다. 아무리 연봉 높고

조건 빵빵한 직장도 이렇게 대단한 수당을 지원해 주지는 않는다. 이건 거의 '봉 잡았다' 혹은 '노났다', '로또 맞았다' 수준이었다.

"저희 회장님께서는 외딴 섬에 거주하고 계십니다. 고로 선생님께서도 섬으로 오셔서 근무해 주셔야 하지요. 섬은 대한민국 본토와 꽤 떨어져 있기 때문에 자주 드나들지 못하실 겁니다. 어쩌면 일하시는 내내 본토에 나오지 못하실 수도 있습니다. 회장님의 상태가 빨리 호전되면 상관없지만 그러지 못할 시엔 꽤 불편하고 괴로우실 거라 여겨집니다."

"외부와 차단된 생활이라는 게 섬에 고립된다는 뜻이로군요?"

"특별히 불편한 점은 없으실 겁니다. 의료장비며 약, 생활에 필요한 필수품 등은 섬 곳곳에 비치되어 있으니까요. 섬에는 저를 비롯한 많은 분들이 공동체를 이루며 살아가고 계십니다. 또한 회장님께서는 소문난 장서가시죠. 없는 책이 없을 정도로 많은 종류의 책, 희귀본, 초판본, 보물에 가까운 골동품 등을 소장하고 계십니다. 섬에 계시는 내내 지루할 새가 없을 거라 장담합니다."

여비서의 말이 사실이라면 당장 뛰어들어야 옳았다. 지긋지긋했던 빚더미에서 벗어날 수 있는 기회이니까. 아파 힘들어하는 엄마를 수술시켜 드릴 수 있는 절호의 찬스이기도 했다. 하지만 웬일인지 자꾸만 꺼려졌다. 며칠 전 당했던 한태빈의 일 때문인 걸까. 선뜻 남의 호의를 받아들이기가 쉽지 않았다.

"저희 회장님께선 세계적으로도 손꼽히는 억만장자이십니다. 돈이 너무 많아 주체하기 힘드실 정도이죠. 그래서 늘 주변 사람들에게 호의를 베푸십니다. 건강을 돌봐주시는 간호사 선생님께

작은 도움을 드리는 것 정도는, 늘 있어왔던 일이라 저희에겐 특별할 것도 없지요."

"평소에도 좋은 일을 많이 하시나 보네요, 그 회장님이라는 분."

"훌륭하신 분이랍니다. 그분의 건강을 돌보게 된 것을 결코 후회하지 않으실 거예요."

"그러겠죠. 하지만 저는 아무래도……."

"생각할 시간이 더 필요하십니까?"

"갑작스럽게 받은 제의니까요. 당장은 대답 못해 드리겠어요. 죄송해요."

"괜찮습니다. 중요한 사안이니만큼 생각할 시간을 충분히 가지셔야겠지요."

그녀의 망설임을 다 이해한다는 듯 비서는 생긋 미소했다. 그러더니 손목을 코앞까지 들어 올려 시간을 확인하고는, 다시 인희를 향해 상냥히 웃음 지었다. 그녀의 아름다운 눈가에 친절한 주름이 잡혔다.

"지금부터 5분간 생각할 여유를 드리겠습니다."

"네?"

뭐라고? 생각할 시간을 겨우 '5분' 주겠다고?

"더 못 기다리는 점 송구스럽게 생각합니다. 하지만 저희는 한시가 급해요. 회장님께서는 지금 당장 선생님을 필요로 하십니다."

"혹시 위, 위독하신가요?"

"그분은 늘 위독하세요. 무척 연로한 분이시라 정상적인 컨디션일 때가 별로 없지요. 그러니 5분 안에 심사숙고하여 결론을 내려주십시오. 저희는 지금 곧장 간호사 선생님을 모시고 가야 합니다."

여비서는 너무나 충격적인 말을 너무나 차분하게 하여 인희를 충격과 공포로 몰아넣었다. 듣는 사람으로 하여금 간담이 서늘하게 만드는 이 잔인할 정도로 차분한 억양. 자로 잰 듯 정확하고 절제된 동작. 상대를 뚫어질 듯 바라보는 짙고 어두운 눈망울. 맑고 투명하지만, 충분히 그 반대가 될 수도 있을 것 같은 저 눈. 새까만 눈…….

그녀의 모든 것이 갑자기 낯설지 않게 느껴졌다.

"우린 당장 여길 떠야 해."

"지금으로부터 5분 안에 여길 나갈 거야."

기묘하게도 한태빈이 떠올랐다. 하 비서와 공통점 없기로 따지면 단연 톱일 한태빈이!

인희는 허탈한 웃음을 흘리며 자신을 향해 끌끌 혀를 찼다. 시도 때도 없이 그를 생각하는 자신이 이제는 한심스럽게 느껴졌다. 어쩌면 이렇게 미련할 수가 있을까. 다혜가 그토록 진심 어린 충고를 해주었으면 이젠 현실을 받아들여야 하잖아. 왜 아직도 그를 기다리니? 왜 그가 나타날 거란 희망을 버리지 못하는 거야? 이런 호구 멍청이!

"5분 지났습니다. 이제 대답을 주시죠."

눈앞에서 흐트러짐 없는 자세로 앉아 있던 여비서가 시계를 체크하고는 시간 종료를 선언했다. 인희는 크게 심호흡을 하고는 곧장 마음을 정했다.

"수락하겠습니다."

부디 이번 일감으로 한태빈을 완전히 잊을 수 있기를 바랄 뿐이었다.

❖

"질의는 하지 마십시오. 묻는 것에만 대답하셔야 합니다. 그것 외에 특별히 유의하실 점은 없습니다."

하임은 커다란 출입문 앞에 우뚝 멈춰 서서 상냥히 당부의 말을 건네왔다. 인희는 어마어마하게 높고 육중해 뵈는 방문을 멍하게 바라보며 고개를 끄덕였다. 빚도 갚고 엄마 수술비도 마련하고, 덤으로 머릿속을 꽉 채운 한태빈에 관한 잡념을 없애기 위해 입주 주치간호사 일을 수락한 직후부터 지금까지 줄곧 마주했던 온갖 희한하고 놀라운 상황 중 가장 떨리고 긴장되는 순간이었다. 병원 꼭대기에서 헬리콥터를 탈 때도 심장이 이렇게 널을 뛰지는 않았었다.

"그럼……."

"저기요, 잠깐만요!"

하 비서가 뒤로 물러설 기미를 보이자 인희의 초조함은 더욱 깊어졌다. 인희는 하 비서의 옷자락을 냉큼 붙들고는 불쌍하리만치 간절하게 질문을 던졌다.

"회장님께서는 어떤 분이신가요? 까칠하신가요? 아까 잠깐 예민하신 분이라 들었던 것 같은데, 그 예민함이 어느 정도인지 알 수 있을까요? 연세는 어떻게 되세요? 건강상태는 얼마나 안 좋으시죠?"

"건강에 관한 내용은 회장님과의 면담 이후, 제가 직접 브리핑해 드릴 겁니다. 그 점은 염려 마시고 편하게 대면하십시오. 오늘은 환자와 전담간호사가 아닌 사람 대 사람으로 만나시는 거니까요. 회장님의 성격은 한마디로 정의해 드릴 수 없습니다. 복잡다단한 분이니 선생님께서 직접 부딪쳐 익히시길 권합니다. 그리고 연세는……."

연세는?

인희는 눈동자가 톡 튀어나올 듯 두 눈을 부릅뜨며 꼴깍, 마른침을 삼켰다. 딱딱한 무표정의 하 비서 얼굴이 짐짓 꿈틀거린다. 마치 웃음이 터지는 걸 참는 듯이. 하지만 순식간에 떠올랐다 사라진 표정인지라 인희는 알아채지도 못하였다. 너무나도 긴장한 나머지 그녀는 지금 남의 감정 따위 체크할 여력이 없었다.

"아주 많으십니다."

"얼마나요?"

"정확하게는 전에 설명드렸던 이유로 말씀드릴 수 없습니다. 하지만 아주 많다는 것만은 말해 드릴 수 있습니다."

"그럼 신체적으로 불편한 곳도 있으시겠네요? 다리를 전다거나 가는귀가 먹었다거나."

"글쎄요."

하 비서는 애매모호하게 말함으로써 대답을 회피했다. 그녀는 정말로 까칠하고 예민하시다는 '회장님'에 대한 정보를 일절 알려주지 않을 모양이었다. 긴장감이 배가되었다. 머릿속으로 괴팍한 노인네가 재떨이를 날리는 폭력적인 장면이 휙휙 지나가고, '아무리 돈이 많은 사람이라도 누군가에게 엄청난 호의를 베푸는 데엔 분명한 이유가 있다' 는 사실이 상기되었다. '회장님' 이 자신의 빚을 갚아주고 요구할 대가가 '폭력' 일 수도 있단 생각이 들자 당장이라도 쓰러질 것만 같았다. 하지만 바로 그때, 하 비서가 깔끔하고 단정한 말투로 그녀를 안심시켜 주었다.

"회장님께선 괴팍하시긴 해도 누군가에게 부당한 위해를 가하실 분은 아니십니다. 특히 고용인에게는 아주 관대하시죠."

"예?"

"그분은 부리는 사람들도 '내 사람' 이라 칭하기를 주저하지 않으십니다. 인명을 특히 중시하시고요. 생명에 귀천이란 없다고 생각하시는 분이세요. 선생님을 함부로 대하실 분이 절대 아니랍니다. 그 점에 대해선 제가 보증하겠습니다."

"아…… 네, 뭐."

"이곳을 보고 짐작하셨겠지만 회장님께선 아름다움을 사랑하십니다. 꽃과 나무, 새와 말, 물고기까지 두루두루 아끼시지요. 이곳의 모든 아름다움은 회장님께서 오랫동안 자연을 토대로 직접 가꾸어오신 것입니다. 그것만 봐도 회장님의 심성을 짐작하실 수 있으실 거예요. 회장님께선 그 연세에도 아직 어린아이와 같은 천진함을 갖고 계십니다."

하 비서의 말은 반박 불가능했다. '월락도' 라는 이곳은 낙원에 비견될 만큼 아름다웠다. 맨 처음 헬리콥터에서 내려 웅장하고 기품이 넘쳐흐르는 건물을 목도하였을 때 느꼈던 감동은 말로 표현할 수 없는 굉장한 것이었다. 흡사 세계문화유산이라는 체코의 어느 성에 와 있는 듯한 기분이었다.

로코코양식의 광대하고 다채로운 정원은 전문가의 손길이 느껴질 만큼 잘 관리되어 있었고, 격조가 느껴지는 갈색 건물들과 높고 위용 넘치는 첨탑은 동화 '라푼젤' 에서 막 튀어나온 것처럼 낭만적이었다. 졸졸 흐르는 시냇가와 무지개 모양의 다리 아래로는 빨간 지붕들이 다닥다닥 붙어, 많은 사람들이 공동체를 이루며 살아가고 있다던 하 비서의 말이 사실임을 입증하고 있었다. 이런 곳을 만들고 가꿀 줄 아는 사람의 심성이 포악할 수는 없을 것이다.

"그럼 이제 들어가실까요? 준비되셨습니까?"

준비는 아직 안 됐지만 들어가긴 해야 했다. 여기서 어찌 더 뻗댈 수 있겠는가. 인희는 두 눈에 힘을 꼭 주고 다부지게 고개를 끄덕였다. 그러자 하임 비서가 똑똑, 두 번 노크하고는 천천히 문을 밀어 열었다. 육중해 보이는 출입문은 예상외로 쉽게 열렸다. 끼이이익, 귀신이 나올 듯한 효과음만 빼면 이상한 점은 전혀 없었다.

인희는 머뭇머뭇 주저하며 조심스럽게 방 안으로 들어섰다.

방은 마치 거대한 동굴 같았다. 출입문만큼이나 높고 넓었으며 주인의 성향을 알려주듯 불필요한 장식이 거의 없었다. 제일 먼저 눈에 들어온 것은 조명등과 햇살의 부조화였다. 조명의 어둡고 불길한 불빛과 유난히도 화창한 햇살 몇 줄기가 만들어내는 불협화음은 그녀가 처한 현실만큼이나 낯설고 부자연스러운 것이었다.

쿵!

"헉!"

갑작스런 소음에 인희는 화들짝 놀라 뒤를 돌아보았다. 문이 닫히는 소리였다. 인희는 당장이라도 문짝을 두드리며 내보내 달라 소리치고 싶은 충동을 느꼈다. 하지만 병원장의 추천까지 받아 황송하리만치 과도한 대가를 받고 여기까지 '자진해서' 온 주제에 그럴 수는 없었다. 인희는 두 손을 맞잡고 미친 듯이 비틀어대며 내면의 두려움을 이겨내기 위해 노력했다. 그리고 마침내 마음의 안정을 어느 정도 찾았을 때, 인희는 차분히 환자의 침대로 다가갔다.

어두운 갈색의 캐노피가 무겁게 드리워진 침대에 누군가가 있었다. 짙은 캐노피 때문에 자세히 볼 수는 없었지만 그 누군가는 세워둔 베개에 허리를 받친 채 앉아 있음이 틀림없었다. 상대는 말이 없었다. 음울하고 비밀스런 방 분위기처럼 방의 주인도 음침한 인간이었다.

"누구지?"

침대와 안전한 거리를 두고 섰을 때야 상대는 반응을 보였다. 성대를 사포로 긁는 듯한, 몹시도 거칠고 지친 음성. 세파에 찌들고 노쇠해 온몸이 성치 않은 노인의 것이었다.

"안녕하십니까, 회장님? 저는 앞으로 회장님의 건강을 돌보게 될 표인희 간호사입니다."

목소리를 떨어 긴장한 것을 티냈으나 다행히도 막힘없이 말을 마칠 수 있었다. 어둑한 환경에 익숙해진 그녀의 망막이 길고 건장하며 호리호리한 인형(人形)을 감지해 냈다. 회장님은 예상했던 것보다 건강해 보였다. 나이에 비해 키가 꽤 커 보였고 덩치도 보통의 노인들과는 비교할 수도 없을 만큼 건장했다. 어디가 아픈 것인지는 모르겠으나 타고난 건강 체질인 것만은 분명해 보였다.

"표…… 인희……?"

늙고 지친 음성이 나른하게 그녀의 이름을 읊조린다. 순간, 팔딱거리던 인희의 심장이 쿵쾅거리기 시작했다. 알 수 없는 전율과 흥분이 찾아와 숨이 저절로 거칠어졌다. 긴장 때문이야. 너무 긴장해서 제정신이 아니라서 그래. 속으로 중얼거리며 인희는 맞잡은 두 손을 더욱 세차게 비틀었다.

"이리 가까이."

쭈글쭈글한 노인의 손이 톡톡, 아주 느리게 침대를 두드렸다. 인희의 시선이 저도 모르게 그 손으로 향했다. 뼈만 앙상하고 검버섯이 시커멓게 드리워진 손. 누가 봐도 전형적인 노인의 손이었으나 이상하게 인희의 눈에는 힘이 없어 보이지 않았다. 오히려 활기차고 생기 있어 보였다. 저 손이라면 50kg이 넘는 자신쯤은 거뜬히 들어 올릴 수 있을 것 같았다. 실제로 인희는 저 노인이 자신을 완벽히 들어 올려 관능적이고 능수능란한 키스를 퍼붓는 상상을 아주 쉽게 할 수 있었다. 하나, 얼굴 미상의 노인은 점점 한태빈으로 변하는데…….

'미쳤구나.'

또다시 그를 생각하다니 믿을 수가 없다. 지금이 어떤 때인데! 이런 중요한 상황에서조차 한태빈을 떠올린다는 게 말이 되니? 정신 차려, 표인희!

인희는 스스로에게 저주를 퍼부으며 회장의 요구대로 더 가까이 다가섰다.

"병원장이 자네를 추천했다지?"

"네, 맞습니다."

"유능한 간호사라 들었네."

"유능한지는 잘 모르겠습니다. 하지만 성실하긴 합니다. 책임감도 있는 편이고요. 회장님께서 건강을 되찾으실 수 있도록 최선의 노력을 다하겠습니다."

"최선이라……."

낮게 깔리는 노인의 목소리는 듣기 불편할 정도로 거칠었음에도 묘하게 매력적인 구석이 있었다. 분명 젊었을 적 여자깨나 울렸을 바람둥이였을 게다. 돈도 많았으니 수십, 수백 명의 여자들을 노리개 삼아 데리고 놀았겠지. 그러니 말년에 돌봐줄 할멈 없이 이리 홀로 지내는 게 아니겠는가. 그 생각을 하며 입술을 삐쭉거리자니, 퍼뜩 머릿속으로 또 다른 영상이 스쳐 지나간다. 젊은 시절 노인이 여자를 미친 듯이 탐하는. 역시나 얼굴 미상의 노인은 한태빈으로 변해갔다.

미쳤어! 미쳤어! 너 정말 왜 이러니?

"자네가 말하는 최선의 한계가 어디까지인지 무척 궁금하군. 나를 위해 무엇을 얼마만큼 할 수 있나?"

"전……."

대화에 집중해. 한태빈이 아니라 이 노인의 말을 귀담아들어. 그가 원하는 답을 줘. 넌 이 면담에서 합격점을 받아야만 해.

"무슨 일이든 할 수 있습니다, 회장님."

"무슨 일이든?"

"간호사라면 환자를 위해서 무슨 일이든 해야 한다고 생각합니다. 회장님을 위해서 제가 할 수 있는 일이 있다면, 그게 무엇이든 마다하지 않겠습니다."

"나를 위해서라면 나의 요구가 무엇이든 들어줄 수 있다는 건가?"

"회장님의 건강에 도움이 되는 일이라면 기꺼이 해드릴 수 있습니다."

"내가 무얼 요구할 줄 알고?"

낮게 깔리는 음산한 노인의 말은 인희의 안면에 떠 있던 환한 미소를 순식간에 얼게 만들었다.

"네……?"

"내가 자네에게서 뭘 바라는지 어찌 알고, 그리 순순히 받아들이는 거지?"

"치…… 치료 얘기였잖아요, 회장님."

스스로 듣기에도 겁이 잔뜩 묻은, 민망한 목소리로 인희는 더듬더듬 간신히 응수하였다. 하지만 돌아온 반응은 큭큭, 조롱 섞인 웃음뿐이었다. 노인은 섬뜩할 정도로 음침하게 웃어재낀 후, 몇 초간의 침묵을 무기처럼 휘두르고는 천천히 입을 열었다.

"자네는 내가 하는 말을 알아들었어. 내가 무엇을 요구할지 이미 알아차렸네."

"회장님……."

인희는 꿀꺽, 마른침을 삼켰다. 점점 숨통이 조여오는 기분이었다. 등줄기가 오싹하고 팔뚝에 소름이 돋았다.

"설마 간호 업무만으로 그토록 고액의 연봉을 받는 거라 생각했던 건 아니겠지? 아닐 거야. 평범한 입주 간호사를 들이느라 엄청난 재산을 쏟아부을 만큼 내가 멍청하다고 생각하지도 않았을 거고. 요즘 세상이 어떤 세상인데 젊은 사람이 공짜를 바라겠나? 아무 대가도 없는 선의란 동화만큼이나 허무맹랑하지. 동화를 믿는 사람이 세상에 존재하긴 하나?"

"회, 회장님……."

"자네의 그 알량한 실력과 스펙으로는 내 근처에도 못 와. 난 특별한 사람들만 상대하니까. 자네를 고른 건 다른 이유가 있었어. 난 자네만이 해줄 수 있는, 특별한 어떤 서비스를 원했지."

더 들을 것도 없었다. 이 노인이 자신을 '고른' 이유는 더럽고 추잡한 꿍꿍이가 있었기 때문이었다. 빚을 갚아주고 어머니의 수술비를 대주겠다고 한 것은 그가 훌륭한 인품과 동정심, 자비로움이 넘쳐 나는 사람이어서가 아니라 그녀로부터 특별히 원하는 바가 있었기 때문이었다. 그게 무엇인지는 언급할 가치도 없었다.

"저는 간호삽니다."

노인의 멱살을 잡고 바닥으로 패대기를 쳐주고 싶은 폭력적인 충동을 간신히 눌러 참으며 인희는 두 주먹을 불끈 쥐었다.

"회장님께서 원하시는, 그런 특별한 서비스는 해드릴 수 없습니다."

"그게 간호의 일종이라고는 생각지 않나?"

"간호란 기본적으로 아픈 사람을 돌보는 일입니다. 간호사로서 전 회장님의 건강한 생활을 책임져 드릴 수는 있겠지요. 하지만 그 밖의 일은 제 능력 밖의 일입니다."

"내가 그런 쪽…… 그러니까 특별한 서비스를 받고자 하는 쪽이 병들었을 수도 있잖나? 간호사라면 병든 환자의 몸을 책임지고 돌보아줘야 하지 않나?"

"다시 한 번 말씀드리지만 회장님께서 말씀하신 서비스는 제 능력 밖의 일입니다."

"내 생각은 조금 다르네만. 자네는 아주, 몹시, 탁월한 능력을 소유한 것처럼 보인다네."

고막이 불편해지는 거친 노인의 음성이 나긋나긋하게 퍼졌다. 동시에 드리워진 캐노피 너머로 노인의 시선이 느껴졌다. 그는 반듯한 부동자세로 서 있는 인희를 자세히 훑고 있었다. 얼굴서부터 목덜미, 어깨, 드러난 쇄골, 가슴까지.

소름이 끼쳐야 옳았으나 당황스럽게도 예의 전율이 또다시 찾아왔다. 소담하게 솟은 그녀의 가슴이 브래지어 안에서 단단해졌다. 배꼽 근처에서 뜨거운 덩어리가 캐논볼처럼 빠르게 스쳤다. 다리 사이의 예민한 근육이 움찔거렸다. 너무나 수치스러운 나머지, 인희는 뜨거운 숨을 가쁘게 몰아쉬면서도 거세게 고개를 가로저어 이 모든 것을 부인했다.

"정말로 모욕적이네요! 어떻게 그런 말씀을……!"

"난 모욕이 아니라 칭찬을 했다고 생각하는데?"

노인이 짐짓 뾰로통하니 중얼거린다. 말투로 보아 거짓은 아닌 것 같다. 하지만 모르는 사람으로부터, 그것도 할아버지뻘 되는 남자로부터 '섹스를 잘할 것 같은 여자' 라는 뉘앙스의 말을 듣는 게 결코 기분 좋을 리 없었다.

"이 일자리와 저는 맞지 않는 것 같습니다, 회장님. 적합한 다른 사람을 찾아보시는 게 좋을 것 같아요. 저는 돌아가겠습니다."

"안 돼."

엄격한 명령이 떨어졌다. 일말의 반론도 허용하지 않겠다는 듯 뻣뻣하기 그지없는 말투. 귀에 익은 거만함이 느껴졌다. 이미 그녀가 알고 있는 한 사람, 한태빈의 말투와 비슷했다. 하지만 이 할아버지가 한태빈일 리는 없었다. 인희는 가볍게 머리를 흔들며 더욱 또렷이 상대의 실루엣을 응시했다.

"됩니다. 제가 이 일자리를 원하지 않으니까요."

"안 된다고 말했어. 내 집에서 내 고용인은 내 명령에 따라야 해. 자넨 못 그만둬."

"전 당신 명령에 따를 이유가 없습니다. 방금 사임 의사를 밝혔으니까요."

"성급하게 결론내리지 말게, 간호사 양반. 인생은 그리 호락호락하지 않아. 자네는 내 일자리를 받아들이겠다고 계약서를 썼어. 그 계약서에 의하면, 계약을 먼저 파기한 쪽이 내가 기지불한 금액의 두 배를 되돌려주어야만 해. 자네는 돈을 돌려주기 전까지 내 소유야. 내 간호사."

"……."

"내 여자."

음침하고 거친 노인의 음성이 어둡고 우울한 방 안 공기를 휘저었다. 놀랍게도 그의 나직한 음성은 인희의 발목을 사로잡았다. 움직일 수 없었다. 온몸이 뜨거워졌고 심장이 들썩거려졌다. 숨결이 가빠왔다. 찌릿한 전율과 흥분감이 발끝서부터 머리끝까지 관통했다. 다리 사이로 흥분의 증거물이 흥건하게 배었다. 그곳의 입구가 파르르 떨면서 움찔거렸다.

이건 정말 말도 안 돼!

"이건 사기예요. 난 속아서 여기 온 거라고요!"

충격에 휩싸여 인희는 소리쳤다. 이런 모욕적인 상황에서 동물처럼 본능적인 욕구를 느낀다는 사실에 수치심과 혐오감이 들었다. 경악스러울 만큼 스스로가 더럽게 느껴졌다.

"당신네가 내 업무에 대해 정확히 알려줬다면 난 결코 여기 오지 않았을 거예요. 그러니 난 계약서 조항을 지킬 필요가 없죠. 오히려 계약서에 없는 업무를 요구한 당신이 계약 파기의 원인 제공자예요. 하지만 당신이 준 돈은 안 받겠어요. 필요 없으니까 그냥 날 내버려 둬요. 여기서 나가게만 해주면 없었던 일로 해드릴게요."

"갑과 을을 혼동하는군, 간호사 양반. 갑인 나는 자네에게 돈을 지불했어. 하지만 을인 자넨 내게 아무것도 제공하지 않았지. 그런 상태로 을이 계약을 해지하겠다면 갑은 절대로 가만있지 않아. 보통은 거액의 소송을 준비하지."

"이보세요……."

"성급한 결정은 금물이라고 내가 말했잖아."

"난 병자를 간호하러 여기 왔어요. 호색한 늙은이의 정욕을 충족시키기 위해서가 아니라!"

눈을 부라리며 반미치광이처럼 고함을 내질렀다. 캐노피 너머의 노인은 약간 놀란 듯 잠시 잠잠하다가 이내 혀를 끌끌 차며 씁쓸한 웃음을 흘렸다.

"허허! 늙은이라니. 남자를 슬프게 하는 재주가 있구려. 그런 말을 하면 못 써."

"약한 척하지 마, 이 추잡한 늙은이! 여기서 나가는 즉시 당신을 고소할 거야. 법 좋아하시는 것 같은데, 그 법에 한 번 혼쭐나 보시라고. 내가 당신 정체를 만천하에 까발려 주겠어. 착하고 인자한 억만장자의 가면을 쓰고 얼마나 더럽고 추잡한 짓을 해왔는지 다!"

호통을 치듯 전쟁을 선포하고 인희는 획 몸을 돌려 출입구로 향했다. 그러자 나른하기 짝이 없는 남자의 음성이 들려왔다.

"돌아와, 간호사 선생."

아주 짧은 순간, 그 목소리는 젊은 사람의 것처럼 들렸다. 매끄럽고 부드러운, 그리고 건강한. 하지만 그건 그저 착각이었을 뿐이었다. 곧장 예의 신경질적이고 괴팍한 노인의 음성이 날아왔다.

"후회하게 될 거야. 당장 돌아오게."

인희는 우뚝 멈춰 휙 고개를 돌아보았다. 커튼 새로 흘러나오는 극히 적은 양의 빛을 제외하면 어둠, 그 자체인 방 안에는 노인만이 우두커니 앉아 있었다. 마치 어둠을 지배하는 악마인 양. 인희는 그 형체를 향해 죽일 듯한 시선을 쏘며 이를 갈았다.

"엿이나 드셔, 늙은이."

쾅!

간호사 선생이 욕설을 날리고는 힘껏, 문짝을 후려 팰 듯 거칠게 닫아버렸다.

놀랄 만큼 거센 반응에 태빈은 그만 웃음을 터트리고 말았다. 표인희는 그가 예상했던 것보다 훨씬 더 만만찮은 상대임이 틀림없었다. '뱀파이어의 씨를 품을 수 있는 인간 여자' 이상의 의미가 될지도. 아니, 어쩌면 벌써 그런 존재인지도 모른다. 태빈은 불편하기 짝이 없는 시선으로 자신의 앞섶을 내려다보았다. 그의 몸은 이미 최대 사이즈로 부풀어 있었다.

태빈은 이 상태로 얼마나 더 버틸 수 있을지 감도 안 왔다.

제3장 이상한 나라의 표인희

이틀 뒤. 오후에 인희는 노인의 서고에 들어서며 인상을 찡그리고 있었다. 아무리 생각해 봐도 이곳은 이상했다. 만나는 사람마다 이상하고 수상쩍고 불길했다. 음모론에 휩싸인 사람처럼 모든 게 다 의심스러워졌다.

지난 이틀 동안 인희는 이곳 사람들이 '성채'라 부르는 노인의 성에서 내내 빈둥거렸다. 그들이 제공하는 방에서 씻고 자고 먹고, 남는 시간엔 창밖의 경치를 구경하거나 휴대폰으로 게임이나 인터넷을 했다. 가족들에게는 수시로 전화를 걸었고. 세상은 그녀가 없어도 잘 돌아갔다. 어머니와 동생, 외할머니는 별 탈 없이 잘 지내면서 인희도 역시 건강히 잘 지내다 돌아오길 바랐다. 이틀 전 벌어졌던 살인사건은 똑같은 수법의 피해자가 더 발견됨으로써 연쇄살인으로 확장됐다. 병원은 여전히 바빴고 힘든 상황의 연속이었으며, 다혜는 어제도 클럽서 날밤을 깠다고 했다.

그리고 인희는 외딴 섬에 고립되어 있다.

"이를 어쩌죠? 당분간은 운행 일정이 없어서 헬기 조종사에게 일주일간 휴가를 줬어요."

"뭐라고요? 휴, 휴가라고요?"

"정말 죄송합니다. 선생님께서 마음을 바꾸실 거라곤 예상하지 못했습니다. 제 실수입니다. 일주일 동안 이곳에 머무실 생각은 물론, 없으시겠죠?"

"전 지금 당장 집으로 돌아가고 싶어요. 한시라도 빨리 이곳에서 벗어나고 싶단 말이에요."

"정 그러시다면 배편이라도 알아봐 드리겠습니다."

노인네와 대판 싸우고 난 후, 인희는 하 비서에게 집으로 돌아가게 해달라고 요구했다. 다행히 하 비서는 노인과 무슨 일이 있었는지 묻지도 않고 흔쾌히 보내주겠다고 했다. 단, 헬기가 아닌 배편을 이용해서. 헬기 조종사에게 휴가를 줬다는 몹시 오비이락(烏飛梨落)적인 연유를 댔었다. 당시엔 이곳을 나갈 수만 있다면 헬기든 배든 상관없다는 생각에 대수롭잖게 넘겼지만, 이틀이 지난 지금까지 '배편'에 대해 아무 소식도 날아오지 않으니 의심하지 않을 수가 없었다. 하 비서가 일부러 자신을 붙잡고 있는 것은 아닐까 하고.

의심스럽기로 따지면, 방금 전 정원에서 마주쳤던 사제가 단연 톱이다. 그는 아주 이상했다. 깨끗하고 고귀한 영혼을 지닌, '기도의 사람이고 용서의 사람' 인 사제의 것이라고 하기에 그는 너무 음탕했다. 너무 속물스럽고, 너무 퇴폐적이었다.

인희는 잠시 그와의 만남을 되새겨 보았다.

"못 보던 분이로군요."

넓디넓은 정원 한가운데에 커다란 원형 꽃밭에 쪼그리고 앉아 핸드폰으로 사진을 찍어대고 있을 때였다. 상냥하고 친절한 50대 중년 남성이 말을 걸어왔다. 무료함에 점점 길들여지는 자신의 모습에 염증을 느껴 숙소를 박차고 나온 차였기에 인희는 섬 주민과 얘기할 수 있는 기회를 놓치고 싶지 않았다. 밝은 얼굴로 뒤를 돌아본 인희는 사제의 로브를 금세 알아보았다.

"안녕하세요, 신부님?"

"외부인이신가요?"

"네, 이틀 전에 왔다가 교통편이 끊기는 바람에 지금까지 머무르고 있어요."

"이 섬은 세상과의 소통이 자유롭지 못한 곳이지요. 어쩐 일로 오셨냐고 여쭈면 실례가 될까요?"

"아니오, 괜찮아요. 전…… 회장님의 건강 문제로 오게 됐어요. 이제 곧 갈 거고요."

"아아! 자매님이시군요? 회장님의 육체적 위로와 정신적 안정을 위해 와주시기로 했다는 분이."

"네?"

얼굴이 그토록 벌게졌던 건 살아생전 처음이었던 것 같다. 사제가 말하는 '육체적 위로' 가 무엇을 뜻하는지는 이미 알고 있었기 때문에. 그 노인네가 이 추잡한 일을 온 동네방네 소문을 냈을 줄 그녀는 꿈에도 몰랐었다. 붉어진 인희의 얼굴을 보고 신부님은 다 이해한다는 듯 너그럽고 인자한 미소를 지었다.

"부끄러워하지 마십시오. 신은 사람을 가리지 않습니다. 또한 자매님께서 행하시려는 일도 넓은 의미에서 보면 봉사이며 헌신입니다. 일찍이 신께서 말씀하시길……."

"전 그런 사람이 아닙니다. 간호사예요, 간호사. 그 노인네가, 아니, 회장님께서 몸이 불편하다고 해서 도움이 되어드리려고 온 것뿐이었어요. 순수한 의미의 간호요. 신부님께서 말씀하시는 그런 의미의 봉사와 헌신은 절대 아니라고요!"

"회장님께서 독특한 상황 설정을 선호하신다는 것은 익히 들어 알고 있습니다. 특별히 간호사와 의사 놀이를 좋아하신다고. 아마도 회장님께서는 자매님의 몸에 아주 강하고 활기찬 주사를 놓아 주실 것입니다."

오, 주여!

그 순간 인희의 얼굴색은 신기록을 갱신하며 새빨개졌다. 온몸이 당근처럼 붉어졌다. 사제의 입에서 이런 표현들이 나왔다는 게 믿어지지 않았다. 이게 대체 무슨 일이야? 여긴 대체 어떤 곳이기에 사제가 이런 말들을 줄줄 읊을 수가 있지? 난 대체 이런 곳에서 뭘 하고 있는 거야?

"저는 이만 고해성사 시간이라. 신의 가호가 있기를, 아멘."

짜가인 게 분명한 못생긴 신부는, 사색이 된 채로 파르르 떠는 인희를 남겨두고 로브자락을 휘날리며 어디론가 사라졌다. 평소였다면 그를 뒤쫓아 사기 치지 말라며 다그쳤을 것이다. 당신 같은 사람이 신부라면 이 세상이 미쳐 버린 것일 거라고, 난 절대로 믿지 않는다고, 그가 가짜 신부인 걸 인정할 때까지 집요하게 물고 늘어졌을 것이다. 하지만 그녀의 정신 상태는 그 모든 것을 실행에 옮길 만큼 온전한 상태가 아니었다. 인희는 꽃밭에 서서 갈기갈기 찢겨진 멘탈을 가까스로 수습하여야만 했다.

"아무래도 여긴 이상해. 여기 사람들도 이상하고 여기 있으려니 나까지 이상해지려고 해."

혼잣말을 중얼거리며 인희는 서고의 문을 닫았다.

그녀는 저녁쯤에 하 비서를 찾아가 다시 한 번 교통편 섭외를 촉구할 예정이었는데, 그때까진 더는 이상한 사람들과 접촉하고 싶지 않았다. 남은 시간을 이 서고에 처박혀 있자고 결정한 건 잘한 것 같았다. 서고의 규모는 엄청났고 책 냄새는 얼마든지 맡아도 근사했다. 인희는 깊게 숨을 들이쉬며 안으로 들어섰다.

인희는 서고 곳곳을 돌아다니면서 감미로운 책 냄새와 오후의 고즈넉함을 만끽했다. 이후 2시간이 섬에서 보낸 시간 중 가장 행복한 시간이었다. 그녀는 고대문자인 것으로 보이는 형이상학적인 글자들을 구경하거나, 한자가 박힌 금속활자 인쇄본을 들여다보거나, 붓과 먹으로 그려진 화집 등을 감상하였다. 평화로움이 깨진 건 누군가가 서고에 들어선 직후였다.

"토미 블레어스. 한국명은 김춘석. 그래, 그래, 그쪽 패거리들의 작명 실력이 형편없는 건 나도 알아. 오늘 희생자의 이름? 박병삼. 미국명은 데이빗 칼라일이고. 맞아. 둘 다 저쪽 수뇌부들이야. 우리의 타깃이기도 했지."

남자 목소리였다. 아주 젊고 활기찬. 여유가 흘러넘치는. 문득 한태빈이 떠올랐지만 태빈은 아니었다. 태빈의 것보다는 조금 빠르고 리드미컬한 말투였다. 목소리만으로도 그가 매우 에너지 넘치는 사람이란 걸 알 것 같았다. 인희는 저도 모르게 숨을 죽이고 몸을 낮춘 채 책장에 붙었다. 왜인지는 모르겠으나 지금 이 순간 정체를 들키면 안 될 것 같았다.

이것도 한태빈 신드롬인가.

"나? 이런, 미치겠네. 난 아니야. 내가 안 죽였어."

흡, 숨이 거칠게 들이켜졌다. 인희는 두 눈을 홉뜨고는 냉큼 제 손을 뻗어 입을 가리는 것으로 혹시 모를 비명에 대비했다.

"이봐, 홍나비. 내가 이래봬도 MIA(Minority Intelligence Agency) 소속 요원이야. 너처럼 나 역시 내 신분을 자랑스럽게 여긴다고. 독자적으로 움직이지 않아. 철저히 본부의 명령에 따라 움직인단 말이야. 아아, 물론 내가 좀 독립적인 구석이 있다는 건 인정해. 하지만 그거야 어쩔 수 없지. 내가 존경받아 마땅한 마스터니까. 평범한 너희 요원과는 다를 수밖에."

남자는 알 수 없는 말들을 쏟아냈다. 그중에서 인희는 '희생자'라는 말에 주목했다. 듣는 순간 며칠 전 라디오로 접했던 살인사건이 떠올랐다. 정교한 솜씨, 치밀하게 계획된 범죄. 남자의 근육질 덩치와 '요원'이라는 표현으로 추측컨대 남자는 정교한 솜씨로 치밀하게 계획된 살인을 저지를 능력이 충분해 보였다. 갑자기 심장이 벌컥거리기 시작했다.

인희는 다리를 조금씩 움직여 책장의 가장자리까지 다가갔다. 고개를 슬쩍 내밀어보니 멀지 않은 곳에 서 있는 키 큰 남자의 뒷

모습이 보였다. 남자는 이쪽으로 등을 보인 채 전화통화를 하고 있었다.

"하지만 이번 사건은 내 짓이 아니야. 윗대가리들이 내 짓인지 아닌지 알아오라고 시킨 거면 가서 전해. 난 이번 사건과 아무런 연관이 없다고."

인희는 재빨리 주머니에 넣어두었던 휴대폰을 꺼냈다. 사진으로 남자의 뒷모습을 남겨두는 게 가장 중요했지만 그건 발각될 위험이 너무 컸다. 대신 녹음을 해두는 게 좋을 것 같았다. 다행히 남자는 계속 상대와 농담 따먹기 식의 통화를 이어가고 있었다. 인희는 녹음버튼을 누른 후, 좀 더 선명한 음질을 위하여 손을 최대한 낮게, 최대한 멀리 뻗었다.

"낸들 아나? 나인 것처럼 위장하고 싶었던 거겠지. 내가 오죽 튀어? 나처럼 잘생기고 멋지고 훌륭한 요원이고 싶어 내 흉내를 내고 다니는, 어떤 비겁한 새끼겠지. 글쎄, 난 아니라니까 그러네!"

그때 갑자기 남자가 분통을 터트리며 휙 몸을 돌렸다. 고개를 슬쩍 내밀어 동향을 살피던 인희는 깜짝 놀라 냉큼 몸을 움츠렸다. 철렁 가슴이 내려앉았다. 심장이 갈비뼈를 맹렬히 두드렸다. 아주 짧은 찰나, 잠깐 드러난 남자의 얼굴이 망막에 또렷이 새겨졌다. 남자는 한태빈과 매우 흡사한 외모의 소유자였다.

누구지?

"내가 그놈을 안다고 누가 그래? 내가 어떻게 알아? ……그럼 놈이지 년이겠냐? 춘석이랑 병삼이를 단번에 제압했잖아. 아무리 노튼이 미친 새끼여도 허약한 놈들을 휘하에 두진 않아. 제법 실력이 뛰어난 놈들일 거라고. 여자였다면 절대로 그리 깔끔하게 죽이진 못했을 거야."

뚜벅뚜벅. 남자가 이쪽 방향으로 걷기 시작했다. 인희는 쩍 벌어지는 입을 제 손으로 틀어막고는 서둘러 뒷걸음질을 치기 시작했다. 하지만 지금의 쪼그린 자세로는 쉽지 않은 일이었다.

"〈샷킬〉? 이 한기빈이 〈샷킬〉이라고? 그래, 그래, 노력은 가상하네. 놈들을 그리 깔끔하게 소탕할 만큼 대단한 실력자라면 적어도 나나 〈샷킬〉 정도는 되어야 한다, 라는 결론까지 내린 걸 보면 머리도 많이 굴렸고. 한데 말이지. 어떻게 나와 〈샷킬〉이 동일인물이라는, 말도 안 되는 생각을 해낼 수가 있지? 홍나비! 정신 차려. 난 MIA야. 〈샷킬〉 같은 범죄자가 아니라고."

남자의 목소리가 더 가깝게 들려온다. 이대로라면 발각되고 말 것이다. 저 사람이 자신을 죽이지 않으리란 보장은 어디에도 없었다. 이미 많은 걸 들어버렸으니 죽이고 싶지 않아도 죽여야 할지도 모른다. 인희는 서둘러 자리에서 일어났다. 딸까닥. 제법 커다란 소리가 난 것은 바로 그때였다. 무릎에 잠시 두었던 휴대폰이 바닥으로 떨어진 것이었다.

모골이 송연해졌다.

"잠깐만."

기빈은 우뚝 걸음을 멈추었다.

[왜?]

수화기 너머의 홍나비 요원이 즉각 질문을 날렸다. 감각이 예민한 뱀파이어답게 심상찮은 일이 벌어졌음을 직감한 것이다. 그러나 이곳은 성채였다. 지구상 그 어떤 곳보다도 더 보안이 철저한 곳. 이곳에서 심상찮은 일이 벌어질 리는 거의 없었다. 혹 이중 스파이라면 또 모르겠군. 속으로 중얼거리며 기빈은 가볍게 중얼거렸다.

“쥐새끼가 있는 것 같아서.”

[뭐야? 성채에 웬 쥐새끼?]

“여기 상주하는 냥이께서 요즘 공사가 다망하시거든.”

[냥이라면 그 프린세스? 왜? 어디 가셨나? 아아! 병원 들어가셨다지? 변태하러.]

홍나비가 심드렁하니 중얼거렸다. ‘프린세스’란 어릴 때부터 이곳 성채에서 함께 살아온 신윤리를 지칭하는 말이었다. 뱀파이어 세계에서 가장 존경할 만한 위인 중 하나인 ‘신국현’의 딸로서 아버지가 돌아가신 후부터 18년 동안 한태빈의 보호하에, 한태빈의 성채에서, 온실 속 화초처럼 얌전히 자라온 ‘공주님’이라 할 수 있었다. 고양이를 연상케 하는 외모와 도도함 때문에 기빈은 그녀를 ‘냥이’라 불렀다. 18세에 이르러서야 2차 성징이 시작된 바람에 그녀는 현재 뱀파이어 병원에 입원, 12주간의 변이 과정을 치러내고 있었다.

“변태가 아니라 변이. 우린 파충류가 아니라고.”

[파충류나 뱀파이어나 그게 그거지. 둘 다 인간에게는 혐오 종족 아닌가? 그나저나, 그래서였군? 요즘 네가 밤마다 여자를 만나러 다니는 게. 목줄 벗어던진 개 같더라.]

“욕처럼 들린다. 조심 좀 하지.”

[몰랐어? 욕한 거야. 쥐새낀 잡았어?]

"글쎄……."

기빈은 바닥에 떨어진 휴대폰을 가만히 내려다보며 중얼거렸다. 책장과 책장 사이에는 아무도 없었다. 이 핸드폰과 희미한 바나나 향뿐. 여자 냄새도. 그것도 인간 여자.

"놓친 것 같은데?"

천천히 휴대폰을 주워 들며 기빈은 씩 웃었다. 수화기 안에서 홍나비가 코웃음을 쳤다.

[그 말을 믿을 것 같아? 네가 목표물을 놓치는 게 가능하기나 한지 모르겠는걸.]

"날 높이 평가해 주는 건 고마운데 〈샷킬〉은 아니야. 잘못 짚었어."

[어쭈? 말까지 돌리네. 잡은 쥐새끼가 여자인가 보지? 이 색마 같은 놈.]

"또 잘못 짚네. 헛소리 그만하고 〈샷킬〉 얘기나 마저 하자고. 도대체 무슨 근거로 그 또라이가 나라는 거야?"

[또라이니까 너지, 이 또라이야.]

잽을 날렸더니 어퍼컷이 날아온다. 뒤이어 뉴욕 뒷골목에서나 들을 수 있을 법한 거친 욕설이 나비처럼 사뿐히 귀에 꽂혀왔다. 기빈은 아름다운 클래식 선율을 듣는 사람처럼 편안하고 기분 좋은 얼굴로 계속 비밀출구를 향해 걷기 시작했다.

"〈샷킬〉이 대체 누구야?"

사내의 목소리가 완전히 사라졌음을 깨닫고 인희는 멍하게 중얼거렸다. 사람 하나 죽이는 건 일도 아닐 무슨무슨 '요원' 한테 들키지 않은 것에 대한 안도감 때문에 온몸에서 힘이 쫙 빠져나갔다.

"킬러."

그녀를 꼭 끌어안고 있던 정체 모를 남자가 허공을 떠도는 질문에 답을 주었다. 기분 좋은 울림이 가슴팍으로 전해졌다. 남자는 방금 그녀를 구해주었다. 절체절명의 순간, 너무 겁먹은 나머지 꽁꽁 얼어붙어 버린 그녀를 통로에서 끌어내어 함께 몸을 숨겨준 고마운 사람이었다. 품이 참 따뜻하다고 생각하며 인희는 천천히 감아두었던 눈꺼풀을 밀어 올렸다. 뜻밖에도 검정색 사제복이 눈에 들어왔다.

"아주 유명하지. 모든 목표물을 명중시킨다는 의미의 '원샷원킬'을 줄여서 다들 〈샷킬〉이라고 해."

"킬러라고요?"

멍하게 중얼거리며 천천히 고개를 들었다. 키가 190cm에 가까운 남자의 얼굴을 보기 위해선 고개를 꽤 많이 젖혀야 했다. 마침내 상대의 얼굴을 온전히 바라볼 수 있게 되자 인희는 곧장 '헉!' 하고 숨을 들이켰다.

바이칼 호수처럼 파란 눈.

그는 한태빈이었다.

"당신! 여기서 뭐 해요? 이 섬에 살아요?"

"……."

태빈은 말없이 파란 눈을 빛내며 느리고도 나른한 미소를 지었다. 새파란 그 눈에는 일말의 거리낌이나 죄책감조차 찾아볼 수 없었다. 어쩌면 이럴 수가 있지? 어떻게 이런 일을 벌여놓고도 웃음을 보일 수가 있지? 인희는 기절하지 않기 위해 각고의 노력을 다하며 멎었던 숨을 다시 쉬었다. 하지만 당면한 현실을 받아들이면서 정신을 놓지 않기란 결코 쉬운 일이 아니었다.

"당신, 사제예요?"

인희는 경악스런 시선으로 그의 위아래를 훑어봤다. 인희의 거친 다그침과 헐떡거림이 넓은 서고에 울려 퍼졌다. 그 소리를 듣고 '요원'이 되돌아올지도 몰랐지만 상관없었다. 놈이 죽이겠다고 덤벼도 이보다는 덜 무서울 것이다. 그녀는 도무지 믿을 수가 없었다. 자신을 호텔로 데려가 밤새도록 지치지 않고 성을 탐닉하고 또 탐닉하던 그 짐승남이 신을 모시는 사제라는 사실이 믿어지지 않는다.

내가 사제와 섹스를 했다니!

"역겨워."

인희는 분노로 인해 부들부들 떨리는 손을 간신히 들어 쩍, 소리 나도록 세차게 그의 우람한 대흉근을 때렸다. 사제복 아래로 단단하고 강인한 근육들이 꿈틀거렸다. 만지고 싶은 호기심과 욕구가 꾸물꾸물 일어섰지만 인희는 꾹 눌러 참고 죽을힘을 다해 그를 밀어냈다. 그러나 그는 돌처럼 단단했다. 아무리 몸부림을 쳐도 품에서 벗어날 수가 없었다. 미친 여자처럼 온몸을 흔들며 마구잡이로 때려보아도 꿈쩍하지 않았다. 때리고 할퀴고 발광할수록 더욱더 단단해질 뿐이었다.

"날 자극하지 마. 날 위해서, 자기 자신을 위해서. 얌전히 있어."

"당장 비켜요!"

"그럴 수 없다는 거 잘 알잖아?"

"왜요!"

"난 당신을 놓치기 싫어. 하지만 내가 놓아주는 즉시, 당신은 내게서 달아나려는 무의미한 시도를 감행할 거잖아?"

"그래도 싸죠! 한 짓이 있는데! 당신은 날 속였어!"

"속인 게 있긴 하지."

"어떻게 그런 걸 속일 수가 있어요? 어떻게 자기가 사제란 걸 속이고 내게 그런 짓을 해요? 당신이 사제란 걸 알았다면 그날 밤 호텔에 따라가지 않았을 거예요. 난 성직자랑 원나잇하는 취미 같은 건 없다고요! 세상에! 그러고도 천벌을 받지 않고 멀쩡히 사제 노릇을 하고 있다니. 당신 진짜 어떻게 된 사람이에요? 미친 거예요?"

"미친 것 같긴 해. 이런 상황에서도 흥분하는 걸 보면."

인희는 그제야 예민한 아랫도리로 길게 돌출된 남성을 느낄 수 있었다. 또다시 격렬하게 숨을 들이켰다. 어처구니없게도 내내 그의 다리 사이에 몸을 끼운 채였다는 사실이 자각되자마자 온몸에 불꽃이 일었다.

관능과 타락의 불꽃.

수치스러워 죽을 만큼 그와 맞닿은 모든 곳이 욱신거렸다. 그의 손이 덮고 있는 통통한 가슴 밑동도, 날씬한 등허리도. 그의 숨결이 닿는 섬세한 목도, 나른하게 펼쳐진 몸의 중앙도. 작은 몸싸움 덕분에 이미 충분히 달궈진 듯 그곳은 뜨겁고 흥건했다. 격동하며 달떴다. 공격적으로 솟구친 그의 몸을 받아들이고 싶어 안달이 나 있었다. 혐오감이 쓰나미처럼 덮쳐 왔다.

"놔줘요. 당신과는 더 이상 엮이기 싫어."

대차게 쏘아붙이면서도 인희는 당장이라도 신음이 흘러나올 것만 같은 두려움에 입술을 깨물었다.

"안 돼."

부드럽지만 단호하게 속삭이며 태빈은 혀를 내밀어 그녀의 짭조름한 살갗을 핥았다. 가슴을 쥔 손아귀에 힘이 들어갔다. 점점 더 세게. 몽글몽글한 가슴덩어리의 모양이 이지러졌다가 천천히 회복되었다. 그러다가 다시 이지러지고 회복되는, 느리고 유혹적인 행위를 끊임없이 이어가며 그는 인희의 등허리를 나른하게 만지기도, 새하얀 목선을 혀끝으로 핥아 올리기도, 자신의 굵주린 발기체(勃起體)를 그녀의 아랫배에 비비기도 하였다. 그녀가 참았던 숨을 내뱉어 헐떡임을 숨기지 못할 때까지.

"제발요, 태빈 씨……."

어느새 서고의 차가운 벽과 한태빈 사이에 갇힌 신세가 된 인희는 이제 거의 울 듯이 빌었다. 더 이상 버티기 힘들었다. 그가 나른한 손길로, 뜨거운 입술로, 관능적인 숨결로 전해주는 달콤함을 고스란히 느끼면서도 목석처럼 굴어야 하는 이 상황이 너무나도 고통스러웠다.

"이제 그만해요. 우리 이러면 안 되잖아요. 당신은 사제예요."

"정말로 내가 사제라고 생각해? 그럴 자격이 있다고 생각하나?"

탁한 목소리로 그가 중얼거렸다. 그리곤 섬세한 그녀의 목선을 입안으로 깊이깊이 빨아들인다. 반갑지 않은 쾌(快)의 감각이 인희의 내부로 물밀듯 밀려왔다. 그가 까칠한 혓바닥으로 연약한 피부를 슥슥 쓸어 올리니 쾌감의 강도는 더해졌다. 이런 키스를 하는 자가 사제라는 건 말도 안 되는 일이었다.

"난 이미 오래전에 타락한 몸이야. 사제라는 고귀한 길을 걷기엔 너무 더럽혀졌지."

그가 인희의 허술한 고무줄 바지춤을 끌어 내렸다. 팬티 안으로 양손을 넣어 통통하고 보드라운 살집을 움켜쥐었다. 세차게 쥐었다가 놓아주길 반복하며 그가 세차게 자신의 사타구니로 밀착시키자 전기충격기와 같은 강력한 전류가 전신을 꿰뚫었다.

"읏……!"

"이걸 좋아하는군. 사제에게 범해지니 흥분돼?"

"이…… 이 변태성욕자!"

"인정하지. 난 변태야. 말했잖아. 이미 타락한 지 오래인, 더럽혀진 영혼이라고."

태빈의 손가락 두 개가 뜨겁게 펼쳐진 꽃잎을 덮더니 축축하게 젖어 연약하게 흔들거리는 속살을 천천히 매만졌다. 작게 동그라미를 그리다가 꽉 다물린 틈을 부드럽게 찔러 넣었다. 인희가 몸을 떨자 이번엔 이를 세워 목덜미를 가볍게 물었다. 희고 고운 피부에 희미한 잇자국이 났다.

"하지만 당신도 만만치 않아. 벌써 여기가 이렇게 흠뻑 젖었잖아?"

"아아, 으으음……!"

인희가 나른하게 신음했다. 태빈은 손가락을 옆으로 벌려 두 갈래로 나뉜 꽃길을 부드럽게 긁어 올렸다. 그리고는 톡 튀어 오른 붉은 꽃씨를 중지 끝으로 꾹 눌렀다.

"으흣!"

인희는 발작적으로 허리를 튕기며 고개를 뒤로 젖혔다. 내부에서 엄청난 쾌감이 솟구쳤다. 그동안의 짜릿함이 수도꼭지였다면 지금의 쾌락은 폭포수. 온몸으로 생성되는 기쁨과 환희, 형언되지 않는 온갖 감각들이 아우성을 치며 분출을 시도했다.

인희는 거칠게 숨을 헐떡였다. 가슴이 들썩여질 만큼 세차게 숨을 들이쉬었다가 뱉었다. 태빈의 사제복을 움켜쥐고 정신없이 비틀었다. 후들거리는 다리를 다급하게 가운데로 모아붙이며 그를 제지하려 했다. 하지만 그는 쉬지 않고 그녀를 계속 몰아붙였고 그녀는 끝내 산산조각이 나고 말았다.

"누가 더 변태고 음란한지 모르겠군."

축 늘어진 인희를 끌어안고 태빈이 속살거렸다. 여전히 한 손은 그곳에 머물러 있었다. 이제 그만 인희를 놔줘야 한다는 걸 알았지만 태빈은 그럴 수가 없었다. 아직 그의 짐승은 만족하지 못했다. 펄떡펄떡 살아 날뛰는 활어만큼이나 왕성하게 고동친 채 그대로였다.

그는 당장 인희의 날씬하고 가느다란 다리를 양옆으로 벌리고 그 아름답고 고귀한 온궁(溫宮)을 마음껏 차지하고 싶었다. 그곳에 입술을 묻어 향기롭고 끈적끈적한 꿀액을 맛보고 싶었다. 보드랍고 쫄깃한 속살을 송곳니로 잘근잘근 씹어 먹고 싶다. 꼬챙이처럼 단단하게 일어선 짐승을 세차게 넣고 따스함과 안락함이 흐르는 그곳을 휘저으며 온갖 분탕질을 쳐대고 싶었다. 보다 더 내밀한 곳을 찌르고 휘저어 자궁 깊이 고여 있는 습액(濕液)의 집결지를 완벽하게 정복하고 싶었다. 그리하여 끊임없이 옥죄는 욕망을 향한 갈망과 고통으로부터 벗어나고 싶었다.

"입술을 여는 게 어때? 아니면 내가 열어줄까?"

인희의 입술을 덥석 물며 거칠어진 음성으로 속삭였다. 유난히 얇고 보드라운 살점이 태빈의 이와 이 사이에 물렸다. 그는 뾰족 솟구친 붉은 입술을 혓바닥으로 문지르고, 입술로 쪽쪽 빨다가, 이로 잘근잘근 씹었다. 한손으로 틀어쥔 가슴을 세차게 움켜쥐며 엄지로 뾰족이 올라선 끝을 비볐다. 가녀린 신음 소리가 그녀의 입에서 흘러나왔다. 태빈은 달뜬 혓바닥을 그 사이로 밀어 넣고는 벌어진 입술 하나를 힘껏 빨아들였다.

"으흑! 아, 아, 아흣……!"

쾌락에 들뜬 여인의 신음 소리.

늘 그러하듯 그것은 뱀파이어의 피를 뜨겁게 했다. 피, 섹스에 대한 욕망과 파괴본능을 극대화시킨다. 태빈의 동공은 점점 커졌고 파란 홍채 위로 서서히 붉은 빛깔이 드리워졌다. 그는 피부 아래에서 맥동하며 맹렬히 흐르는 피의 흐름을 생생히 느낄 수 있었다. 생전 느껴보지 못했던 강렬한 욕정이 솟구쳤다. 비정상적일 정도로 너무 많이.

잇몸이 아팠다. 송곳니가 나오고 있었다.

"당신은 나에게 속해 있어."

득시글거리는 쾌락의 기운으로 말미암아 초점을 잃은 여자의 눈을 들여다보며 태빈은 주문을 걸 듯 나직하게 속삭였다. 그녀가 두 눈을 감고 한숨을 쉬었다. 모든 걸 그의 뜻에 맡기겠다는 듯.

"내 여자."

태빈은 곧장 블라우스 앞자락을 잡아챘다. 우드득, 소리와 함께 블라우스의 단추들이 떨어져 사방으로 흩어졌다. 샛노란 레이스가 달린 브래지어가 단번에 드러났다. 주저하지 않고 두 손을 가져가 브래지어마저 두 동강을 냈다. 질긴 천이 너무 쉽게 뜯겨져 나가고 눈처럼 새하얀 가슴이 눈앞에 펼쳐졌다. 그는 어깨에 걸쳐진 블라우스자락을 거칠게 젖혀 어깨와 목이 훤히 드러나게 했다.

"내 피."

그는 인희의 목을 가로지르는 푸른 동맥을 천천히 손끝으로 쓸었다. 생명력이 너무도 강렬히 약동하고 있어 피의 순환이 손쉽게 감지되었다. 허기짐이 더욱 강렬해졌다. 수백 년 동안 눌러왔던 피를 향한 굶주림이 세차게 들끓었다. 그의 자제력은 서서히 바닥을 드러내고 있었다.

태빈은 두 손으로 여자의 가슴을 받쳐 들고, 고개를 끌어 내려 오뚝 솟은 젖꼭지 끝을 작게 씹었다. 인희는 무슨 일이 벌어지고 있는지 전혀 인식하지 못한 듯 두 가슴을 그의 입안으로 밀어 넣기 위해 안간힘을 썼다. 태빈은 양쪽 가슴을 차례대로 빨아주어 그녀의 갈급함을 채워주었다. 입술에 진한 키스를 퍼붓고 두 가슴을 양손으로 주물럭거리며 그녀를 혼미하게 만들었다.

"내 제물."

지금 이 순간, 표인희의 영혼은 온전히 그의 것이었다. 가장 달콤한 피, 쾌락으로 가득 채워진 이 성숙한 여인의 피는 이제 그의 차지가 될 것이다. 그는 생명력이 아름답고 강하게 물결치는 이 여인의 목에 이를 박을 것이다. 그리하여 수백 년 동안 무시해 왔던 태생적 잔혹성을 스스로 증명할 것이다. 태빈은 이미 급속도로 자라나고 있는 이를 드러내며, 인희의 목덜미를 향해 천천히 고개를 숙였다.

그때였다.

"꺄악!"

표인희가 비명을 질렀다. 후두부를 강렬히 후려치는 날카로운 단말마에는 공포가 깃들어 있었다. 태빈은 번쩍 고개를 쳐들었다. 새파랗게 질린 인희. 그 모습을 보자 정신이 번쩍 들었다. 자신이 무슨 짓을 벌이고 있었는지에 대한 뼈저린 자각이 찾아들었다.

붉게 변해가던 태빈의 눈이 서서히 파란색을 되찾아갔다.

"미쳤나 봐!"

"표인희……."

"저것 좀 봐요, 저것 좀! 난 몰라. 어떡하면 좋아!"

다행인지 불행인지 인희는 태빈을 보고 있지 않았다. 그녀는 거의 울먹거리다시피 소리치며 팔을 쭉 뻗어 그의 뒤쪽 상단 천장을 가리켰다. 태빈은 눈살을 찌푸리며 인희가 가리킨 쪽을 돌아보았다. 천장에 붙은 작은 렌즈가 그를 조롱하듯 붉은 빛을 깜빡이고 있었다.

"도대체 이곳에 CCTV가 있단 말은 왜 안 했어요?"

소리치는 인희의 두 뺨은 모멸감과 수치스러움으로 붉게 물들어 있었다. 태빈은 혐오감 이외에 그 어떤 감정도 느낄 수 없었다. 아무 때나 이성을 잃는 자신, 원초의 본능을 이겨내지 못하는 나약한 스스로의 존재 자체가 매스껍고 혐오스러웠다. 당장 토악질이 나올 것만 같아, 태빈은 움켜쥐고 있던 여자를 던지듯 밀쳐 내고 쏜살같이 그곳을 빠져나왔다.

❖

"아니란 거 알아요!"

인희는 하 비서의 말을 무례하게 가로막으며 짜증스레 소리쳤다.

"비서님은 분명히 한태빈을 알고 있어요. 알면서도 모르는 척할 뿐이라고요!"

"왜 그런 의심을 품게 되셨는지는 모르겠지만 그렇지 않습니다, 표 선생님. 분명히 말씀드리지만 저는 한태빈이라는 이름의 신부님은 뵌 적이 없습니다. 그런 분은 저희 성채에 살지 않아요. 저희 섬 전체를 둘러봐도 아마 없을 겁니다."

"그러니까 거짓말이라는 거죠! 난 봤어요, 아까. 이 성 안에 멀쩡히 돌아다니고 있었다고요. 비서님은 이 성내 전반적인 것들을 모두 관리하는 집사시잖아요. 뿐만 아니라 태어날 때부터 이곳 섬에서 살아 이곳에 대해 모르는 게 없고요. 그런데 어떻게 한태빈을 한 번도 만나본 적 없다고 할 수 있으세요?"

"정확히, 한태빈이란 이름을 가진 사제를 뵌 적 없다고 말씀드렸죠."

말이 안 됐다. 한태빈은 튀는 남자다. 조금이 아니라 많이. 그처럼 잘생기고 섹시하며 몸매까지 죽여주는 신부님은 절대로 흔하지 않다. 한태빈을 한 번이라도 본 적이 있는 여자라면 절대로 쉽게 잊지 못할 것이다. 그리고 이 코딱지만 한 섬에 함께 살면서 그와 단 한 번도 마주치지 못했을 리도 없었다.

"표 선생님께서 목격하셨다는 그분이 신부님이 아닐 가능성도 있다고 봅니다만."

"아니오, 그 사람은 확실히 신부예요. 사제복을 입고 있는 걸 제 두 눈으로 똑똑히 봤다고요. 일반인이 사제복을 입고 돌아다닐 리가 없잖아요!"

"제한된 증거만으로 결론을 도출하는 건 성급한 일반화의 오류에 빠질 위험이 있죠. 세상에는 특이한 취향을 가진 사람이 의외로 많습니다. 조선시대 암행어사처럼 자신의 진짜 모습을 숨기고자 변장을 즐겨 하는 사람도 있지 않겠어요?"

"조선시대 암행어사도 스님 행세는 안 했을 거예요. 종교인 사칭은 위험하니까요. 그 자체로도 사기지만 심각한 중범죄로 이어질 가능성이 농후하다고요."

"그렇게 생각하신다면야. 저는 정말로 '한태빈'이라는 이름의 사제를 모릅니다만, 확인시켜 드릴 방도를 저로서는 더 이상 찾을 수 없군요. 죄송합니다, 선생님."

하임 비서는 배꼽 위로 두 손을 곱게 접은 채로 정중하게 고개를 숙여 사과를 건네왔다. 그녀의 입가에 알 듯 모를 듯한 기묘한 느낌의 미소가 떠올랐다 사라졌다.

'수상해.'

인희는 하임을 날카롭게 관찰하며 생각했다. 딱 꼬집어 얘기할 순 없지만 하임이 뭔가를 숨기고 있는 것만큼은 확실했다.

"좋아요. 그럼 그 변태 영감님을 만나게 해주세요. 그분은 한태빈을 아시겠죠. 내가 직접 그 영감님한테 물어볼게요."

"변태 영감이라고요? 설마 그 불경스런 단어가 저희 회장님을 지칭하는 말은 아니겠죠?"

하임이 깜짝 놀란다. 인희는 입술을 삐쭉 비틀며 퉁명스럽게 대답했다.

"아니긴 왜 아니에요? 맞아요! 회장님을 지칭하는 단어, 변태."

"……."

하임이 갑자기 꾹, 힘주어 입을 다물었다. 신기할 정도로 무표정한 포커페이스에 한일자(一)가 완고하게 뜨자 하임의 인상이 한층 더 괴팍해졌다. 자신이 모시는 상관에 대해 좋지 않은 말을 들으니 기분이 썩 유쾌하지 않은 것이다. 인희는 대차게 코웃음을 쳐주었다.

뭐 어쩌라고. 나도 기분 별로거든. 그 변태 영감탱이한테 당한 게 얼만데!

"저희 회장님께서는 여색을 밝히시긴 해도 변태는 아니십니다."

하임은 평정심을 유지하기 힘든 듯 단정한 브라운 계열 립스틱이 발라진 입술을 꿈틀꿈틀 위로 아래로 뒤트는가 싶더니 겨우겨우 문장을 완성했다.

"맹세컨대 그분은 단 한 번도 여자분께 무언가를 강요하신 적이 없으세요. 모두 상대방 여자 분이 원하신 일이죠. 부디 오해를 풀어주시길 바랍니다. 선생님께서 오해하셨다는 걸 알면 저희 회장님께선 몹시 상심해하실 거예요."

오해는 무슨 오해!

"이보세요, 비서님. 내가 평소에 사람을 잘 믿고 다소 감상적인 구석이 있어서 손해를 많이 보는 미련방통이이긴 합니다만, 비서님이 생각하시는 것만큼 세상 물정 모르는 애는 아니에요. 산더미 같은 빚도 갚아주고 우리 엄마 수술비까지 대주겠다는 그쪽 회장님 제안, 네! 처음엔 약간 이상하다고 생각했지만 결국엔 진짜 선의로 믿었고 너무 감사하게 생각했던 것 맞아요."

"……."

"하지만 난 그쪽 회장님이 '육체적인 위안'을 들먹이는 순간, 다 알아챘어요. 왜 일개 간호사인 내게 그런 호의를 베풀었는지. 수많은 간호사 중 굳이 왜 날 선택했는지. 대략 납득이 가더라고요. 당신들 눈에는 빚에 허덕이며 쪼들려 사는 내가 만만해 보였겠죠. 돈 몇 푼 쥐어주면 인격이고 자존감이고, 다 내팽개치고 납작 엎드릴 거라고 생각했을 거예요. 그것까진 뭐, 이해해 드릴 수 있을 것도 같아요."

"표 선생님……."

"하지만 당신들이 날 선택한 건 큰 실수였어. 가난하면 다 돈에 환장하는 줄 알았겠지만 사람 잘못 봐도 한참 잘못 본 거지. 내가 꽤 독종이거든요? 잡초 근성 장난 아니에요. 진창바닥에서 죽어라 허우적거려도 아직 자존심 하나는 멀쩡하거든요. 아마 당분간은 돈 따위에 비굴해져 자신의 가치를 헌신짝처럼 내버리는 일, 없을 거예요."

"……."

"어마어마하게 빚이 늘어서 내 시체가 아니면 감당이 안 되는 경우가 된다면 또 모르죠. 효녀 심청처럼 상어밥을 자처해 가족들을 살려야겠다고 마음먹게 될지도. 하지만 그때가 되어도 그 영감탱이 수청은 절대로 안 들 거예요."

"수청이라고요?"

그 순간 하임의 눈에 '번쩍!' 하고 폭소의 불꽃이 스쳐 갔다. 입술 언저리가 더 심하게 뒤틀렸다. 자신의 매력적인 주군이자 수장님이 춘향전 속 변사또가 되어 인희의 주리를 틀며 '수청을 들라!' 하는 장면이 부지불식간에 떠오른 것이었다. 하임은 재빨리 입술을 깨물었다.

웃지 말자, 웃지 말자, 절대로 웃지 말자!

"내 말이 우스워요?"

하나 불행히도 인희는 하임의 상태를 곧장 알아챘다. 입술 안쪽을 더욱 꽉 씹으며 하임은 고개를 숙였다.

"아닙니다."

"비서님도 여자잖아요. 같은 여자 입장에서 화 안 나요? 어떻게 웃을 수가 있어요? 아아! 다 필요 없어요. 그냥 그 영감탱이가 지금 어디 있는지나 빨리 말해줘요. 내가 직접 만날 거니까."

"용건이 있으시면 제게 말씀해 주시면 됩니다. 대신 전달해 드리겠습니다."

하임은 각도기로 잰 듯한 정확한 자세로 또다시 고개를 숙이며 예를 갖췄다. '됐어요!' 라고 소리친 인희는 깊은 '빡침' 이 묻어나는 한숨을 내쉬고는 하임을 지나쳐 방을 나서기 시작했다. 직접 그 영감탱이를 찾아가 물어볼 것이다. 한태빈이 회장과 무슨 사이이고 왜 여기서 사는지. 어디로 가면 만날 수 있는지. 그래서 꼭 알아낼 거다. 도대체 왜 서고에서 말도 없이 사라졌는지. 꼭!

제일 먼저 노인의 방으로 갔다. 방문을 걷어차기 전, 노인의 심장을 아주 쪼금 걱정했다. 노인이 비록 자신을 희롱한 천하의 몹쓸 사람이지만 간호사의 직업적 윤리의식이 양심을 건드린 것이었다. 하지만 그것도 잠시. 단단한 방어기제와 높은 프라이드가 인희의 분노를 끌어냈다. 그녀는 이틀 전 당했던 수모를 생각하며 전투력을 끌어올린 다음, 무지막지한 기세로 방문을 걷어찼다. 육중한 문은 단번에 활짝 열렸다.

"실례하겠습니다!"

다음 순간 인희는 그 자리에 화석처럼 굳어버렸다.

시야를 급습하는 현실 같지 않은 현실.

과하게 환한 햇살과 뿌연 먼지들이 어우러져 만들어내는 환상 같은 광경.

살풍경이었다. 방 안에 피가 낭자했다. 그 한가운데에 한태빈이 있었다. 여전히 사제복을 입은 채인 그는 고풍스런 의자 위에 널브러져 있었는데, 온몸이 피로 물들어 있었다. 방바닥도 붉은 피바다였다.

인희는 천천히 그를 향해 다가갔다. 핏빛 가득한 이 상황이 무서워 죽을 것 같았지만 오로지 그에 대한 염려로 목을 죄어오는 극심한 공포를 이겨냈다.

"태, 태빈 씨……?"

창백한 한태빈의 얼굴을 들여다보며 속삭였다. 목소리가 흔들렸다. 눈에 빠르게 눈물이 차오르기 시작했다. 꺄악꺄악 비명을 지르고 싶은데 그럴 수가 없었다. 너무 놀라 성대가 마비된 듯 아무 소리도 나지 않았다. 그저 소리 없이 눈물만 주룩주룩 흘러내고 있었다. 인희는 극도의 슬픔에 휩싸인 채 덜덜 떠는 두 손을 뻗어 그의 머리를 들었다.

"태빈 씨……."

그 순간이었다.

죽은 것처럼 감겨 있던 태빈의 눈이 훅 떠졌다. 새까만 동자 주위에 붉은 띠가 일렁거리고 있었다. 새빨간 핏빛의 눈이었다.

"꺄아아—!!"

인희는 목이 터져라 비명을 지르고 바닥으로 꼬꾸라졌다.

제4장 표인희에 굶주린 남자

"그러니까 그 회장이란 작자가 한태빈이고, 한태빈은 둔갑술에 능한 뱀파이어라 이거예요?"

조곤조곤한 하임의 설명이 끝나자마자 표인희가 뾰족하게 날 선 어조로 질문을 날렸다. 표면적으로 질문이긴 했으나 실은 반박이었다. 자신을 막 대한 늙은이가 한태빈이고 그가 뱀파이어라는 사실이 그녀는 도저히 믿기지 않았다.

"표인희 씨가 생각하는 그런 의미의 뱀파이어는 아닙니다."

"뱀파이어가 아니라고요? 피를 마시고 둔갑술을 하는데다 은둔하며 산다면서요. 그게 뱀파이어가 아니면 뭐라는 거예요?"

"그러니까 제 말은…… 너무 속단하지 마시라는 겁니다. 우리 종족은 세상 사람들로부터 뱀파이어라 불리고 있긴 하지만 선생님께서 생각하시는 것과 같은 그런 존재는 아닙니다."

"비, 비서님도 뱀파이어예요?"

인희가 식겁하며 묻는다. 저도 모르게 손으로 흰 목을 감쌌다. 행여 하임이 달려들어 물어뜯을까 무서워서.

"소설이나 영화에 등장하는 뱀파이어는 사람의 피를 흡혈하고, 전염시키고, 말뚝에 박히면 가루가 되어 사라지죠. 햇볕이나 십자가, 마늘을 무서워하고 낮 동안에는 관 속에서 수면을 취하며 밤에만 활동해요. 일종의 초자연적인 존재란 말이죠. 하지만 우리는 그렇지 않습니다. 기록이 없어서 우리 종족이 어떤 식으로 진화를 거듭하며 살아왔는지 정확히 알 수는 없습니다만, 적어도 지금 시대에는 사람의 피를 마시는 뱀파이어는 존재하지 않아요. 그러니 겁먹으실 필요 전혀 없으세요. 우린 인간의 돌연변이가 진화한, 인간의 하위 종족일 뿐입니다."

"확실히 십자가를 무서워하지는 않는 것 같더군요. 신부님 코스프레를 아주 잘하시더라고요. 깜짝 놀랐지 뭐예요?"

저절로 배배 꼬인 말투가 나왔다. 아무리 믿음직스러운 하임이 전하는 말이라 해도 그녀의 뱀파이어 설(說)은 너무 허무맹랑하게 들렸다.

"하지만 피를 마시는 건 확실해요. 바닥에 흥건했던 거 비서님도 목격하셨잖아요. 한태빈 입가에도 묻어 있었고요."

"그것은 인간의 피가 아닌 '대체혈액' 입니다."

"대체혈액이라고요?"

"우리 종족은 인간보다 훨씬 본능에 약합니다. 스스로 욕망하는 것을 눌러 참을 자제력의 지수가 인간의 1/10도 되지 않지요. '대체혈액' 은 뱀파이어의 특성 중 '피에 대한 욕구' 를 인위적으로 억제하기 위하여 개발된 일종의 약물입니다. 맛과 냄새는 피와 흡사하지만 진짜 피는 아니에요. 마시면 일시적으로 피에 대한 욕구를 풀어줄 수는 있지만 지속적인 효과를 기대하기는 힘들지요. 오히려 뱀파이어의 호르몬을 조금씩 파괴하여 생명을 단축시키기 때문에 남용하는 건 금물입니다. 비슷한 것으로, 호르몬을 일시적으로 마비시키는 고농축 캡슐이 있지요."

"한태빈이 자살행위를 했다는 거예요?"

"욕구를 자제하기 위함이었을 것이라 추측합니다."

"미쳤군요?"

인희는 두 눈을 부릅뜨며 황망히 중얼거렸다. 하임 비서의 말을 다 믿는 건 아니었지만, 진실이라 가정한다 해도 몹시 끔찍하게 들렸다. 아무리 욕구를 자제하기 위함이래도 어떻게 제 생명을 단축시키는 짓을 한단 말인가. 도무지 이해할 수가 없었다.

"뱀파이어는 인간의 확장판이라 할 수 있습니다. 인간을 이루는 다양한 세포들이 반란하듯 폭발적으로 증식하여 탄생한 돌연변이로서, 우리는 모든 면에서 인간을 뛰어넘습니다. 인간의 육체적, 정신적 능력이 극도로 활성화된 존재이죠. 당연히 목숨도 더 질깁니다. 게다가 그분께선 단순한 사업가가 아니십니다. 우리 종족의 과거와 현재, 미래를 책임져 주실 '수장' 이시죠."

"한태빈이 걱정하는 것만큼 그리 호락호락한 존재는 아니라는 말씀이시죠?"

"그분은 우리 뱀파이어 계에서도 전설적인 투사이십니다. 대대로 '괴물' 이나 '마녀' 등으로 몰려 학살당했기에 어쩔 수 없이 숨어 지내야 했던 우리 종족이, 지금처럼 인간사회에서 그들과 함께

부대끼며 살아갈 수 있게 해준 분이시죠. 그동안 우리 종족을 위해 인간에 협력하며 많은 일들을 해오셨습니다. 모두 인간들은 시도조차 할 수 없었던 위험한 일들이었죠. 하지만 그분은 늘 살아남으셨어요."

"도대체 한태빈이 몇 살이라는 거예요?"

"정확히는 저도 잘 모릅니다. 제가 태어나기 전에 이미 그분은 전설이셨으니까요. 수백 년 전, 영국에서 태어나셨다는 것이 제가 알고 있는 전부입니다."

"갬블…… 그 사람 이름이 테빈 갬블인가요?"

인희가 불쑥 물었다. 호텔에서 태빈과 헤어질 때 누군가가 그를 '테빈 갬블'이라고 불렀던 게 아주 갑자기 떠올랐다. 하임은 놀랍다는 듯이 눈을 크게 뜨고 생긋 미소를 지었다. 그리곤 복습 잘해온 학생 칭찬하듯 뿌듯한 말투로 말하였다.

"맞습니다. 어떻게 그걸 아셨죠?"

"언뜻 들은 것도 같아요."

"수장께선 표인희 씨를 도우려 하십니다. 당신은 위험에 처해 있어요. 불순하고 위험한 무리들의 타깃이 되었습니다. 그들로부터 당신을 지켜낼 수 있는 분은 이 지구상에 수장뿐이실 겁니다. 월락도 성채는 온전히 수장의 영향권 안에 있습니다. 아무리 무자비한 자들이라도 이곳은 함부로 침범하지 못합니다. 여기 있는 한 당신은 안전해요."

"그 무리들이 대체 누군데요? 왜 날 해치려는 건데요? 위험에 빠진 사람은 난데 왜 난 그걸 모르는 거죠?"

"모르시는 것이 당연합니다. 저들이 행동에 옮기기 이전에 수장께서 나서신 거니까요. 아주 즉각적이고 적절한 대처셨죠. 저들이 표인희 씨의 존재를 알아내기까지는 아직 여유가 있을 거라 추측됩니다."

"그러니까 아직 일어나지도 않는 일 때문에 내가 이 섬에 갇혀 있다는 거예요?"

"수장께선 적의 패턴에 대해서 그 누구보다도 더 잘 아시는 분입니다. 그들은 분명히 표인희 씨를 타깃으로 삼을 겁니다. 그걸 알면서도 아무 예방조치도 취하지 않는 건 어리석은 짓이죠."

"저기, 비서님. 비서님이 뭔가 단단히 착각하고 계신 것 같아서 말씀드리는 건데요. 지금 비서님이 논하고 계신 건 다른 사람이 아닌 바로 '내' 신변이거든요? 위험해도 '내'가 위험하고 예방조치를 취해도 '내'가 해요. 왜 내 일에 한태빈이 간섭하는 건데요?"

"그건……."

하임 비서가 그녀답지 않게 말끝을 흐렸다. 인희는 마뜩찮은 눈길로 그녀를 주시했다. 불길한 마음에 심장이 통통 뛰기 시작했다.

설마! 아닐 거야. 아니야. 아니겠지. 그럼, 아니고말고. 그럴 리가 없어.

하지만 설마는 사람을 잡는다. 꼭.

"표인희 씨께서 수장과 친밀한 관계를 맺으셨기 때문입니다."

"그, 그, 그……!"

그 일을 딴 여자에게 말하다니! 말도 안 돼! 어떻게 그런 잔인하고 비열한 짓을 저지를 수가 있지? 그게 남자로서 할 짓인가? 이 빌어먹을 남자! 세상에서 제일 입 싼 남자 같으니라고!

인희의 눈에서 레이저가 뿜어져 나왔다.

“그걸 어떻게 알고 계세요?”

“저는 그분의 비서입니다. 그분의 신변에 대해서라면 모르는 게 있어선 안 됩니다.”

“아니죠! 그건 개인의 프라이버시에 해당되는 일이에요. 아무리 비서라도 윗사람의 사적인 성생활까지 체크한다는 게…… 그게 말이 되나요? 자기들이 뱀파이어라고 주장하는 당신네들은 어떤지 모르겠는데, 지극히 정상적인 보통 인간인 내겐 완전 미친 소리로 들리거든요?”

“그분의 여자 문제는 단순 프라이버시로 취급될 수 없습니다. 앞서 말씀드렸다시피 그분께서는 우리 종족의 과거, 현재, 미래를 손에 쥔 마스터이시자 수장이시기 때문이죠. 그분의 문제는 곧 우리 종족의 문제입니다. 그분께서도 사안의 경중을 아셨기에 제게 말씀하셨던 겁니다.”

“그러니까 당신 말인즉슨, 난 한태빈과 엮인 순간 위험에 처해지게 됐고, 날 도울 수 있는 사람은 한태빈뿐이니 난 잔말 말고 콕 박혀 시키는 대로 해야 한다? 그런데 이를 어쩌죠? 난 아무리 생각해 봐도 믿을 수가 없는데.”

“믿으십시오. 그러셔야 합니다.”

“아니오! 아무리 믿어보려고 해도 그럴 마음이 안 생겨요. 한태빈과 잔 여자가 나 하나인 것도 아닐 텐데 굳이 나만 위험해졌다는 것도 웃기고요. 대체 무슨 위험인 건지도 전혀 모르겠고요. 위험하다는 게 진짜라고 해도, 왜 그 남자가 날 걱정하는 건지도 모르겠어요. 모든 게 의문투성이라고요.”

"표인희 씨."

"솔직히 웃기지 않나요? 잠 한 번 잤다고 내 수호자를 자처한다는 게. 아직 일어나지도 않은 일 때문에 날 속여 섬까지 데려온 것도 말도 안 돼요. 비서님께서 아주 중요한 뭔가를 뭉텅이로 빠뜨리고 설명하셨거나, 애초 이 모든 게 거짓말이었거나, 둘 중 하나라고밖에 생각할 수 없어요."

"……."

"어떡하실래요? 보충설명 하실래요? 아니면 거짓말이란 걸 시인하실래요?"

"표인희 씨……."

하임은 생전 처음 말문이 턱 막히는 것을 느꼈다. 당연히 하임은 표인희의 의혹을 풀어줄 수 있었다. 표인희는 똑똑하고 현실적인 여자다. 진실을 말해주면 그녀도 결국 협조만이 살길이라는 걸 인정할 것이었다. 하지만 유감스럽게도 하임에게 허락된 설명의 수위는 딱 여기까지였다.

무슨 이유에서인지 태빈은 표인희가 이 이상 알게 되는 것을 경계했다. 지금 이 시점에선 상당히 쓸모없는 배려심이다. 표인희는 호락호락한 편이 아닌데다가 이 문제를 쉽고 편리하게 흘려버릴 생각이 아예 없어 보이기 때문이었다.

"할 말 없으세요? 그럼 끝! 난 이만 가볼게요."

꿀 먹은 벙어리처럼 가만히 앉아 있는 하임을 향해 인희는 최후통첩을 날렸다. 그리곤 당장이라도 떠날 듯 침대에서 빠져나왔다. 하임은 화들짝 놀랐다.

"안 됩니다. 조만간 그 작자들이 표인희 씨의 존재를 알아챌 거예요. 여길 나가시면 저들의 공격에 무방비로 노출되는 겁니다. 정말 위험하다고요."

"난 아직도 그 위험이라는 것의 실체가 뭔지 못 들었어요. 기회를 드렸는데도 비서님은 날 납득시키지 못하셨다고요."

"전 납득 못 시켜 드리는 게 아닙니다. 말씀을 못 드리는 것뿐이라고요."

하임이 어찌할 바를 모르고 눈동자를 휘릭휘릭, 아랫입술을 잘근잘근, 씹어대기 시작했다. 평소 무슨 일이 있어도 침착함을 잃지 않는 하임이 그렇다는 건 보통 긴급한 상황이 아니라는 뜻이었다. 인희는 자신감이 부쩍 샘솟았다.

"말장난하지 말죠. 그 말이 그 말 같구만. 이제 와서 못할 말이 뭐예요? 뱀파이어니 수장이니, 당신네가 인간의 하위 종족이라는, 만화에나 나올 허무맹랑한 소릴 내내 늘어놓았으면서. 난 그런 말들도 다 참고 들어줬어요. 그보다 더 충격적인 진실이 뭔데요? 뭔데 말을 못해줘요?"

"우리 종족은 허구가 아닙니다. 뱀파이어는 실존해요. 이미 확인하셨잖습니까?"

"난 지극히 건강한 육체와 정신을 가진 대한민국의 20대 성인 여자예요. 그런 내가 뱀파이어의 존재를 믿는다고요? 천만에요! 듣긴 잘 들었습니다만 솔직히 '이게 웬 망상인가' 싶거든요? 앞뒤가 안 맞잖아요. 인간이라면서요. 인간인데 어떻게 수백 년을 살아요? 인간이 왜 피를 갈구해요?"

"……."

"한태빈만 해도 그래요. 네! 뭐, 완벽한 변태 노인이었고 완벽한 변태 사제였어요. 하지만 그게 뱀파이어라는 증거가 될 순 없잖아요? 그런 건 분장이나 연기력만 되면 누구든 흉내 낼 수 있어요. 피와 송곳니? 가짜 송곳니 끼우고 케첩을 입가에 묻혀놨을지도 모르죠. 요즘은 진짜 같은 가짜 피도 따로 판다던데요. 그런 거 구하는 거야 일도 아니죠. 안 그래요?"

"수장님이 뱀파이어라는 사실은 의심할 여지 없습니다."

하임이 불쾌감이 역력히 드러난 표정으로 딱딱하게 선언했다. 수장의 정체성에 의문을 제기한 인희가 무척 못마땅한 것이다. 하임의 착 가라앉은 목소리와 차갑게 꾹 다물린 입술에서는 비장감마저 느껴졌다. 그 충성심은 높이 사줄 만했지만 여전히 인희는 발언을 철회할 생각이 없었다. 그들이 뱀파이어라는 게 정상적인 머리에서 나올 수 있는 말도 아니거니와 오픈 마인드로 들어주려 해도 그럴 마음이 안 생겼다.

왜냐고?

그야 화가 나 있으니까. 삐딱선이란 걸 타고 있으니까. 한태빈이 그들 둘만의 경험을 다른 여자에게 털어놓았다는 사실이 아직도 그녀의 감정을 들쑤시고 있으니까.

"그걸 어떻게 믿죠? 다시 말하지만 당신은 날 납득시키지 못했어요. 납득만 된다면야 뭔들 못하겠어요? 내 안전을 위해서라는데 최대한 협력하지 않겠어요?"

인희가 최고로 못된 표정을 지으며 재수 없는 소릴 해댈 때였다. 하임이 불쑥 말했다.

"납득시켜 드리겠습니다. 원하시는 보충설명, 해드리겠어요."

"……네?"

"표인희 씨께서 가장 궁금하신 게 '수장께서 표인희 씨를 보호하려는 이유', 맞습니까?"

예고 없이 뚝 떨어진 말이라 인희는 어안이 벙벙해졌다. 함구하는 게 무슨 대단한 충성이고 임무인 양 굴었던 그녀가 갑자기 입을 여시겠다니 놀랄 수밖에 없었다. 도대체 무슨 꿍꿍인 거지? 인희는 의심이 진하게 배인 눈빛으로 하임을 쏘아보았다.

하임은 두 손을 배꼽 근처에 맞잡고 숨을 크게 들이쉬는 것으로 폭탄 발언을 할 만발의 준비를 마쳤다.

"수장께서 표인희 씨 일에 끼어드는 이유, 또 위험이 예측된다는 이유만으로 표인희 씨의 수호자를 자처하는 이유는 오직 하납니다."

인희의 한쪽 눈썹이 휙 위로 치켜 올라갔다. 어서 말해보시라는 뜻. 하임은 그 어느 때보다도 객관적이고 냉정한 말투로 마치 진실인 양 뻔뻔하게 거짓을 읊었다.

"표인희 씨를 사랑하시기 때문입니다."

❖

"스카일러, 돈은 원한다면 얼마든지 융통해 줄 수 있어. 물론 개인적으로. 필요한 게 얼마인가? 천만 달러쯤 되나?"

다음날 오전, 장난기와 조롱기가 묻어나는 한태빈의 굵직한 음성이 서재 안을 메아리치듯 휘돌았다. 높은 천장과 넓은 실내 공간, 어둑한 조명 때문에 동굴이 연상되는 이곳은 태빈의 공간이었다. 온갖 음침한 비밀과 사악한 음모, 계략들이 난무하는 이곳이야말로 달콤한 피의 유혹으로부터 온전히 안전했다.

태빈과 통화 중인 '스카일러'는 세상 사람들에게 '카일 웬트워스 3세'로 알려져 있다. 그는 최근 80세 생일을 맞은 중노인인데(물론 대외적으로만), 헐리웃 최고의 흥행영화사 '신세기US社'의 소유주이자 각종 음반과 뮤지컬, 연극, 출판 등에 걸쳐 수많은 사업체와 막강한 영향력을 휘두르고 있는 영화와 문화산업계의 대부였다. 은둔형 재벌로서 사적으로는 대외적으로 알려진 바가 거의 없으나 그의 손자가 천재적인 두뇌로 대학을 조기졸업, 최근엔 직접 회사경영에 참여하고 있어서 초미의 관심사가 되고 있었다. 스카일러의 손자 이름 역시 스카일러였다.

[좁은 땅덩어리에서 살다 보니 뇌도 좁쌀만 해지셨군. 이봐. 자네만큼은 아니지만 나도 돈이라면 지겹도록 많은 사람이야. 자네가 지금 하는 짓은 뭐라더라? 한국말로 뭐라고 하던데. '돈……지랄'이라고 했던가?]

스카일러가 자신이 당한 공격을 고스란히 되돌린다. 태빈은 웃음을 흘렸다. 오만하고 비열하고, 젊은이 특유의 자신만만함을 갖고 있는 스카일러가 그는 싫지 않았다. 스카일러의 두둑한 배짱이라면 현재의 강력한 권력자 니콜라이의 견제 상대가 될 수도 있다는 생각이었다.

"요새 한국 여자와 교제 중인가? 한국말이 늘었네."

[여자친구면 오죽 좋겠나만 아쉽게도 그 여잔 내 감시자일세. MIA요원. 뭐 그쪽에선 내 신변을 보호해 주기 위해 경호를 붙인 거라지만 알다시피 난 내 신변쯤은 보호할 능력이 있지 않나? 다 쓸데없는 짓이지. 내 보디가드로 여자를 붙이다니, 맙소사. 내가

그 여잘 지켜줘야 할 판이야.]

"MIA요원을 너무 물로 보지 말게. 그러다 큰코다쳐."

[안 그래도 재미 좀 볼까 하고 꼬시려다가 된통 물렸네. 한국 여자들은 다 그런가? 이름은 나풀나풀 나긋나긋 예쁘기만 하더만, 성질은 왜 그리 더러워? 까다롭긴 또 어찌나 까다로운지. 돈이 많아서 싫다, 너무 잘생겨서 싫다, 너무 어려 보여서 싫다. 아니, 늙지 않는 뱀파이어가 그럼 어려 보이지 늙어 보이나?]

"자네가 특별히 '영(young)' 해 보이긴 하지. 사람들이 고등학생 정도로밖에 안 보잖아."

[내 문제는 '너무 어려 보인다' 가 아니라 '너무 잘생겼다' 야. 너무 완벽한 꽃미남이라 여자들이 오히려 부담을 느끼는 거지. 내가 자네 정도만 됐었어도 그 MIA요원을 단숨에 꼬셨을걸. 뭐, 지금도 포기는 안 했어. 앳돼 보이는 거죽 안에 음흉하고 노련한 200년짜리 뱀파이어가 있다는 걸 깨닫기만 하면 그 여자도 나한테 넘어오게 될 거야. 두고 보라고.]

"왠지 그 요원이 불쌍하게 느껴지는군, 스카일러."

[걱정 마. 그 여자가 싫어하는 '돈지랄' 은 절대로 할 생각 없으니까. 그래서 말인데 자네 '돈지랄' 의 수준이나 한 번 높여보자고.]

"……."

[천하의 테빈 갬블이 전쟁에 무기를 대서 번 돈으로 세상을 구한다면, 그만큼 보람되고 고귀한 일은 또 없겠지? 다이너마이트로 떼돈 번 노벨만큼이나 위대한 족적을 남기게 될 거야. 테빈 갬블! 정의로 똘똘 뭉친 자, 시대의 양심. 그는 위대한 영웅이었다. 자네

묘비에 '현실판 토니 스타크, 스태픈 엘리엇 갬블, 여기 잠들다' 라고 쓸 수도 있어. 꼬마들이 읽는 위인전기도 만들어질 테고 말이야. 얼마나 좋아? 자넨 역사상 가장 훌륭한 뱀파이어로 남게 될 거야. 아주 대단한 일이지.]

스카일러의 사업투자유치 설명에는 특유의 비틀린 유머로 가득했다. 무기장사꾼이라는 태빈의 약점을 꼬집으면서도, 주제에 정의롭고 싶은 그의 인간적 허영심도 적절히 공략하고 있었다. 나름 설득력도 있어서 태빈은 하마터면 그러마고 선뜻 대답할 뻔했다.

물론 그런 일은 절대로 일어나선 안 되었다.

태빈은 뱀파이어 아시아협회, AAM(Asia Association Of Minority)의 대표수장이다. 그의 모든 말과 행동은 협회의 공식입장이나 다름없다. 현재 아시아협회는 미국의 스카일러와 러시아의 니콜라이, 모두에게 지지 의사를 밝히지 않은 상태다. 아시아는 두 강자의 권력 싸움에서 철저히 중립적인 입장을 고수하고 있다. 현명한 일이었기에 태빈은 그 입장을 철회할 생각이 전혀 없었다. 그럼에도 이들이 그에게 끊임없이 러브콜을 보내는 이유는 한태빈이 그만큼 중요한 인물이기 때문이었다.

띠띠띠, 통화 중 수신음이 들려왔다. 보나마나 니콜라이일 것이다. 짜증스러움에 인상을 찌푸리면서도 태빈은 매끄러운 말투를 유지했다.

"글쎄…… 구미가 당기지 않는 것은 아니네만……."

똑똑. 먼발치 측면 입구에서 노크 소리가 났다. 동시에 맡기 괴로울 만큼 향긋한 피 냄새도.

들어오라는 말도 하지 않았는데 문고리가 돌아갔다. 조심스럽게 문이 열리더니 역시나 조심스럽게 닫혔다. 피 냄새가 진동했다. 잔잔한 호수 같던 태빈의 혈관은 인희의 피를 감지하는 순간 격한 급류가 되어 콸콸거리기 시작했다.

"이만 끊어야겠네, 스카일러."

자신의 상태를 스카일러가 알아채지 못하게 최선의 노력을 다한 보람도 없이 태빈의 음성은 사포처럼 거칠게 흘러나왔다.

[불청객인가? 테빈 갬블의 통화를 가로막는 간 큰 작자는 누구? 설마 자네한테도 MIA 요원이 붙은 건 아닐 테고. 혹시 여자?]

"내 일에 신경 꺼줬으면 고맙겠군, 친구."

[오호! 이제야 씨를 뿌릴 결심이 서신 건가? 테빈 갬블의 후계자를 낳을 여인이 누군지 몹시 궁금하군. 설마 인간 여자는 아니겠지? 자네의 인간 여자에 대한 혐오감을 고려하자면 남은 후보군은 자네가 데려다 키운 그 비서와 공주님…….]

"나중에 전화하지."

무례하리만치 뚝, 전화를 끊어버리며 태빈은 생각했다. 스카일러는 자신에 대해 너무 많은 것을 알고 있다고. 베일에 싸인 태빈의 정보를 줄줄 꿰는 뱀파이어는 요주인물이었다. 그에 대해 많이 안다는 것은, 드리워진 베일을 일부러 들춰 케케묵은 그의 비밀을 캐냈다는 뜻이고, 그렇다는 것은 이미 태빈을 치기 위한 준비를 착수했다는 뜻이었다. 아마도 스카일러의 공격은 태빈이 니콜라이의 손을 드는 순간 시작될 것이다.

"노크 소리…… 들었죠?"

휴대폰을 책상 위에 막 내려놓는 순간, 여자가 모습을 드러냈다.

표인희. 따분한 피를 생생히 돌게 하는, 다 죽었다고 생각했던 심장을 펄떡펄떡 뛰게 만든 암컷. 인간 여자에게는 절대로 마음을 빼앗기지 않겠다던 피의 맹세를 단번에 뒤집게 만들어 버린 그의 문제적 여자.

"나 때문에 통화를 급히 마무리한 건 아니죠?"

"어쩐 일이지?"

태빈은 짐승처럼 그르렁거렸다. 커튼 근처에 뻘쭘하게 서 있는 인희를 맹수의 눈으로 노려보았다. 그녀의 눈동자에서 뿜어져 나오는 발랄한 광채와 깃털처럼 가볍고 부드러운 숨결, 사랑스러운 주의집중에 몸이 뜨거워졌다. 숨결이 거칠어졌다. 발정기에 든 수컷처럼 포악하게 커져 가는 욕망에 그는 제정신을 유지하기 힘들었다.

"어제 일 때문에요."

"……."

"소란을 피워서 미안해요. 내가 원래 그리 호들갑 떠는 스타일이 아니거든요. 직업이 직업이다 보니 피를 보고 놀라거나 하지도 않고. 어젠 왜 그랬는지 나도 모르겠어요. 당신 눈이 순간 빨갛게 보이더라고요."

인희가 웃음을 터트렸다. 자신이 말해놓고도 말이 안 된다는 듯 약간은 과장되고 우스꽝스럽게 말하고 있었다.

"알아요, 정신 나간 소리라는 거. 아마 착시였을 거예요. 피 때문에 너무 놀란 나머지 나도 모르게 그런 과한 상상을 한 거죠. 내가 요 근래 감당하기 힘든 일들을 연속으로 겪었잖아요. 아무래도 기가 허해졌나 봐요."

"……."

"……미안해요. 놀란 거, 기절한 거, 착각한 거. 내가 보인 반응 때문에 상처받지 않았으면 좋겠어요. 난 다른 의도는 전혀 없었거든요. 일부러 기분 나쁘게 하려 했거나 괴물 취급하려 했던 건 아니었어요."

"나를 걱정하는 건가?"

"당신이 누구든, 뱀파이어든 인간이든, 감정은 있을 테니까요. 난 누군가에게 상처 주고 싶진 않거든요."

진심인 양 시종일관 표인희는 상냥하고 친절했다. 희미하지만 입가에 미소를 띠기까지 했다. 불과 며칠 전 자신에게 엿이나 먹으라던 그 표인희와는 전혀 딴판의 모습이다. 그녀가 이리 180도 달라진 이유는 대강 짐작이 되었다. 태빈은 어젯밤 하임과 나눴던 대화를 잠시 떠올렸다.

"표인희 씨는 아주 귀한 아가씨입니다. 지금 수장께서 처한 상황을 생각하면 하늘에서 뚝 떨어진 보물 같은 존재예요. 저는 이분을 적극 활용하셔야 한다고 생각합니다. 저쪽에서 우려하는 그대로 맞서십시오. 그분을 통해 후계자를 얻으시는 겁니다. 그렇게 되면 그들도 수장의 자리를 넘볼 생각은 결코 못할 겁니다."

"그 여잘 활용하는 문제와 사랑이 무슨 연관이 있지? 왜 내가 사랑하지도 않는 여자를 사랑하는 척해야 하는 거야?"

"일을 좀 더 수월히 진행시키려는 것뿐입니다. 여자의 마음은 여자가 가장 잘 아니까요. 표인희 씨 성격으로 미뤄봤을 때, 사실을 알면 순순히 뜻대로 움직여 주지 않으실 것 같더군요. 감정적으로 접근하는 것이 훨씬 유리하다는 판단이었습니다. 그리고 실제로, 표인희 씨는 수장께서 자신을 사랑한다는 말을 들은 후에 이렇다 할 거부반응을 내보이지 않았어요. 그 정도면 꽤 긍정적인 신호입니다. 스타트가 이 정도면, 수장께 완전히 마음을 열기까지 결코 오래 걸리지 않을 겁니다."

"비열한 속임수야."

"저도 속임수는 좋아하지 않습니다. 하지만 넓게 보셔야 합니다. 표인희 씨를 얻는 것이 모든 문제들을 봉인하는 유일한 길입니다."

"난 그 여자와 혼인하지 않아. 그 누구와도, 단지 후계자 문제 때문에 맺어질 생각은 추호도 없어."

표인희를 취하라는 하임의 충고에 태빈은 망설임 없이 표인희를 사랑하지 않는다고 단언하였다. 하지만 표인희를 임신시켜 후계자를 얻는 것만이 현재의 불화를 조금이나마 종식시키는 지름길임은 알았다. 사랑하지 않고, 사랑할 생각도 없는 표인희였지만 참을 수 없을 만큼 강렬한 욕망을 느낀다는 것 역시 부인할 수 없었다. 그래서였다. 하임의 의미심장했던 마지막 질문에 아무런 대답도 하지 못했던 것은.

"표인희 씨를 사랑하지 않는 거, 맞습니까?"

맞고말고. 욕망은 욕망일 뿐이야.

속으로 중얼거리며 태빈은 천천히 의자에 몸을 묻었다. 표인희의 여성적이고 소담한 실루엣이 내리쬐는 빛 사이에서 반짝거렸다. 바위처럼 단단해진 본능의 발현체가 다리 사이에서 광포하게 꿈틀거렸다. 태빈은 의자 팔걸이를 세차게 틀어쥐고 멀쩡한 목소리를 내기 위해 최선의 노력을 기울였다.

"상처받지 않았어."

"엄…… 난 비서님한테 들었어요. 당신이 날 사랑한다는 얘기."

"……."

"당신 감정은 인정해요. 비록 왜 날 사랑하는지 모르겠지만. 첫눈에 반했다면서요? 뭐, 그건 그럴 수 있다고 생각해요. 실제로 경험해 본 적은 없지만 주변에서 경험자들을 꽤 많이 봤어요. 근데 첫눈에 반했다는 건 십중팔구 외모에 혹했다는 거 아닌가요? 특히나 우린 만나자마자 키스…… 부터 했잖아요. 서로를 알 만한 시간적 여유가 없었어요. 그리고 보다시피 난 지극히 평범한 외모의 소유자이죠."

"이봐, 표인희 씨……."

"도대체 내 뭘 보고 빠진 거예요? 난 예쁘지도 귀엽지도 않고, 그렇다고 몸매가 쭉쭉 빵빵 빠진 것도 아니잖아요. 아무리 생각해봐도 무매력인데 뭣 때문에 날 죽도록 사랑한다는 걸까, 진짜 날 사랑하는 거 맞나, 의문이 들어요. 솔직히 당신 정도면 원하는 여자를 마음대로 골라잡을 수 있잖아요. 돈도 많겠다. 외모도 끝내주겠다."

"그래서 그쪽 요지는, 부자에 외모까지 끝내주는 내 사랑을 받아주겠다?"

"아휴! 아니에요, 아니에요! 언감생심 내가 어떻게 그래요?"

긍정적 활달한 에너지로 둘러싸인 아름다운 표인희는 펄쩍 뛰며 두 팔을 맹렬히 가로젓는다. 그 과장되고 성마른 움직임을 태빈은 날카롭게 째려보았다.

“날 사랑해 주는 건 고맙지만 그 마음은 고이 접어 나빌레라, 그냥 날려 버리세요. 전 그 사랑 받을 수 없어요.”

“…….”

“적어도 지금은 안 돼요. 만난 지 겨우 며칠이잖아요. 데이트 같은 걸 할 기회도 없었고. 딱히 싫은 건 아니지만 그것만으로 남자를 만날 수는 없어요. 난 남녀 사이엔 뭔가 찌릿한 운명적인 끌림 같은 게 있어야 한다고 생각하는 주의라서요. 안됐지만 다른 여자를 찾아보시는 게 좋을 것 같네요.”

“거절의 말이 너무 길군.”

자신도 모르는 사이 퉁명스럽게 말을 뱉어버렸다. 마치 마음에 큰 상처를 입은 사람처럼. 실제로 기분이 점점 나빠지고 있었다. 그도 원하던 바이었으니 두 손 들어 환영해야 할 반응인데도. 그 때, 인희가 불쑥 제안을 했다.

“하지만 당신 치료에는 협력할 용의 있어요.”

“뭐?”

“비서님께 그 얘기 들었어요. 뱀파이어는 여자와의 관계 시 상대의 피를 흡혈할 경우가 생기는데, 이때 뱀파이어가 가진 애정이 너무 과하면 여자를 죽음에 이르게 할 수도 있다면서요. 당신도 나를 죽게 만들까 봐 괴로워한다고 들었어요. 호텔에서 당신이 했던 말이 떠오르더군요. 내가 살아 있어서 놀랐다고 했던가요? 그때 알았어요. 서고에서 날 두고 사라졌던 것도 그 때문이었다는 걸. 하마터면 날 죽일 뻔해서 놀랐던 거였죠?"

"……."

"솔직히 당신이 뱀파이어라는 말은 믿기 힘들었어요. 하지만 당신한테 문제가 있다는 건 납득할 수 있었죠. 정신적으로 큰 트라우마가 있다면 그런 두려움이 있을 수 있어요."

"트라우마?"

"결론만 말씀드리자면, 당신을 도울 방도가 있을 것 같아요."

"나를 도와?"

하임이 말도 안 되는 소릴 잘도 엮었구나, 생각하며 태빈은 코웃음을 쳤다. 생각하면 생각할수록 표인희가 자신을 거절한 게 신경 쓰였다. 도대체 왜? 뭣 때문에? 순간 머릿속에서 스카일러가 불쑥 떠올라 '한국 여자들 까다롭다고 내가 말했잖나' 라며 낄낄거리자 기분은 최악으로 떨어졌다.

"난 이미 당신과 잔 적 있잖아요. 날 보고 첫눈에 반했다는 그날, 당신은 무사히 일을 마쳤다고요. 날 해치지 않고도. 한 번 했으면 두 번도 할 수 있지 않을까요? 그때와 똑같이 반복하면 되잖아요."

"그날의 일은 거의 기억하지 못해. 약을 먹었거든."

전혀 기승전결 없이 따로따로 조각난 편린의 기억들뿐이다. 그마저도 표인희의 몸속에 들어가는 순간과 그 참을 수 없을 만큼 짜릿했던 전율과 쾌감의 느낌이 전부였다. 자신이 구체적으로 그녀에게 어떻게 했고, 어떤 감각에 내몰렸고, 어떤 충동과 어떤 느낌을 받았는지 생각나는 게 전혀 없었다. 하지만 표인희는 기억하고 있겠지.

어쩌면 정말로 표인희만이 살길인지도…….

"당신, 마약 해요?"

'약' 소리에 표인희가 몹시 놀란다. 발 하나를 뒤로 슬쩍 빼는 것이 여차하면 도망치려는 수작인 게 뻔했다.

그건 안 돼, 간호사 선생. 도발을 했으면 그 결과도 감당하라고.

태빈은 강렬한 눈빛으로 노려보며 자리에서 벌떡 일어났다. 그 기세에 놀라 인희가 또다시 온몸을 비둘기마냥 퍼드득 떨었다. 태빈은 천천히 책상을 돌아나가며 몹시도 부드럽고 온화한 말투로 그녀의 궁금증을 풀어주었다.

"최음제. 인간이 섭취하면 죽을 수도 있는 강력한 뱀파이어 최음제. 적들이 내 술잔에 그걸 넣었어. 난 그걸 섭취한 덕분에 유독 본능을 제어할 수가 없었지. 그날 내 손에 우연히 굴러들어 온 당신은 죽었어야 했어. 내가 당신 목에 구멍을 내고 밤새도록 피를 빨아들이는 것, 그게 바로 적들이 짠 시나리오거든."

"하지만 그런 일은 없었잖아요."

"그래서 수수께끼라는 거지."

가볍디가벼운 태빈의 말투에 눈살을 찌푸리며 인희는 신경질적으로 머리를 긁적거렸다. 도대체 뭐가 뭔지 하나도 모르겠다. 알 듯 모를 듯, 아귀가 맞을 듯 말 듯하여 답답하고 짜증스럽기까지 했다.

한태빈이 자신과 사랑에 빠졌다는 말은 솔직히 믿기 힘들었다. 지극히 멀쩡한 현실 자각력을 갖고 있는 인희는 한태빈처럼 잘난 남자가 평범한 여자에게 사랑을 느끼는 것 따위의 동화 같은 판타지를 믿지 않았다. 그가 뱀파이어라는 말을 안 믿는 것과 같은 이

치였다. 자신을 납치한 이유는 분명 따로 있을 것이다. 뱀파이어니, 첫눈에 사랑에 빠졌니, 하는 허무맹랑한 것들이 아닌, 뭔가 납득 가능한 사유.

인희는 그게 뭔지 알고 싶었다.

"그래서, 날 어떻게 도와주겠다는 거지?"

생각에 빠져 있는 사이 한태빈은 코앞까지 다가와 있었다. 인희는 두 눈을 홉뜨며 고개를 위로 쳐들었다. 가까이에서 바라보는 한태빈은 꿈처럼 아스라하고 아찔하였다. 저절로 숨이 가빠와 인희는 아랫입술을 살며시 깨물었다. 한태빈의 눈빛이 탁해 보이는 건 착각일까?

"말해봐. 어떻게 돕겠다는 건지."

"그거야……."

치아에 짓눌렸다가 풀려 나온 그녀의 아랫입술은 달아올라 있었다. 피의 빛깔만큼 붉게. 뜨겁게. 태빈의 새파란 눈동자에 날카로운 욕망이 번뜩이며 지나갔다.

"그날을 재현해 보면 되지 않을까…… 요?"

그의 눈치를 살피며 조심스럽게 말을 꺼내는 표인희.

그녀의 섹시한 입술.

맑은 피…….

동공에 불이 난 듯 눈이 뜨거워졌다. 피가 역류했다. 욕망이 꿈틀거렸다. 태빈은 자신의 몸이 산산이 부서지기 전에 당장 그녀를 취해야 한다는 사실을 깨달았다. 돌이킬 수 없을 정도로 무너지기 전에 그녀를 마셔야 했다. 살기 위해 그녀를 가져야 했다.

태빈은 거칠게 팔을 뻗어 여자를 잡아채듯 끌어안았다. 쿵, 향기로운 여체가 가슴팍으로 부딪쳐 왔다. 태빈은 본능이 시키는 대로 그녀의 입술을 덮었다.

"흡……!"

뱀파이어의 약탈이 시작되었다.

제5장 오염된 순수함의 역사

1826년 영국.

한밤중 차기 아인스웨이드 공작, 스태픈 엘리엇 갬블은 사랑하는 마리아의 소담한 저택 담장을 가뿐히 넘고 있었다. 故햄프턴 자작의 미망인인 마리아는 그의 영원한 사랑이자 고통의 근원이었다. 그녀는 세상에서 가장 사랑스럽고 고귀한 존재였다. 그녀를 너무도 숭배하고 아낀 나머지 스태픈은 감히 자신과 같은 남자는 그녀를 소유할 수 없다고 생각했다. 언제까지나 곁에 남아 그녀의 벗으로서 도움이 되어주는 것만이 마리아를 위하는 길이라고 여겨왔다. 늘.

그 생각이 바뀌고 결혼을 준비하게 된 것은 겨우 지난 주였다.

"지난밤 우리가 사랑을 나눴단 말입니까?"

제임스 델리코트 경의 시골저택에 초대되어 주말을 보내던 도중, 스태픈은 당황스러운 일을 겪었다. 그것은 늘 순백처럼 깨끗하고 순수하다 여겨왔던 마리아의 거짓말이었다.

"보고도 모르시겠어요?"

"확실합니까? 기억이 흐릿한 것은 아닙니까?"

"확실해요. 어젯밤 경이 술에 취해 나를 껴안고…… 열렬히 사랑을 고백했어요. 난 어쩔 수 없이 키스까지는 허락했지만 더 이상은 거부할 수밖에 없었지요. 하지만 혈기왕성한 당신의 완력을 저로선 도저히 당해낼 재간이 없었답니다. 이렇게 된 건 다 경의 탓이란 말이어요."

마리아는 무슨 이유에서인지 스태픈이 술에 취해 전날 일을 기억하지 못한다고 생각했다. 그러나 유감스럽게도 스태픈은 모든 걸 기억했다. 그는 당구장에서 술을 홀짝이다가 두통을 핑계로 이층 자신의 방으로 돌아갔고 곧 잠에 빠져들었다. 그사이 마리아와는 마주친 적조차 없었다. 그녀와 사랑을 나눈 적은 더더욱.

"설마 차기 아인스웨이드 공작님이 되실 분이 비겁하게 나 몰라라 하실 셈은 아니시겠지요? 신사라면 자신의 행동에 대해 책임을 지셔야죠."

마리아는 곱게 화장된 눈매를 새치름하니 흘기며 붉은 입술을 뾰로통하니 내밀었다. 그 완벽한 화장은 헝클어져 아무렇게나 흘러내린 머리카락과 벌거벗은 몸, 수줍은 듯 필사적으로 이불을 끌어당기는 손길과는 전혀 어울리지 않았다. 스태픈은 사랑을 믿는 낭만주의자이긴 해도 마리아가 덫을 놓았다는 것을 알아채지 못할 만큼 바보는 아니었다.

"청혼해 주셔야 해요. 경께서 그리해 주시지 않는다면 제 명예는 더럽혀질 거고, 전 엄격한 런던 사교계에 발도 못 붙이게 될 거예요."

마리아는 가늘게 떨리는 목소리로 작게 속삭였다. 당장이라도 눈물을 떨굴 듯 아름다운 눈꺼풀이 파르르 흔들리고 있었다. 스태픈은 가만히 그녀를 껴안아주었다. 그리고 그녀와의 결혼은 자신에게 있어 축복이라고, 평생 보살펴 줄 것이라고, 다정하게 말해주었다.

맹세는 진심이었다. 비록 스태픈은 14세기 말경에 태어나 19세기인 지금까지 400년 넘는 시간을 살아온 뱀파이어이고 마리아는 자신과는 어울리지도 어울려서도 안 될 고귀한 인간이었지만, 그는 그녀를 사랑했다. 그녀를 평생 아끼고 지켜줄 생각이었다. 인간 여자는 뱀파이어의 몸을 받아들이는 즉시 죽을 수도 있으므로 육체적으로 만족시켜 줄 수는 없겠지만, 그 외의 모든 면에서 그는 마리아의 완벽한 남편이 되어줄 것이었다.

한데 그는 왜 지금 마리아 햄프턴의 저택에 숨어들어 가고 있는가?

스태픈은 차가운 바람을 맞으며 그보다 더 차가운 미소를 지어올렸다. 그 물음에 대한 대답은 제임스 델리코트 경에게 먼저 들어야만 했다. 그의 마차는 스태픈보다도 더 먼저 이 집에 들어가 거의 한 시간 가까이 나오지 않고 있으니까.

스태픈은 며칠 동안이나 밤낮 없이 말을 달려 본가에 다녀오는 길이었다. 최대한 속도를 내었으나 해가 떨어진 후에야 런던에 도착할 수 있었다. 아무리 정혼자라 할지라도 귀족의 법도상 레이디를 방문하는 일은 엄격이 제한되어 있는 바, 실례라는 걸 알았지만 런던에 도착하자마자 말 머리를 이곳으로 향하였다. 장자에게만 내려지는 갬블 가문의 보석 '여왕의 눈물'을 하루빨리 마리아에게 선사하기 위해서였다. 그리고 불길하게도 델리코트 가문의 휘장이 새겨진 마차가 마리아의 집으로 들어가는 것을 목격하고야 말았다.

한밤중. 마리아의 저택. 남자.

모든 것은 한 가지를 말하고 있었다. 남은 것은 두 눈으로 확인하는 절차뿐. 스태픈이 잘 가꿔진 마리아의 소중한 정원을 거침없이 짓밟고 들어갔다.

"제임스! 아으으응……!"

마리아의 방에 잠입해 들어가기까지 걸린 시간은 겨우 10여 분. 스태픈은 이제 방 안에서 벌어지는 뜨거운 유희를 지켜보고 있었다. 평소 아름답고 정숙해 마지않던 레이디 마리아는 우유빛 뽀얀 가슴을 제임스 델리코트에게 내어준 채 달뜬 신음을 내뱉고 있었다.

"오…… 좋아. 자긴 정말 완벽해. 으읏!"

마리아는 잠자리날개보다도 더 얇은 가운 아래에 가터벨트 이외에는 아무것도 입지 않고 있었다. 제임스 델리코트의 손은 마리아의 색정적일 정도로 하얗고 풍만한 가슴과 허리 사이를 바삐 움직였다.

"그 애송이보다 더 완벽한가?"

"스태픈은 풋내기야. 남녀관계에 대해선 아무것도 몰라. 본인

입으론 스물셋이라고 하지만 아마 아닐걸. 내 나이에 맞추려고 올려 말한 게 틀림없어. 열아홉, 그 이상은 절대로 아니야."

"열아홉이면 한창때지. 풋내기긴 해도 잘 가르쳐 놓으면 나중엔 쓸 만해질 거야."

"전에도 얘기했잖아. 그 애송인 여자한테 전혀 관심이 없다고. 거기가 고장났거나 남색인 게 분명해."

"남색은 아니야."

제임스가 게걸스럽게 빨아재끼던 마리아의 가슴을 놓아주고는 고개를 들었다.

"런던 시내가 얼마나 좁은지 모르나? 스태픈 갬블처럼 좋은 가문의 전도유망한 청년의 성생활이 비정상적이었다면 소문이 벌써 퍼졌을 거야."

"내가 아무리 꼬리를 쳐도 나한테 손끝 하나 대지 않았단 말이야! 결국 덫을 놓고 신사의 명예를 들먹이는 눈물 쇼를 해야 했어. 이 내가! 다른 사람도 아닌 이 마리아 햄프턴이!"

마리아는 무척 분한 듯 두 주먹을 불끈 쥐고 소리쳤다. 고양이를 연상시키는 호박색의 아름다운 눈동자가 분노로 번뜩였다. 제임스는 낄낄거리며 마리아의 가슴을 두 손으로 쥐고 천천히 주물럭거렸다.

"이런. 레이디께서 몹시 자존심이 상하셨군."

"내 유혹이 먹히지 않은 건 처음이었어. 자기도 알다시피 내 미모라면 누구한테도 뒤지지 않잖아. 가슴은 런던 최고이고. 이런 내게 낚이지 않는 남자는 남자가 아니라고 생각해. 남색이 아니라면 고자겠지. 아무짝에도 쓸모없는 놈!"

"조사해 본 바에 의하면 스태픈 갬블의 여자 문제는 깨끗해. 깨끗해도 너무 깨끗하지. 애인도 정부도 둔 적 없고, 구애하는 처자도 없고, 창녀와도 놀아나지 않아. 술집은 가되 술 취한 적은 없고, 도박판에 가되 돈을 잃은 적이 없어. 평판도 깨끗하고 매너나 신용도 좋은 편이지. 머리도 좋고 사업수완도 훌륭하고, 놀음이나 술도 과하지 않는데다 성욕도 없으니 가진 재산을 탕진할 일이 전혀 없지. 바로 그 때문에 우리의 목표물이 된 게 아닌가?"

"그야…… 물론 그렇지만, 으흥……."

제임스가 타액으로 반들반들 빛나고 있는 유두를 손끝으로 튕기자 한껏 달아오른 마리아는 그 아름답고 날씬한 여체를 비틀며 달뜬 신음을 뱉었다. 제임스의 눈이 탐욕과 갈망, 흥분으로 번들거렸다. 쥐뿔도 없이 태어나 명예도 돈도, 그 흔한 작위조차 물려받지 못했던 그는 자신에게 이런 행운이 닥쳤다는 게 믿어지지가 않았다.

몇 년만 참으면 된다.

자신의 자식이 스태픈 갬블의 자식으로 둔갑해 태어나기만 하면 만사형통이었다. 그다음의 계획은 스태픈 갬블의 목숨을 거두어 모든 재산과 작위를 갈취하는 것이었지만, 우선은 갬블이 아인스웨이드 공작 작위를 물려받아야만 한다. 현재 제5대 아인스웨이드는 이미 중병에 걸려 오늘내일하는 차이니 그 작위는 몇 년 안에 스태픈에게 돌아갈 것이다. 그때가 되면 마리아와 짜고 스태픈을 독살하면 된다. 스태픈이 없어지면 모든 재산과 작위는 마리아와 아기에게 돌아갈 거고 스태픈의 빈자리는 자신이 메우게 될 것이다.

"내 아들을 낳아. 그럼 모든 건 우리 계획대로 진행될 테니까."

제임스는 마리아의 납작한 아랫배를 천천히, 아주 소중한 것을 만지는 것처럼 살살 매만졌다. 마리아는 사랑스러워 미치겠다는 듯 제임스의 머리카락을 쓰다듬으며 새침하고 애교스럽게 투덜거렸다.

"나도 그러고 싶어. 당장은 델리코트라는 이름을 붙여줄 수 없다고 해도. 하지만 자기도 알다시피 우리 친정인 헤이우드 가는 자식이 귀해. 헤이우드 가의 여자들은 출가한 후 하나같이 자식을 낳지 못해 소박맞았잖아. 나도 그랬었고. 쉽지는 않을 거야."

"레이디 마리아께서 오늘따라 왜 이렇게 신경질적이신가 했더니 바로 그 때문이었군. 임신이 잘 되지 않을까 봐 걱정되어서."

"내가 갬블의 아내가 되면 우린 지금처럼 자주 만날 수 없어. 성욕조차 없는 애송이한테 침실 테크닉을 기대할 수도 없는 문제지. 아기가 영원히 생기지 않을 수도 있다고."

"그런 걱정은 할 필요가 전혀 없다고 했을 텐데, 레이디. 아인스웨이드 공작부인이 된 뒤에도 여전히 당신은 내 것일 거라고 했잖아. 우린 애송이 몰래 얼마든지 애를 만들 수 있어. 그놈은 제 아이인 줄 착각하며 당신한테 고마워하겠지. 사랑을 맹세하고 값비싼 보석을 선물할 거야. 사내아이를 낳아 대를 이어주면 천하를 발밑에 갖다 바치려고 할걸? 생각만 해도 짜릿하지 않아?"

"그놈의 아내가 되어 한 침대를 써야 한다니 역겨워 죽겠어. 그의 비위를 맞추기 위해 온갖 애교를 다 떨어야 한다고 생각하면 정말 미치도록 짜증스러워. 이런 일을 계획하고 사주한 자기가 증오스러울 정도로. 자기를 아직도 이토록 사랑하는 내 자신은 더더욱 한심하고!"

"공작부인이 되고 싶다고 했잖아. 내가 시키는 대로만 하면 당신은 공작부인이 될 거야. 조금만 참으면, 곧 나와 함께 행복해질 수 있지. 영원히."

"뭐."

마리아는 '공작부인' 대목에서 화가 조금 풀렸는지 조금은 부드럽게 중얼거리곤 어깨를 훌쩍 끌어 올린다. '봐줄까 말까?' 하는 듯 심드렁하고 도도한 그 모습에 제임스는 한껏 흥분하고 말았다. 그는 냉큼 고개를 끌어 내려 마리아의 다리 사이에 얼굴을 묻었다. 이미 한 번의 관계 이후 뜨겁게 달궈진 마리아는 미친 듯이 소리치기 시작했다.

"이 사악한 남자 같으니……!"

"그래서 싫은가?"

마리아는 당연히 싫다고, 얄미워 죽겠다고, 통박을 놓을 셈이었으나 그의 두툼한 혓바닥이 몸 안으로 깊숙이 들어오자 아무 말도 할 수가 없었다. 그녀는 허리를 퉁기며 짐승 같은 비명을 울부짖음으로써 제임스의 것을 더욱 깊이 머금지 못함을 애통해했다.

스태픈은 피가 싸늘해짐을 느꼈다.

반면 심장을 비롯한 신체 모든 기관이 현저히 빠른 리듬으로 활성화되기 시작했다. 지금껏 완벽했던 제어능력에 금이 가고 있음이다. 완전히 내리눌러 가끔은 퇴화돼 버린 건 아닐까 생각해 왔던 뱀파이어로서의 기질이 서서히 수면 위로 떠올랐다. 당장 둘의 목숨줄을 끊어놓고 싶었다. 그리하여 그 둘이 '스태픈 갬블'이란 남자에 대해 얼마나 그릇된 견해를 갖고 있는지 알리고 싶었다.

하나, 그는 조용히 그 자리에서 물러났다.

복수는 잔인해야 하는 법.

가장 잔인한 복수란 가장 행복한 순간을 가장 불행하게 망치는 것이다.

스태픈은 예정대로 결혼을 준비했다. 멋진 장원으로 유명한 데번의 저택에서 단둘이 피의 전주곡을 울렸다. 그녀가 숭배하는 십자가 앞에서 그녀의 손가락에 반지를 끼워주고 영원한 사랑을 약속했다.

"사랑해요, 스태픈!"

'여왕의 눈물'의 위엄 있고 휘황찬란한 아름다움 앞에서 마리아는 가식적인 고백도 서슴지 않았다. 스태픈은 거짓 눈물까지 글썽이는 그녀를 물끄러미 바라보았다.

그의 사랑이었던 마리아는 더 이상 순수하고 고귀한 존재가 아니었다. 사악하고 탐욕스럽고 비열한 존재, 돈과 작위를 위해선 누구든 배신할 수 있는 존재였다. 그녀로 인하여 스태픈의 영혼은 더럽혀졌다. 난도질당하여 찢겨지고 발겨졌다. 더 이상 사랑을 믿는 순수하고 맑은 청년의 모습은 되찾을 수 없으리라.

스태픈은 여전히 보석에 심취해 있는 마리아를 향해 냉소를 날렸다. 천천히 손을 뻗어 그녀의 턱을 들어 차가운 입술로 입술을 덮었다. 그의 입술이 닿자 그녀는 흠칫 몸을 떤다. 그러나 곧 두 팔을 뻗어 그의 목을 세차게 끌어안았다. 아름다운 입술에서 신음소리가 흘러나왔다.

"스태픈…… 오, 세상에……!"

마리아는 그의 목을 미친 듯이 끌어당기며 거의 울부짖었다. 제임스에게 사랑을 맹세했던 마리아는 스태픈의 반지를 끼고, 스태픈의 키스를 받으며 쾌락을 갈구하기 시작했다. 그가 더 키스해 주길, 더 만져 주길 호소했다. 헉헉, 거친 숨을 내쉬며 그에게 매달리고 또 매달렸다. 안쓰러우리만치 간절한 그녀의 몸짓에 스태픈은 비로소 자비를 베풀었다.

한껏 무르익은 여인의 농염한 몸매를 천천히 쓸어내렸다. 그의 흰 손은 정숙하고도 고상한 웨딩드레스 위를 자유롭게 유영했다. 가녀린 팔뚝에서 잘록한 허리로, 동그란 가슴으로. 불룩 솟은 그곳을 커다란 손으로 덮자 마리아는 타오르는 정염을 참지 못하고 날카로운 교성을 질렀다. 그 입술에 키스를 했다. 부드럽게 입술을 머금었다가 놓아주었다. 그리고 또다시 머금었을 때, 그는 눈물 날 정도로 아련한 손짓으로 마리아의 피부를 쓰다듬었다. 그녀는 채우지 못한 욕망으로 인한 좌절감에 짐승 같은 신음을 터트렸다. 스태픈의 입술이 턱을 타고 목으로 내려가자, 마리아는 기꺼이 목을 젖혀 몸을 열어주었다.

"스태픈…… 스태픈, 아아아, 제발……."

마리아는 주체할 수 없는 기쁨에 몸을 떨었다. 지금 이 순간 그녀는 그 어떤 것도 중요하지 않았다. 오로지 이 노련한 남자가 자신이 거머쥔 행운이라는 사실만이 중요했다. 순진하고 어설픈 줄로만 알았던 스태픈 갬블이 이토록 능수능란한 연인이었을 줄 그녀는 상상도 하지 못했었다.

스태픈의 다정한 손길은 마리아의 여성스런 쇄골을, 원만한 곡선을 이루는 어깨선을 더듬어갔다. 천천히. 차오르는 욕망에 눈물이 터질 만큼 애달프게. 마리아는 분출되지 못한 채 차곡차곡 쌓

여만 가는 쾌감을 감당하지 못하고 애원했다.

"제발, 스태픈! 날 가져줘요. 그래서 참을 수 없는 이 고통을 끝내줘요, 제발……!"

간절한 그녀의 바람은 이루어졌다. 단 한 번의 치명적인 공격으로.

스태픈의 날카로운 송곳니가 마리아의 경동맥을 정확히 찍어 내렸다. 쾌락에 젖어 흐릿했던 마리아의 눈이 번쩍 떠졌다.

"……!"

피부에 구멍이 나고 혈관이 파괴되면서 피가 분출하였다. 마리아는 비명 한 줄기, 신음 한숨 뿜어내지 못하고 그대로 모든 행동을 멈추었다. 스태픈의 목을 감고 있던 손만이 파르르 떨려온다. 그는 반쯤 찍어 넣었던 이를 더 깊숙이 밀어 넣었다.

"허억……!"

고통스러움이 역력한 신음성이었다. 마리아의 손이 갈고리처럼 오그라들면서 스태픈의 옷자락을 틀어쥐었다. 그러고는 미친 듯이 그를 떼어내기 위해 몸부림쳤다. 살기 위한 몸부림이었다. 이대로 죽을 수 없다는 처절한 몸짓이었다. 그 강력한 공포감이 스태픈의 피부 속으로 스며든다. 악에 받친 여자의 분노, 좌절감, 슬픔, 일말의 죄의식, 온갖 감정들이 스며들어 와 그를 더욱 강하게 만들었다. 스태픈은 더욱 강력한 힘으로 송곳니를 끝까지 밀어 넣었다.

스르륵.

그녀의 손이 천천히 아래로 흘렀고 마침내 축 늘어졌다. 스태픈은 마리아의 손가락에서 아름다운 '여왕의 눈물'을 회수하고는 냉정히 시체를 밀어냈다. 힘없이 바닥으로 꼬꾸라진 마리아의 몸에서 피가 분수처럼 솟구쳤다. 그토록 맛보고 싶었던 인간의 피였건만 스태픈은 외면했다. 마리아의 피 냄새는 토악질이 나올 만큼 역겨웠다.

그는 아무 일도 일어나지 않았던 것처럼 태연히 그곳을 벗어났다.

이제 다음은 제임스 차례였다.

스태픈 엘리엇 갬블이 역사상 가장 나약한 뱀파이어가 되는 데에 가장 큰 기점이 되었던 마리아 살해 사건. 절제력이 어느 뱀파이어보다도 더 뛰어났던 그가 흡혈을 하고 더 이상 인간 여자를 믿지 못하는 계기가 된 절망의 사건. 태빈의 뇌를 꽉 채우고 있던 그 수백 년 전의 잔혹사는 여인의 신음 한 자락을 인식하는 순간, 흔적도 없이 자취를 감추었다.

"으으응……!"

그는 넓은 서재 한복판에서 표인희의 옷을 벗기고 있었다. 더 정확하게 말하면 찢고 있었다. 태빈은 이미 두 조각이 난 노란 블라우스와 하얀 가슴을 뚫어져라 쳐다보았다. 표인희는 블라우스 안에 브래지어를 하지 않고 있었다. 그녀는 대단히 고압적이고 단정한 그의 서재에서 완벽하게 이질적인 존재였다. 단정치 못하게 헝클어진 머리카락과 순수한 욕망으로 가득 찬 눈동자, 고혹적인 어깨라인, 탐스러운 젖가슴은 그의 본능을 유린했다. 태빈은 블라우스 조각들을 거칠게 내동댕이치고 벌거벗은 가슴을 손에 넣었다.

"으음……."

천상의 부드러움, 그 야릇한 촉감이 태빈의 손안에서 빠르게 팽팽해졌다. 그는 그녀의 가슴을 괴롭혔다. 빙글빙글 굴리고 세차게 움켜쥐었다가 손끝으로 꼭지를 비틀었다. 빠르게 발기해 톡 튀어 오르는 열매를 엄지와 검지로 틀어쥐고, 누르고 비비고 굴리자 이를 악물며 버티던 인희도 신음하지 않을 수가 없었다.

"아, 아, 으읏……!"

태빈은 그녀의 뾰족한 턱을 한 손에 쥐고 휙 들어 올렸다. 부어오른 입술이 그를 향해 봉긋 벌어져 있다. 그는 꽃잎처럼 아름다운 입술에 다시 키스했다. 젤리처럼 쫀득한 입술이 입속으로 쏙 들어왔다. 혓바닥으로 감싸고 비비며 좀 더 연약한 안쪽 속살을 가볍게 빨았다. 그의 재킷칼라를 틀어쥔 인희의 손에 힘이 들어갔다. 태빈은 입을 크게 벌렸다. 그녀를 더 마실 수 있게. 더 먹어치울 수 있게.

감각세포가 널을 뛴다. 오감이 활짝 열렸고, 예민하고 탐욕적인 그의 후각이 표인희의 향긋한 피 냄새를 맹렬히 감지한다. 피부 속에서 꿈틀대는 향긋한 혈(血)…….

태빈은 인희를 몸에서 휙, 떼어냈다. 휘청거리는 그녀의 손목을 거머쥐고 빠르게 걸어 자신의 거대한 업무용 책상에 내동댕이쳤다. 그녀로 하여금 등 뒤로 책상에 손바닥을 짚게 하고는 단정한 검정색 펜슬스커트를 휙 끌어 올렸다. 단번에 먹음직스러운 하반신이 드러났다. 아랫도리를 가린 것은 손바닥보다도 더 작은 팬티뿐이었다. 태빈은 무릎을 꿇고 그것을 단번에 끌어 내렸다. 길고 우아한 그녀의 다리를 양손으로 움켜쥐고, 다리와 다리 사이에 뜨거운 숨결을 불어넣었다.

"아핫……!"

이미 촉촉하게 젖은 그곳은 남자를 자석처럼 끌어당기는 호르몬과 체향으로 진동했다. 태빈은 부드러운 살점을 옆으로 벌려 비밀의 문을 탐색했다. 여린 분홍과 자극적인 빨강, 농밀한 밀액(密液)의 그곳에 코와 입을 깊이 들이밀자 몸 안의 테스토스테론은 날뛰기 시작했다. 그는 입을 크게 벌리고, 덥석 그녀의 그 모든 것들을 머금었다.

"이, 이러지 마……!"

인희는 그에게서 벗어나기 위해 정신없이 버둥거렸다. 그러나 태빈의 강력한 손길은 그녀의 넓적다리를 꼼짝 못하게 내리찍듯 고정시켰고, 교활한 혀끝으로 그녀의 가장 비밀스럽고 성스러운 그곳을 범하고 또 범하였다. 인희는 몸을 반쯤 접은 채 팔꿈치를 책상 위에 짚고 길고 뇌쇄적인 신음성을 흘렸다.

"아아아……."

다리 사이를 파고드는 부드럽고 힘찬 움직임 때문에 그녀는 정신을 차릴 수가 없었다. 그의 입술이 꽃잎처럼 펼쳐진 음순들을 부드럽게 문지르고 빨아올리자 머리가 하얘졌다. 혀끝을 세워 뾰족 올라선 돌기를 슥슥 문지를 땐 이성이 날아갔다. 동그랗고 날렵한 혓바닥 끄트머리로 작은 홀 속을 들어갔다 나오기를 반복하자 그녀의 온몸 감각세포들이 날개를 폈다.

"으으, 으응, 흑……!"

이를 악물어도 비명이 새어 나왔다. 몸 안에는 그저 뜨거운 본능만이 남아 그를 간절히 원하게 했고, 어느새 그가 주는 쾌감에 몸을 맡기게 되었다. 마침내 천상의 꼭대기까지 날아오르고 났을 때에서야 완전히 축 늘어져 버렸다.

"이런 게 치료라면 당장 그만두는 게 좋겠어, 간호사 선생. 다음번에 멈추지 못할 테니까. 이다음 단계는 죽음뿐이야."

태빈이 커다란 어깨로 그녀를 폭 감싼 채 정수리에 대고 속삭였다. 반박할 힘이 없었기 때문에 인희는 잠자코 가만히 있었다. 그는 도톰한 엄지 밑동으로 천천히 인희의 어깨뼈를 문질렀다.

"지금 마음속으로 대단히 뿌듯해하고 있겠지? 자칭 뱀파이어라는 짐승을 내가 길들였다. 잔인하고 난폭한 습성을 사랑이란 이름으로 치료했다. 아무도 감당할 수 없는 야성의 존재, 그 어떤 여자도 살아남지 못했던 한태빈의 품에서 내가 해냈다. 자부심도 생겼겠지?"

"……."

"당신은 아무것도 몰라. 내 정체가 무엇인지. 내가 얼마나 잔혹해질 수 있는지. 내 품 안에 이렇게 안겨 있는 게 얼마나 위험한 일인지. 섹스는 전혀 도움 되지 않아. 그 누구도 날 치료할 수 없어. 위험만 자초할 뿐이야."

"하지만……."

그녀가 힘없이 입술을 꿈틀거리자 잔뜩 쉰 목소리가 흘러나왔다. 태빈은 즉각 몸을 굳혔다. 벌거벗은 표인희의 다리가 자신의 허리를 감고 있는 현실이 뚜렷이 인식되었다. 놀랍게도 이미 충분히 단단해졌다고 생각했던 물건이 또다시 무섭게 꿈틀거리며 커지기 시작했다.

그의 존재감을 느끼고 인희는 엉덩이를 움찔했다. 돌덩이처럼 크고 단단한 그것은 그녀의 소중하고 연약한 부위를 압박했다. 당장이라도 바지를 뚫고 갈라진 틈으로 강렬히 치받쳐올 것만 같다. 그 생각을 하니 인희의 온몸은 또다시 뜨거워졌다. 아랫도리가 욱신거려 왔다. 불과 몇 분 전 절정을 맞이했는데 어찌 또다시 이리 흥분할 수 있는지 놀라울 정도다. 인희는 몸속 깊은 곳에서부터 터지는 원시적인 신음을 꾹 참으며 간신히 이성의 끈을 붙들었다.

"난 이미 살아남았어요. 기억하죠? 당신 품에서 살아남은 사람이 오직 나뿐이라면, 당신의 병을 고칠 수 있는 사람도 나뿐이에요."

"그 병은 고칠 수 없어. 영원히."

"해보지도 않고 어떻게 알아요? 방금도 당신은 날 죽이지 않았잖아요."

"그건 아직 내가 나를 놓지 않아서야. 내내 자제력을 유지했기 때문이라고. 내가 미쳐 버리지 않기 위해 얼마나 애쓰는지 알아?"

"그럼 이제 놔요. 그래서 어떻게 되는지 한 번 보자고요."

"당신 정말 죽고 싶어 환장했어?"

태빈의 강렬한 눈과 마주쳤다. 파란 눈은 그 어떤 감정도 드러내지 않고 있었다. 그저 이글이글 타오를 뿐. 바다에 불이 나면 이런 모습일까. 멍하게 생각하며 인희는 히쭉 입술의 양쪽 언저리를 끌어 올려 미소를 그렸다.

"그럴 리가요. 내 최대 소원이 뭔 줄 알아요? 죽지 않고 오래오래 행복하게 사는 거예요. 그래서 그쪽이 조금 부럽기도 한걸요?"

"뱀파이어는 영생불멸하지 않아."

"인간보다는 훨씬 오래 살잖아요. 당신도 몇백 년 전에 태어났다면서요. 영국에서. 어쩌다가 한국에 오게 된 거예요? 그 옛날 영국에서는 뭘 하고 살았어요? 귀족이었어요, 평민이었어요? 이름은 뭐였어요?"

"말 돌리지 마."

태빈이 험상궂은 얼굴을 코앞까지 들이밀고 으르렁거렸다. 이미 커질 대로 커진 물건이 그녀의 중앙에 밀착되었다. 엉덩이를 들썩거리고 싶은 충동을 꾹 누르며 인희는 억지웃음을 꾸역꾸역 지어 올렸다.

"진정해요. 난 비서님의 부탁을 받고 당신을 도우려는 것뿐이니까. 난 간호사잖아요. 당신 같은 환자를 보면 본능적으로 걱정되고 보살펴 주고 싶어져요. 쉽지 않은 결정이긴 했죠. 어쨌든 당신과 또다시 육체관계를 맺어야 하니까. 하지만 아까도 말했다시피 어차피 우린 처음이 아니잖아요. 나름 즐거운 경험이기도 했고. 치료에 도움이 된다면 그 즐거운 경험을 다시 할 수도 있다고 생각했어요."

"웃기는 소리. 당신 말은 하나부터 열까지 다 개소리야. 난 환자도 아닐뿐더러 하 비서가 내 보호자인 것도 아니야. 애초에 하 비서는 그런 요청을 할 권리가 없었으니 당신이 응할 이유도 없어지는 거라고."

"한태빈 씨."

"그리고 뭐? 나름 즐거운 경험? 당신한테는 그저 '나름 즐거운 경험'이었는지 모르겠지만 난 아니었어. 나한텐 미치도록 괴로운 경험이었다고. 지금 생각해도 등골이 오싹하고 아찔했던 경험!"

태빈은 그녀를 끌어안지 않기 위해 기를 쓰며 소리쳤다. 하마터면 표인희를 제 손으로 죽일 뻔했다는 사실을 떠올리는 것만으로도 그는 미칠 것 같았다.

표인희는 마리아와 다르다. 거짓말도 못하고 권모술수도 전혀 모르는 여자였다. 그저 향긋하고 달콤한 피 냄새를 갖고 있다는 사실만으로 그의 눈에 띄어 죽을 뻔했던, 지지리도 재수 없는 여자일 뿐이다. 선량한 피해자인 표인희가 죽거나 다치는 것은 그가 가장 피하고 싶은 일이었다. 계획대로 태빈은 표인희를 안전하게 보호하고 있다가 고이 일상으로 돌려보낼 것이다.

"정말로…… 두려워하는군요? 날 죽이게 될까 봐."

인희가 숨죽여 중얼거린다. 커다랗게 뜬 그녀의 눈동자에는 놀라움이 떠 있었다. 희미하게 동정의 빛이 스치고 지나갔다.

"이봐."

태빈은 성마르게 입을 열었다. 하지만 인희가 더 빨랐다. 그녀는 놀라울 만큼 다정하고 따뜻한 손길로 그의 볼을 부드럽게 감쌌다. 그는 저도 모르게 숨을 들이켰다. 두 볼이 화덕처럼 뜨겁게 들끓기 시작했다.

"불안해하지 말아요. 우린 아무 일도 없을 테니까."

"난 진짜 뱀파이어야."

태빈은 들이켰던 숨을 천천히 내쉬었다. 목소리가 떨려왔다. 그녀의 따스한 손을 잡고, 그 손끝에 하나하나 정성들여 입 맞추고 싶었다. 그녀를 꼭 끌어안고 그녀의 매혹적인 향취에 취하고 싶었다. 솜털 앙증맞은 목덜미에 키스하고, 매끄러운 피부를 쓰다듬고, 실크처럼 부드러운 머리카락에 코를 묻고 싶었다. 뜨겁고 좁은 그녀의 몸속으로 미끄러져 들어가 그 아늑함에 괴롭힘당하고 싶었다. 그 강렬한 욕구를 누를 길이 없었다.

이 여자를 쫓아내, 한태빈!

당장!

"믿을 수 없겠지만 난 수백 년 동안 피를 갈구해 왔어. 지금도 난 당신의 피를 원해. 날 자극하면 할수록 당신은 위험해져."

"당신은 결코 날 해칠 사람이 아니에요. 난 당신을 믿어요."

"이건 믿음과는 상관이 없는 일이야. 아직도 모르겠어? 난 처음 보았을 때부터 당신을 원해왔어. 호시탐탐 노려왔다고. 이런 오지까지 데려온 걸 보면 몰라? 아무도 모르게 해치워 버리기 위해서란 생각 안 들어?"

"아니란 거 알아요."

그는 도무지 자신의 말을 들어먹지 않는, 고집쟁이 표인희를 죽일 듯이 노려보았다. 인희는 여전히 순수한 '믿음의 시선'을 거두지 않았다. 그 자신조차 믿지 않는 한태빈을 상대로 그녀는 무모한 게임을 하고 있었다. 자기 자신의 목숨을 걸고. 태빈은 거칠게 인희의 양쪽 어깨를 틀어쥐었다. 그리곤 마구 흔들어주며 쩌렁쩌렁 고함을 내질렀다.

"당신한테서는 참을 수 없을 만큼 달콤한 피 냄새가 난단 말이야! 그 어느 누구에게서도 맡을 수 없는! 그 어떤 존재에게서도 느낄 수 없는!"

갑자기 태빈이 허리를 앞뒤로 움직이기 시작했다. 훤히 열린 그녀의 다리 사이로 딱딱하고 묵직한 것이 퍽퍽 사정없이 부딪쳐 왔다. 인희의 얼굴에서 웃음기가 싹 걷혔다. 뜨거운 욕망덩어리가 차올라 그는 더욱 묵직해졌다. 온몸이 터질 듯 욱신거렸다.

태빈은 이를 악물었다.

"내가 얼마나 당신을 원하는지 알아? 내가 얼마나 참고 있는 줄 알기나 하느냔 말이야. 지금 당장 당신 몸에 들어가 이 미친 욕망을 풀어버리고 싶다고! 젠장할!"

이만하면 표인희가 달아날 거라 믿었다. 이 정도의 협박이면 조금이라도 뒤로 물러설 거라 생각했다. 하지만 표인희는 도발적으로 눈을 빛내며 이렇게 중얼거렸다.

"풀어봐요. 그 미친 욕망."

이런 망할…….

참을 만큼 참았다. 이젠 이성을 잃고 그녀를 물어뜯어 죽게 만든다 해도 별수 없다. 그는 이미 인희에게 달아날 기회를 몇 번이나 주었으니까. 그 기회를 박차고 죽음을 자초하고 있는 사람은 표인희, 그녀였으므로 앞으로 일어날 비극의 책임은 오롯이 그녀의 몫이었다.

"좋아, 간호사 선생."

태빈은 빠르게 넥타이 매듭을 풀어냈다. 차갑고 새파란 시선을 오직 인희에게만 또렷이 꽂아 넣은 채.

"선생이 그토록 원하신다면."

재킷이 아래로 떨어졌다. 뒤이어 귀족적이면서도 남성적인 그의 손가락이 툭, 툭, 툭, 빠르게 드레스셔츠의 단추를 땄다. 넓고 단단한 가슴 근육이 드러났다. 완벽한 식스팩도 뒤이어 모습을 드러냈고 곧장 하나의 예술품처럼 완벽한, 반질거리는 구릿빛 피부로 둘러싸인 전신이 인희의 눈앞에 펼쳐졌다.

"……!"

인희는 크게 숨을 들이켰다.

그는 컸다. 아주 많이.

몸의 다른 부위들과 마찬가지로 단단한 근육과 힘줄에 휘감겨 하늘을 향해 높이 치솟은 그것은 두툼하고 길고 우람했다. 저게 자신의 몸에 들어왔었다는 사실이 믿어지지 않을 만큼. 입안에 침이 고였다. 입술이 바짝바짝 탔다. 새로운 차원의 긴장감이 그녀의 오장육부를 쥐어짰다.

"선생의 숭고한 희생에 미리 감사해."

"벼, 별말씀을……."

대수롭지 않게 대답하려고 갖은 애를 썼다. 하지만 숨 돌릴 틈도 없이 곧바로 그 커다란 것이 가랑이 사이를 뚫고 들어오자 아무 말도 할 수가 없었다.

"으흑!"

단번에 가득 찼다. 끝까지 다 넣지도 않았는데 인희의 몸은 완벽히 채워졌다.

너무 조였다. 이미 여러 번 그를 받아냈음에도 여전히 처녀의 그곳처럼 너무 빡빡했다. 몸 안 가득 팽팽한 이물감에 자궁 전체가 욱신욱신 맹렬히 수축과 이완을 반복하여 태빈은 눈 깜짝할 새에 숨도 쉴 수 없을 만큼 급박한 상태에 내몰렸다. 내면을 지배하던 흉포한 본성이 서서히 눈을 떴다. 이성과 자제력의 목줄을 걸고 내내 짓밟혀 웅크리고 있던 포악한 짐승이 표인희의 육체 앞에서 이빨을 드러내기 시작했다. 태빈은 인희의 허벅지 안쪽으로 맹렬히 돌진했다.

"읏!"

인희가 고개를 뒤로 젖히며 이를 악문다. 새하얀 목줄기가 유혹적으로 드러났다. 붉은 핏대와 푸르른 동맥이 불끈불끈 맥동치고 있었다. 눈은 이미 정염에 흠뻑 젖어 흐릿해져 있다. 거대한 존재감은 통통한 살점들을 헤집고 장미꽃처럼 붉은, 보드랍고 고혹적인 잎사귀 사이를 연신 파고들었다. 쉴 새 없이. 계속해서.

"읏, 읏, 흣……!"

거칠게 숨을 몰아쉬며 그녀는 빠른 리듬에 적응하기 위해 애를 썼다. 찰박찰박, 살과 살이 거세게 부딪치고 쇠망치만큼이나 단단한 남성은 쫀득한 인희의 질로부터 빨리고 또 빨렸다. 그가 침잠하면 할수록 타이트하고 쫄깃한 동굴에선 더 많은 애즙(愛汁)이 보글보글 흘렀다. 꿀쩍꿀쩍 밖으로 삐져나와 다분히 금욕적이고 딱딱한 마호가니 책상으로 뚝뚝 떨어졌다. 박처럼 둥근 젖가슴이 그의 눈앞에서 흔들렸다. 크림처럼 달콤하고 보드라운 젖살이, 오뉴월 청포도처럼 탱글탱글 싱그러운 젖꼭지가, 거미줄처럼 엉켜 있는 실핏줄이, 그의 시야를 어지럽혔다.

피 냄새가 코끝을 스친다. 아주 향기로운 표인희 특유의 혈향(血香).

휘날리는 빨간 깃발에 반응하는 황소처럼 태빈은 빠르게 흥분했다. 유연하고 강력한 허리를 난폭하리만치 세차게 흔들며 그는 젖꼭지 하나를 덥석 물었다.

"하앗!"

인희는 작게 비명을 지르며 고개를 획, 옆으로 꺾었다. 태빈은 입속에 잠긴 귀여운 꼭지를 혓바닥과 입천장 사이에 가두고는 세차게 흡착했다. 그와 동시에 쾌감과 열정이 두 육체가 맞물리는

지점에서 폭발했다. 두 사람 분의 쾌락이었다. 피가 거꾸로 치솟았다. 폭발할 것 같은 강렬한 전류가 발끝서부터 머리끝까지, 그의 온몸을 집어삼켰다.

잇몸이 간지러웠다. 아니, 찢어질 듯 아파왔다.

그는 더욱 세차게 허리를 굴렸다. 거대한 남성을 거의 빼냈다가 단번에 떨어뜨렸다.

"아으읏! 흐응……!"

자이드롭처럼 떨어지는 그의 몸을 받아내며 인희가 쾌감에 몸부림쳤다. 휘몰아치는 감각의 태풍을 감당하지 못하고 그에게서 벗어나려 했다.

그의 핏대가 불룩 튀어 올랐다. 물빛 홍채로 서서히 붉은 빛이 스며들었다.

태빈은 강력한 두 팔로 그녀의 몸을 완벽히 감싸 고정시켜 두고는 계속해서 허리를 움직여 공격했다. 완전히 개방된 샘터가 찢어질 듯이 벌어져 불쏘시개처럼 뜨겁게 달아오른 그의 몸을 삼키고 또 삼켰다. 그녀는 신음했다. 쾌락에 겨우 그를 끌어안고 흐느끼면서도, 이 미칠 듯한 쾌감에서 벗어나기 위해 안간힘을 썼다.

날카롭고 공격적인 송곳니가 불쑥 튀어나온 것은 바로 그때였다.

인희와 눈이 마주쳤다. 그녀는 무슨 일이 벌어지고 있는지 금세 알아챘다. 쾌감과 욕망으로 흐릿했던 눈동자가 번쩍 떠지고, 그 자리에 공포가 떠올랐다. 입술이 벌어지고 거친 숨소리가 할딱할딱 들려왔다.

“다, 당신! 정말로 뱀파이어였군요?”

태빈은 짐승의 이빨을 드러내며 길게 포효했다. 인희는 두 눈을 질끈 감고 꺄악꺄악, 미친 듯이 비명을 내질렀다.

제6장 맹주의 포로

“꺼져 버려!”

야수가 실존한다면 저런 목소리일까. 내면 깊숙한 곳에서부터 끌어 올리는, 원시적이고도 짐승 같은 소리였다. 인희는 감았던 눈을 번쩍 뜨고 그르렁거림의 근원지를 노려보았다. 벌거벗은 뱀파이어가 인희에게서 떨어져 나가 먼발치에 선 채 씩씩대고 있었다. 인희는 천천히 손을 뻗어 방금 전까지 그가 머물렀던 곳을 더듬거렸다. 축축한 애즙으로 인해 흥건한 거기는 아직도 뜨겁게 욱신거리고 있었다. 그의 몸이 여전히 하늘을 찌르는 것처럼.

뱀파이어의 붉은 홍채가 인희의 그곳을 뚫어져라 본다. 불꽃처럼 활활 타오르는 눈동자는 당장이라도 폭발할 듯 팽창되어 있었다.

“당장 사라지지 않으면 네 목에 구멍을 내주겠어!”

괴수의 울부짖음과 동시에 거대한 송곳니가 또다시 모습을 드러냈다. 인희는 정신없이 책상 위에서 내려왔다. 방금 전까지 뜨거운 연인이었던 태빈이 그녀의 생명을 위협하는 현실이 현실처럼 느껴지지 않았다. 머릿속이 텅 빈 것 같았고 마치 꿈을 꾸는 듯 멍했다. 하지만 아무리 정신을 똑바로 차리고 다시 봐도 상황은 변함이 없었다. 그는 정말로 뱀파이어였다.

진짜 뱀파이어!

인간의 피를 빨아먹고 사는 흡혈귀!

뒤늦게 두려움이 엄습했다. 말도 안 돼. 저 괴물이 자신이 알던 그 한태빈일 리 없었다. 그녀의 한태빈이 저렇게 생명을 위협해 올 리가 없었다. 인희는 세차게 고개를 내저으며 떨리는 손으로 스커트를 입었다. 갈기갈기 찢긴 블라우스로는 도저히 벗은 몸을 가릴 수가 없었다. 어쩔 수 없이 바닥에 떨어진 그의 재킷에 두 팔을 꿰고 상체를 여몄다.

"태빈 씨……."

옷을 다 입고도 인희는 그 자리를 뜨지 못했다. 한태빈이 뱀파이어라는 현실, 그동안 믿지 않았던 말들이 전부 진실일 거라는 생각에 머릿속이 복잡했다. 여태 그의 말을 믿어주지 않아서 미안하기도 했고, 이제부터 어떻게 해야 할지 몰라 혼란스럽기도 했다. 그녀는 뭐라고 건네야 할지 몰라 입만 벌렸다가 닫기를 수차례 반복했다.

"저…… 나는……."

"나가!"

태빈은 입을 벌리고 또다시 위협적으로 으르렁거렸다. 표인희가 멀리 달아나도록 최대한 크고 무섭게. 효과는 즉각 나타났다. 그녀는 비명을 지를 정신도 없이 날다람쥐처럼 쏜살같이 내달려 서재를 뛰쳐나갔다.

닫힌 서재 문을 바라보며 태빈은 한동안 그대로 서 있었다. 격렬하게 숨을 몰아쉬면서. 지긋지긋하게 들러붙던 표인희를 쫓아버렸으니 속이 시원해야 옳았지만 전혀 그러지 못했다. 가슴에서 통증이 일었다. 말로 표현할 수 없을 만큼 강한 통증이었다. 날카로운 식칼에 심장이 푹 찔리는 기분이었다. 왜 그녀가 자신의 곁을 떠나는 것만으로 이런 기분이 드는지 알 길이 없었으나 정말 그랬다. 그녀와 헤어지는 게 미치도록 고통스러웠다.

"또 노란색이군."

그녀가 남기고 간 팬티를 주워 들며 태빈은 중얼거렸다.

첫 번째 팬티가 들어 있는 책상 서랍에 그것을 넣으며 그는 씁쓸히 웃었다. 그동안 비즈니스와 정치적 문제, 수장으로서의 의무 등 오만 가지의 일거리를 가장 합리적이고 빠르게 해결해 왔던 이 책상에서, 이제 더 이상 일할 수 없을 것 같다. 책상 곳곳에 배인 그녀의 향기는 아무리 닦아도 결코 사라지지 않을 테니까. 태빈은 책상 위에 얼룩진 우윳빛 액체를 천천히 닦아냈다. 길고 아름다운 손가락 아래로 차갑게 식은 습액이 주르륵 흘러내린다. 그는 손가락을 혓바닥으로 부드럽게 핥아 올리며 희미하게 그르렁거렸다.

붉은 홍채가 서서히 자취를 감추기 시작했다.

❖

"당신들 누구야?"

인희는 감시자들을 노려보며 소리쳤다. 불과 30분 전까지만 해도 없었던 두 장정들이 숙소 문 앞에서 인희의 출입을 통제하고 있었다.

"저희는 표인희 씨의 근접경호를 맡게 된 성채 요원입니다. 앞으로 표인희 씨 곁에서 표인희 씨의 안전을 책임지게 될 겁니다."

"내 안전? 방금 안전이라고 했어요? 당신들이 내 안전을 책임져 주겠다고요? 어떻게요? 당신들도 뱀파이어면서 날 어떻게 지켜줄 건데요? 당신들은 당신 수장인지 뭔지 한태빈의 지시만 듣잖아! 날 위협하는 사람은 한태빈인데!"

"……."

"솔직히 말해요. 여기 있는 동안 내내 없던 경호를 갑자기 붙인 거 한태빈이죠? 그 남자가 날 어디에도 못 가게 가둬두라고 지시한 거 맞죠?"

감시자들은 부인도 긍정도 하지 않았다. 묵묵히 인희를 바라볼 뿐. 인희는 코끝이 시큰해지는 것을 느끼며 이를 악물었다.

그녀는 한태빈이 뱀파이어라는 사실을 두 눈으로 확인한 직후 숙소로 돌아와 짐을 쌌다. 몰랐으면 모를까, 그가 뱀파이어라는 걸 알고도 이 섬에 눌러앉아 있을 수는 없었다. 뱀파이어라는 그의 주장이 맞다면, 다른 주장들도 맞을 확률이 매우 높았다. 정말로 한태빈이 자신을 죽일 수도 있는 것이다. 무척이나 친밀하고 뜨거웠던 그가 단숨에 차갑고 흉포하게 돌변한 것만 봐도 짐작할 수 있었다. 그녀는 정신 바짝 차리고 어떻게든 이곳에서 빠져나가야만 했다.

'그런데 왜 이렇게 눈물이 나는 것일까?'

인희는 주룩, 흐르는 눈물을 손등으로 거칠게 닦아내며 나약하게 구는 자신에게 짜증을 부렸다. 짐을 싸면서 눈물을 흘린 것도 모자라 또 이렇게 흘리고 있는 자신이 마음에 안 들었다. 전사가 되어도 모자랄 판에 이게 무슨 바보 같은 짓인지!

"당장 비켜요."

눈에 힘을 주고 인희는 제법 위엄스레 명령했다. 어깨를 활짝 펴고 발가락을 세워 최대한 신장을 늘리며 카리스마 서린 눈빛을 날렸다. 이래 봤자 다 소용없음을 알면서도.

"당장 비키라고요, 당장!"

"그럴 수 없습니다, 표인희 씨. 지금 섬을 나가는 건 아주 위험한 행동입니다."

"날 위험하게 만든 인간이 바로 그 한태빈이라니까! 그 인간이 날 죽일 뻔했다고, 그 인간이! 당신들이 그 인간한테서 날 지킬 수 있어? 그 인간이 내 방에 들어오지 못하게 막을 수 있냐고!"

"……."

"못할 거면서 왜 날 막는 거야? 왜!"

크게 열린 인희의 눈에서 또르륵, 커다란 눈물방울이 굴러 떨어졌다. 당황한 요원들이 냉큼 두 눈을 내리깔았다. 가슴 찢어지게 불쌍한 그녀의 모습을 차마 눈 뜨고 볼 수 없었던 모양이었다.

"흥! 그 인간은 인간도 아니지, 참."

인희는 대차게 콧방귀를 뀌었다. 저주스런 태빈인 양 요원들을 잔뜩 노려보다 절절 끓는 분노를 담아 문짝을 쾅, 소리 나게 힘껏 닫았다.

자신을 방에 가두고 감시자를 붙인 한태빈의 처사가 인희는 너무도 괘씸했다. 그녀를 위한다면서 이러는 그가 가식적으로 느껴졌다. 정말로 그녀가 걱정된다면 섬에서 나가게 둬야 한다. 그녀를 멀리 떨어뜨려 놓고 다시는 찾지 말아야 하는 거다. 그 생각을 하니 또다시 눈물이 솟구쳤다. 살기 위해선 한태빈과 떨어져야 한다고 생각하니 가슴이 미어졌다. 평생 그와는 만나서도 안 된다고 생각하니 죽을 것처럼 마음이 아파왔다.

"미쳤지. 그깟 뱀파이어가 뭐라고."

혼잣말을 중얼거리며 인희는 두 손에 얼굴을 묻었다. 그렇게 한참 동안 서 있었다. 욱했던 감정은 다행히도 시간이 흐를수록 서서히 가라앉았다. 비로소 이성적인 사고를 할 수 있게 되었을 때, 그녀는 결심했다. 무슨 수를 써서라도 이곳을 나가야겠다고. 이대로 주저앉을 순 없었다. 인희는 방 안을 정신없이 둘러보았다. 기발한 탈출도구를 발견할 때까지.

"표인희 씨께서 지금 도주를 시도하고 계십니다."

"도주?"

대낮부터 취하지도 않는 술을 병째 들고 마시느라 하임이 들어와 말을 걸든 말든 신경조차 쓰지 않던 태빈이 비로소 귀를 열었다.

"가지고 있던 옷가지들을 이용해 기나긴 끈을 만들고 침대 기둥에 그것을 묶으신 다음, 창문 아래로 내려뜨렸다더군요. 근접 경호를 담당한 요원들에게 '한태빈의 수하인 주제에 너희가 어떻게 날 한태빈으로부터 지킬 수 있다는 거냐' 며 호통을 치신 이후에요."

"침대 기둥이라……."

태빈의 입술 사이로 뜨겁고 긴 한숨이 쏟아져 나온다. 이쪽으로 등을 보인 채 의자에 앉아 있는 탓에 표정을 확인할 수도, 건조하기 짝이 없는 말투라 감정 따위 가늠할 수도 없었지만 하임은 알았다. 그가 꽤 유쾌해하고 있음을. 아마도 입가에 희미한 미소를 띠고 있으리라.

"어찌나 심하게 호통을 치시는지 놀랍고 송구하여 몸 둘 바를 몰랐다고 하더군요. 정말 대단하신 분입니다. 요원의 말에 의하면, 탈주도구도 꽤나 튼튼하게 잘 만드셨다고 합니다. 짐 가방을 바닥에 내던지셔서 본의 아니게 요원 하나를 쓰러뜨리기까지 하셨다는군요. 아무래도 표인희 씨를 성채 요원으로 발탁하셔야 할 것 같습니다."

"……."

여전히 등을 돌린 채로 말이 없었지만 하임은 태빈의 미소가 깊어지고 있음을 감지할 수 있었다. 그가 주먹을 말아 쥔 손을 입에 꾹 갖다 대고 있었다. 손에는 노란 천 쪼가리가 들려 있었다.

"지금 막 창문을 넘어 벽을 타고 내려가기 시작하셨습니다. 계획은 나름대로 잘 짜신 것 같습니다만, 체력적인 한계를 극복하기에 벽이 너무 높습니다. 오래 버티시지는 못할 것으로 생각됩니다. 수장께서 지시를 내려주시면 저희 요원들이 서둘러 구조에 나서겠습니다."

"내버려 둬."

"자칫 위험한 상황이 될 수도……."

"그럴 리 없어."

"강한 분이란 건 압니다. 하지만 급조한 탈주도구인만큼 튼튼하지 않습니다. 언제 끈의 이음새가 끊어질지 알 수 없어요. 힘이 빠져 끈을 놓치거나 실수로 미끄러지기라도 한다면……."

"안 죽어."

태빈이 확신에 찬 말투로 하임의 말을 끊었다. 그리곤 휙, 회전의자를 움직여 뒤를 돌았다. 어둡고 음침한 한태빈의 모습이 완전히 드러났다. 특유의 염세주의자적 눈빛. 퇴폐적인 입술. 팔만 겨우 꿴 듯한 불성실한 옷차림. 흰 드레스셔츠의 단추가 모조리 풀어헤쳐져 맨가슴과 팔뚝이 훤히 드러나 있었다.

"그 여잔 그리 쉽게 죽지 않아. 꽤 끈질긴 여자거든."

"표인희 씨는 〈G. I. 제인〉이 아닙니다. 체력적으로 연약한 평범한 여자라고요. 낙상과 같은 불상사가 일어나지 않을 거라 어떻게 장담하십니까?"

"그 여잔 죽어도 내 품에서 죽을 여자야."

저도 모르게 말해놓고서 태빈은 인상을 찌푸렸다. 왜 그런지는 모르겠으나 정말로 그런 생각이 들었던 것이다. 생각뿐 아니라 구체적인 그림까지 떠올랐다. 표인희가 태빈이 내미는 도움의 손길을 의도적으로 놓으며 외치는…….

"다음 생에선 꼭 당신 품에서 죽을게요, 테빈. 당신을 사랑해……."

쓸데없는 공상이었다. 그는 클럽에서 표인희를 처음 만났고, 이전에는 한 번도 그녀를 본 적이 없었다. 어쩌면 단순 예지 기억일 수도 있다. 몇몇 영적 능력이 특화된 뱀파이어들만큼은 아니지만 태빈도 가끔은 가까운 미래의 일을 예지해 내기도 했다. 하지만 아무리 생각해 봐도 표인희가 자신에게 사랑을 고백하는 일은 일어나지 않을 것 같았다.

"좋습니다. 그럼 표인희 씨를 어떻게 처리하면 좋을까요?"

설득하기를 포기한 듯 하임이 작게 한숨을 내쉬더니 깍듯이 질문을 올렸다. 태빈은 손에 든 보드카 병을 입에 대고는 씰룩, 눈썹을 끌어 올렸다.

"섬 주변 방비를 철저히 해. 밖으로 나가지 못하도록."

"그걸로 표인희 씨가 모든 걸 포기할 거라고 생각하시나요?"

"화가 나 있긴 해도 미련한 여자는 아니니까. 이곳에선 내 허락 없이는 아무도 빠져나갈 수 없다는 걸 조만간 깨닫게 되겠지."

"알겠습니다. 표인희 씨 문제는 그렇게 처리토록 하죠."

하임은 우울하게 중얼거리고는 특유의 배꼽 인사로 태빈의 명령을 받들었다. 아무리 생명을 구해준 은인이고 주군으로 모시는 일에 자신의 일생을 걸어도 모자랄 만큼 대단한 사람이지만, 이럴 때 보면 정말 보통 꽉 막힌 게 아니란 생각이 들었다. 도무지 고집이란 걸 꺾질 않는다. 아니란 걸 알면서도 자신의 실수를 인정하려 들지 않는다. 당장 몇 분 뒤 표인희가 다치면 크게 진노하고 자책할 거면서 어리석기는.

하긴. 네안데르탈인 같은 남자들에게 뭘 바라.

하임은 방금 전 통화했던, 또 다른 네안데르탈인을 떠올리며 인상을 찌푸렸다.

"다른 보고 사항이 있나?"

"당분간은 보고를 올리지 말라고 지시하셨지만 아무래도 이번 일은 수장께서 아셔야 할 것 같습니다. 〈지나인(G9)〉 건과 관련하여 '헤드' 쪽에서 〈특수안전관리국〉 카드를 내놓았습니다."

"특수안전관리국?"

"방금 전 정교원 특수안전관리국장이 직접 연락을 취해왔습니다. 수장과의 대화를 원한다고 하더군요. 그쪽에선 인정하지 않지만 정황상 '헤드'의 지시가 있었던 게 틀림없다고 생각합니다. 아시다시피 특안국이 끼어들면 문제가 복잡해질 수 있지요. 하는 수 없이 수장께 여쭙고 연락드리겠다고 했습니다."

특수안전관리국은 한국 내 뱀파이어들의 정보와 신원, 관리를 총괄하는 곳이었다. MIA와는 달리 인간에 의한, 인간을 위한 기관으로 그들은 범죄를 예방한다는 어쭙잖은 명분을 들어 한국으로 입국하는 모든 뱀파이어들의 몸에 레이저형식의 칩을 심어 위치를 추적하고 감시를 일삼았다. 인간과의 공조체제를 위해 수백년 동안 힘써왔던 태빈에게는 몹시도 불쾌한 존재였지만 그들을 완전히 무시할 수도 없었다. 어쨌든 뱀파이어 중에서도 문젯거리들은 존재하고, 인간도 그들 뱀파이어들로부터 스스로를 지킬 권리 정도는 갖고 있어야 했다.

문제는 이 꽤나 독립적인 기관이 '헤드'로 지칭되는 청와대의 부름에 응했다는 것이다. 3일 뒤에 있을 '지나인' 즉, 세계주요국수뇌회의에 참석할 예정인 '헤드'는 그 자리에 어떻게든 태빈을 대동하려 하고 있었다.

지나인은 세계의 정치와 경제를 주도하는 주요 9개국의 모임인데 매년 각국 정상들은 세계 경제 흐름과 정치안보에 관한 심도 있는 토론을 나누어왔었다. 한국이 지나인에 합류하게 된 것은 불과 5년 전, 중동국 전쟁 발발과 태빈의 'TEV 인더스트리'로 인해 한국이 주요 무기수출국으로 급부상하면서부터였다. '무기'라는 아이템으로 세력을 확장하는 한태빈에게 두려움을 느낀 각국 정상들은 그를 견제하기 위해 한국 정부를 이용하려 했다. 서로 협력관계라 말하면서도 뱀파이어의 힘이 커지는 걸 늘 우려해 왔던 인간의 습성을 적나라하게 보여주는 일례라고, 하임은 생각했다.

"내가 인간들 회의에 참석해야 한다고 생각해?"

파란 눈이 곧장 하임을 쏘아보았다. 평온하기 그지없는 음성이었으나 하임은 그의 심기가 극도로 불편해졌음을 알 수 있었다. '회의 참석'이라는 말로 에둘러 표현했으나 사실 '헤드' 쪽에서 원하는 것은 그가 대통령 보좌진에 합류하는 것이었다. 그 행위가 대외적으로 어찌 보일 것인지는 불을 보듯 뻔했다.

"수장께서 그러셔야 할 이유는 어디에도 없습니다."

언제나 그러했듯 하임은 차분히 제 의견을 피력했다. 예상했던 대답이었기에 태빈은 피식 편안한 웃음을 흘렸다.

"가서 정교원한테 전화해. 이 몸은 지금 몹시 바쁘다고."

"특안국장은 수장의 스케줄을 정확히 꿰고 있었습니다. TEV 인더스트리의 최근 계약 건은 물론 민경주 님과 윤이안 님의 결혼까지도 알고 있더군요. 현재 수장께서 특별한 스케줄 없이 성채에만 머물러 계시다는 것도요."

민경주는 뱀파이어 연구에 일생을 바치다 죽은 故민영훈 박사의 딸이었다. 뱀파이어 민영훈과 인간 내성녀 사이에서 태어난 민경주는 자신이 뱀파이어 하프라는 사실을 전혀 모른 채 인간사회에서 살아가고 있었다. 20여 년간의 끈질긴 추적 끝에 비로소 그녀를 찾아낸 태빈은 민영훈의 유지를 받들어 그녀를 성채로 데려오는 계획을 세웠고, 그 계획의 실행자로는 은퇴한 스파이, 태빈의 절친한 친구, 윤이안이 결정되었다. 그녀를 성채로 데려오는 임무의 짧지 않은 여정은 '사랑'으로 끝을 맺었다. 둘은 현재 정식으로 결혼식을 올리고 서울 근교에 신혼살림을 차렸다.

"그 둘의 다리를 내가 놔줬다는 것도 알고 있던가?"

친구의 행복한 얼굴을 떠올리자 저절로 미소가 비어져 나온다. 부러운 녀석.

"농담이 아닙니다, 수장. 정교원은 결코 가볍게 치부할 수 없는 인간입니다. 그 작자가 얼마나 교활한지 잘 아시잖습니까. 바쁘다는 핑계는 먹히지 않을 겁니다."

"그럼 후계자 만드느라 정신없다고 해. 내가 그 문제로 골머리를 썩고 있다는 걸 아는 위인이니 더는 추궁하지 않겠지. 정확히 말해 거짓말도 아니잖아? 표인희를 취해 후계자를 보라고 했던 사람은 하 비서야."

"차라리 대화를 시도해 보시는 게 어떻습니까? 무조건 대화를 피하는 것만이 능사는 아닐 것입니다."

한숨을 거하게 내쉬며 하임이 심란하게 중얼거렸다. 태빈답지 않게 정교원의 등장을 대수롭잖게 흘려 넘기는 게 답답했다. 정교원은 결코 만만한 자가 아니었다. 서른셋이라는 비교적 젊은 나이에 정치에 입문, 겨우 2년 만에 특안국장이라는 대통령 최측근 자리에 올라앉은 자였다.

그는 5선 국회의원이자 여당 총재를 역임한 정원표의 손자였고

現대통령 비서실장인 정경표의 조카였다. 그의 누나와 사촌들은 모두 현직 국회의원이고 사촌 중 한 명은 여당 원내대표를 역임했다. 명실상부 한국정치계의 케네디 家인 정원표 일가의 장손인 정교원은 대한민국 권력층 먹이사슬의 맨 꼭대기에 위치해 있다. 세상에 알려진 것처럼 그저 정치계의 총아인 것만은 아니란 말이다.

"내가 그들을 피한다고 생각하나?"

태빈이 보드카 병을 한껏 치켜들어 콸콸, 취하지도 않는 술을 부어라 마셔라 하더니만 '캬—'와 같은 의미 없는 소릴 뱉어내며 중얼거렸다. 그 순간 하임은 깨달았다. 그가 인간을 피하는 것이 아님을. 태빈은 한국 정부에게 기회를 주려는 것이었다. 그들이 자신들의 어리석음을 깨달을 기회.

"날 길들여 봤자 헛수고라는 사실을, 헤드는 언제쯤 깨달을까?"

그는 느릿느릿 중얼거리고는 내내 손에 쥐고 있던 노란 천에 천천히, 오랫동안 입을 맞추었다. 마치 이 세상에서 그보다 더 중요하고 급박한 일은 없다는 듯이.

❖

"확실합니다."

오랫동안 수장으로 모셔왔던 남자의 질문에 박봉달은 일말의 부정적 여지없이 확고한 어조로 대답하였다. 그의 수장은 단순명료한 것을 좋아한다. 모든 것들이 깔끔하고 명확해야 했다. 흐릿함이나 애매함은 취급하지 않았다. 대충이란 말은 수장의 사전에 없는 말이었다.

"확실하다? 그거 참……."

똑, 똑, 똑. 아주 느릿느릿 책상을 두들기던 수장의 손톱들이 우뚝, 그 움직임을 멈추었다. 요란할 정도로 크고 화려한 엔틱 의자에 시체처럼 푹 잠겨 있던 거대한 몸이 불쑥 솟구쳤다. 이마를 드리우던 머리카락이 일시적으로 훽 들추어져 최측근이 아니라면 절대로 보거나 만져 볼 수 없는 상처를 드러낸다.

"흥미롭군. 아주. 많이."

테렌스 노튼이 특유의 은빛 눈을 빛냈다. 말 그대로 흥미가 동하는지 그는 두 손을 맞잡은 채 살살 비벼대고 있었다. 무언가에 관심을 가지는 것은 부하를 둘씩이나 잃은 최근의 불미스런 사건 이후 처음이었다. 봉달은 그동안 매진해 왔던 조사의 결과물을 내밀었다. 그리고는 매끈하고 젊은 겉모습과는 전혀 다른 봉달 특유의 '노인의 말투' 로 보고를 올렸다.

"그날을 전후로 호텔에 묵었던 손님들을 전부 조사해 보았습죠. 그중 한 명이 아주 재미있는 증언을 해주더구만요. 그 증언에 따르면 갬블은 전날 밤 여자와 관계를 맺었고, 다음날 함께 몰래 호텔을 빠져나갔습니다. 여자에게 남장을 시켰답니다."

"남장이라고?"

"여잘 남자로 오인하게 만들려던 수작이었던 게죠. 여자가 살아남았다는 사실을 우리에게 숨기고 싶었던 겁니다."

"그 여자는 갬블을 따라갔나?"

"그날은 아니었을 겝니다. 당시 갬블과 우리 아이들 몇 명이 정면으로 마주쳐 싸움이 붙었는데 그땐 여자가 없었거들랑요. 아마도 미리 여자를 빼돌렸던 게 아닌가 싶습니다. 갬블 측에선 그 뒤로 그 여자와의 접촉을 시도했습죠. 공교롭게도 여자를 성채로 데려간 날은 토미가 살해돼 시체로 발견된 날이었답니다."

"놀라운 우연이군."

"만에 하나 정말 우연히 벌어진 일이라면 갬블은 아주 운이 좋았던 겝니다. 토미 블레어스 때문에 우리 쪽 진영이 시끄러워지지 않았다면 진작 그 여자를 찾아냈을 테니까요."

"갬블은 늘 운이 좋았었지."

렌스는 혼잣말을 중얼거리며 싸늘한 미소를 지었다. 갬블을 해치울 수 있었으나 간발의 차이로 놓쳤던 몇 번의 기회들이 주마등처럼 스치고 지나갔다. 그 첫 번째는 19세기 말 인도였다. 두 번째는 20세기 초 러시아였고, 세 번째는 일본 동경이었다. 아, 상해였던가?

어쨌든 테빈 갬블은 천운을 타고난 자였다. 무시무시했던 자신의 공격에서 매번 살아남았던 것만 보아도. 어쩌면 수호천사를 달고 산다는 소문이 사실일지도.

"여자의 이름은 표인희, 스물여덟 살입니다."

"우리 아멜리아보다 정확히 127살 어리군."

렌스가 일부러 사랑하는 여동생을 언급하며 봉달에게 흘낏 시선을 주었다.

봉달은 잠시 말을 멈추고 꿀꺽, 마른침을 삼켰다. 수장이 방금 살 떨리는 경고를 날렸음을 눈치챈 것이다. 하나밖에 없는 동생에게 눈독을 들였다가는 죽음을 면치 못할 거라는 경고. 아름다운 아멜리아를 떠올려 보았다. 침이 또다시 꼴깍 넘어간다. 아까와는 다른 의미로.

뱀파이어라면 누구든 그녀를 탐낼 것이다. 귀한 여성 뱀파이어인데다가 아름답기까지 하니 당연하다. 개중엔 렌스의 눈에 들어 아멜리아를 차지하는 것이 평생의 목표라 떠벌거리는 놈들이 있을 정도였다. 하지만 여동생 사랑이 극진한 렌스의 눈에 그들 모두는 그저 '도둑놈' 일 뿐이었다. 봉달을 포함해서.

그는 렌스 노튼이 얼마나 잔인한 뱀파이어인지 잘 알았다. 렌스를 알아온 이래부터 지금껏, 단 하루도 그의 잔인성을 확인하지 않은 날이 없었다. 렌스는 비극적인 가족사를 갖고 있었고 그 비극은 최근까지도 이어지고 있었다. 그가 마지막 남은 혈육을 위해서 얼마든지 더 잔혹해질 수 있으리라는 데에 봉달은 전재산을 걸 수 있었다. 아멜리아가 욕심나는 건 맞지만 그로서는 포기할 수밖에 없었다. 봉달은 여자를 위해 목숨까지 내놓고 싶은 마음은 없었다.

"현재 표인희는 간호사로 병원에 근무 중입니다. 가족으로 외할머니, 어머니, 고등학생 남동생이 있고요. 돌아가신 아버지가 남긴 빚과 어머니의 병원비 등 만만치 않은 살림을 꾸려가고 있습죠. 이런 특이점을 이용해 테빈 갬블은 표인희를 높은 급여를 약속했고 주치간호사로 채용하는 데에 성공했습니다."

"테빈 갬블이 표인희를 성채로 데려갔다……."

렌스의 은빛 눈이 야릇하게 번뜩였다.

"그것만큼 확실한 게 없겠군. 그 여자가 내성녀라는 증거로."

뱀파이어의 유전자는 남성이 1:4000의 압도적 우성인 관계로 여자 뱀파이어를 취하기가 쉽지 않았다. 혈족을 유지하기 위해서 남자 뱀파이어는 인간 여자를 취할 수밖에 없지만, 뱀파이어의 피와 정액 등 신체 주요 기관에는 인간이 견딜 수 없는 독성이 포함되어 있었다. 그에 대한 내성을 가진 인간 여자는 백만 명의 하나 꼴로 이 역시 매우 희귀하다. 표인희가 테빈 갬블과 섹스하고도 죽지 않았다는 것은 그녀가 뱀파이어 정액에도 끄떡없는 튼튼한 자궁을 갖고 있다는 뜻이 되었다. 씨앗을 퍼트릴 완벽한 텃밭이 발견된 것이다.

"본의 아니게 우리가 갬블을 도와준 꼴이 되었지 뭡니까. 그 클럽에 내성녀가 있을 거라고 어디 상상이나 했겠습니까?"

"내가 말했잖나. 갬블은 늘 운이 좋다고."

"정말 큰일입니다. 후계자 빼곤 모든 걸 다 가진 테빈 갬블에게 내성녀가 나타났다는 건 그야말로 재앙입니다, 수장."

배짱이라곤 약에 쓰래야 찾아볼 수 없는 박봉달, 아니, 본명 박꺽쇠가 이맛살에 주름을 잡으며 살랑살랑 고개를 가로저었다. 악마에게 영혼을 팔 듯 렌스에게 영생을 약속받고 그에게 충성을 맹세한 꺽쇠는, 보통은 영리하고 치밀하지만 간혹 이렇듯 순진하고 소심한 본성을 내보일 때가 있었다. 태생부터 뱀파이어가 아니기에 나올 수 있는 어리숙함이었다.

"테빈 갬블에겐 늘 여자가 끊이지 않았어. 여자는 언제든 충당할 수 있었지. 후계자를 얻고 싶었다면 얼마든지 얻어낼 수 있었어. 갬블이 여자를 취하지 않는 건 그가 원하지 않았기 때문이야. 정말 재앙은 갬블이 원하는 여자가 나타났다는 사실이지."

"갬블이 그 인간 여자를…… 하필 인간 여자를 원한단 말입니까?"

믿을 수 없다는 듯 봉달이 눈살을 찌푸렸다. 테빈 갬블이 자신을 위해 언제든 몸을 바칠 마음의 준비가 되어 있는 수천의 여자 뱀파이어들은 거들떠보지도 않고 고작 인간 여자에게 마음을 빼앗겼다니 이해가 되지 않았다. 보통 남자 뱀파이어들은 여자 뱀파이어의 희귀성 때문에 자신만의 여자를 가지는 행운을 누릴 수가 없었다. 대부분은 어린 여자 뱀파이어의 간택을 받지 못한 채 수백 살이 되어서야 간신히 그녀의 두 번째 혹은 세 번째, 네 번째 남편이 되었다.

"갬블은 원래 인간 여자에게 약했어. 항상 그들에게 끌렸지. 마치 줄리엣 캐풀렛을 사랑했던 로미오 몬터규처럼 금기의 존재에 집착했다고나 할까. 이전에도 영원한 사랑을 맹세했던 인간 여자가 있었지. 또 다른 인간 여자를 찾아낸 게 놀라운 일도 아니야."

"갬블은 그 여자한테서 후계자를 보려고 할 겁니다, 수장. 그렇게 되면 갬블의 권세는 더욱 탄탄해질 테지요. 앞으로 수백 년 동안은 전 세계에서 가장 막강한 권력가로 군림하게 될 겁니다."

"그렇게 될까 봐 걱정인가?"

불안에 찌든 봉달의 말에 느긋하게 대응하며 렌스는 씩, 미소를 지었다. 현재 세계 권력의 키는 중립지역인 아시아가 쥐고 있고, 갬블은 아시아협회 수장으로서 후계자가 없는 지금에도 무소불위의 권력을 휘두른다. 후계자까지 태어나면 그를 무너뜨릴 방도가 거의 없어지는 셈이었다. 어쩌면 레지스탕스 식으로 간신히 버티고 있는 렌스 진영은 테빈에 의해 흔적도 없이 쓸려 나가게 될지도. 그렇게 되기 전에 이쪽에서 먼저 손을 써야 했다.

"혹여 다른 생각이라도 있으신 겁니까?"

"그야 물론. 난 항상 생각이 있지. 자네도 짐작했을 텐데."

"설마 그 여자를……?"

"일석삼조의 효과를 노리는 거지. 갬블의 것을 빼앗는 희열. 놈의 후계자 계획을 초기화시키는 짜릿함. 내성녀가 내 손에 들어오는 뜻밖의 행운."

"그거 정말……!"

봉달이 대단한 아이디어라며 렌스를 추켜세우려는 순간이었다. 어느새 열린 집무실 문지방에 서서 아멜리아가 세상에서 가장 사랑스런 얼굴로 특유의 독설을 날렸다.

"사이코 같은 계획이네."

봉달은 깜짝 놀라 아멜리아를 돌아보았다. 그녀는 날이 갈수록 더해지는 사랑스러움으로 볼 때마다 그의 심장을 들었다 놨다, 들었다 놨다 했다. 장밋빛 볼과 실크처럼 부드럽고 아름다운 금발머리, 매력적인 갈색 눈동자, 가만히 바라만 봐도 얼굴이 화끈해지는 섹시하고 육감적인 입술. 평소 차갑고 쌀쌀맞지만 가끔 기분 좋아 살살 눈웃음이라도 칠라 치면 사방에서 남정네들이 앓는 소리를 내곤 했다. 빠른 걸음을 걸을 때 출렁이는 가슴의 흔들림을 볼라 치면 다들 입에 재갈을 물어야 했다. 수장의 동생만 아니었다면 좋았을 텐데.

몹시도 안타까운 마음으로 한숨을 내쉬며 봉달은 두 성질 더러운 남매를 위해 슬그머니 자리를 떴다.

"오빠한테 사이코라니. 아리따운 아가씨 입에서 나온 말치곤 참 거칠구나, 아멜리아?"

렌스는 오빠 특유의 거만하고 엄격한 말투로 동생의 품위 없는 언행을 지적했다. 늘 받는 지적이었다. 외모에 어울리는 말투와

품행을 유지하라는 오빠의 지긋지긋한 잔소리를 그녀는 오랫동안 들어왔다. 그럼에도 이놈의 반항아, 말괄량이 근성이 고쳐지질 않는 걸 어쩌겠는가. 팔자려니 하고 그냥 살아야지.

"내 이름은 예리야. 아멜리아가 아니라. 몇 번을 말해? 한국에 정착했으면 한국식으로 살아야지. 멀쩡히 특안국에 원예리라고 신고해 놓고. 아멜리아가 대체 언제 적 이름이냐고."

"아무리 부인해도 네가 아멜리아라는 건 변하지 않아. 애비게일이 영원히 우리의 애비게일인 것처럼. 걘 그 이름을 좋아했지."

"언니는 한국식 이름도 좋아했었어. 처음 이름 지을 땐 오빠도 그랬었고. 다들 '예국'이 뭐냐고, 촌스럽다고 비웃어도 오빤 개의치 않았잖아. 오히려 즐거워했지. 한태빈 때문에 어쩔 수 없이 한국에 둥지를 틀긴 했어도 오빤 한국을 무척 좋아했고, 한국에서의 새 인생에 대해 약간의 기대도 품고 있었어. 작년에 언니에게 그런 일만 없었다면……."

"그 일은 언급하지 않는 게 좋겠다, 아멜리아."

렌스가 예리의 말을 싹둑 잘랐다. 예리를 보자마자 그의 눈에 아주 잠깐 떠올랐던 따스한 빛이 순식간에 얼음으로 뒤집혔다. 쌍둥이 언니였던 애비게일이 어떤 식으로 목숨을 잃었는지를 떠올리는 것이었다. 그녀의 사인은 약물 과다복용. 애비는 뱀파이어라는 자신의 운명을 거부하고 인간이 되길 바랐었다. 점점 늙어가는 남자를 사랑하여 스스로도 늙어가기 위해, 그녀는 생명을 단축시키는 약물을 스스로 주입하였다.

그 일로 인해 렌스는 더욱 무서워졌다. 그나마 눈곱만치 남아 있던 유머감각도, 따스함도 사랑도, 이젠 찾아보기 힘들었다. 안타까운 마음에 오빠를 볼 때마다 예리는 가슴이 터질 것만 같았다. 지금은 비록 오빠가 '악의 축'이라 비난받는 테러리스트이지만 처음부터 그랬던 건 아니었다. 그는 가족과 동생에게는 듬직하고 따뜻한 아들과 오빠, 동료와 친구들에게는 의리 있고 유쾌한 친구였다. 가족을 비참하게 잃고 동료에게 배신당하기 전까지는 그도 행복할 때 마음껏 웃을 수 있는 정상적인 남자였다. 예리는 그랬던 오빠가 훨씬 더 좋았다.

"이런 말 하면 오빠가 불처럼 화를 낼 거란 거 아는데……."

"그럼 하지 마."

"그래도 말해야겠어. 난 오빠가 더 이상은 한태빈과 반목하지 않았으면 좋겠어. 오빠가 싸워야 할 대상은 인간이잖아. 한태빈은 우리와 같은 종족이고. 오빠나 한태빈이 원하는 건 뱀파이어의 번영 아닌가? 공통된 목표를 갖고 있잖아. 왜 서로 아웅다웅 싸워야 하는지 난 도통 이해가 안 가. 자꾸만 오빠가 애먼 곳에 분노의 화살을 돌리고 있다는 생각이 들고……."

"한태빈은 인간과 손을 잡았어. 어떤 목적 때문이든 인간과의 공조는 받아들일 수 없다. 너도 그래선 안 돼. 인간들이 우리 가족에게 어떤 고통과 비극을 줬는지 안다면, 그런 인간들과 공생의 길을 연 배신자 한태빈을 비호해서는 안 되는 거다."

"오빠! 어떻게 그런 식으로 말해?"

"……."

"그 일을 내가 잊었을 것 같아?"

"아멜리아."

"그걸 어떻게 잊어? 그 끔찍한 악몽 같은 일을 내가 어떻게 잊을 수 있겠어?"

"넌 너무 어렸어."

렌스가 천천히 의자에 묻어두었던 상체를 일으켜 세웠다. 그의 은빛 눈동자가 위험스레 빛나고 있었다.

"어렸지만 다 기억해. 불행히도 다. 너무 충격적인 일이라서 잊고 싶어도 잊을 수가 없어. 꿈에서도 나타나. 어떨 때는 웃는 것마저 죄스러워져. 내가 이래도 되나, 이렇게 즐거워해도 되나. 내가 그럴 자격이 있나 싶어서 마음대로 웃지도, 행복감을 느끼지도 못해."

"아멜리아……."

"오빠가 오랜 세월 가족들을 지키지 못한 죄책감에 시달리며 고통당해 왔다는 거 알아. 하지만 나도 마냥 편하지만은 않았어. 그 학살 현장의 유일한 목격자잖아. 매 순간 멀쩡한 척하려고 애쓰지만 사실은 멀쩡하지 않아. 멀쩡할 수가 없어. 당연하잖아!"

아직도 생생했다. 눈을 감으면 그날의 일이 영화 필름처럼 샅샅이 떠올랐다. 유난히 아름답고 푸르렀던 5월. 산속 움막에서 인간들을 피해 살아가면서도 무척이나 행복했던 여덟 명의 가족. 아버지, 어머니, 오빠들과 언니들…….

부족함은 많아도 늘 행복했었던 뱀파이어 일가는 어느 날 인간의 습격을 받고 몰살당한다. 당시 지역의 한 부자가 술에 잔뜩 취해 '산속에서 몇십 년째 늙지 않고 야생동물을 잡아먹으며 살아가는 괴물' 의 목을 가져오는 자에게 큰 상금을 내리겠노라 공표했는데, 대부분의 사람들은 그것을 술주정으로 치부하고 가벼이 넘겼었다.

몇몇 인간들이 호기심에 산채를 찾아오기도 했으나 아버지와 렌스 덕에 별 탈 없이 위기를 넘길 수 있었고, 그마저도 시간이 지나면서 흐지부지 잊혀져 갔다. 그렇게 경계를 느슨히 하고 안심하고 있을 때 그들이 나타났다. 사악하고 잔인한 사냥꾼 일당. 그들은 렌스가 없는 틈을 타 산채를 습격하고 제일 먼저 아버지의 목을 땄다.

무방비 상태로 아버지가 당한 후, 어머니는 심장에 칼을 맞았다. 비교적 어린 언니와 두 오빠들은 차례대로 부엌, 앞마당, 이층 침실에서 각각 강간당하고 살해당했다. 그들은 차례차례 목숨을 잃으면서도 렌스와 애비게일이 어디로 갔는지, 아멜리아가 어디에 숨었는지 입을 열지 않았다. 렌스는 애비게일의 신발을 사기 위해 시내에 갔었고, 아멜리아는 뒷마당에서 흙장난을 하다가 어머니의 손에 이끌려 지하실에 들어가 숨어 있었다.

캄캄한 지하실 안에서 그녀는 어머니와 언니 오빠들의 비명과 울음소리를 들어야 했다. 밖에 나가 무슨 일인지 알아보고 싶었으나, 어머니의 시체가 지하실 문을 가로막고 있었다. 어머니는 딸을 지키기 위해 숨을 거둘 때까지 그곳에서 꼼짝하지 않았다. 아멜리아는 지하실 문틈으로 보이는 어머니의 텅 빈 눈동자를 바라보며 울었다. 손을 뻗어 그 눈을 감게 해주고 싶었으나 그럴 수 없음에 울었다. 자신 또한 죽게 될까 봐 소리 내지 않고 울었다. 어린 마음에도 제 목숨이 아까워 나서지 못하는 스스로가 비겁자처럼 느껴져서 울고 또 울었다.

그로부터 다섯 시간 후, 그녀는 렌스에 의해 구출되었다.

"한태빈이 마음에 안 들 수는 있다고 생각해. 노선이 서로 다르면 같은 편이라도 척을 질 수밖에 없겠지. 그렇다고 같은 뱀파이어끼리 죽자 살자 싸우고 물어뜯어야 할 필요는 없다고 생각해. 난 한태빈이 오빠 생각만큼 교활한 놈 같지 않아."

"그만해라."

"한태빈은 우리 뱀파이어들이 인간사회에 안전히 뿌리내리고 생존할 길을 열어주었어. 한태빈이 아니었다면 우린 여전히 산속 움막 같은 곳에서 숨어 살았을 거야. 난 한태빈이 우리와는 다른 방식으로 인간들과 싸우는 거라고 생각해."

"입, 다물어."

렌스의 은빛 눈동자가 번쩍 푸른 광채를 뿜어냈다. 섬뜩하게 번뜩이는 그 광채가 '살인귀'의 특징이라는 사실을 동생인 예리가 모를 리 없었다. 렌스는 사람들이 두려워하는 악마의 모습으로 변하기 일보 직전이었다. 그럼에도 예리는 물러서지 않았다. 그럴 수 없었다. 예리는 그가 후회할 일을 하기 전에 막고 싶었다. 그게 렌스 노튼의 유일한 혈육으로서 그녀가 해야 할 일이라고 생각했다.

"애비게일은 민영훈을 사랑했어."

"그 빌어먹을 입 다물어!"

벼락처럼 울리는 고함 소리와 함께 렌스의 울퉁불퉁한 팔뚝이 훅 뻗어 나와 예리의 목덜미를 움켜쥐었다. 예리는 목구멍이 점점 조여오는 것을 느끼며 숨을 헐떡였다. 엄청난 것들이 그의 손아귀를 통해 전달되고 있었다. 자신의 적을 사랑했던 동생에 대한 배신감, 분노, 그리고 아픔…….

눈에서 실핏줄이 터졌다. 관자놀이 위로 푸른 혈관이 튀어 올랐다. 안면은 붉게 달아올랐고 시간이 갈수록 점점 더 고통으로 일그러지고 있었다. 머릿속으로 수많은 기억들이 스쳐 지나갔다. 산속을 뛰어놀던 어린 시절, 부푼 가슴을 안고 한국에 첫발을 내딛던 날, 애비게일이 좋아하는 사람이 생겼다고 수줍게 고백하던 날…….

공기를 호흡할 수 있는 공간이 점점 더 협소해짐을 느끼며 예리는 희미하게 미소를 지었다.

"진실을 외면해 봤자 달라지는 건 없어, 오빠."

제7장 뱀파이어의 여자

"이 정도는 식은 죽 먹기지."

성곽의 비교적 낮은 돌담을 올려다보며 인희는 신나게 혼잣말을 중얼거렸다. 아파트 3~4층 높이의 건물에서 침대보와 커튼 등으로 급조한 줄을 타고 탈출하는 데에 성공하고 나니 에베레스트라도 정복한 양 의기양양해졌다. 그 높은 곳서도 무사히 내려왔는데 이까짓 돌담쯤이야.

"근데 너무 허술하다. 담이 이리 낮아도 되는 건가."

주위를 대강 훑어보니 특별히 담벼락을 지키는 요원은 없는 것 같았다. 안 그래도 그녀는 여기까지 오는 동안 아무런 제지가 없었다는 사실에 살짝 의심을 품고 있는 참이었다. 한태빈처럼 교활하고 빈틈없는 자라면 누군가를 감시하면서 꼴랑 방문 앞에 요원 둘만 배치해 뒀을 리가 없었다. 창문을 통해 탈출하는 그녀를 아무도 알아채지 못했다는 것도 석연찮았다. 성곽까지 줄행랑을 쳐왔지만 그 누구도 뒤쫓지 않았다는 사실도 이상하기 그지없었다. 그렇다고 딱히 의심할 만한 정황이 있는 건 아니지만.

"좋아. 가자, 표인희! 아자, 아자!"

인희는 두 주먹을 불끈 쥐고 의지를 불태웠다. 그러고는 있는 힘껏 트렁크를 들어 가슴 높이의 돌담 너머로 힘껏 내던진 후, 손바닥에 '퉤퉤' 침을 뱉으며 돌담 위를 기어오르기 시작했다. 한참을 낑낑대다 마침내 다리 한쪽을 반대편으로 넘기는 데에 성공했다. 힘이 들어 땀을 뻘뻘 흘리면서도 인희는 묘한 희열감을 느꼈다. 은근히 짜릿하고 즐겁지 뭔가.

낄낄거리며 가까스로 엉덩이를 끌어 올렸을 때였다.

"이런, 이런……."

갑자기 퍽, 하고 정체불명의 손길이 목덜미를 틀어쥐는가 싶더니 그녀의 몸이 순식간에 갈고리에 걸린 정육점 고기마냥 슥 위로 들어 올려졌다. 들켰다 생각하는 순간 우드득, 무게를 못 이긴 티셔츠의 실밥이 뜯어지기 시작했다. 인희는 꺅 소리를 지르며 버둥거리기 시작했다.

"이게 누구야? 바나나 향기 풍기고 다니는, 그 생쥐 아니야?"

"당신!"

인희는 남자의 면상을 확인하고는 훅! 격하게 숨을 들이켰다. 서고에서 봤던 그 남자였다. 멀리서 보았을 땐 한태빈과 닮았다고만 생각했었는데, 가까이에서 보니 다른 점이 확연히 보였다. 체격조건이나 골격 등은 확실히 비슷했지만 전체적인 분위기는 전혀 달랐다. 한태빈이 여자인 인희마저 부러울 정도로 수려한 외모와 샤프함을 가졌다면, 이 남자는 좀 더 터프하고 마초적인 느낌이었다.

"날 알아보는군?"

다행히 남자는 인희를 얌전히 지상으로 옮겨놓았다(?). 여전히 고양이 뒷덜미 잡듯 잡고서. 무슨 현행범 취급당하는 기분이라 불쾌했지만 흥미진진한 듯 자신을 바라보는 남자의 검은 눈동자 앞에서는 꼼짝할 수가 없었다. 마치 재미있는 장난감을 발견한 듯 반짝이는 그 눈에는 위험스러움이 녹아들어 있었다. 온몸이 바짝 얼어붙었다.

"아니에요! 그냥 어디서 많이 봤다 싶었던 것뿐이에요. 그, 근데 어디서 봤는지는 기억이 잘 나질 않네요."

"날 한 번이라도 봤다면 쉽게 잊을 수 없었을 텐데."

"그, 글쎄요. 그다지 인상 깊은 외모는 아니라서 전 잘 모르겠는데요."

말도 안 되는 외모 평가절하에 그가 희미하게 인상을 찌푸리자 인희는 냉큼 덧붙였다.

"제게는 그렇다고요. 제게만. 제가 좀 남자 외모 취향이 독특하거든요."

"그래도 잘 생각해 봐, 미스 생쥐. 최근 기억을 더듬어보면 날 어디서 봤는지 떠오를 거야. 붕어 수준의 아이큐를 가진 게 아니라면 말이야."

"음…… 사실 저는 머리가 좋은 편이 못 돼요."

"얼굴만 반반하고 머리는 텅 빈 여자라고 스스로 인정하는 건가?"

"얼굴도 그리 반반한 수준은 못 되죠. 양심적으로다가."

"뭐 좀 그렇긴 한데, 그래도 잘 생각해 보라고. 아이큐가 빵이어도 나처럼 절세미남을 잊어버리긴 쉽지 않은 일이잖아. 기억창고를 잘 뒤지다 보면 어디서 봤는지 생각이 날 거야. 아주 의외의 장소에서 봤을 수도 있겠지. 예를 들면……."

"……?"

"서고라든지."

아무렇지도 않게 그가 '서고'를 입에 올리자 인희는 훅, 숨을 들이켰다. 남자의 반짝이는 눈이 가까이 다가왔다. 재미있어 죽겠다는 그의 표정은 '나는 네가 서고에서 무슨 짓을 했는지 안다'라 말하고 있었다. 본능적으로 인희는 이 남자가 모든 걸 알고 있음을 깨달을 수 있었다. 어떻게 알아냈는지는 모르겠지만 어쨌든 그는 다 알고 있었다. 인희가 그날 그곳에서 자신의 통화 내용을 모조리 다 들었음을. 죽었구나, 생각하며 인희는 아무 말이나 생각나는 대로 더듬더듬 웅얼거렸다.

"나, 난 그냥 한태빈을 피해 거기 갔을 뿐이에요."

"한태빈?"

"그 남자가 사제 분장을 하고 나한테 접근해서 이상한 소리를 지껄였다고요. 다시는 만나고 싶지 않았을 뿐이에요. 그래서 서고에 숨어 있으려고 했던 것인데……."

"당신, 한태빈 여자야?"

즉각 날아온 남자의 질문에 인희는 두 눈을 크게 떴다. 이 남자는 한태빈도 알고 있었다!

그렇다면 이 남자도 뱀파이어?

한태빈이 성채의 주인이고, 이 남자도 이곳을 어슬렁거리는 자칭 '요원'이니 당연히 그럴 것이다. 그 당연한 사실을 그녀는 이제야 깨달은 것이고. 인희는 자신의 멍청함에 치를 떨며 짜증을 부렸다.

"아니거든요? 그냥 그 남자랑 재수 없이 엮였을 뿐이라고요."

"엮였다고? 한태빈이랑?"

절대 그럴 리 없다는 듯 그가 몹시도 미심쩍은 말투로 묻는다. 그러곤 슥, 그 석탄처럼 새까만, 사악하기 그지없는 눈으로 인희를 위로 아래로 훑어보았다.

"설마 잔 건 아니겠지?"

그의 눈길이 참을 수 없는 건 '한태빈이 이 여자와 잤다고? 믿을 수 없어!' 란 의미를 적나라하게 드러내고 있기 때문이었다. 인희는 부아가 치밀었다. 한태빈이나 이 남자가 대한민국 표준보다 월등히 잘생긴 건 인정하겠는데, 그렇다고 이리 대놓고 '너 정도는 턱도 없다' 는 식의 반응을 보일 것까진 없지 않은가. 매너라곤 쥐뿔도 없는 뱀파이어 같으니라고.

"잤어?"

뭐라 말하리오. 인희는 입에 자물쇠를 채운 사람마냥 꾹 입을 다물고는 남자를 죽어라 노려보았다. 믿어지지 않는다는 듯 한동안 그녀를 빤히 바라보고만 있던 남자는 이내 가출한 정신을 수습하고 느릿느릿, 육감적으로 굴곡진 입술을 꿈틀거리며 중얼거렸다.

"곡물창고에 몰래 숨어들어 온 생쥐인 줄 알았더니. 생쥐하고는 비교도 못할 귀한 몸이시네."

귀한 몸? 이건 또 무슨 신소리람.

인희는 미간을 찌푸리고 그를 더욱 잔뜩 째려봤다. 그러자 남자 역시 인상을 짜부라뜨린다.

"설마 그게 무슨 뜻인지 모르는 건 아니겠지?"

"……."

"당신, 한태빈과 동침했다는 게 뭘 의미하는지 정말 몰라?"

이 남자 진짜 못쓰겠다. 한태빈이 뭔데 이 난리블루스람. 그와 잠 한 번 잔 게 무슨 큰일이라고 사람을 '왕에게 승은 입은 무수리' 취급이란 말인가.

"이거 일이 점점 더 재미있게 돌아가네."

기빈은 혼잣말을 중얼거리며 흑요석 같은 눈을 반짝반짝 빛냈다. 지금의 이 사태를 대충 한 줄로 정리해 보면 '한태빈에게 여자가 생겼다' 정도일 텐데. 기빈에겐 한태빈이 한 여자와 육체적 유희를 즐길 만큼 깊은 관계를 맺었다는 사실 자체만으로도 충분히 놀라운 일이었다. 한데 그 상대가 인간 여자다. 한태빈이 인간 여자와 깊은 관계를 맺었다. 이건 굉장히 쇼킹한 일이었다. 물론 그보다 더 쇼킹한 건 '한태빈의 여자가 도망치고 있다'는 사실이겠지만.

큭, 기빈은 폭소를 참지 못하고 뿜었다.

"당신이 도망치려 한다는 거 한태빈도 아나?"

"……."

"모르네. 맞지?"

여자는 마치 독립투사처럼 입을 꾹 다물고 묵묵부답을 시전하였다. 물론 그래 봤자 기빈은 여자의 속마음을 훤히 읽을 수 있었다. 굳이 뱀파이어의 날 선 육감을 동원하지 않아도 금세 읽혔다. 이 여자는 금강산 1급수처럼 맑고도 깨끗한 영혼을 갖고 있었다.

"왜 한태빈한테서 달아나려는 거지? 실력이 별로던가?"

"난 할 말 없어요."

그녀가 옹골차게도 쏴붙였다. 그 모습이 하도 비장하여 웃음이 또다시 터졌다. 기빈은 한없이 부드럽고 너그러운 말투로 자분자분, 자상하게 대화에 임하기 시작하였다. 어쨌든 형의 소유물이니까 그는 최대한 예의를 갖춰야 할 의무가 있었다.

"아가씨가 이해해. 한태빈이 여자와 담 쌓고 지낸 지 꽤 되어서 그런 거니까. 왜, 기계도 안 쓰면 녹슬잖아?"

"네?"

"남자의 생식기도 그거랑 비슷하다고 보면 돼. 몇백 년쯤 안 쓰다 보면 삐걱거리기 마련이지. 아무리 천하의 한태빈이라도 몇백 년 동안 써먹지 못한 물건을 제대로 굴리기가 어디 쉽겠어? 한태빈도 마음으론 엄청 잘하고 싶을 거야."

"지금 무슨 말을 하는 거예요?"

"걱정 마, 아가씨. 시간이 다 해결해 줄 거야. 지금 당장은 만족이 안 되더라도 조금만 참고 견뎌봐. 언젠가는 희망찬 내일이 밝아올 거야. 아가씨와는 달리 한태빈은 머리가 좋거든. 뭐든 빨리 배워. 그걸 써먹는 게 익숙해지면 금세 실력을 갈고닦아 아가씨를 꿈과 환상의 나라로 데려가 줄 거야."

"이것 보세요. 난요!"

"사랑이라는 게 다 그런 거잖아? 상대를 위해 기다려 주고, 나를 희생하며 힘들 때 같이 있어주고, 함께 행복을 만들어가는 것.

지금이 바로 그때야. 한태빈이 이 위기를 극복할 수 있도록 아가씨가 함께해 주길 바라. 자! 어때? 내 말을 듣고 나니 한태빈 곁에 남아 있을 마음이 손톱만큼이라도 생기나?"

"아뇨."

인희는 두 눈을 부릅뜨고 단호하게 답했다. 남기는커녕 더 빨리, 더 멀리 달아나고 싶어졌다. 한태빈은 물론이거니와 한태빈과 연관된 사람들 모두가 다 이상했다. 이 남자도 보라. 아직까지도 그녀를 마치 도둑고양이 대하듯 저 무지막지한 손으로 목덜미를 거머쥔 채 재미있어 죽겠다는 듯 야릇한 미소를 짓고 있질 않는가. 완전 사이코패스다. 인희는 자신이 만들어낼 수 있는 가장 험악한 표정을 짓고는 여직 그에게 붙들려 있는 제 목덜미 쪽을 향해 쿡쿡 손가락질을 했다.

"내가 귀한 몸이라고 생각하시면 일단 이것부터 놓고 얘기하죠?"

"그러면 안 될 것 같은데, 생쥐 아가씨? 이 손을 놓는 즉시 아가씨가 날 엿 먹이고 쏜살같이 달아날 것 같은 느낌적인 느낌이 든단 말씀이야."

"난 여기서 나가야 해요. 여기서 사는 사람도 아니고 살고 싶지도 않아요. 난 여기 억지로 끌려온 거라고요."

"끌려왔다면 그럴 만한 사정이 있었던 거겠지. 한태빈은 아무 여자나 납치할 남자가 아니거든."

"난 진짜 그 남자랑 아무 관계도 없는 사람이라고요. '한태빈의 여자' 는 고사하고 한태빈과 손톱만큼의 연관성도 없다니까요. 그냥 클럽에서 우연히 만나 딱 하룻밤! 실수한 것뿐인데 여기까지 납치된 거라고요. 난…… 난 솔직히 뭐가 뭔지 하나도 모르겠다니까요?"

"그래?"

상대를 설득하기 위해 아주 열심히, 열렬히 손발까지 휘저어가며 설명을 하는 생쥐 아가씨를 향해 기빈은 상냥하게 미소를 지어주었다.

"한태빈과 아가씨가 우연히 하룻밤 잤다? 그것 외에는 아무런 관계도 없고 '한태빈의 여자' 라는 꼬리표를 달 생각도 없으며 한태빈의 곁에 머물 마음도 전혀 없다?"

"맞아요! 바로 그거예요."

"그래, 그래, 생각해 보니 당신 말대로군. 전혀 여기 있을 이유가 없어."

심드렁하니 맞장구를 쳐주며 기빈은 여자를 붙든 채로 걷기 시작했다. 압도적인 힘의 불균형으로 인하여 인희는 일방적으로 끌려갈 수밖에 없었다. 엉덩이를 아래로 끌어 내리거나 발뒤꿈치에 브레이크를 거는 등, 별의별 짓을 다하며 발버둥을 쳐보았지만 그의 불도저 같은 걸음걸이를 막을 수는 없었다. 눈 깜짝할 새에 그는 인희를 제자리로 데려다 놓았다.

빌어먹을 한태빈의 침실로.

"아얏!"

남자가 거칠게 떠미는 바람에 인희는 한태빈의 가슴팍에 코를 박아야만 했다. 아픈 코를 부여잡고 냉큼 태빈의 품에서 빠져나오려 했지만 그것은 불가능했다. 태빈의 강인한 팔뚝 하나가 넝쿨처럼 그녀의 몸을 휘감아 꼼짝 못하게 만들어 버렸으니까. 선택의 여지도 없이 인희는 한태빈의 품에 안겨, 한태빈의 체취를 들이마시면서, 불과 몇 시간 전에 있었던 뜨겁고 화끈했던 정사를 떠올리는 고문을 당해야만 했다.

"이게 무슨 일이냐, 한기빈?"

태빈이 방금 전까지 보고를 받던 휴대전화를 테이블 위에 내려놓고 나머지 손으로 마저 인희를 꼭 끌어안으며 물었다. 그녀가 탈주를 시도했을 때부터 태빈이 상상해 온 온갖 시나리오들 중 '동생에게 붙잡혀 오는 것' 은 없었다. 양팔을 허리에 얹은 사뭇 도전적인 자세로 기빈이 거만하게 물어왔다.

"어찌 된 일인지는 형이 먼저 설명해야 하는 거 아니야?"

"뭐라고요? 형이라고요?"

충격적인 새 정보에 인희가 고개를 번쩍 쳐들었다. 하나 태빈은 인희 쪽으론 눈길조차 주지 않고 맹렬히 동생을 주시했다.

"내가 설명할 필요성을 못 느낀다면?"

"마음대로 해. 그래 봤자 알아야 할 건 다 알아냈으니까. 원나잇. 내성녀. 운명적. 이 세 단어로 압축 가능하겠더구만, 뭘."

"네 멋대로 알아내서 상황판단까지 마쳤다니 내 설명은 더더욱 필요 없겠구나. 그럼 이제 네가 내 질문에 대답할 차례인 것 같은데? 이게 다 무슨 일이지?"

"무슨 일은 무슨 일. 척 보면 몰라? 형의 생쥐 아가씨가 성채를 몰래 빠져나가다가 나한테 딱 걸린 거잖아. 한태빈이 너무 싫어서, 한태빈과는 도저히 엮이기도 싫고 상종도 하기 싫어서 섬을 나가고 싶었다더군."

인희가 발작적으로 꿈틀거렸다. 품으로부터 빠져나가기 위해 안간힘을 쓰며 '둘이 형제라니 믿을 수가 없어!' 의 뜻을 전달하는 그녀를, 태빈은 더욱 꽉 끌어안아 아예 딱 품 안에 고정시켜 버렸다. 작고 나긋한 그녀의 몸이 달라붙어 오자 하반신에 뜨거운 욕정의 불길과 함께 원인 모를 안도감이 밀려왔다. 잃어버린 물건을 되찾은 것과 같은. 그는 인희의 목덜미를 코를 박고 싶은 충동을 가까스로 억눌렀다.

"하지만 내가 누구야? 형을 영웅처럼 생각하며 자라온 한태빈 키드 아니겠어? 한태빈의 여자를 도망치게 놔두면 그거야말로 의리에 펑크 난 놈인 거지. 난 당연히 도망치면 안 된다고 설득했어. 한태빈 거시기가 아무리 시답지 않아도 조금만 참아달라고. 워낙 녹이 슬어서 그런 거니 기름칠만 제대로 하면 예전의 명성을 되찾을 수 있을 거라고 말이야."

"내 뭐가 녹슬었다고?"

태빈이 제 귀를 의심하며 반문했다. 그러고는 '당신이 이런 말을 했다는 게 믿어지지 않아' 의 눈빛으로 인희를 스윽 내려다본다.

인희는 당장 두 손을 좌로 우로 열심히 흔들어 모든 걸 부인하고 싶어졌다. 기가 막히게 청산유수로 줄줄 읊어대는 한기빈의 말은 다 거짓말, 허위자백이었으니까. 하지만 뭐라 해명하기도 전에 한기빈이 또다시 입을 열었다.

"근데 형이 그동안 너무 형편없었나 봐. 생쥐 아가씨가 글쎄! 그때까지 기다리고 싶은 생각이 전혀 없다는 거야. 한순간 내 마음이 너무 아파서 생쥐 아가씨를 놓아주고 싶더라. 아가씨가 뭔 죄겠어? 여자에게도 성욕이란 게 분명 있을 텐데, 아무리 형을 사랑한다지만, 언제 정상적인 기력을 되찾을지도 모르는 녹슨 거시기에 만족하며 평생을 살아갈 수는 없잖아. 그건 정말 비인도적인 짓이라고."

"이것 봐요, 내가 언제……!"

허풍선이의 만행에 참을 수 없는 분노를 느끼며 인희가 버럭 고함을 지르는 찰나였다. 거의 동시에 한기빈의 허풍이 끝나 버렸다.

"하지만 난 형의 동생이니까 형의 입장을 최우선적으로 고려해봐야 했어. 형은 생쥐 아가씨를 풀어줄 마음이 전혀 없을 수도 있겠다 싶었지."

기빈이 산뜻하게 말을 마치고 태빈을 빤히 바라본다. 우스갯소리로 포장하고 있다 한들 태빈은 동생이 이 문제를 가볍게 여기지 않음을 알 수 있었다. 그는 뱀파이어의 수장에게 후계자가 얼마나 중요한 문제인지를 알았다. 또한 태빈이 그동안 한 명의 수컷으로서, 또한 종족의 리더로서, 당연히 취해야 했을 여자를 멀리해 왔다는 사실도 알았다. 그 모든 것을 종합해 보았을 때 표인희라는 존재가 시사하는 바는 매우 컸다. 빤한 진실을 부인하는 것은 의미 없는 짓이었다. 태빈은 순순히 시인했다.

"맞아. 난 이 여자를 놓아줄 마음이 없어. 아직은."

"아까는 꺼지라고 했잖아요! 왜 말을 바꿔요? 치사하게!"

품 안의 생쥐가 버럭거렸다.

"당신들 이러는 거 범죄야. 타인의 행동을 억지로 제한하고 자유를 박탈하는 거, 그거 체포감금죄에 해당한다고. 그걸 묵과하는 건 방조죄고. 절대로 가만 안 둬. 여기서 나가면 경찰에 신고할 거야. 콩밥 먹일 거라고, 당신들 둘 다!"

기빈이 씰룩 눈썹을 휘며 태빈에게 무언의 질문을 날렸다. 대체 이런 명물은 어디서 찾아낸 거야? 태빈은 단지 어깨를 으쓱함으로써 대답을 회피했고 기빈은 호기심 만땅인 채로 인희를 향해 물었다.

"뭐라고 신고할 건데?"

"사실대로죠! 어떤 미친 뱀파이어가 날 거짓말로 유인해서 이상한 성으로 불러들인 다음, 나가지 못하게 감금하고는 날…… 날……!"

"당신을?"

"날……."

한껏 목청을 드높이던 인희의 기세는 점점 쪼그라들었다. 태빈이 자신을 감금한 후 무슨 짓을 했는지 떠올리자 차마 더 이상 말을 이을 수가 없었던 것이다. 사악한 한기빈은 그녀의 난감함을 알면서도 집요하게 다음 말을 듣고자 했다.

"형이 당신을 어떻게 했는데? 유혹?"

"……."

"유린? 능욕?"

"그만해, 한기빈."

깐족거리는 기빈을 물리친 것은 태빈이었다. 그는 동생이 인희를 데려온 행동에 대해서는 고맙게 여겼다. 하지만 거기까지다. 동생이 인희에 대해 관심을 갖는 것은 사절이었다. 동생의 시선이 인희에게 닿는 게 싫었다. 친한 사이인 양 깐족거리고 장난치는 것도 불쾌하다. 세상 여자들을 모조리 녹일 수 있다는 듯 자신만만한 동생의 태도도 짜증났고, 그의 섹시하고 위험한 눈동자에 인희가 노출돼 있다는 사실도 싫었다. 태빈은 당장 기빈을 내쫓아 버리고 싶었다.

"안 바쁘냐?"

"별로. 일이 좀 있긴 한데 그보다는 이 생쥐 아가씨와 노는 게 더 재미있을 것 같네. 아가씨! 보아하니 아직 형의 매력에 빠지지 않은, 보기 드물게 멀쩡한 처자 같은데. 부디 끝까지 파이팅하시길 바라. 형한테 빠지면 대책 안 서. 인생 파탄이야. 형은 평생 당신한테 마음 주지 못할 테니까."

"한기빈, 가서 일이나 봐."

"차라리 나한테 오는 건 어때? 형보다는 못하지만 나도 꽤 괜찮은 놈인데. 형보다는 못하지만 돈도 꽤 많고, 역시 형보다는 못하지만 잘생겼고 매너도 끝내줘. 무엇보다 난 형과는 달리 임자가 없어요. 아주 클린하지."

"임자요?"

"비슷한 말로 정혼자. 영원한 사랑의 맹세. 영혼의 짝. 운명의 상대."

"당신 여자 있어요?"

표인희가 두 눈을 휘둥그레 뜨며 묻는다. 뜨악한 표정으로 보아 기빈의 말을 다 믿는 게 틀림없었다. 그를 정혼자가 있는 주제에 그녀와 자고, 그녀에게 사랑을 고백한 쓰레기 같은 자식이라 믿어 의심치 않는 듯 그를 천하의 죽일 놈 보듯 노려보았다.

태빈은 기다란 손가락 하나를 들어 인희의 턱을 닫아주고는 냉정하게 딱 잘라 진실을 얘기했다.

"그딴 거 없어."

"하지만……?"

인희가 휙 기빈 쪽을 돌아봤다. 기빈은 빈손을 내밀곤 어깨를 으쓱했다. 그로서는 더 이상 할 말이 없었다. 당사자인 태빈이 오픈하길 꺼려하는 과거지사를 굳이 자신이 나서서 까발릴 이유 없었다. 그 틈에 태빈은 어지간히도 급했는지, 인희의 고개를 자신 쪽으로 돌려 동생과의 시선교환을 원천 차단했다.

"다 헛소리야."

"……."

인희는 금세 아름다운 새파란 눈에 사로잡혔다. 강렬하고 진지한 한태빈의 호수 같은 눈동자에 풍덩 빠져 허우적거리느라 꿀 먹은 벙어리가 되어버렸다.

'쯧쯧!'

기빈은 속으로 혀를 찼다. 본인은 극구 부인했지만 표인희는 이미 한태빈한테 홀딱 넘어간 것으로 보였다. 또 한 명의 어리석은 여인이 불나방처럼 한태빈의 인생에 뛰어든 게다. 표인희에게 험난한 인생이 예고되는 시점이다.

태빈은 여자 앞에서 감정 없는 동물처럼 굴어왔다. 흔들리지도 빈틈도 보이지도 않았다. 심지어 그에게 시집가고 싶어 안달이 난 신윤리 앞에서도 초연했다. 고 예쁘고 귀엽고 섹시한 계집애한테 '넌 우리 형제의 친동생이나 마찬가지다' 란 헛소리를 지껄여 그녀에게 불같은 욕정을 느끼던 기빈을 단번에 폐륜아 만든 이도 그였다.

태빈이 그렇듯 여자를 멀리하는 건 오래전 사랑했던 한 여자 때문이었다.

"태빈이는 평생 한 여자만 사랑하도록 설계된 녀석이야. 태생이 로맨티시스트지. 불행히도 그 한 여자는 이미 죽어버렸어. 제 손으로 그 여잘 떠나보내야만 했지. 태빈이가 그 어떤 여자에게도 마음을 주지 못하는 건 그래서야. 이미 한 여자한테 마음을 줘버렸기 때문에 남은 게 없는 거지."

태빈의 친구, 윤이안의 말에 따르면 그는 그 여자를 자기 목숨만큼이나 사랑했다고 한다. 그녀를 잃고 너무나도 상심하여 그는 그 어떤 여자에게도 마음을 열지 못하는 차가운 남자가 되어버렸다. 그것이 여태 이어지고 있다고 하니 그 사랑이 얼마나 광대하고 깊은지 알 만했다.

표인희의 일이 그나마 고무적인 것은 한태빈이 생전 처음 지조를 꺾었기 때문이다. 다른 여자에게 관심을 보였다는 것, 그것만으로도 충분했다. 사랑이 아니어도 괜찮았다. 소유욕이든, 단순 육체적 욕구든, 아니면 다른 무엇이든 상관없다. 아무것도 느끼지 못했던 그가 뭐라도 느꼈다는 것 자체로도 희망적인 일이었다.

어쨌든 태빈의 심장은 망가졌다. 그의 생식기나마 흥분시킬 수 있는 여자도 그동안엔 없었다. 지금까진 표인희가 유일하다. 표인희가 좀 더 분발하면 그의 심장도 마저 차지할 수 있지 않을까?

"오케이! 패배를 인정하지. 유 윈, 그 아가씬 형 거야."

기빈이 이죽거렸지만 아무도 뒤돌아보지 않았다. 태빈과 인희는 서로의 눈을 들여다본 채로 그들만의 세상에서 허우적거리고 있었다. 묘한 질투심을 느끼며 기빈은 마지막 인사를 남겼다.

"있어봤자 투명인간 취급받게 될 것 같으니 나는 이만 가볼게. 이봐, 생쥐 아가씨! 형한테 차이면 나한테 와요. 난 언제든지 환영이니까."

"꺼져, 한기빈."

적대감 가득한 태빈의 말 한마디에 기빈이 웃음을 터트린다. 곧 침실에는 두 사람만이 남게 되었다.

"또다시 제 발로 걸어 들어왔군. 괴물에게로."

느리고 매끄러운, 그러면서도 무겁고 침착한 태빈의 목소리가 침묵을 갈랐다. 몹시도 건조한 억양이었음에도 인희의 귀에는 그윽하게만 들렸다. 맑은 물에 잉크가 번지듯 가슴에서 원인 모를 통증이 퍼져 갔다. 인희는 턱턱 막히는 목구멍을 억지로 열어 꾸역꾸역 말들을 내놓았다.

"눈이…… 다시 파래졌네요."

"내가 내 몸을 조절할 수 있는 상태가 되었다는 뜻이지."

"이제는 날 해치지 않을 건가요?"

"아니, 난 또 당신을 해치려 들 거야. 내가 당신을 원하는 한은 늘 그렇겠지. 그게 바로 당신이 내게 오면 안 되는 이유야."

또다시 왈칵 감정이 치밀었다. 슬픔과 반항심이 혼재된 그 무엇이 그녀를 화나게 했다. 가슴이 찢어지게 아파왔다. 숨이 제대로 안 쉬어질 만큼의 격통이 느껴지자 인희는 다급하게 심장을 그러쥐었다. 눈가가 시큰거리기 시작했다. 인희는 애써 아무렇지도 않은 척 입가를 끌어 올렸다.

"나도 떠나려고 애는 썼어요. 당신 동생 때문에 억지로 끌려온 거예요."

"뭐든 억지로 하려고 들면 잘 안 되는 법이지."

"……."

"그래, 오늘 모험은 즐거웠나?"

"내가 달아나는 걸 알고 있었어요?"

물어보나마나였다. 그의 새파란 눈에 떠오른 유쾌함이 모든 걸 말해주고 있었다. 이제야 성곽 돌담까지 오는 동안 그 누구의 추격도 받지 않은 이유를 알 것 같았다. 이 남자는 느긋이 제 방에서 게임을 관전하고 있었던 게 분명하다. 인희는 희미하게 미간을 찌푸리곤 퉁명스럽게 물었다.

"날 놓아주려 했던 거예요?"

"난 당신 안 보내. 아직은 그럴 수 없어. 그렇다고 이미 말했을 텐데."

"날 보낼 생각이 없었다면 왜 그냥 뒀어요? 쫓아왔어야죠. 다시 잡아갔어야 하는 거 아니에요?"

"그러지 않아서 화난 건가?"

"내가요? 말도 안 돼. 내가 왜요?"

콧방귀를 뀌며 인희가 세차게 고개를 가로젓는다. 너무 과하게 격렬한 반응. 태빈은 저도 모르게 빙그레 미소를 떠올렸다. 아까부터 꾸무럭거리던, 그녀를 만지고 싶은 충동이 급격히 솟구쳤다. 그녀의 입술을 탐하고 그녀의 몸을 열어 그 안에 자신을 파묻고 싶은 욕구가 휘몰아치듯 전신을 에워쌌다. 태빈은 파르르 떨려오는 손끝을 들어 인희의 헝클어진 머리카락을 천천히 쓸었다.

"어차피 다시 돌아올 거란 걸 알고 있었어. 바로 이렇게."

한없이 부드럽고, 한없이 다정한 손길이 그녀의 머리를, 얼굴을, 목덜미를 차례대로 어루만졌다. 뻣뻣하게 굳고 뭉친 그녀의 온몸 근육들이 나긋나긋 풀어져 편안해질 때까지. 하루 종일 그녀를 괴롭혔던 긴장감이 사르르 풀리는 것을 느끼며 인희는 무거운 눈꺼풀을 천천히 내리깔았다.

"그래서 쫓지 않았던 거지 당신을 떠나게 할 생각은 전혀 없었어."

"당신 동생한테 안 잡혔다면 난 이미 탈출했을지도 몰라요."

눈을 감은 채로 그녀가 작게 속삭였다. 태빈은 불과 몇 시간 전 자신의 아래에서 헐떡이던 붉은 입술을 뚫어져라 바라보았다. 뱀처럼 나른한 손길이 그녀의 등허리에서 더 아래로 흘러내려가 가장 유혹적인 부분에서 멈추었다. 그는 탄력 있는 통통한 엉덩이를 양손으로 덮은 채 자신의 앞섶으로 끌어당겼다. 보드랍고 연약한 인희의 아랫배가 딱딱한 부위에 와 닿았다. 작은 신음이 인희의 입에서 흘러나왔다.

"그런 일은 절대 일어나지 않아. 난 이미 당신이 이 섬을 빠져나가지 못하도록 모든 조치를 다 취해뒀으니까."

"언제까지 날 가둬놓을 셈이에요? 날 노리는 자들이 정말로 존재하기는 해요?"

뜨겁게 숨을 헐떡이며 그녀가 묻는다. 태빈은 맹렬한 용솟음으로 욕망의 갈급함을 표출하는 남성을 그녀의 아랫배에 세차게 문질렀다. 거대한 쾌감이 척추를 관통했다. 태빈은 인희의 목덜미에 얼굴을 묻고 거칠게 중얼거렸다.

"아직도 우리의 존재를 믿지 못하는 건가?"

"당신이 뱀파이어라는 건 이제 믿어요. 내 눈으로 직접 목격했으니까요. 하지만 다른 것들은 잘 모르겠어요. 너무 복잡하고 이해 안 되는 것들뿐이라서요. 분명 비서님은 당신이 인간과 우호적인 관계를 맺었다고 했어요. 인간의 편에 서서 뱀파이어가 인간사회에 스며들 수 있도록 도왔다고요. 그 말은 당신의 적이 인간은 아니라는 거잖아요."

"맞아. 인간이 아니야. 뱀파이어지."

"뱀파이어라고요? 뱀파이어들끼리 서로 싸우는 거예요?"

또 다른 뱀파이어가 자신을 노리고 있다는 사실에 인희는 깜짝 놀랐다. 서서히 긴장을 풀어가던 인희가 또다시 순식간에 경직상태에 빠져들자 태빈은 깊게 한숨을 내쉬었다.

표인희가 더럽고 추악한 자신들의 세계에 대해 영원히 아무것도 모르길 바지만 아무래도 그건 이제 불가능한 일이 되어버린 것 같다. 영리한 표인희는 벌써 '적'에 대해 추리해 내기 시작했고 이런 식이라면 머지않아 '내성녀'가 뭔지, '반변이자'가 뭔지 스스로 알아낼 게 틀림없었다. 태빈은 마지못해 향긋한 목덜미에서 고개를 들고 천천히 그녀를 마주 보았다.

"우리도 인간들과 똑같아. 생각이 다르면 서로 싸우지. 유전적인 결함으로 인해 종족번식이 용이하지 못한 뱀파이어는 인간사회에 흡수, 병합되어 뿌리를 내리는 게 가장 현명하다는 내 생각과는 달리, 저들은 우리 뱀파이어가 인간을 뛰어넘어 우리만의 세상을 만들어야 한다고 생각해."

"인간을 뛰어넘으려 한다고요?"

"저들은 인간의 통제 시스템을 거부하고, 인간과 손을 잡은 우리를 적으로 규정했어. 조금이라도 인간다워지기 위해 개발된 '합리적 변이' 과정조차 거부했지. '합리적 변이' 과정을 겪지 않은 뱀파이어는 아주 위험해. 본능을 다스리는 능력이 현저히 떨어지니까. 우리는 수백 년 동안 스스로를 조정하고 통제하는 훈련을 하기 전까지는 야생동물과도 같은 존재이지. 원하는 것을 얻기 위해서라면 얼마든지 잔인하고 야만적이 될 수 있어. 우린 그들을 '반변이자'라고 부르지."

"그런데 그들이 원하는 게 '나'란 말인가요? 왜요? 난 아무것도 한 게 없는데, 대체 왜?"

"살아남았으니까. 나로부터."

"그게 의미하는 게 뭔데요?"

"뱀파이어의 정액에는 독 성분이 함유되어 있어. 인간은 대부분 그것을 받아들임과 동시에 목숨을 잃고 말지."

"하지만……?"

"당신은 죽지 않았지. 나와 몸을 섞고도 멀쩡히 살아 있다는 건 당신이 뱀파이어의 독성을 이겨냈다는 거고, 그랬다는 건 뱀파이어 독에 대한 내성을 가지고 있다는 뜻이야. 그런 인간 여자는 아주 드물지. 백만 명 중 한 명꼴로 추정돼. 뱀파이어는 여자 개체수가 현저히 부족하기 때문에 당신 같은 인간 여자는 아주 특별하게 여겨져. 저들은 당신을 산 채로 잡아갈 거야. 자신들의 종족번식을 위한 씨받이로 이용하기 위해."

"번식을 위한, 뭐요?"

인희는 일순 해머로 뒤통수를 얻어맞은 듯한 커다란 충격에 휩싸였다. 짧고 간결한 태빈의 설명은 짜증날 정도로 머릿속에 팍팍 꽂혀 빠르게 이해가 되었다. 독성이니 내성이니 종족번식 같은 낯선 말들로 머리가 어지러운 와중에도 팟팟, 그동안의 의문스러웠던 퍼즐들이 머릿속에서 자기네들끼리 조각을 맞춰가기 시작했다.

"나를 품고도 죽지 않았어."

호텔에서 밤을 보낸 후 태빈이 한 말이었다. 그때 인희는 그게 단순히 남성 특유의 자의식 과잉에서 나온 말이라 치부했었다. 하지만 그는 백만 명에 한 명꼴로 존재하는 '특별한' 여자의 발견에 놀라워했던 것이었다.

"그분의 여자 문제는 곧 우리 종족의 문제입니다."

하임 비서의 말도 이해가 되었다. 여성이 귀한 뱀파이어 종족 특성상, 뱀파이어를 수태할 수 있는 인간 여자의 발견은 '종족의 유지' 와 직결되는 문제였다. 한기빈이 태빈과의 동침을 알고 놀란 것도 무리가 아니었다. 그는 '어떻게 이런 여자와 동침을?' 이 아니라 '이 여자가 내성녀?' 의 눈으로 그녀를 훑어본 것이었다.

한동안 인희는 아무 말도 하지 않았다. 할 수가 없었다. 태빈에게 들은 뱀파이어에 대한 몇 가지 진실도 놀랍고 자신이 타고난 체질에 대해서도 충격을 받았지만 자신이 뱀파이어들의 먹이다툼 한가운데에 던져졌다는 사실은 거의 경악이었다. 그 치열한 경쟁에 한태빈이 끼었다는 사실도. 배신감이 내장을 관통해 목구멍까지 단숨에 치받쳐 올라왔다.

"그…… 래서 날 보호하려는 거였군요."

한참 만에 입을 열었다. 복잡하고 시끄러운 심경과는 달리 목소리는 차분했다. 인희는 끝까지 무너지지 않은 자신의 정신력에 경의를 표했다. 그리곤 이 사태를 그 어느 때보다도 더 냉정하게 바라보기 위해 애썼다.

"내가 내성을 가진 여자라서. 나만이 뱀파이어를 수태할 수 있으니까."

"……."

태빈은 아무 말도 하지 않았다. 부인도 긍정도, 아무것도. 그저 무표정한 얼굴로 많은 감정들이 빠르게 떠올랐다 사라지는 인희를 가만히 지켜보고만 있었다. 그럼으로써 어쩌면 순수하게 자신만을 걱정해서 보호를 자처한 것일지도 모른다는 그녀의 마지막 기대를 가차없이 깨뜨렸다.

화가 났다. 자신이 혼란스러움 속에서도 바보처럼 애정을 갈구하고 상처받는 사이, 한태빈에게선 동요의 기색이 전혀 보이지 않는다는 사실이 미치도록 화났다. 그녀를 지켜보는 그의 시선은 지극히 관조적이었다. 잔인할 정도로 감정이 없었다. 그녀가 감정의 상처로 만신창이가 되어도 그는 꿈쩍하지 않을 위인이었다.

"그러니까……."

인희는 싱긋 미소를 머금었다. 상처 따위 전혀 받지 않은 양.

"당신은 그 '반변이자' 인지 뭔지, 적대관계에 놓인 세력에게 빼앗기기 싫어서 날 이곳에 데려다 놓은 거네요. 내가 저들 손에 들어가면 저들의 번식에 일조하게 될 테니까."

"……."

"더불어 내가 당신네 씨를 품었는지 확인해 볼 필요도 있었겠죠. 당신 입장에선 그럴 수밖에 없었겠네요. 어쨌든 그날 우리가 피임을 하지 않은 건 사실이고, 가임기가 아니었단 내 말만 믿고 포기해 버리기에 내 임신이 갖는 의미가 너무도 크고 중요하니까요."

"확언컨대 당신은 임신하지 않았어."

"어떻게 그리 확신하죠? 그 일이 일어난 지 고작 일주일밖에 안 지났어요. 지금은 임신했는지 안 했는지, 당사자인 나조차도 알 수 없는 시기라고요."

"난 알아. 그냥 알아. 뱀파이어는 언제나 알지."

태빈이 딱 잘라 말한다. 마치 임신 유무를 투시할 수 있는 눈을 가진 '임신 감별사'라도 되는 양 확고한 어조로. 아주 불가능한 얘긴 아니네.

인희는 태빈이 한 줄로 늘어선 여자들을 향해 레이저빔 따위를 쏘며 임신했는지, 안 했는지를 감별하는 상상을 하며 냉소적으로 입술을 비틀었다. 인간의 피를 빨아먹는 뱀파이어도 존재하는 세상에 불가능할 게 뭐겠나. 임신 감별뿐만 아니라 거짓말탐지라도, 한태빈은 충분히 해낼 수 있을 것이다.

"그렇다면 결론은 하나네요."

인희는 냉소로 번뜩이는 눈으로 그를 노려보며 음험하게 중얼거렸다.

"당신은 날 임신시키기 위해 납치했던 거야."

"어째서 그런 결론이 나오지?"

꿈틀, 태빈의 눈매가 가늘게 좁혀졌다. 서슬 퍼런 눈빛이 찌르듯 날아온다. 다른 때였다면 간담이 서늘해져 잔뜩 주눅이 들었겠지만 지금은 아니었다. 그가 자신을 씨받이로 바라보고 있음이 확실한 이 마당에 두려울 건 전혀 없었다.

"앞뒤 정황상 그게 가장 그럴싸하잖아요."

"당신은 그걸 끝까지 우길 셈이고?"

"이봐요, 뱀파이어 씨. 당신은 이미 날 여기 데려온 이유를 솔직히 고백했어요. 바로 내 특별한 수태능력 때문이죠. 그걸 증명하듯 당신은 이미 날 가졌고, 앞으로도 가지려 들 게 빤해요. 이런 상황에서 내가 뭘 더 판단해야 해요?"

"……."

"솔직해지자고요. 시간 낭비하지 말고. 나도 당신 계획에 순순히 협조할 테니 당신도 후딱 해치우고 일을 마무리해요. 나도 빨리 내 일상으로 되돌아가고 싶으니까."

"무슨 마무리?"

태빈이 무서울 정도로 고요히 질문을 던졌다. 불길하고도 섬뜩한 기운이 등줄기를 찌르르 울렸다. 온몸의 감각들이 사방에서 삑삑 경고음을 울려댔다. 하지만 여기서 멈추고 싶지 않았다. 인희는 맞받아쳐 줬다. 마치 이 모든 것들이 자신에게는 아무 의미도 없는 일인 양 지극히 무표정한 얼굴과 기계적인 음성으로.

"어서 날 임신시키라고요."

제8장 Crush

"……."

인희의 말이 꽤나 충격적인 듯 태빈은 꼼짝도 하지 않았다. 마치 레이더 조준기마냥 한 치의 빈틈도 없이 인희를 뚫어져라 노려볼 따름이었다. 이 상황이 마음에 안 드는 게 틀림없었다. 하지만 그건 인희도 마찬가지였다.

"내가 아무리 발버둥을 쳐도 당신은 날 놓아주지 않을 거잖아요. 당신이 원하는 걸 얻기 전엔 날 이 섬에서 내보내 주지 않을 것 아니에요? 그러니 빨리 끝내자고요. 얼른 날 임신시키고 놓아줘요. 내가 임신하면 반변이자들도 날 더 이상 쫓지 않을 테니 그게 최선의 방법이에요."

멋대로 지껄였다. 그를 공격할 수만 있다면 그 어떤 미친 소리라도 지껄일 수 있었다. 왜인지 모르지만 그녀는 태빈으로부터 상처를 받았고, 똑같이 상처 주고 싶었다. 그리고 역시나 왠지 모르게, 그들 관계를 최대한 폄훼하는 것만으로 그에게 상처를 줄 수 있을 것 같았다.

"정말로 내가 그걸 원한다고 생각해?"

"설마 모든 걸 부인하는 거예요? 클럽서 날 꼬드긴 거며, 호텔로 유인한 거며, 이 섬에 데려온 것까지 다 그놈의 내성 때문이 아니었단 말이에요? 계획적으로 내게 접근해서 날 임신시킬 목적이 전혀 없었다고요?"

"난 계획적으로 접근하지 않았어."

"웃기지 마세요. 당신은 내 앞에 정말 갑자기 등장했다고요. 마치 히어로물에 등장하는 영웅들처럼 극적으로요. 봉변당하는 날 구해주고 숨 막히도록 강렬한 키스를 퍼부었잖아요. 나처럼 쑥맥인 여자도 홀딱 넘어가게 멋진 키스를. 계획적인 접근이 아니었다면 생전 처음 본 여자한테 키스하고 호텔로 데려간 당신 행동은 뭐라 설명해야 하죠? 버릇? 사냥? 바람둥이 짓?"

"본능."

그는 단도직입적인 말 한마디로 인희의 도발에 종지부를 찍었다. 예상치 못했던 응대에 흠칫 놀랐지만 인희는 이내 전의를 가다듬었다.

"아하! '본능' 적으로 알았던 거군요, 내가 내성녀라는 걸. 그래서 '본능' 적으로 나를 호텔로 데려갔던 거야. 임신시키려고."

"난 당신이 내성녀라는 걸 다음날 아침이 되기 전까지 전혀 몰랐어. 당신도 그걸 알아. 난 당신이 살아 있다는 걸 기뻐하기까지 했으니까."

"정말로 기뻐했던 건지, 그런 척만 했던 건지 알 게 뭐예요? 당신은 연기에 탁월한 재능이 있잖아요."

"그날 우리가 만난 건 우연이었어. 그 클럽은 저쪽 진영의 소굴이고, 거길 찾아가 경고를 날리는 건 내 계획이 맞지만, 거기서 인간 여자를 만날 계획은 없었어. 당신과의 일은 순전히 내 충동과 본능이 빚어낸 결과물이야. 내 계획에서 완벽히 어긋난, 온전한 우연이었다고."

"날 보자마자 첫눈에 반했다는 거예요, 뭐예요?"

"첫눈에…… 당신 피를 마시고 싶었지."

틀린 말이 아니다. 정말로 그는 인희를 보자마자 극렬한 성욕과 더불어 흡혈욕을 느꼈다.

그녀는 뱀파이어라면 도저히 무시하기 힘든, 달콤한 풍미의 혈향을 지녔다. 참을 수 없을 만큼 달콤하고 유혹적인 피 냄새. 그를 미치게 몰아가는 향기. 지금도 마찬가지다. 태빈은 힘없이 늘어뜨린 주먹을 꽉 틀어쥐고 그녀를 섭취하고 싶은 욕구를 가까스로 눌렀다.

"하지만 피는 마시지 않았잖아요?"

입술을 삐쭉거리며 인희는 노골적으로 빈정거렸다. 불신이 가득한 투다. 그의 말을 하나부터 열까지 믿지 않는 게 틀림없었다. 태빈은 담담히 사실을 전했다.

"대신 당신을 취했지."

"그랬죠."

"여러 번."

"뭐…… 다섯 번쯤이었나……."

"어쩌면 그 폭발적이었던 교미행위가 내 흡혈욕을 잠재웠는지도."

"교…… 미라고요?"

"듣기 거북하면 체내수정이라고 고쳐 말하지."

"체내수정!"

태빈의 저급한 단어 선정에 식겁해 인희는 두 눈을 부릅떴다. 당장 성질을 부리며 자신을 짐승으로 격하시킨 그를 비난해야 마땅했다. 그러고 싶었고 그래야 한다는 것도 알았다. 한데 인희는 아무 말도 못하고 그저 얼굴만 붉혔다. 안 그러려고 무던히 노력했지만 머릿속으로는 이미 그날 태빈과의 격렬한 행위들이 슥슥 스치고 지나갔다. 두 볼이 점점 더 빨개졌다.

"좋아……."

거만하게 말끝을 질질 늘어뜨리며 태빈은 핏기 선명한 인희의 두 볼과 불룩 일어선 핏대를 노려보았다. 심장을 달구는 그녀의 신음 소리가 귓전을 울렸고, 젖가슴을 물린 채 허리를 비트는 관능적인 실루엣이 눈앞을 어른거렸다. 다리 사이에 불룩 솟은 짐승이 더욱 요동을 치며 몸집을 부풀렸다.

"시키는 대로 해보지. 당신을 임신시키도록 노력해 보겠어. 그게 정말로 당신이 원하는 거라면."

"진실을 왜곡하지 말아요. 내가 원하는 건 이대로 섬을 나가는 거라고요. 나가서 당신도, 당신 종족도 다 잊고 당신들을 만나기 전처럼 평범하고 안전한 인생을 살아가는 거예요."

"안됐군. 그런 날은 이제 돌아오지 않을 거니까."

"알아요, 알아. 당신과 우연히 엮인 순간부터 난 평범한 인생과는 바이바이한 거겠죠. 그래서 당신을 차선책으로 선택하는 거예요. 피할 수 없으면 즐기라잖아요. 어차피 당신한테든, 반변이자한테든 씨받이로 이용당하는 건 매한가지이니 난 당신 쪽을 선택하겠어요."

"당신은 씨받이가 아니야."

거칠게 중얼거리고 태빈은 낚아채듯 인희의 허리를 끌어당겼다. 퍽, 제법 세차게 둘의 하반신이 부닥쳤다. 인희는 그제야 태빈의 완전 기립 상태를 인지했다. 간신히 가라앉혔던 불길이 다시 솟구쳐 인희의 뺨은 다시금 활활 타올랐다.

"나 역시 차선책이 아니고."

"그, 그럼 뭐 교미 상대라고 하든지요. 업어치나 메치나 그게 그거지만. 혹시 내가 차선책이래서 기분이 나빴나요? 대단하신 뱀파이어 수장님께서는 당연히 첫 번째여야만 하는 거예요? 미안하지만 아무리 기분 나빠도 당신은 그저 '차선' 이에요. 왜냐하면……흡!"

끝없이 이어지는 인희의 말문은 태빈이 막아버렸다. 그는 두껍고 단단한 근육질 팔뚝으로 그녀의 목덜미와 허리를 꽉 죄어 품안에 고정시키고는 인희의 입술을 먹었다. 통통하게 부푼 입술을 짓이기듯 문지르고 이를 세워 그것을 물어뜯었다. 쫄깃하고 탄력 있는 붉은 살점을 거칠게 물어 길게 잡아당겼다가 잘근잘근 씹고 입술로 감싸 세차게 빨아들였다. 연하디연한 속살이 그의 뜨거운 혓바닥에 흡착되자 인희는 작게 신음하며 그의 목을 끌어안았다.

"으음……!"

부드러운 여인의 육체가 그의 단단한 몸에 제2의 피부처럼 찰싹 달라붙었다. 둘의 육체는 한 치의 틈도 없이 완벽하게 겹쳐졌다. 그의 내부에서 활활 타오르던 정염의 불길은 화염으로 치달았다. 당장 그녀의 안으로 들어가 몸 안에 가득 찬 욕구를 풀어내고 싶었다. 그녀를 갖고 또 갖고, 맛보고 또 맛보고 싶었다.

"태빈 씨……."

그에게 부드럽게 입술을 빨리는 채로 그녀가 흐느꼈다. 달콤한 사탕인 양 그가 쫍쫍, 소리를 내며 맛있게 핥자 뜨거운 숨을 몰아쉬었다. 그가 입안 깊숙이 파고들어 따뜻하고 축축한 내부를 샅샅이 빨 때는 저도 모르게 골반을 굴렸다.

태빈은 짐승처럼 격렬히 으르렁거렸다. 타오르는 욕구에 숨을 헐떡이며 인희의 골반을 움켜쥐고 세차게 그것을 흔들었다. 부드럽고 은밀했던 접촉은 단번에 거칠고 야만적인 리듬으로 변하였다. 그는 당장이라도 바지를 뚫고 튀어나올 것처럼 흥분했다. 공격적으로 올라선 그것은 그녀의 따스하고 축축한 입구를 연신 찔러댔다.

"아아아, 으음……!"

인희는 그의 목을 더욱 세게 끌어안으며 굴욕적인 신음을 뱉았다. 이성이 본능에 굴복하고 있음이었다. 한태빈에게서 아무것도 느끼고 싶지 않음에도 불구하고 그녀는 온몸으로, 온 마음으로 그를 원하고 갈구했다.

"난 당신을 보호하고 싶었어. 그들로부터, 나로부터."

태빈이 허스키해진 목소리로 중얼거리며 그녀의 머리카락을 한 손으로 틀어잡아 새하얀 목덜미를 드러냈다. 매력적인 우윳빛 목선에는 파란 동맥들이 아름답게 흘러내리고 있었다. 그 시각적 효과만으로 그는 절정에 도달할 것만 같았다. 태빈은 뜨거운 숨을 몰아쉬며 혓바닥을 내밀어 동맥 한 줄기 느리게 핥았다.

"나를 만나지 않았다면, 그래서 뱀파이어란 존재를 몰랐다면, 당신은 안전했겠지. 하지만 운명의 장난으로 당신과 난 만나 버렸어. 당신은 위험한 상황에 내몰리게 되었고. 바로 나 때문에. 난 당신이 다치는 건 원하지 않아. 그래서 이곳에 데려온 거야."

혀끝을 인희의 흰 살갗에 대고 동맥을 따라 천천히 선을 그리며 그가 말했다.

"난 당신에게 손대지 않기 위해 죽을힘을 다했어. 정말 죽을 만큼 당신을 외면해 왔다고. 하지만 실패하고 말았지."

"태빈 씨……."

"난 당신을 미친 듯이 원해. 정말 미친 듯이."

"하지만 내게는 당장 눈앞에서 사라지라고 했잖아요……."

"당신을 죽이지 않기 위해서였어. 당신을 원치 않아서가 아니라 너무나 원해서. 나로부터 격리시키기 위함이었다고. 내가 왜 사제복 따위를 입고 당신 주변을 어슬렁거렸을 거라고 생각해? 왜 멀리서 당신을 지켜보기만 했을 것 같아? 난 당신을 갖지 않기 위해 최선의 노력을 다했어."

다정하고 뜨거운 목소리로 태빈은 인희를 달구었다. 그는 원초적이고 육욕적인 손길로 그녀의 하복부를 주물럭거렸고, 동시에 블라우스 위로 도드라진 가슴을 거칠게 움켜쥐었다 놓기를 반복했다. 후끈거리는 몸의 열기에 압도당한 채 인희는 정신없이 자신의 뜨거워진 하복부를 그의 것에 문질렀다. 촉촉하게 단물을 머금던 그곳이 이제는 흥건히 배어나고 있었다.

"하지만 나로선 도저히 불가능한 일이었지."

쫍쫍, 관능적인 입술이 인희의 목과 어깨를 차례로 빨았다. 이를 세워 똑같은 곳을 부드럽게 깨물었고 혀끝으로 같은 곳을 차례로 핥았다. 다정하게. 정말 눈물 나게 섬세히. 인희는 더욱 격렬히 그를 끌어당기고 죽을 듯이 온몸을 비비고 문질렀다. 그의 입술에 진한 키스를 퍼붓고, 그의 멋들어진 드레스셔츠의 단추를 잡아 뜯어 벌리고 맨살을 더듬었다.

"조심해. 한입에 잡아먹을 수도 있어."

야수처럼 두 눈을 번뜩이며 경고하는 그를 싹 무시하고, 인희는 단단한 가슴팍에 입술을 밀어붙였다. 냉혈한 뱀파이어 주제에 그의 몸은 무척 뜨거웠다.

"그렇게 못할 거예요. 절대로."

멍하게 중얼거리다가 흠칫 놀랐다. 갑자기 정말로 그럴 거라는 생각이 들어서다. 아무 근거도 확증도 없는데, 그가 자신에게 위해하는 일은 절대로 없을 거란 자신감이 생겨났다. 그 미미한 자신감은 점점 움트고 자라나 확신으로 꽃폈다. 마음이 편안해지고 기분이 훨씬 좋아졌다. 그녀는 그의 가슴에 입술을 댄 채로 빙긋 미소를 지었다.

"날 자극하지 마, 표인희. 감당 못할 일이 생길지도 모르니까."

그가 그르렁거리며 그녀를 위협했다. 그러면서도 연약한 쇄골과 어깨 사이의 살점을 힘차게 빨아들였다. 못이 박힌 거친 손바닥으로 허리와 둔부를 슥삭 문질러 그녀의 입술에서 뜨거운 숨소리를 토하게 만들었다. 인희는 허벅지 하나를 들어 그의 허리에 감고 더욱 사납게 그를 몰아붙였다.

"난 당신이 무섭지 않아요. 왠지 당신 정도는 내가 감당할 수 있을 것 같아."

"무모하기 짝이 없군. 나 때문에 하나밖에 없는 목숨을 잃어도 좋다는 건가?"

"당신은 좋은 사람이에요. 당신이 스스로를 어떻게 평가하든지."

"난 '사람'이 아니라 '뱀파이어'야. 당신 목에 송곳니를 박을 뻔했던."

"실제로 박진 않았잖아요. 지금도 욕구를 억누르면서 내게 경고하고 있고요. 정말로 당신이 위험한 뱀파이어라면 경고 따위 하지 않았을 거예요. 그냥 날 범하고 원대로 피를 취했겠죠."

"내가 욕구를 억누르는 걸로 보여?"

태빈이 인희의 탐스런 엉덩이를 꽉 쥐더니 훅 끌어당겨 자신에게 밀착시켰다. 뜨겁게 고동치는 물건이 어마어마한 존재감을 뽐내며 그녀를 압박해 왔다. 심지어 이미 옷감을 뚫을 듯 힘차게 솟구쳐 있었으면서도 그녀의 몸을 만나자 고개를 들이밀며 점점 더 커져가기 시작했다. 민감해질 대로 민감해진 인희는 더욱 큰 굶주림에 시달리며 신음했다.

"으흐, 으, 으음……."

"난 참지 않아."

태빈이 인희의 어깨에 가혹하리만치 거칠게 이를 박았다. 그리고는 어둠처럼 낮고 우울하게, 성난 파도처럼 차갑고 거칠게 속삭였다.

"마음껏 맛보는 중이라고, 당신이 죽을 수 있는데도."

"그래요. 참지 말아요. 어서…… 날 가져요."

인희는 열망으로 흐릿해진 눈으로 애걸했다. 번쩍, 태빈의 파란 눈에 붉은 빛이 번뜩였다. 본능과 쾌락에 완벽히 무릎을 꿇고 흐느적거리는 표인희는 순수와 퇴폐의 혼합, 관능의 절정이었다.

상상 초월의 욕망이 전신을 꿰뚫고 지나갔다. 참고 눌러 가까스로 제어해 두었던 감각세포들이 미친 속도로 활성화되어 태빈의 피를 뜨겁게 했다. 그는 단번에 인희를 들고 성큼성큼 침대로 향했다. 그녀를 집어 던지듯 내려놓고 정신없이 자신의 옷을 벗었다.

셔츠와 바지, 속옷이 그의 몸에서 차례대로 찢기듯 사라지는 모습을 바라보며 인희는 거칠게 가슴을 들썩였다. 흥분감이 점점 더 커졌다. 다리 사이가 미친 듯이 욱신거렸다. 발정기에 접어든 동물처럼 그를 보는 것만으로 흥분되고 신음이 절로 흘렀다. 순식간에 알몸이 된 태빈이 인희의 치마를 허리 위까지 끌어 올렸다.

"흰색이로군."

그녀는 눈처럼 희고 순결한 레이스팬티를 착용하고 있었다. 그는 이글거리는 눈으로 팬티의 중앙을 뚫어져라 바라보았다. 그곳은 결합에 대한 열망이 우윳물이 되어 축축한 흔적을 만들고 있었다. 태빈의 관심을 받은 그곳은 저절로 움찔움찔 흔들리기 시작했다.

"으응…… 흑……!"

천천히 그가 손을 뻗어 그곳을 문지르자 인희는 침대 시트를 틀어쥐며 허리를 들썩였다. 풀어내지 못한 욕망으로 인해 괴로워하는 그녀를 그대로 두고, 그는 붉은 혀를 내밀어 흥건한 팬티 중앙을 핥았다. 느릿느릿, 그러나 그녀가 흥분감을 고조시킬 만큼 충분히 세차게. 그러다가 이를 세워 얇은 천을 젖히고는, 두껍고 긴 손가락을 작은 틈새로 밀어 넣었다. 이미 물컹물컹, 낭창낭창해진 살점을 헤집고 손가락이 미끄러지듯 안으로 들어갔다.

"아아……!"

쫄깃하고 빽빽한 내벽이 손가락을 꽉 조였다. 숨이 막힐 듯한 타이트함. 놀랍도록 매끄럽고 부드러운 그 느낌이 태빈의 몸을 달궜다. 표인희 특유의 체향의 향긋함이 그를 점점 더 제어하기 힘든 상태로 몰아넣고 있었다. 태빈은 참을 수 없는 욕구에 떠밀려 손바닥만 한 팬티를 북, 찢어버리고는 그곳을 입술로 덮었다.

"흐으으읏, 읏, 으으으읏……!"

인희는 엉덩이를 들썩이며 끊어질 듯한 신음 소리를 내질렀다. 온몸이 욕망의 불덩이처럼 활활 타올랐다. 그가 꼼짝 못하게 골반을 붙들고, 수풀을 헤쳐 또 다른 입술처럼 통통하게 맞물린 그곳에 혀를 밀어 넣자 뜨거운 불길은 온몸 혈관을 통해 휘돌아다니기 시작했다. 그를 당장 머금고 싶다고, 인희는 멍하게 생각했다. 그와 한 몸이 되는 기쁨을 누리고 싶었다. 온전히 자신에게 몰입한 그의 모습을, 그녀에게 매혹된 신음 소리와 몸짓을, 지금 당장 확인하고 싶었다.

"마지막 기회야, 표인희 선생."

뜨거운 숨결을 아랫도리에 쏟아내며 그가 속삭였다.

"내게서 떨어져. 도망가."

"아응, 흑……!"

"내 손에 죽기 전에. 내가 아름다운 목덜미에 구멍을 내기 전에."

그는 혓바닥으로 툭 불거진 붉은 정점을 살살 굴리며 잔인하리만치 유혹적인 숨을 흩뿌렸다. 입술을 오므려 예쁘게 주름진 새싹들을 정성스레 빨아주고 가볍게 물어주고 핥아주었다. 꽃잎들을 하나씩 들춰 조그마한 입구에 혀를 끼워 넣고 부드럽게 휘저었고, 고개를 주억거려 깊숙이 넣었다가 빼기도 하였다. 까칠한 혓바닥과 정열적이고 힘 있는 혀끝이 그녀의 자궁 속을 헤엄치고 애무하여 인희는 참을 수 없는 정염의 불길에 활활 타오른 채 헉헉거려야 했다.

"으, 응, 응, 흑흑……!"

정신없이 헐떡이고 미친 듯이 신음했다. 가슴이 터질 것만 같았다. 그를 너무나도 원해서 당장이라도 온몸이 갈가리 찢어질 것만 같았다. 이러다가는 죽어버릴지도 모르겠다는 두려움이 생길 정도로 다급해졌다. 인희는 블라우스 안으로 손을 넣어 브래지어에 감싸인 가슴을 틀어쥐었다. 두 다리를 그의 어깨에 걸고 허리를 들어 활짝 벌린 그곳을 그에게 진상하듯 내어주었다.

"난……."

인희가 겨우 입을 열었을 때는 눈가에서 주르륵, 뜨거운 눈물이 흘러내리고 있었다.

"당신을……."

일순 태빈의 몸이 뻣뻣해졌다. 그는 천천히 고개를 들어 인희를 노려보았다. 그녀의 즙이 그의 입술에서 번들거렸고, 그녀의 열정적인 얼굴이 그의 홍채에 떠 있었다. 그 눈에는 희미하게 붉은 빛을 띠고 있었다. 살벌한 기운이 서려 있었다. 잔인하고 무서운 살기.

인희는 순식간에 얼어붙었다.

"태, 태빈 씨……."

그녀의 떨리는 음성에서 공포를 감지한 듯 태빈의 눈빛에 야비함이 떠오른다. 한순간 눈 밑이 파르르 떨리는가 싶더니 그의 섹시한 입술이 희미하게 들썩거렸다. 괴물처럼 걸걸한 음성이 흘러나왔다.

"감히 인간 따위가 사랑을 입에 올리려는 건 아니겠지?"

"태빈 씨……?"

"감히 이런 더러운 욕망을 사랑이라 부르지도 않을 거고. 응?"

커다란 인희의 눈은 금세 뜨거운 눈물로 가득 차올랐다. 태빈은 엎드렸던 몸을 일으켰다. 날렵하고 군더더기 없는 동작으로 상체를 일으켜 세우자 근육으로 물결치는 아름답고 남성적인 그의 황금빛 나신이 드러났다. 그는 가히 욕망의 화신이었다. 완벽하게 발기되어 하늘을 향해 곧추선 그의 짐승이 그것을 증명했다.

그는 인희의 다리를 거침없이 벌리고 그 사이에 자리를 잡았다. 촉촉하게 반짝이는 붉은 꽃잎 사이에 자신의 발기된 욕망을 끼웠다. 길게 몸을 뻗은 채로 두 팔을 침대 면에 짚은 그는 허리를 단숨에 흔들어 끝까지 들어갔다.

"흑……!"

태빈은 가장 안쪽까지 단번에 밀고 들어와 온전히 다 차지함으로써 그녀로 하여금 자신이 주인임을 확인시켰다. 몸의 다른 부분과 마찬가지로 근육과 힘줄, 단단함으로 무장한 해면체는 실로 거대해서 여전히 그녀가 감당하기엔 벅찼다.

인희는 숨을 헐떡였다. 아직 적응하기 힘든 그의 장대함에 반응하느라 그녀의 작은 몸은 격렬한 수축과 이완을 반복하고 있었다. 엄청난 압박감과 강렬한 쾌감 사이에서 그녀는 당장이라도 폭발할 것 같았다.

"착각하지 마, 인간."

"으흑!"

끝까지 나갔다가 또다시 끝까지 쑤셔왔다. 그녀가 몸을 움찔할 정도로 강력한 침입. 철퍽, 살과 살이 부딪쳤다. 인희는 쾌락의 고통에서 허우적거리며 신음했다.

"난 수장 자리 따위에 연연하지 않아. 번식의 욕구도 없지. 여자 따위 갖고 버리면 그만이야. 네가 죽어도 내가 아쉬울 건 전혀 없다고."

푹, 또다시 강력하게 들어왔다. 그리고 또, 또, 또…….

쉬지 않고 그는 인희의 소중한 곳을 침탈하고 차지했다. 그녀의 쾌락을, 향긋한 냄새를, 생명력을, 정수를 약탈했다. 거기에 따스함은 없었다. 다정함이나 배려심, 혹은 열정도 없었다. 그 야만적인 행위에서는 잔인한 수컷의 소유욕뿐이었다. 그걸 느끼면서도 인희는 그를 밀어낼 수가 없었다. 그로부터 달아날 수도 없었다. 왜냐하면…….

'사랑하기 때문에.'

처음부터 그를 원해왔었다. 그가 클럽에서 숨 막힐 듯 강렬한 키스를 퍼부을 때부터, 스스로도 이해할 수 없을 만큼 끌렸다. 강력한 자기장이 형성된 듯 그를 멀리할 수가 없었다. 정신없이 헤어지고 다시 만나게 되기까지 늘 그리웠었다. 그가 걱정되었고 마음 쓰였고 생각날 때마다 가슴이 아팠다. 지금도 아프다. 아주 많이.

눈에, 가슴에, 눈물을 한껏 머금은 채 인희는 흐느적거리는 팔다리를 들어 그를 부둥켜 안았다. 야만적인 행위에 몰입한 그는 점점 더 세차게 그녀를 범하였다. 그럴 때마다 찾아오는 강렬한 쾌감에 그는 울부짖고 또 울부짖었다. 그 모습은 꼭 상처받은 짐승 같았다. 아파 보였고 괴로워 보였다. 그래서 더 안쓰러웠고 사랑스러웠다. 인희는 가슴속에 차오르는 감정을 꾹 누르며 두 눈을 감았다. 그리고 더 꼭, 더 따스하게, 더 다정히 그를 끌어안고 쓰다듬었다.

"표인희……."

깊이 들어온 상태로 그가 몸을 겹쳐 인희를 끌어안았다. 190cm에 육박하는 거구의 몸무게가 인희를 짓눌러 왔다. 침대 밑으로 가라앉으면서도 그녀는 편안함을 느꼈다. 차가운 말과 거친 행위로 그녀에게 상처를 주었던 냉혈한 뱀파이어의 심장은 여전히 뜨겁고 격렬히 뛰고 있었다.

"표인희……."

그가 계속해서 이름을 불렀다. 대답을 기다리는 것인지, 그저 혼잣말인 것인지 모를 일이었다. 인희는 엉덩이를 들어 그를 더 깊이 받아들이며 힘없는 발목을 그의 허리에 걸었다. 그녀의 초대에 부응하듯 그가 허리를 아래로 쑥 가라앉혔다. 이미 자궁 끝까지 와 닿았다고 생각했던 그의 것이 더 깊은 곳까지 침잠하자 격랑의 쾌감은 해일이 되어 두 사람 모두를 덮쳤다.

"아아, 아아, 아아흑……!"

"표인희, 표인희, 표인희……!"

그녀의 이름을 부를 때마다 그가 허리를 들쑤셨다. 우람한 두 팔로 그녀를 품 안에 완전히 가둬 버린 채 그는 끝없이 그 이름을 불렀다. 침대가 출렁였고 그들의 몸도 흔들렸다. 허리가 철썩철썩 떨어질 때마다 가슴에 안긴 그녀가 '흑흑' 하는 울음소리를 냈다. 그의 이마에서 땀방울이 흘러 인희의 볼로 뚝뚝, 떨어졌다. 그녀의 감긴 눈에서도 눈물이 흘러내렸다.

표인희는 울고 있었다.

"울지 마."

품에서 떼어내 얼굴을 마주하고 그가 속삭였다. 탐욕과 호색의 붉은 홍채가 슬픔에 젖은 인희의 얼굴을 노려보았다. 붉게 달아오른 광대뼈, 탐스럽게 부푼 입술, 관능과 쾌락이 출렁이는 눈동자. 그녀는 그를 욕정하고 있었다. 그가 주는 쾌락에 흥분해 있었고 더 많은 걸 원하고 있었다. 그러면서도 눈물을 흘렸다.

잇몸이 간지러웠다.

핏대가 더욱 두드러졌다.

"울지 말라고, 표인희."

"난…… 그, 그냥……."

표인희가 울먹이자 그녀를 파괴하고 싶은 욕구가 한층 더 커졌다. 태빈은 떨리는 손을 천천히 뻗어 인희의 목을 틀어쥐었다. 커다란 손은 그녀의 머리 귀, 목, 머리 일부분까지 한꺼번에 덮었다. 엄지로 그녀의 장미꽃잎처럼 붉고 보드라운 입술을 문질렀다. 세찬 문지름에 여린 입술이 찢어져 피가 났다. 태빈은 이를 세워 입술을 깨물고는 핏물을 빨았다. 향긋한 핏물이 그의 몸으로 스며들었다. 짜릿함이 전신을 훑었다.

태빈은 두 눈을 감고 정신없이 그것을 흡입했다. 인희는 기꺼이 입술을 내주었다. 그리고 기어이 고백을 하고야 말았다.

"사랑해요, 한태빈 씨."

❖

인희는 다음날 정오쯤 잠에서 깨어났다.

머리맡에서 휴대폰이 시끄럽게 울리고 있었다. 인희는 비몽사몽간에 손을 뻗어 더듬더듬, 휴대폰을 찾았다. 하지만 상대방은 인내심이 없는 사람이었나 보다. 그녀가 휴대폰을 집어 든 순간 벨소리가 뚝 끊겼다. 부재중 통화목록을 확인하니 발신자는 남동생 진희였다. 집에 무슨 일이 있나, 생각하다가 하루이틀 연락드리지 못했음이 떠올랐다. 서고에서 이 휴대폰을 잃어버린 직후부터 쭉.

이게 어쩌다 여기 와 있는 거지? 한기빈이 갖다 놓은 것인가?

멍하게 생각하며 인희는 주위를 돌아보았다.

"여긴……."

한태빈의 침실이었다. 한태빈의 체취가 가득한.

문득 당황스러운 일이 떠올랐다. 어제 그에게 사랑을 고백했던 일이. 울음 섞인 그 고백을 듣고 그가 어쨌는지도.

"울지 마! 울지 말라고!"

그가 고함을 쳤다. 번개처럼 그녀에게서 떨어진 후였다. 눈은 이미 붉게 물들어 있었고 송곳니도 희미하게 튀어나온 상태였다.

그는 눈물범벅이 된 인희를 한참 동안이나 노려보다가 가운을 챙겨 들고 방을 나가 버렸다. 고백에 대해서는 아무런 언급도 하지 않은 채.

서글펐던 것 같다. 거절당한 기분에 울컥했던 것도 같고. 그래서 그가 없는 이 방에서 하염없이 울며 밤을 보냈다. 태빈은 그녀가 잠들 때까지 나타나지 않았다. 밤새도록 그녀를 혼자 방치했다. 그랬다고 생각했다. 섹스 도중 눈물이나 흘리는 지겨운 여자라 욕했을 거라고.

하지만 침대 옆자리에서 움푹 꺼진 자국을 발견하자마자 자신이 잘못 생각했음을 알게 되었다. 어젯밤 누군가, 아주 육중한 몸이 누웠던 흔적이 있었다.

"태빈 씨……."

그다. 그가 왔었다. 그녀가 잠이 든 한밤중 몰래 들어와 이곳에 몸을 뉘고 한참 동안 그녀를 지켜보다가 갔다. 헝클어진 머리카락을 다정히 쓰다듬고 눈물자국을 닦아주었다. 손등으로 볼을 쓸고 엄지손가락으로 광대뼈를 만져 주었다. 옷을 벗겨주고 이불을 덮어주었다. 찢어진 입술에 솜사탕처럼 가볍고 달콤한 키스를 하고, 자신을 받아내느라 힘들었을 자그마한 몸을 가만히 보듬어주었다. 인희는 빙그레 입술 끝을 끌어 올렸다.

"꿈이라고 생각했었는데."

그 다정하고 애틋한 손길이 모두 환상이라고 생각했었다. 한데 진짜였다. 모두 다. 이건 뭘 의미하는 것일까? 고백에 대한 답인 걸까? 그도 나를 사랑하는 걸까?

인희는 휴대폰을 챙겨 조용히 제 방으로 돌아왔다. 샤워를 하고 옷을 갈아입은 후, 동생과 못했던 통화를 하려 했지만 이번엔 동생 쪽에서 전화를 받지 않았다. 버릇처럼 인터넷 뉴스를 검색하다가 태빈을 찾기 위해 성안을 돌아다녔다. 그가 이곳에 없을지도 모른다는 불길한 생각이 들 때쯤엔 하임 비서의 사무실에 당도해 있었다.

"수장께선 급한 일이 있으셔서 본토에 가셨습니다. 거기에 숨은 뜻은 없습니다. 다른 저의 또한 없고요. 대체 몇 번을 말씀드려야 이해하시겠어요?"

"아무런 저의도 없다면 그 '일'이란 게 뭔지 내게 말 못할 이유가 없잖습니까, 하임 양?"

"하 비서라고 불러주십시오. 그리고 기억력이 정말 형편없으신 것 같은데, 다시 한 번 주지시켜 드리죠. 수장의 이번 일정은 일급비밀에 해당합니다. 이렇게 무작정 찾아와 말해달라고 떼를 써도 전 절대로 말씀 못해 드립니다."

"떼를 썼다고? 내가?"

비서실에서는 격렬한 말다툼이 이어지고 있었다. 남자였다. 누군가가 태빈을 만나러 무작정 찾아온 것 같았다. 신원을 알 수는 없지만, 이곳 월락도 성채와 한태빈에 대해 알고 있다면 범상치 않은 사람인 것만은 틀림없었다. 그도 뱀파이어일까? 한태빈은 도대체 어디로 갔지? 궁금증이 더해졌다. 인희는 조심스럽게 주위를 둘러보며 슬쩍, 벽에 몸을 붙이고는 육중한 출입문 가까이에 귀를 댔다.

"기억력 문제는 그쪽에 있는 것 같은데, 하임 양. 내가 누군지 벌써 망각한 겁니까? 나는 특수안전관리국장입니다. 청와대가 직접 보낸 밀사이기도 하고요. 당신의 수장이 뭔가 일을 꾸민다면 그걸 가장 먼저 알아야 할 사람이 바로 나란 말입니다. 아시겠어요?”

“말씀 삼가주세요. 일을 꾸미긴 누가 일을 꾸민다는 겁니까? 수장께서는 누구들처럼 비겁하게 몰래 일을 꾸미지 않습니다! 그리고 다시 한 번 정중히 요청드립니다. 저를 ‘하임 양’이라고 부르는 걸 당장 그만두십시오.”

“당신은 한태빈이 뱀파이어로서의 일정을 수행하기 위해 본토로 갔다고 했습니다. 특수안전관리국장인 나도 모르게 말입니다. 그게 일을 꾸미는 게 아니면 도대체 뭐란 말입니까, ‘하임 양’?”

“제가 언제 뱀파이어로서의 일정이라고 했습니까?”

급기야 하임이 날카롭게 목소리를 높였다. 절대로 이성을 잃는 일이 없는 냉혈 뱀파이어 하임이 얼굴을 붉히며 핏대를 올리기 시작한 것이었다. 복도에서 몰래 엿듣던 인희도 놀라고, 소리 지르던 하임도 놀라고, 함께 말씨름 중이던 남자도 놀랐다.

정교원은 ‘이게 대체 웬일?’의 뜻으로 눈썹을 휙 치켜 올리더니 태연히, 정말 얄밉고도 얄미운 면상을 슬쩍 기울며 빙긋 미소를 지어 하임의 열통을 터트렸다.

“당신은 분명 ‘수장의 일정’이라 했습니다. TEV인더스트리 회장으로서의 일정이었다면 ‘회장의 일정’이라고 했겠죠?”

“대통령의 뜻을 긴급 타전키 위해 오셨다면 부디 그것만 전하고 돌아가십시오. 수장의 비밀 일정까지 캐내려 하지 마시고.”

아득, 이를 갈면서도 하임은 차분히 말을 마쳤다. 마음속으로 폭풍이 몰아쳐댔지만 늘 그렇듯 어릴 때 들었던 자장가를 부르며 스스로를 진정시켰다.

교원은 두 눈을 반쯤 내리뜨고 열심히 심호흡을 하는 하임을 빤히 바라보며 저도 모르게 푸웃, 웃음을 흘렸다. 스스로도 머리끝까지 화가 났음에도, 머리에서 김이 모락모락 나는 하임을 보고 있자니 웃지 않을 수가 없었다. 이 여자는 살면서 단 한 번이라도 감정을 폭발시킨 적이 있을까? 열정을 쏟은 적은? 사랑을 해본 적은?

아마도 없을 것이다.

"한태빈이 무슨 일 때문에 성채를 급히 비웠는지 조사하는 것은, 그가 나와의 만남을 피하기 위해 일부러 자리를 피한 것인지 아닌지 파악하기 위해서 꼭 필요한 절차입니다."

"조사라니요? 지금 제 말을 신뢰할 수 없다고 주장하시는 겁니까?"

"한태빈이 이곳에 있음에도 없다며 매번 우리 쪽 사람들을 따돌렸던 분은 바로 그쪽입니다, 하임 양. 스스로 자기 신용을 깎아드셨죠. 나로선 보고의 진실성을 의심할 수밖에 없지 않겠습니까?"

"그건…… 왜 자꾸 제 이름을 부르는 것입니까!"

잠시 말문이 막혀 입만 벙긋거리던 하임은 하나 남은 꼬투리를 물고 늘어지면서 인상을 있는 대로 찌푸렸다. 도자기처럼 매끈하고 청초한 이마에 험상궂은 주름이 졌다. 성미하곤. 속으로 혀를 차며 교원은 콧잔등을 찡그렸다. 그리곤 골난 어린아이 타이르듯 다정하고 부드럽게 말하였다.

"이름은 부르라고 있는 겁니다, 하임 양."

"국장님 이름도 제가 불러 드릴까요?"

"그러시던지요."

교원이 태연히 손바닥을 내밀어 멍석까지 깔아주자 하임은 말문에 이어 기마저 탁 막혀 버렸다. 제 깐 놈이 뭐라고 이름을 부르라 마라인지! 절대로 그의 이름을 부르는 일은 없을 것이다. 눈에 흙이 들어가기 전엔 절대로!

하임은 또다시 아득, 이를 갈며 뭘 해도 얄미운 남자를 죽어라 노려보았다. 물론 아무리 노려보아도 그가 죽을 리는 없었다. 그가 특수안전관리국장이라는 사실도 불변하다.

"후우—"

하임은 어쩔 수 없는 한숨을 내쉬었다. 불과 하루 전 수장에게 '특안국장과 마찰을 빚어선 안 된다' 고 조언을 했던 자신이 그와 말씨름을 하다니. 정말 미쳤나 보다. 이 땅에 거주 중인 수많은 뱀파이어들의 안전을 담보로 이럴 순 없었다. 하임은 고개를 절레절레 흔들고는 아직도 자신의 심기를 어지럽히고 있는 정교원을 빤히 바라보았다.

"정말 사실입니다, 국장님. 수장께서는 이곳에 안 계세요. 가까운 지인분의 가족에게 급한 일이 생겼다는 연락을 받고 불과 1시간 전에 본토로 떠나셨어요."

"지인 누구?"

정교원은 즉각 물었다. 그러고는 냉정을 잃은 성마른 시선으로 손목시계를 내려다보았다. 시간에 쫓기던 요 몇 시간 사이에 시간 확인하기는 습관이 되어버렸다. 여유시간이 거의 없었다. '그분'이 출국하기까지 남은 시간은 불과 몇 시간이고, 그는 최대한 빨리 주어진 미션을 완수해야만 했다. 이렇게 한태빈의 비서와 실랑이할 시간이 없었다.

"국장님께선 말씀드려도 모르실 겁니다."

"한태빈의 몇 되지도 않는 지인들은 모두 뱀파이어이고 특수안전관리국, 즉 내 관할하에 있습니다. 내가 모르는 한태빈의 지인이란 없습니다. 말하세요."

"당신한테도 모르는 게 있다는 걸 인정하십시오, 국장님. 정말로 수장께선 특안국과는 전혀 무관한 일로 떠나셨습니다."

고압적인 그의 말투가 마음에 안 드는 듯 하임이 눈살을 찌푸렸다.

그의 주머니 속에서 휴대폰이 진동했다. 교원은 발신인이 누구인지 확인하지 않았다. 누구인지는 보나마나니까. 몇 시간 전 청와대의 부름을 받은 직후부터 그의 부친이 5분마다 한 번씩 전화를 걸어오고 있었다. 유력 정치가인 아버지는 이번 일을 깔끔하게 처리함으로써 아들이 대통령의 완벽한 신임을 이끌어내길 바라고 있었다. 분명 전화를 받으면 일이 어떻게 진행되고 있냐, 왜 아직도 한태빈을 못 찾았냐, 그래서야 어떻게 정치를 하겠냐 등등, 온갖 잔소리를 퍼부어대실 것이다. 그 생각만으로 짜증이 확 솟구쳤다. 교원은 이를 악물고는 몹시 신경질적으로 씹어뱉듯 말하였다.

"문제가 된 지인이 누군지 말 못할 거면 그 입 다물지, 친애하는 하임 양."

"뭐, 뭐라고요?"

"쓸데없는 소리 지껄이지 말라고. 당신 따위한테 허비할 시간 없으니까. 난 일분일초가 아쉬운 사람이야. 여기서 아가씨 땍땍

거리는 소리나 들으면서 낭비할 시간 따위 없단 말이야. 알아들어?"

"말씀이 너무 심하시군요, 국장님."

"심해?"

"화난 것은 이해하지만 그럴수록 예의를 지켜주십시오. 여긴 뱀파이어의 성채입니다. 이런 이성을 잃은 무례한 행동이 성채와 정부 간 상호작용에 악영향을 미칠 수도 있다는 생각 안 해보셨습니까?"

"빌어먹을 예의 좋아하시네. 베이징 수뇌회의가 48시간도 채 안 남았어! 48시간!"

교원은 성질이 머리끝까지 뻗친 나머지 냅다 고함을 내질렀다. 위협적으로 성큼 다가서자 하임은 반사적으로 한 걸음 뒤로 물러섰다. 하지만 곧장 그가 더 큰 보폭으로 벌어진 공간을 훅 좁혀 단번에 코앞까지 다가왔다. 하임의 심장이 벌컥벌컥 뛰기 시작했다.

"수뇌회의에 한태빈이 나타나지 않으면 우리 한국은 끝이야! 중요한 경제문제 협상국에서 제외가 될 거라고! 거기까지 가서 주요 현안 협상에서 배제된다는 게 무슨 뜻인지 알아? 그게 얼마나 수치스러운 일인지 아느냔 말이야."

"……."

"당신네 수장은 아주 잘 알아. 그래서 이렇게 비협조적으로 나오는 거지. 어떻게든 자기 힘을 과시하고자! 우리나라가 국제사회에서 어떤 취급을 받게 될지 뻔히 알면서도 제 잇속만을 챙기기 위해! 이게 당신들이 말하는 '공존'인가? 이 나라의 미래가 왔다

갔다 하는 판국에 한가롭게 외유나 즐기는 당신네들이 과연 우리의 진정한 '공조자'라고 할 수 있어?"

그가 허공에 대고 격렬하게 손가락을 흔들자 그의 목을 조르고 있던 붉은 넥타이가 거세게 흔들렸다. 하임은 턱 막힌 숨을 다시 쉬어보기 위해 한참 동안이나 애를 써야 했다. 정교원의 피 냄새는 정말이지…… 근사했다.

하임은 꿀꺽 침을 삼켰다.

"도대체 우리나라 국격보다 중요한 일이 뭐야! 그깟 뱀파이어의 일이 뭔데, 한태빈이 코빼기도 내비치지 않느냔 말이야!"

이마와 이마가 부딪칠 정도로 교원은 가까이에 있었다. 마음만 먹으면 그의 목덜미쯤 얼마든지 물어뜯을 수가 있었다. 하임은 또다시 자장가를 외었다. 혈향을 맡지 않기 위해 감각들을 최대한 닫고 자장가를 두 번이나 되뇌고 나서야 피를 외치며 날뛰던 심장이 겨우 진정되었다. 하임은 아무 일도 일어나지 않았던 것처럼 태연히 교원을 올려다보았다.

그는 여전히 잔뜩 흥분한 채로 씩씩거리고 있었다. 그 뜨거운 숨결이 입술 위로 떨어지고 있었다. 하임은 후끈 달아오르는 입술에 꾹 힘을 주었다. 이글이글 타오르는 교원의 시선이 그 입술로 떨어졌다. 하임은 좀 더 꾹 힘을 주었다. 그리고는 온몸에서 일어나는 알 수 없는 불길을 차갑게 외면했다.

"착각하지 마십시오, 정교원 국장님. 그분께서는 뱀파이어의 수장이십니다. 인간의 나랏일보다 '그깟' 뱀파이어의 일을 더 중하게 여기시는 것은 지극히 지당한 일입니다."

"……."

"1945년 서울조약에서 우리는 한국 정부와 상호공조 체계를 구축했던 것이지 당신들의 노예가 되기로 합의했던 게 아닙니다. 당신들 필요에 의해 우리의 의사와는 상관없이, 우리를 마음대로 소환하고 이용할 자격은 없습니다. 우리의 자주독립은 국제법의 보호를 받고 있습니다. 국장님께선 방금 지극히 위험한 발언을 하셨습니다. 더불어 제게도 실수하셨고요. 국장님께서는 여비서한테는 함부로 말해도 된다고 생각하시는 남성우월주의자이십니까?"

"난……."

하임이 고드름 달린 말로 조목조목 반박해 오자 확 돌아버렸던 교원의 머리는 순식간에 제자리를 찾았다. 그는 두 눈을 빠르게 깜빡거리며 인상을 찌푸렸다. 홧김에 자신이 그녀에게 반말을 했다는 것, 온갖 말로 뱀파이어를 폄하한 것을 그제야 깨달았다. 허점 따위 보이지 않는 완벽주의자라 늘 자부해 왔던 자신이 어쩌다가 이런 실수를 저지른 걸까? 도대체 무슨 일이 벌어지고 있는 거지?

"미안합니다. 흥분해서 말실수를…… 한 것 같군요."

간신히 사과의 말을 꺼냈다. 다음은 공격적으로 붙어선 것에 대하여 정중히 사과를 하고 뒤로 물러나 안전거리를 확보해야 했지만, 우습게도 그러고 싶은 생각이 안 생겼다. 하임에게 딱 붙어선 것만큼은 전혀 미안하지 않았다. 오히려 더 찰싹 달라붙고 싶었다. 몸이 후끈거렸다. 교원은 뱀파이어 비서의 섹시한 입술에서 눈을 뗄 수조차 없었다. 하지만 그녀의 생각은 조금 다른 듯했다.

"이만 가주십시오."

그녀는 여전히 고드름이었다.

"수장께선 성채에 안 계십니다. 제가 말씀드릴 수 있는 건 그뿐이에요."

"하임 양……."

"그럼 안녕히 가십시오."

어찌나 차갑게 굴던지 교원은 일순 냉동식품이 되어버리는 줄 알았다. 후끈 달아올랐던 몸이 대번에 식으면서 허탈한 웃음이 흘러나왔다. 도대체 자신이 뱀파이어한테서 뭘 기대한 것인지 모를 일이었다. 미쳤다는 생각을 하며 그는 비서실을 나왔다.

"이제 어쩐다?"

한숨을 내쉬며 교원은 손으로 이마를 짚었다. 스트레스로 인하여 지끈거리는 머리에선 진땀이 흐르고 있었다. 현재, 한태빈의 칩은 통신 불능상태다. 통신 불능 코드가 뜨는 경우는 성채에 있을 때뿐으로 교원은 당연히 태빈이 여기 있을 것이라 여기고 찾아왔었다.

하지만 그는 여기에 없다. 그는 진작부터 '레이저칩' 장치를 조작하여 뱀파이어 통제시스템을 교란시키고 있었던 게 틀림없었다. 언제부터인지는 모르지만, 그는 인간들에게 자기가 제공되길 바라는 정보만 제공하고 있었던 것이다. 그 덕분에 허접쓰레기 같은 정보력과 이미 뚫린 통제시스템에만 기대왔던 인간 정부는 지금 빅엿을 먹기 일보 직전이었다. 그 덤터기는 그가 쓰게 될 것이고, 절대로 용납할 수 없는 일이었다.

"혹시 정교원 씨 아니세요?"

짜증스럽게 머리카락을 헝클어뜨리며 걸음을 재촉할 때였다. 누군가가 그를 알아보았다. 교원은 뒤를 돌아보았다.

"인간이시죠? 그럼 저 좀 도와주세요."

한 여자가 몰래 숨어서 이쪽을 향해 손짓을 하고 있었다.

제9장 Out Of Control

"태워주셔서 감사합니다. 이렇게까지 안 해주셔도 됐었는데……."

인희는 월락도 성채에서 만난 젊은 정치가 정교원을 바라보며 어색한 웃음을 흘렸다. 그는 TV에서 간혹 대통령 브리핑이나 출입기자 인터뷰 등의 영상으로 보았던 전(前)청와대 부대변인이었다. 언론매체에 자주 등장하는 편은 아니나 워낙 훈남인데다가 미혼에 화려한 스펙까지 자랑하는 인물이라 대중적으로 잘 알려져 있었다. 특히 2~40대 여성들 사이에서의 인기가 폭발적이어서 정치권의 아이돌이라는 우스갯소리가 나돌 정도였다. 모르긴 몰라도 병동 간호사들에게 정교원의 헬리콥터며 자동차를 얻어 탔다고 말하면 한바탕 난리가 날 것이었다.

인희는 성채에서 그와 나눴던 대화를 떠올려 보았다.

"전 여기에 납치되어 왔어요. 갇혀 있다고요."

"뱀파이어들이 아가씨를 성채로 납치해 왔단 말입니까? 이상하군요. 뱀파이어들은 인간을 극도로 경계하는데. 성채는 아주 비밀스러운 그들만의 영역입니다. 인간을 초대하는 일은 거의 없어요."

"초대가 아니라니까요. 납치라고요! 난 회장님 간호를 맡아달라는 부탁을 받고, 속아서 이곳에 오게 된 거란 말이에요."

"회장님이라면 한태빈 회장을 말하는 겁니까? 한태빈이…… 아플 리가요."

"제 말이요! 난 그 사람이 노인인 줄로만 알았어요. 아무도 그 사람이 젊고 건강하고 간호 따위 필요 없는 뱀파이어라는 사실을 말해주지 않았으니까요. 그, 그리고 이건 그냥 추측인데, 그 사람 아무래도 나 때문에 본토에 간 것 같아요. 방금 휴대폰으로 뉴스를 검색해 보았거든요. 오늘 오전 서울 주택단지에 폭탄이 터졌대요. 하필 우리 동네에서요!"

"한태빈이 거기에 갔을 거란 말입니까?"

"분명해요. 내 방을 지키고 있던 요원들도 사라졌어요. 요원들까지 데리고 갔다는 건 큰 사건이 벌어졌다는 뜻 아닌가요?"

"요원들이 아가씨 방을 지키고 있었다고요?"

"제발요! 저 미친 여자 아니에요. 어쩌다가 이곳에 갇히게 된 평범한 시민이라고요. 난 지금 집에 가야 해요. 우리 가족들이 안전한지, 무슨 일이 일어나고 있는지, 꼭 알아야겠어요."

"무슨 말씀이신지 잘 알겠습니다. 부탁은 들어드리죠. 본토까지 태워 드리겠습니다."

정교원을 성채에서 만난 것은 의외의 일이었다. 그의 도움을 받아 성채를 탈출할 수 있었던 것도. 하나 가장 놀라운 것은 인희를 집까지 태워다 주겠다는 제안이었다.

하임 비서와의 대언쟁으로도 알 수 있듯이 그는 현재 매우 긴급한 상황에 처해 있었다. 실제로 그는 헬리콥터를 타고 이동하는 내내 누군가와 연락을 취했고 노트북이나 다른 장비 등으로 계속 뭔가를 체크했다. 정신없이 바빠 보이던 그가 굳이 본토까지만 데려다주겠다는 첫 번째 약속을 뒤집고 집까지 바래다주겠다는 게 인희는 어쩐지 이상하게 느껴졌다.

"괜찮습니다. 어차피 저도 그쪽으로 가는 길입니다."

"혹시 태빈 씨가 거기 있나요?"

"아니오. 안타깝지만 아직 한태빈 씨의 소재는 파악하지 못했습니다. 하지만 조만간 알아낼 겁니다. 시간이 좀 빠듯하지만."

손목시계를 흘낏 내려다보며 교원이 빙긋 형식적인 미소를 지어 올렸다. 그리곤 고개를 꺾어 차창으로 시선을 돌림으로써 더 이상 그녀와 대화할 의사가 없음을 명확히 했다. 도어트림 위에 올려둔 그의 손가락이 톡톡톡, 초조하게 리듬을 탔다. 인희도 긴장이 되었다.

제발 그가 그곳에 없기를. 가족들이 무사하기를…….

"맙소사……."

인희는 망연자실했다. 며칠 전까지만 해도 멀쩡했던 집이 처참한 꼴로 무너져 있었고 그 둘레를 노란 폴리스라인이 둘러싸고 있었다. 대문과 담이 흔적도 없이 사라져 버렸다. 현관문 쪽에는 커다란 구멍이 나서 집안 내부가 훤히 들여다보인다. 다른 쪽 벽면은 앙상한 골조가 다 드러나 있고 새까맣게 그을린 집안 곳곳에선 아직도 탄내가 진동했다.

"말도 안 돼……."

우려했던 바대로 오늘 오전 인터넷에 속보로 뜬 폭탄 테러사건은 그녀의 집에서 일어난 것이었다. 인희는 미친 듯이 달려들었다.

"엄마! 할머니!"

"진정하세요. 들어가시면 안 됩니다."

경찰이 그녀를 저지했다. 인희는 경찰 면전에 대고 욕설을 쏴붙였다. 내 집인데 왜 들어가면 안 되냐고, 내 가족의 생사를 알려는 게 왜 제지당해야 할 일이냐고 소리쳐주었다. 하지만 되돌아온 답은 '규정이니 어쩔 수 없다'는 답답한 말뿐이었다. 그 누구도 가족들이 어디 있는지, 살아 있는지 죽어 있는지 말해주지 않았다. 그 누구도.

"제가 도와드리죠, 표인희 씨."

벌벌 떨리는 손으로 핸드폰을 뒤적거려 진희에게 다시 한 번 전화를 걸려는 찰나, 이미 갈 길 갔다고 생각했던 교원이 재킷 주머니에서 신분증을 꺼내 경찰에게 보이며 말했다. 놀랍게도 경찰이 교원을 안으로 들여보내주었다. 멍하게 그 모습을 바라보며 인희는 입을 벙긋거렸다. 물론 말은 나오지 않았다. 그 심정을 잘 안다는 듯 고개를 끄떡하며 교원이 믿음직스럽게 말한다.

"제가 알아본 바에 의하면 사상자는 총 두 명입니다. 60대 남자와 30대 여자죠. 옆집에 사는 주민으로 추정되고 현재 근처 병원에 이송되어 치료를 받고 있습니다. 사건 당시 이 집은 비어 있었습니다."

"비어 있었다고요?"

평일 오전이니만큼 동생 진희는 등교를 했을 터이니 집에 없었을 것이다. 하지만 건강이 나빠 직장마저 그만둔 어머니는 집에 있었을 것이다. 딸이 눈에 밟혀 이민 가는 아들을 따라나서지도 못하고 한국에 주저앉은 외할머니도 물론.

"둘 중 하나겠죠. 범인이 빈집인 걸 알고도 테러했던지, 아니면 가족 분들이 테러를 직감하고 미리 피했던지."

"우리 엄마랑 할머니가 어떻게 알고 피신하셨다는 거예요?"

"누군가가 정보를 줬겠죠. 그 누군가가, 우리가 찾는 그 누군가일 수도 있을 것 같군요."

"그럼 당신은 한태빈이……?"

"여기서 기다리세요. 담당수사관과 더 자세히 얘길 나눠보고 돌아오겠습니다."

교원은 인희의 말을 싹둑 자르고 경고의 시선을 날렸다. 한태빈에 관한 얘길 범행현장에서 공개적으로 나누는 건 지극히 위험한 일이었다. 그 뜻을 금세 알아차린 듯 인희는 꾹 입을 다물고 고개를 끄덕였다. 교원은 생각했다. 당황스러울 정도로 저돌적이고 무모하지만 영리한 여자라고.

도대체 한태빈은 저 여자와 무슨 짓을 도모하는 걸까?

처음에 표인희의 횡설수설을 들었을 때는 대수롭잖게 받아 넘겼었다. 어쩌다가 성채까지 온 것인지는 모르겠으나 그 경위를 꼬치꼬치 캐물을 경황도 없었거니와 그녀가 하는 말들이 모두 앞뒤가 안 맞는 헛소리쯤으로 들렸기에, 그저 그녀를 '어쩌다 성채에 갇힌 평범한 아가씨'로 치부했었다. 그러나 한기빈의 위치를 파악하면서부터는 얘기가 달라졌다.

본토로 오는 도중, 그는 태빈의 친동생이 폭탄테러 현장을 지휘하고 있다는 보고를 받았다. 한기빈은 세계적인 뱀파이어 첩보기관 MIA 한국지부 소속 요원이었다. 그가 투입되었다는 것은 서울에서 벌어진 전대미문의 폭탄테러 사건에 뱀파이어가 연루되었다는 뜻이고, 그렇다는 것은 어쩌면 이 일에 그의 형인 한태빈이 관련되었을 수도 있다는 얘기다. 자연스레 표인희에게 관심이 갔다.

"어어. 이게 뉘셔? 대한민국 일등 훈남 정치인께서 여긴 웬일?"

폭탄으로 무너진 집 안으로 들어서자마자 문제의 기빈과 맞닥뜨렸다. 그는 감식반과 진지하게 의견을 교환 중이었는데 교원을 발견하자마자 눈썹을 씰룩거렸다. 교원은 어깨를 으쓱하며 두 손을 바지 호주머니에 푹 찔러 넣었다.

"명색이 특안국장 아닌가. 한태빈과 관련된 일에 당연히 내가 나서야지. 아무리 MIA와는 비교도 할 수 없는 무능력한 기구의 책임자라 해도 한국에서 일어난 일인데."

"도대체 무슨 헛소리신지 모르겠네."

뚫어질 듯 교원을 응시하며 기빈이 천천히 몸을 바로 했다. 둘 사이에 흐르는 팽팽한 긴장감을 느낀 감식반 요원들이 하나둘 자리를 뜨기 시작했다. 단둘이 남을 때까지 교원에게서 눈을 떼지 않던 기빈은 마침내 주위가 고요해지자 뾰족한 칼날을 세웠다.

"혹시 이번 사건이 우리 MIA로 넘어온 게 불만입니까, 국장님?"

"뭐 좀 짜증스럽긴 하지. 내 관할구역 사건이 나도 모르게 그쪽으로 넘어간 점에 대해선."

기빈이 일부러 '국장님'에 악센트를 줘가며 성미를 살살 건들었으나 교원은 넘어가지 않았다. 핵심은 그게 아니니까.

"거, 기분 푸쇼. 어딜 가든 그놈의 밥그릇 싸움 징글징글하잖아. 이번 사건이 테러라는 정황증거가 나오면서 MIA 쪽으로 넘어왔을 거요. 아무래도 특안국은 이런 큰 사건에 경험이 없으니 어쩔 수 없는 수순이었지."

"신경 안 써. 어차피 우리한테는 너무 버거운 일이란 거 잘 알아. 우리야 당신네들 동향을 감시하고 분석하는 것 이외에 할 수 있는 일이 거의 없지. 막강한 미국 정부를 등에 업은 MIA와는 화력부터 비교가 안 되잖아?"

"음, 어째 말에 가시가 박혔네?"

"가시라니 당치도 않는 말씀. 특안국이 MIA에 독설을 날릴 주제나 되나. 그래…… 한태빈은 이걸 어찌 처리할 셈이라던가?"

폭탄에 날아간 잔해들을 심드렁한 얼굴로 슥슥 훑으며 무심코 교원이 물었다. 긴장을 풀고 슬슬 웃음을 흘리던 기빈이 순식간에 몸을 경직시켰다. 교원의 빈틈없는 시선이 그 작은 징조를 캐치했다.

"아까부터 왜 자꾸 한태빈을 찾으시나. 섭섭하게. 한태빈이 아무리 막강한 권력을 휘둘러도 MIA 사건에는 개입할 수 없습니다, 국장님. 한태빈 찾으시려거든 다른 데 가보쇼."

논점을 흐리고서 기빈은 교원에게 등을 돌려 현장에 집중하는 모습을 보였다. 지극히 자연스러운 이 행동이 실은 교묘히 덫을 피하는 것임을 교원은 알았다. 그는 더 기다리지 않고 직구를 날렸다.

"이 집이 표인희라는 인간 여자의 집이라는 사실, 이미 알고 있어."

휙, 기빈이 고개를 돌려 교원을 본다. 어처구니없다는 듯 실없는 웃음을 보인 채로. 하지만 교원을 노려보는 눈빛에는 경계의 빛이 일렁이고 있었다. 교원이 스스로 잘해 나가고 있음을 확인하는 데에 이것만큼 확실한 건 없었다.

"피해자 가족과 한태빈이 무슨 관계가 있다는 거요?"

"무슨 관계인지 나는 모르지. 그거야 그쪽이 더 잘 알 것 같은데? 자넨 한태빈의 최측근이잖아."

"이것 보쇼, 국장 나리. 그 좋다는 머리에 뭐가 들어 있는지 나 같은 무식한 놈은 도통 모르겠는데. 난 오늘 비번이라 오전 내내 침대에서 빈둥거릴 참이었수다. 갑작스런 호출을 받고 부리나케 날아왔단 말이오. 이 일이 MIA 한국지부에 할당이 된 관계로다가."

"……."

"당신도 알다시피 우리 뱀파이어들 중에 꼴통자식들이 어마무시 많잖아. 반변이자들도 한국에 둥지를 튼 지 오래고. 땅덩이도 작은 나라에 뭔 놈의 사이코들이 이리 몰려대는지. 하루라도 편히 쉬어보려고 해도 그 자식들 처치하느라 쉴 새가 없다, 이거요. 휴가 때만 되면 요원직을 때려치우고 싶을 때가 한두 번이 아니라니까. 하지만 어째. 선량한 나머지 뱀파이어와 인간들을 위해 우리 같은 정의의 사도가 나설 수밖에."

"……."

"이번 일도 어떤 사이코 짓이 분명합니다. 열심히 추적 중에 있으니까 너무 걱정 마셔. 조만간 범인 색출해서 보고 올리리다. 물론 우리 MIA 국장님께. 어떤 싹퉁머리 없는 놈의 짓인지 궁금하면 나중에 슬쩍 우리 국장님께 물어보쇼. 기분 좋으면 알려줄 수도 있을 거요."

"표인희란 여자가 요 며칠 성채에 갇혀 있었다던데. 우연이라고 하기엔 너무 공교롭지 않나?"

"그거야 난 모르지. 한태빈한테 인간 여자를 수집하는 취미가 생겼나? 거기에 질투가 난 어떤 미치광이가 테러를 감행했나? 뭐, 수사하다 보면 답이 나오겠지. 거, 보채지 좀 말고 잠자코 있어보쇼. 범인은 우리가 알아서 잘 잡을 테니. 설마 겨우 그것 때문에 한태빈과 연관된 일이라 추측한 건 아니시겠지?"

"그것뿐이었겠나?"

"그럼 뭐가 또 있다는 거요?"

"이 일이 한태빈과 관련되었다는 가장 확실한 증거는 바로 자네일세. 한기빈. 표인희가 성채에 붙들려 있었던 사실과 이번 일은 결코 따로따로일 수가 없어. 두 사건엔 한기빈이라는 연결고리가 있으니까."

"이봐."

기빈이 낮게 깔린 음성으로 읊조리더니 이런 어처구니없는 소린 처음 듣는다는 듯 헛헛, 웃음을 흘렸다. 그리곤 저벅저벅 거구를 움직여 교원에게 다가가 윽박지르듯 살벌하게 중얼거렸다. 결코 웃음이란 느낌이 들지 않는 북풍한설 차가운 미소를 입가에 띤 채로.

"당신이 특안국장으로 임명된 지 얼마 안 돼서 뭘 잘 모르나 본데. 난 우리 형 졸병 노릇은 안 해. 형한테 무슨 일이 생기면 쪼르르 달려와 해결해 주는 쪼다 같은 놈은 절대 아니라고. 알아들어?"

"갬블 가의 둘째가 콤플렉스를 갖고 있단 소린 들었지."

"말조심하시지, 국장!"

"한태빈 어디 있나? 그것만 말해. 그럼 난 이 사건에 관심 끄지."

"아하! 이제야 슬슬 본색을 드러내시는구만. 한태빈을 만나려고 여기까지 납시었나? 안됐군, 쯧쯧. 아까도 말했지만 난 오늘 비번이라 어젯밤 내 아파트에서 곤히 자고 있었어. 한태빈과는 어제 저녁 잠깐 본 게 다이지. 난 형이 어디 있는지 전혀 몰라."

그 '잠깐'이 탈출하려는 표인희를 잡아 그에게 넘겨주었던 그 '잠깐'이라는 건 쏙 빼고 기빈은 사실 그대로를 읊었다. 진실로 그는 어제 이후 태빈의 얼굴을 본 적이 없었다. 그가 어디에 있는지, 뭘 하는지는 그도 알 수 없었다. 누구와 함께 있는지는 알지만.

"자네가 한태빈의 호출을 받고 여기 왔다는 거 알아."

"이거 왜 이러시나. 같은 프로끼리. 증거도 없이 이렇게 몰아세우면 몰리는 뱀파이어 빡 돌지."

"자꾸 이렇게 나오면 재미없어, 한기빈. 난 아주 바쁜 사람이야."

정교원이 두 눈을 가늘게 뜨고 그를 노려보았다. 흘낏 시계를 내려다보는 교원의 시선이 초조하다. 무슨 일인지는 모르나 분명 시간에 쫓기고 있음이었다. 기빈은 좀 더 느긋하게, 콧잔등까지 찡긋, 여자 여럿 울린 매혹적인 애교를 부려대며 너스레를 떨었다.

"나도 이 일이 재미없기는 마찬가지야, 국장 나리. 하지만 이게 어디 재미로 하는 일인가? 다 사회 정의구현을 위해 이 한 몸 희생하는 거지. 대한민국 국민과 뱀파이어들이 발 쭉 뻗고 편히 살 수 있다면야! 내 기꺼이 휴가를 반납하고 꿀잠을 포기할 수 있지."

"하는 수 없군."

교원은 나긋한 미소와 사기꾼 같은 언변으로 결단코 자신에게 협조할 의사가 없음을 밝히는 한기빈을 향해 끄떡, 고개를 흔들었다. 그리곤 위엄 어린 자세로 그를 깔보듯 바라보며 두 손으로 착착 슈트 깃을 바로잡았다.

너무 쉽게 물러나는 거 아니야? 생각하며 기빈은 입술 삐쭉, 눈썹 찌뿌듯, '네 마음대로 하세요' 표 표정을 날렸다. 그리곤 손가락 키스를 날려 놈의 얼굴을 썩어가게 만들어주고 싶은 충동을 꾹 누르고 예의 바르게 잘 가시라 인사를 올리려던 찰나!

"그럼 표인희 씨는 내가 데려가도록 하지."

회심의 미소를 띠고 교원이 어퍼컷을 날렸다.

"뭐?"

❖

"정말로 우리 손녀는 잘 있는 게지?"

일흔 줄에 접어든 남은자 할머니는 충격과 공포, 걱정으로 새하얘진 얼굴을 들어 필사적으로 물었다. 주름지고 앙상한 손가락은 부축하는 민경주의 팔뚝을 세차게 움켜쥐고 있었다. 평온한 일상이 깨지고 '위압적이고 우람하며 기민한' 남정네들에 둘러싸여 여기까지 오는 내내 잔뜩 겁먹고 있었던 듯, 남은자 할머니는 젊고 친절한 경주를 보자마자 안도의 한숨을 내쉬었다.

"그럼요. 안전한 곳에서 잘 지내고 있을 거예요."

"우릴 해치려던 나쁜 놈들이 그 아이를 찾아내 해칠 수도 있잖은감?"

"그런 일은 없어요. 손녀 분이 계시는 곳은 세상에서 가장 안전한 곳이거든요. 그 누구도 함부로 접근할 수 없죠. 그곳의 주인은 세계 곳곳에 무기를 대는, 세상에서 가장 무서운 분이거든요. 그 분의 요새를 직접 공격하는 것은 거의 자살행위나 마찬가지예요."

"무기?"

남 노파는 노르스름한 눈자위를 휘둥그레 뜨며 민경주를 바라보았다. 손녀인 인희와 비슷한 연배의 경주는 사랑스러운 미소와 편안한 인상의 소유자로 남편과 결혼한 지 불과 3주, 신혼여행에서 돌아온 지는 만 하루밖에 안 된 새댁이라고 했다. 남편인 윤이안은 사려 깊은 눈빛과 중후한 목소리가 매력적인 남자였다. 그는 남 노파와 가족들을 이곳으로 피신시킨 한태빈의 무리들과 같은 부류였다. 둘 다 기골이 장대하고 힘이 세 보였고, 눈 색깔이 노랗고 파란 것이 외국인인 듯하나 한국 사람만큼이나 자연스런 한국어를 구사할 줄 알았다.

"그곳에 있는 한 손녀 분은 완벽하게 안전해요. 할머님 외 가족

분들도 조만간 그곳으로 모실 예정이니 그때까지는 저희 집에 편히 계세요. 저희 집도 성채만큼은 아니지만 꽤 안전하답니다."

"남의 집에 이렇게 민폐를 끼쳐도 되나 모르겠어. 듣자 하니 신혼이라더구만."

"저희는 괜찮아요. 방도 많은데요, 뭘. 할머님 가족을 저희 집으로 모시게 되어서 전 오히려 영광이에요."

그들의 집은 지하 2층, 지상 3층으로 이뤄진 꽤 큰 주택으로 표인희의 세 가족이 함께 지내도 큰 부담이 없었다. 또한 곳곳에 도베르만이며 요원들이 철통같은 경비를 이중, 삼중으로 서고 있었다.

"뭐가 뭔지 하나도 모르겠어. 왜 우리가 이런 몹쓸 짓을 당해야 하는지. 우리 인희가 무슨 잘못을 했기에 이런 일을 겪어야 하는지."

근심 가득한 얼굴로 한숨을 푹 내쉬고 남 노파는 슬쩍 고개를 꺾어 방문을 바라보았다. 방 안에는 만성신부전증을 앓고 있는 병약한 딸과 고등학생 손자가 있었다. 테러 시도가 감지된 직후, 태빈은 가족을 대피시킴과 동시에 학교에서 수업을 듣던 진희를 빼내왔다. 진희가 빠져나온 직후 학교에 정체 모를 괴한이 침입했다고 하니, 만약 미리 피하지 않았다면 무슨 일이 일어났을지 아무도 모를 일이었다.

"잘못한 거 하나도 없으세요. 이번 일은 유감스럽게도 모두 저희들 탓입니다. 손녀 분께서 우연히 저희들 싸움에 휘말리게 되면서 일이 커진 거예요. 저희가 책임지고 이 모든 상황을 수습할 겁니다. 꼭 손녀 분을 안전하게 집으로 보내 드리겠어요. 그러니 부디 저희를 믿고 기다려 주세요."

"혹시 이게 다 저기 저, 파란 눈 때문인가?"

"네? 아아! 태빈 씨요?"

조금 열린 서재 문 사이로 태빈을 발견하고 경주는 미소를 지었다. 노파는 이 사태가 벌어진 지 겨우 몇 시간 만에 모든 것을 파악해 버린 것 같았다. 이 어둡고 크고 유혹적인 종족의 리더가 누구인지, 손녀의 짝이 누구인지, 모두.

"저이는 어쩌다가 이런 범죄에 연루된 겐가? 마피아인가 뭔가, 혹시 그건가? 조폭이야?"

"아니에요, 할머님."

"그럼 대체 뭐야? 저이는 왜 이런 일에 엮였고, 우리 인희는 왜 범죄의 표적이 된 게야?"

"한 번에 설명드리기엔 얘기가 너무 복잡해요, 할머니. 하지만 태빈 씨가 나쁜 분이 아니란 건 확실히 말씀드릴 수 있어요. 범죄자도 아니고 조폭도 아니에요. 오히려 범죄 집단의 반대편에 속해 있죠."

"착한 놈이란 거로군?"

노파가 괴팍하게 인상을 찌푸리곤 중얼거렸다. 경주는 웃음을 터트렸다.

"맞아요, 할머니. 착한 쪽이에요."

"하긴. 그러니 우리 인희를 지켜주는 게지. 한 가지만 더 물음세. 우리 인희랑 저 파란 눈은 대체 무슨 사이인가? 어떻게 아는 사이야? 혹시 애인, 뭐 그런 사이는 아니지?"

"그것까진 저도 잘 모르겠는데요."

"늙은 사람한테 거짓말하면 죄로 가는 법일세."

"네?"

노파가 의심 가득한 눈으로 자신을 쏘아보자 경주는 정곡이 찔린 채 또다시 웃음을 터트릴 수밖에 없었다.

노랫가락처럼 사랑스런 그 소리에 이안이 서재 밖으로 빠끔히 얼굴을 내밀었다. 무슨 일이냐는 듯 그가 두 눈을 훌쩍 키우자 경주는 '내가 뭘요'의 뜻으로 어깨를 으쓱하며 씰룩거리는 입술을 손끝으로 꾹 눌렀다. 이렇게라도 자물쇠를 채워놓지 않으면 강하게 감지되는 한태빈과 표인희의 운명을 줄줄 읊어버릴 것만 같았다.

[표인희 씨가 2시간째 보이지 않습니다.]

휴대폰 안에서 들려오는 하임의 목소리는 평소와 다름없이 차분했다. 하나 태빈은 그녀에게서 몹시 당황했을 때의 파장을 감지할 수 있었다.

"성채를 빠져나간 흔적은?"

[아직은 발견되지 않았습니다. 하지만…….]

"그럼 됐어. 성채 수비대에 발각되지 않고 몰래 빠져나가는 건 불가능하니 어딘가에 있겠지."

하임의 말을 끝까지 듣지 않고 통화를 끊었다. 지금 태빈은 성채의 일에 신경 쓸 겨를이 없었다. 반변이자의 수장, 테렌스 노튼이 행동을 개시했다. 그는 인간과 손을 잡고 '합리적 변이' 시스템을 개발한 변이파 뱀파이어를 적으로 삼은, 몹시 잔인하고 악랄한 놈이다.

'합리적 변이'란 호르몬의 폭발적 변이로 인해 비로소 완전해지는 뱀파이어의 특성을 고려하여 고안된 인간화 프로젝트다. 보통 16세 전후 2차성징 즈음에 시작되며 이 기간 동안 뱀파이어는 12주간의 무균실 치료를 받게 되고, 이후로도 꾸준히 단계별 약물을 주입받아야만 했다. 이 귀찮고 힘든 과정을 겪은 뱀파이어는 좀 더 인간다운 삶을 살 수 있다. 천 년에 가까운 비정상적인 평균수명도 단축이 되고 욕구와 본능 조절능력도 훨씬 높아진다. 피 냄새를 맡더라도 마시고 싶은 충동을 느끼지 않을 수 있게 된다. 이 획기적인 시스템을 고안한 사람이 바로 경주의 부친인 민영훈 박사다.

노튼은 '합리적 변이'를 반대했다. 뱀파이어 종족이 인간을 정복해야만 한다고 주장하는 노튼에게 '합리적 변이'는 그저 뱀파이어의 힘을 약화시키는 적의 무기일 뿐이었다. 그는 '합리적 변이'에 찬성하는 뱀파이어와의 전쟁을 선포했다. 민영훈 박사의 가족을 습격했고, 달아난 그들을 무려 24년이나 추적했다. 급기야 작년에 민영훈 박사를 살해하고 3주 전엔 그의 딸인 민경주를 찾아내 납치작전을 펼치기도 하였다.

이번엔 표인희가 그 타깃이다. 평범한 인간 여자. 보잘것없는 인간 여자가 노튼의 목표물이 된 것은 그녀가 태빈의 여자이기 때문이다. 태빈과 사랑을 나누고도 죽지 않은 유일한 여자, 그의 약점이었기 때문에.

"사랑해요……."

아직도 귓가에 쟁쟁한 인희의 고백을 떠올리며 태빈은 가만히 두 눈을 감았다.

가슴에 거친 파도가 일렁였다. 그녀의 숭고한 애정을 받아들이라는 이기심과 거절해야 한다는 양심이 여전히 치열하게 싸움을 벌였다. 인희의 헌신적이고도 맹목적인 사랑을 받고 싶었다. 그 누구도 인희에게서 그러한 애정과 관심을 받지 못하도록, 그녀를 온전히 소유하고 싶었다. 하지만 그래서는 안 된다. 그는 뱀파이어고 그녀는 인간이니까. 그의 곁에서 표인희는 결코 행복할 수 없었다.

"점점 표인희 씨에 대해 궁금해지는군."

이안이 불쑥 말을 걸어오자 태빈은 아차 했다. 잠시 방심하는 사이 이안이 자신의 무의식 세계를 샅샅이 훑었음을 뒤늦게 알아챈 것이다. 오랜 세월 친구로 지내온 윤이안은 영적으로 특별한 능력을 타고난 뱀파이어다. 마음만 먹으면 얼마든지 상대의 무의식에 침투하여 생각이나 감정을 탐사할 수도, 거미줄처럼 촘촘히 연결된 신경조직들을 이용해 전혀 다른 생각들을 그려 넣을 수도 있었다.

태빈은 속으로 욕설을 뱉었다.

"뭘 읽었는지 모르지만 잊어버려, 친구. 그 여잔 내게 아무 의미도 없으니까."

"과연 그럴까?"

"뭐지? 그 의미심장한 발언은."

TEV인더스트리의 'T—Rock' 시리즈를 특별히 개조해 만든 피스톨의 탄창을 들여다보던 태빈은 흘낏 이안을 보며 묻는다. 모든 감정을 닫아놓고 묵묵히 무기를 점검하는 그의 모습은 흡사 과거 '악마 갬블' 시절을 연상케 했으나 이안은 속지 않았다. 여섯 번째 감각이 활성화되어 있는 윤이안의 눈에는 태빈의 심장이 벌컥벌컥 뛰는 게 훤히 보였다.

"발버둥 쳐도 벗어날 수 없는 덫도 있다는 뜻?"

"내가 덫에 걸렸다는 건가?"

"그거야 생각하기 나름 아니겠어? 같은 덫이라도 누군가에겐 지긋지긋하고 끔찍한 것이겠지만, 또 다른 누군가에겐 꿈처럼 달콤하고 행복한 것일 수도 있지."

"내가 행복한 덫에 걸렸다고 생각하는 모양이로군, 친구."

"행복한 건 좋은 거야, 친구. 그게 뭐든. 운명처럼 편안히 받아들이라고."

이안은 태빈의 말버릇을 똑같이 따라 하며 느긋이 팔짱을 꼈다. 'T—Rock17'를 내려놓고 그보다 총열이 약간 짧은 'T—Rock19'를 들어 올리며 태빈은 콧방귀를 뀌었다.

"운명론자가 다 됐군. 다음은 뭐지? 뱀파이어의 짝은 실제로 존재한다고 주장할 건가?"

"짝에 관한 전설을 무조건 부정적으로만 보려 하지 마. 뱀파이어가 천 년을 살아가는 동안 단 한 명의 짝을 만난다는 얘긴 오래전부터 있어왔어. 사실일 수도 있고 아닐 수도 있겠지만 아니라는 쪽에 더 무게를 둘 수밖에 없지. 민 박사처럼 영혼의 반려를 만나 평생 한 여자만을 위해 살다 간 경우도 있지만, 대부분은 그런 행운을 누리지 못하는 게 현실이니까. 나도 전에는 후자 쪽이었어."

"경주 씨를 만난 이후 입장이 바뀌었다?"

"아내는…… 맞아. 내 운명이야. 내 인생에 그 여자보다 더 소중한 사람은 없을 거야."

"좋아, 친구. 운명의 짝이란 게 있긴 있다고 해두자고. 난 그딴 거 안 믿지만 주변에 믿는 자들이 이처럼 넘쳐 나니까. 여자들은 대부분 믿는 것 같더군."

태빈이 삐딱하게 중얼거리며 눈썹을 씰룩 치켜떴다. 그의 주변에 넘쳐 나는 '믿는 자들'이란 하임과 윤리를 말했다. 지극히 현실적이고 딱딱한 성향인 하임도 그놈의 '짝'說을 믿었다. 고작 열여덟밖에 안 먹은 신윤리는 태빈이 자신의 '짝'이라 확신한다며 결혼해 달라고 졸라댔다. 심지어 동생인 기빈도 맞장구를 쳐대어서 태빈은 '짝'이라면 넌덜머리를 냈다.

"하지만 난 달라. 내게 짝이란 없어. 존재하지 않아. 기억하는지 모르겠지만 난 이미 짝을 만났어. 아주 오래전에."

"물론…… 기억해."

의미심장한 눈으로 태빈을 가만히 바라보며 이안이 중얼거렸다. 그의 노란 눈동자가 번뜩였다. 무기를 다루는 태빈의 손길이 거칠어졌다. 태빈은 밀물처럼 떠오르는 과거의 기억을 떨쳐 내기 위해 안간힘을 써야 했다.

"내가 목숨처럼 사랑했던 여자는 죽었어."

비열하고도 차디찬 미소를 지어 올리며 태빈은 거칠게 속삭였다.

"바로 내 품 안에서. 더 이상의 사랑은 없다고."

"마리아가 네 짝이라고 확신하는군."

"그 여자를 사랑했어. 아꼈고 숭배했어. 그처럼 순수하고 깨끗한 여인은 내게 어울리지 않는다고 여길 만큼. 행복하게 해주고 싶었지. 비록 모든 건 내 착각이었고 배신까지 당했지만, 내게 운명의 짝이 있다면 아마 그 여자일 거야. 700년간의 모든 기억을 다 뒤져 보아도 그 여자만큼 사랑했던 여자는 없었으니까."

"네가 가진 기억, 그게 전부가 아니라면?"

태빈이 막 '사막의 전갈'이라 불리는 기관단총을 집어 들었을 때였다. 기분 나쁠 정도로 낮고 고요한 질문이 날아들었다. 태빈은 모든 행동을 멈추고, 휙, 서슬 퍼런 파란 눈을 치켜떴다. 굵은 눈썹이 신경질적으로 솟구쳤다. 핵폭탄급 발언을 쏟아냈으면서도 이안은 태연했다. 태빈은 이를 앙다물고 천천히 되물었다.

"그게 무슨 뜻이지?"

"별로."

이안은 어깨를 으쓱했다.

"모른 척하지 마. 내게 다른 여자가 있었다는 소리잖아. 내가 기억하지 못하는."

"난 네게 해줄 말이 없어, 친구."

"내 잃어버린 기억 속에 여자가 있었던 건가?"

"넌 충격을 받았어. 스스로 기억을 닫아버렸지. 스스로 닫아버린 기억을 억지로 열어선 안 돼."

이안의 말에 태빈은 헛웃음을 흘렸다. 잃어버린 기억에 대한 충고는 지난 몇십 년 동안 지긋지긋할 정도로 들어왔던 것이었다.

"도대체 그놈의 닫힌 기억을 어떻게 열라는 거야? 뭘 열라는 거야? 내가 뭘 잊어버렸는지 알아야 다시 떠올릴 거 아니냐고."

태빈은 20세기 초반 중국에서 작전 도중 머리에 총을 맞았다.

그리고 당시 수행 중이던 작전에 대한 기억을 통째로 잃어버렸다. 부분기억상실의 원인은 총알이 아니라 정신적 충격이라 하였다. 불행히도 그가 무슨 충격을 받고, 무엇 때문에 쏟아지는 총알세례를 피하지 않았는지 아무도 몰랐다. 단지 태빈의 뇌가 무언가에 대해 강력한 거부반응을 보인다는 것, 자기방어 차원으로 기억회로를 닫아 살인적인 고통으로부터 스스로를 구했다는 것만 짐작할 뿐이었다.

"다 헛소리야! 난 내 인생 최고의 고통이었던 마리아의 일까지도 기억해. 부모님이 돌아가셨을 때도 기억하고. 대체 그보다 더 고통스러운 기억이랄 게 뭐가 있겠어? 그런 건 없어. 그래서 기억을 되찾고 나면 오히려 허탈해질 거라고."

대수롭잖게 말했으나 언뜻 보기에도 태빈은 심경이 복잡해 보였다. 총기를 어루만질 때면 물 흐르듯이 유려하게 움직이던 손길도 지금은 거칠었다.

이안은 묵묵히 침묵을 지켰다. 태빈이 잃어버린 기억 때문에 답답해한다는 걸 알면서도 이안은 늘 그랬다. 어쩌면 아무것도 기억 못하는 지금이 백배 나을지도 모르니까. 태빈이 겪은 그 불행한 일을 처음으로 되돌릴 수 없다면, 기억을 되찾아봤자 무슨 소용이 있겠는가. 이안은 태빈이 불필요하게 기억회로를 열어 또다시 죽고 싶을 만큼의 고통을 느끼게 하고 싶지 않았다. 작게 한숨을 내쉬고 이안은 조용히 매뉴얼 같은 충고를 건넸다.

"내가 하고 싶은 말은, 마리아 때문에 뛰는 심장을 억지로 묶어놓지는 말라는 소리야. 가슴이 뛰면 그냥 뛰게 둬. 설레면 설레는 대로 둬. 그게 진정한 사랑이라면 다 잘될 거야. 그냥 흘러가는 대로 내버려 둬."

쾅! 태빈이 탁자 위에 '사막의 전갈'을 세차게 내려놓았다. 새파란 눈을 번뜩이며 그는 단도직입적으로 물었다.

"내가 표인희를 사랑한다는 거야?"

"아니야?"

1초, 2초, 3초…….

살얼음판 같은 시간이 얼마나 지나갔을까. 친구를 잡아먹을 듯이 노려보던 태빈은 몇 초가 지나는 사이 아무 말도 못하고 있었다. 감히 표인희에 대한 감정을 부정할 수가 없었다. 스스로 깨닫지 못하는 내면의 목소리까지 다 읽어낸다는 윤이안의 노란 눈동자 앞에서 태빈은 거의 무기력했다. 다 포기하고 사랑을 인정해 버리고만 싶었다. 그러면 안 되는데도 불구하고.

"빌어먹을."

욕설을 중얼거리며 태빈이 두 눈을 감았다. 주머니 안에서 휴대폰 벨이 울렸다. 즉시 이안의 집요한 추궁에 더 이상 내몰리지 않아도 된다는 안도감이 찾아온다. 태빈은 숨도 쉬지 않고 냉큼 받았다.

[형? 나야.]

기빈이었다.

[표인희가 사라졌어.]

"그거라면 이미 하 비서에게 보고 받았다. 걱정하지 마. 성채 어딘가에 있을 거야. 성곽 밖으로는 못 나가."

[무슨 소리야? 표인희는 지금 서울에 있는데.]

"뭐?"

그거야말로 무슨 소리냐고 물으려는 찰나, 메시지 알람소리가 들렸다. 등골이 오싹할 만큼 불길한 예감이 찾아들었다. 태빈은 재빨리 휴대폰 액정을 확인했다.

「마리아와 닮은 구석이 하나도 없군, 테빈 갬블. 신선해.」

발신자의 이름이 적히지 않았으나 누구의 짓인지는 금방 알 수 있었다. 무엇이 신선하다는 것인지도. 미친 듯이 액정을 눌러 메시지에 첨부된 사진을 확인했다.

표인희였다.

제10장 오차현

누군가에게 쫓기듯 멀리서부터 달려왔던 여자는 길 위에 선 채 헉헉, 가쁜 숨을 몰아쉬었다. 미친 듯이 사방을 둘러보았지만 알아볼 수 있는 것은 없었다. 보이는 것은 모두 희뿌연 안개 속이었다. 오로지 촉각과 후각만이 축축하고 긴장된 공기와 살 떨리게 공포스러운 피 냄새를 감지했다. 두려움에 찌든, 떨리는 숨결을 정신없이 몰아쉬면서 그녀는 눈을 감았다. 육안이 감지할 수 없는 것들을 내면의 눈으로 보기 위해서였다.

차갑고 섬뜩한 어둠과 을씨년스러운 분위기가 보였다. 그녀는 불쾌할 정도로 쾨쾨한 냄새로 가득 찬 길 위에 홀로 서 있었다. 이곳이 어디인지, 어디로 가야 하는지 알 수 없었다. 막연한 두려움, 누군가로부터 필사적으로 도망쳐야 한다는 절박함만이 그녀의 영혼을 에워쌌다.

"헉, 헉!"

거친 숨을 내쉬며 천천히 걸음을 옮겼다. 자신을 뒤쫓는 두려운 기운으로부터 최대한 멀리 달아나야만 했기에 아득한 안개 속에 발을 담갔다. 오래지 않아 어느 거대한 저택 앞에 섰다. 귀신의 집을 연상케 하는, 이끼와 넝쿨, 거미줄로 칭칭 감긴 불길한 집. 알 수 없는 기운에 이끌려 그녀는 그곳으로 들어갔다.

"아아아……."

귀에 익은 여자의 신음 소리가 들렸다. 홀린 듯 자연스럽게 그 소리를 따라 방으로 들어섰다. 희뿌연 시야로 눈이 부실 만큼 아름답고 고전적인 침대가 보인다. 새하얀 시트 위에 누운 한 여자도. 여자는 실오라기 하나 걸치지 않은 전라의 몸이었다. 역시나 아무것도 입지 않은 남자가 그녀의 허리에 걸터앉아 있었다.

"아읏……."

손목이 부드러운 벨벳 천에 감싸인 채 침대 기둥에 묶인 여자. 그녀의 희고 물컹한 가슴살은 힘줄이 도드라진 거무스름한 남자의 손에 의해 거침없이 주물러지고 있었다. 묵직하게 가라앉은 아래쪽에서부터 감싸 움켜쥐고는 길고 음탕한 검지로 자그마한 꼭지를 사정없이 문질렀다. 딱딱하게 곤두선 유두는 숨어 있던 쾌락 감지점들을 한껏 드러내며 올라섰다. 비대해져 완벽히 펼쳐진 분홍빛 꽃술 위로 수백, 수천 개의 감각지점들은 남자의 손길과 여자의 숨결을 하나 되게 했다. 검지의 움직임이 빨라질수록 여자는 더 거칠고 가쁘게 숨을 쉬었다.

"매혹적이군."

꼭지의 끝을 빙글빙글 굴리며 남자는 속삭였다. 여자의 가슴골에 얼굴을 묻은 채 남자는 넓적하고 축축한 혓바닥으로 땀이 배인 여인의 살결을 천천히 핥아 올렸다.

"향기롭고 달콤해."

보드라운 피부를 느리게 쓸어 올리는 혀의 움직임은 그녀를 포악한 발정으로 이끌었다. 허리를 들썩였다. 무거운 남자의 육체에 짓눌려 꿈쩍도 하지 않자 빙글빙글 흔들었다. 느슨히 벌어진 세로의 입구에 맞닿아 있던 길고 뚱뚱한 발기물(勃起物)에 격렬한 마찰이 일어났다. 덥석, 남자가 손바닥을 들어 여인의 가슴을 격렬히 덮쳤다. 동시에 이를 세워 가슴 안쪽의 민감한 살을 깨물자 여인은 허리를 높이 들며 신음했다.

"으읏!"

"자신 없으면 도발하지 마."

깨문 살점을 혓바닥 끝으로 부드럽게 문지른다. 아주 부드럽게, 아주 관능적인 리듬을 타면서. 여인은 짜릿한 쾌감이 온몸을 번져가는 것을 느끼며 비명을 지르지 않기 위해 이를 악물었다. 하지만 그가 몽글몽글한 가슴살을 입안으로 흡입하자 '으흐…… 읏' 하고 신음을 터트렸다. 그녀는 휙 고개를 꺾어 제 입술에 이를 박았다.

"도발의 끝은 모든 것의 끝이야."

그는 의미를 알 수 없는 말을 중얼거리곤 달콤한 혀를 나른하게 놀리며 천천히 아래로 내려왔다. 우물처럼 작게 파인 배꼽 안에 혀를 넣고 원을 그렸다. 저절로 '으흥……' 하는 야릇한 신음이 흘러나왔다. 이를 더욱 악물었다. 하지만 남자가 우물에서 빠져나와 작은 솜털이 줄을 선 아랫배를 타고 더 아래로 내려가자 참을 수가 없는 지경이 되었다.

"아, 아, 아흑!"

죄악과도 같은 남자의 탐욕스러운 입술이 검은 체모를 헤집고 들어왔다. 작게 파르르 떠는 이파리들을 헤치고 세상에 존재하는 것들 중 가장 탐스럽고 매혹적인 욕망의 구덩이를 발견했다. 깊고 깊은 그곳에 붉은 욕구를 집어넣었다. 뜨겁고 뭉툭한 육질은 쾌감으로 번들거리는 샘물 속으로 거침없이 뛰어들었다. 남자의 머리가 주억거리며 쾌락에 충실한 자맥질을 이어가자 여자는 가슴과 허리를 미친 듯이 들썩이며 높이 소리쳤다.

"아아아……!"

남자는 들썩이는 여자의 허리를 두 팔로 감았다. 불끈 들자 그녀의 하반신이 높이 들어 올려졌다. 남자는 새파란 눈을 여인의 얼굴에 고정시키고 수중에 들어온 먹잇감을 빨고 또 빨았다. 크게 입을 벌려 여인의 세로진 꽃봉오리를 먹었다. 뾰족하게 힘준 혀끝을 매끄러워진 암술에 쿡쿡 찔러 넣다가 겉길을 슥슥 문질렀다가, 무르익어 발갛게 달아오른 정점을 격렬히 비볐다. 여자는 치밀고, 치밀고, 또 치미는 쾌감의 물결에 온몸을 비틀고 흔들었다.

"제발…… 제발요, 제발……."

"제발, 뭐지?"

탁한 음성으로 남자가 나직이 물었다. 그리곤 여자의 양쪽 허벅지를 거칠게 열고 그곳에 자신의 신체 끄트머리를 밀어 넣었다. 흠뻑 젖은 꽃봉오리로 육욕의 결정체가 침입했다. 서서히, 아주 서서히. 그 탐욕스러운 진입은 매끄럽고 부드러운 여인의 몸이 장대한 육체의 선단을 막 삼키었을 때 멈추었다.

"아, 안 돼요!"

"뭐가."

천천히 허리를 흔들며 그가 묻는다. 끝부분을 밀었다 빼기를 반복하는 작은 움직임에도 여자의 허벅지는 부들부들 떨었다. 휘몰아치는 욕정에 온 영혼이 잠식되어 가는 듯, 여자는 정신없이 숨을 받고 고개를 휙휙 틀었다. 열에 들뜬 얼굴 위로 땀이 흘렀다. 꽉 다물린 이 사이로 신음이 흘러나왔다. 이미 흐릿해진 눈을 파르르 감았다 뜨며 그녀는 더 많은 쾌락을 갈구하듯 연달아 허리를 들어 올렸다.

"이런, 이런. 그렇게 쉽게는 안 되지."

여인의 공격을 교묘히 피하며 남자는 여전히 겉돌고 있었다. 슬쩍 찌르고, 빠르게 뒤로 빠지는 그의 비열한 행위에 여자는 드디어 비명을 내질렀다.

"제발요!"

여자의 입구가 욱신욱신 선단을 조였다. 일순 그에게 당장 가버릴 것 같은 치사량의 쾌감이 몰려왔다. 그는 쿡, 좀 더 깊이 자신을 파묻으며 여인의 탱탱한 젖가슴을 양손에 쥐었다. 그러했음에도 여전히 채워지지 않는 갈망으로 신음하며 여자가 세차게 뒤척였다.

"제발…… 흑, 흑……!"

"원하는 것을 말해. 당장."

그의 착 감긴 음성은 충분히 거칠었다. 그에게는 이제 더 이상 자제할 이성이 남아 있지 않았다. 지금 당장 그녀의 가장 깊은 곳으로 쳐들어가 자신을 해방시키고 싶었다. 온몸이 갈가리 찢기는 듯 극심한 고통에서 벗어나고 싶었다. 완벽한 아늑함과 쾌락이 보장된 여자의 안에서 포악하게 날뛰는 짐승을 풀어내고 싶었다. 그리하여 자신이 가진 모든 것을 다 쏟아내고 싶었다.

"표인희, 어서!"

그는 야수의 포효처럼 포악스럽게 외쳤다.

"내가 원하는 건 단 하나예요. 당신이요."

인희가 흐릿한 눈을 들어 상대를 바라봤다. 우람한 상체. 울퉁불퉁한 근육들과 넓게 각진 어깨 골격, 벨벳처럼 부드럽고 윤기 있는 피부로 이뤄진 남자의 몸이 망막에 선명히 맺혔다. 굵고 긴 목의 불뚝 튀어나온 핏대를 따라 올라가면 남성미가 돋보이는 네모난 턱이 있었다. 그 위로는 관능의 땅, 매혹적인 입술이 아름다운 선을 그리고 있다. 움푹 파인 인중과 서양인다운 높은 코를 지나면 눈이 부실 정도로 푸르고 시린, 파란 눈이 있었다.

"한태빈, 당신을 원해요."

목이 메어 간신히 말을 마쳤다. 인희는 왜 이토록 마음이 아픈지 모르겠다고 생각했다. 왜 그를 보면 이렇게 가슴이 시린지, 미어져 오는지, 알 수 없는 일이었다. 그를 너무나도 원했다. 그와 함께 있기를 간절히 바랐다. 그와 절대로 헤어지고 싶지 않았다.

"어서 내게로 와요, 어서……."

주문에 응하듯 그가 미끄러져 들어왔다. 끝까지. 작고 뜨거운 열정의 공간이 그의 것으로 완벽하게 채워지자 감각들과 감각들이 다이너마이트처럼 강렬히 충돌하였다. 그녀의 내궁(內宮)은 빠르고 깊게 쑤석거려졌다. 꿀럭꿀럭, 음탕한 향액이 흘러나와 질척질척 쫀득쫀득, 소름 돋을 정도로 후끈한 소리가 들렸다. 둔부의 통통한 살들을 철썩거리며 연신 때려오는 그의 맨살이 뜨거웠다.

"아아아아……!"

감각이 폭발했다. 완벽한 폭발은 전신의 떨림으로 이어졌다. 파르르 떨리는 그 허벅지를, 그가 제 허리에 감았다. 그리고 더 이상 넣을 수 없을 때까지 꾸욱 밀어 넣는다. 작은 꽃궁은 애처로울 정도로 활짝 벌어져 그의 것을 받아먹었다. 그는 인희의 몸 위로 덮쳐 작고 귀여운 머리통을 양손에 쥐고 깊게 키스했다.

"흑, 흑!"

강렬한 쾌감에 부들부들 떨며 인희는 그의 키스에 응했다. 섬세하게 다정한 키스가 이어지는 동안에도 그녀의 먹성 좋은 꽃궁은 그를 게걸스레 탐식했다. 조이고 조이는 탐욕스러운 흔들림에 그는 정수까지 짜이고 짜였다. 슬쩍 물러서자 꽉 맞물려 있던 틈새로 진득하고도 향기로운 밀크가 흘러나왔다. 태빈은 천천히 허리를 움직여 아직도 대단한 기세로 경련 중인 궁 안을 느릿느릿 쑤셨다.

"사랑해요."

머리카락을 젖히고 새하얀 목덜미를 잘근잘근 씹고 있을 때 인희가 속삭였다.

어느새 풀린 손을 움직여 그의 몸을 끌어안았다. 그는 거대한 몸을 그녀에게 완전히 매몰시킨 채 목덜미에 몰두하고 있었다. 그의 검은 머리를 천천히 쓰다듬으며 사랑한다고, 계속 되뇌었다. 그가 받아주지 않아도 좋다고, 그냥 그를 사랑한다는 사실 하나만으로도 행복하다고 생각했다.

"당신이 어떤 존재이든 상관없어요."

바로 그때였다.

그가 다시 몸을 움직이기 시작한다. 거친 야성으로, 잔혹하리만치 관능적으로. 그녀는 비명을 내질렀다. 몸은 즉각 열기에 휩싸였고 잠시 풀어놓았던 긴장의 고삐는 또다시 팽팽해졌다. 그가 숨을 헐떡였다. 인희도 헐떡이며 리듬을 탔다. 더 가까워지기 위해, 더 완벽한 결합을 위해 숨 가쁘게 내달렸다. 또 다른 절정에 임박했을 때 그가 드디어 휙, 고개를 들었다.

"널 죽여주지."

태빈이 속삭였다. 생소한 눈을 빛내며. 파란색이 아니었다.

그는 차갑고 냉정한 은회색 홍채를 갖고 있었다.

"까악!"

인희는 소스라치듯 꿈에서 깨어났다. 공포감에 훤히 열린 시야로 거대한 환풍기가 보였다. 느리디느리게 돌아가는 프로펠러 사이드로 어디선가 흘러들어 온 희미한 빛이 줄기를 이루고 있었다. 초점이 맞지 않은 눈을 감았다가 떠보았다. 몽롱한 정신으로도 인희는 자신이 어딘가에 끌려왔다는 사실을 알 수 있었다. 지하실인가? 감옥인가? 하지만 그녀는 감옥에 끌려올 정도로 잘못한 게 없었다. 게다가 감옥에서는 사람을 이렇게 묶어두지는 않을 것이다.

'묶였다고? 내가?'

현실과 망각의 세계 가운데 어디쯤 부표 중인 정신으로도 분명히 알 수가 있었다. 자신이 사지가 묶인 채 누워 있다는 것을. 누운 등으로 천의 까칠까칠한 감촉이 느껴졌다. 부드럽고 편편한 곳. 침대……?

"벌써 깼어?"

어디선가 남자의 음성이 들려왔다. 몹시 느리고 불쾌할 정도로 야릇한.

"쓸데없이 정신력이 강하군. 골치 아픈 스타일이야."

뚜벅뚜벅, 구둣발자국 소리가 고요함을 뚫고 다가왔다. 인희는 누군지 확인하기 위해 고개를 움직여 보고자 했으나 그럴 수가 없었다. 이상하게 몸이 움직여지지 않았다.

삐걱, 매트리스가 째질 듯한 소리를 내며 아래로 가라앉았다. 희미한 사향 냄새가 풍겨왔다. 또한 머리카락이 쭈뼛 곤두설 만큼 비릿한 피 냄새도. 공포감이 배가되었다. 숨이 턱턱 막혔다. 온몸을 흔들어 속박에서 벗어나려 해보았으나 몸은 여전히 사지를 뻗은 채 그대로였다. 양 팔목과 발목이 족쇄에 묶인 것도 모자라 신경조차 마비되어 꿈쩍도 하지 않았다. 인희는 조여드는 숨통을 열기 위해 애쓰며 가슴을 들썩였다.

"이렇게 일찍 깨어버린 건, 나와 한바탕 놀아보겠다는 건가?"

커다란 상체가 얼굴 위로 어둡게 드리워졌다. 흐리멍덩한 초점을 맞추기 위해 인희는 두 눈을 미친 듯이 희번덕거렸다. 목구멍에 무엇인가가 걸려 버린 듯 아무 소리도 안 나왔다. 그저 '어, 어……' 와 같은 외마디 신음뿐.

"어때? 수컷을 갈아타는 건."

흥겨움을 담은 음성이 인희의 뇌리에서 춤을 추었다. 흐릿한 얼굴은 눈앞에서 출렁거렸다.

"한태빈이 아니라 내 자식을 낳는 거야."

서서히 진해지는 인형(人形)의 윤곽을 향해 인희는 필사적으로 고개를 내젓기를 희망했다. 그럼으로써 거부의 의사를 밝히고 싶었다. 하지만 그녀의 몸은 여전히 축 늘어진 채 움직여지질 않았다. 두려움과 분노에 눈물이 나왔다.

"내게로 오면 이 고통에서 해방시켜 주지."

차가운 손끝이 인희의 턱을 감쌌다. 정신없이 깜빡거리는 그녀의 눈동자가 서서히 초점을 잡아갔다. 남자는 좀 더 가까이 얼굴을 끌어 내리며 섬뜩할 정도로 부드럽고 매끈하게 중얼거렸다.

"네가 맞은 약물은 수면제와 마취제의 특수혼합물이야. 두 가지가 섞이면 전신이 마비된 채로 정신을 잃게 되지. 환청, 환각과 더불어 기억장애, 시력마비 등의 증상을 겪게 돼. 뱀파이어 특유의 본성을 말살시키는 데에 앞장섰던 민영훈의 작품을 우리가 살짝 개조했지. 맞아본 느낌이 어떤가? 즐거웠나?"

"으, 으……."

"눈빛이 열에 들떠 있군. 최고의 환각을 경험했던 거야. 그렇지?"

스멀스멀 피부 위를 기는 듯한 어조는 인희를 치 떨리게 했다. 남자는 환각 속 마지막에 보았던 남자와 똑같은 눈동자를 갖고 있었다. 차갑고 잔인한 은회색 눈동자. 자비심이라곤 눈곱만큼도 기대할 수 없는 자라는 것을 인희는 알아보았다. 희미한 기억 저편에서 은빛 눈이 차갑게 비웃으며 말했다.

"드디어 내 손에 들어왔군, 내성녀. 뜻하지 않은 행운이야. 여우 같은 한태빈 때문에 모든 게 어그러질 뻔했는데, 기대도 하지 않은 인간에게 도움을 받게 되다니. 정교원에게는 따로 감사 인사를 해야겠어."

정교원.

그 이름이 떠오름과 동시에 모든 게 생각났다. 그의 헬리콥터를 타고 성채를 도망쳐 나왔던 것. 그의 차를 타고 집까지 찾아갔던 것. 현재 미디어를 뜨겁게 달구고 있는 테러사건이 자신과는 무관함을 확인할 목적이었으나, 놀랍게도 초토화된 현장은 그녀의 집터였다. 망연자실 넋을 놓았었다. 사라진 가족들을 찾아 울부짖었다. 그런 그녀를 돕겠다고 나선 이가 바로 정교원이었다.

"여기서 기다리세요. 내가 담당수사관과 얘기해 보겠습니다."

그랬다. 정교원이 폐허가 된 집 안으로 들어가면서 기다리라 했다. 이미 그녀의 집은 범죄현장이고 '관계자 외 출입금지' 판정이 내려져 있었기에 시키는 대로 기다려야 했다. 그러다가 갑자기 입과 코를 틀어막혔고 곧바로 정신을 잃었다. 간신히 눈을 떴을 때 그녀는 완전히 포박당한 채 자동차 트렁크 안에 갇혀 있었다. 한참을 끌려가 당도한 곳은 차가운 바람과 절벽과 바위 등이 지천으로 깔린 바닷가였다. 그곳에서 이 남자, 은회색의 눈동자를 만났었다.

"약물 부작용이야. 신체 각 기관이 몹시 민감해지지."

그는 엄지를 슥 움직여 인희의 입술을 문질렀다. 아주 은밀하게. 가슴속에서 정체 모를 뜨거운 것이 빠르게 뭉쳤다. 답답함이 가중되고 엄청난 열기가 머리끝까지 치솟았다. 인희는 숨을 할딱거렸다. 단단해진 가슴이 높이 떠올랐다 가라앉았다.

"내가 만져 주길 원하나?"

은빛 시선이 연신 들썩이는 가슴으로 향했다. 젖가슴이 똘똘 뭉쳤다. 유두가 곤두서면서 파르르 떨려왔다. 가슴 아래에서 뜨거운 기운이 콸콸 솟구쳐 죽을 만큼 괴로워졌다. 인희는 당장이라도 손을 뻗어 자신의 가슴을 문지르고 싶었다. 그리하여 이 타질 듯 끓어오르는 정염의 불길을 식히고 싶었다.

"좋아, 일을 쉽게 풀어보자고. 너와 내가 한편이 되는 거야."

은빛 남자가 천천히 손을 끌어 내려 땀에 젖은 인희의 목을 쓸어내렸다.

"네가 자발적으로 내 품에 뛰어들면 한태빈과 난 괜한 싸움을 벌일 필요가 없어지지. 내 여자가 되는 거니까."

아래로 내려와 드러난 쇄골을 부드럽게 만지고, 더 아래로 내려 불룩 올라선 가슴을 쥐었다. 찰싹 달라붙은 블라우스 위로 가볍게 쥔 가슴으로 믿을 수 없을 만큼 짜릿한 쾌감이 일어섰다. 다리 사이로 뜨거운 열기가 몰려들고 숨은 더더욱 가빠졌다. 그가 욕망으로 단단해진 가슴덩어리를 더 세차게 일그러뜨리자 쾌감은 더욱 콸콸 솟구쳤다. 인희는 저도 모르게 신음했다.

"으음, 음, 으으으……!"

"내 여자가 되면 한태빈도 관심을 끌 거다. 그렇게 되면 넌 다시 안전한 삶으로 되돌아갈 수 있어. 어때? 관심이 생겼나?"

절망감에 눈물을 흘렸다. 주인의 의지를 배반하는 육체를 갈가리 찢어버리고 싶었다. 혐오스럽고 더러운 손길에 감당할 수 없을 만큼 강렬한 욕구를 느끼는 자신이 짐승처럼 느껴졌다. 주르륵, 흘러내리는 눈물 사이로 남자의 잔혹한 미소가 떠올랐다.

"관심이 없나 보군. 할 수 없지. 평양감사도 저 싫다면 못하는 법이니까. 넌 방금 한태빈을 살릴 수 있는 기회를 놓쳤어, 표인희. 놈은 내 손에 죽을 거다. 널 미끼로 그놈을 이곳으로 불러들였거든."

"으, 으……!"

"널 구하려면 그 대단하신 요원군단을 두고 혼자 와야 한다고 했다. 나타날지 말지는 알 수 없지. 그건 놈이 결정할 일이야. 하지만 왠지 한태빈은 널 구하기 위해 그런 무모한 짓을 결행할 것만 같군."

"으으, 읏!"

눈물이 펑펑 쏟아졌다. 아무 말도, 행동도 할 수 없는 몸이었지만 뇌는 멀쩡했다. 생각도 판단도 내릴 수 있었다. 이 은빛 남자는 태빈을 죽이기 위해 혈안이 되어 있었다. 그를 없애기 위해서라면 그 어떤 잔인한 짓도 할 남자였다. 고로 태빈은 절대로 이곳에 나타나선 안 되었다. 절대로!

"난 한태빈을 고통스럽게 할 거야. 놈의 약점이 뭔지 잘 알거든. 그것만 건드리면 한태빈은 자멸하게 되어 있어."

은빛 눈이 훅, 가까이 와 눈앞에서 멈추었다. 인희의 동공 가득 은회색 홍채가 들어왔다. 남자의 눈은 서서히 푸른 광채를 발하기 시작했다.

"놈이 무너지는 그 판타스틱한 순간을 위해 넌 다시 눈을 감아

줘야겠어, 인간."

악랄한 뱀파이어가 손에 든 주사기를 인희의 팔뚝에 찔렀다.

❖

"난 동의 못해."

기빈은 그답지 않은 단호한 어조로 선언했다. 그리곤 자신의 말을 귓등으로도 듣지 않는 형을 향해 한 걸음 저돌적으로 다가섰다.

"도저히 이해를 못하겠어. 왜 렌스의 요구를 들어주려는 것인지. 그 녀석이 원하는 건 형이야. 표인희가 아니라고. 놈은 형이 영웅 심리를 발휘해 여자를 구하러 올 거라고 이미 예상했어. 렌스의 예상대로 행동하는 건 놈의 계획을 수월하게 해주는 것밖에 안 돼. 놈의 시나리오대로 착착 움직여서 대체 형이 얻을 수 있는 게 뭐야?"

"표인희의 안전."

기계처럼 대답하고 태빈은 매그넘 자동권총 'T—데저트 라이온' 을 등 뒤 어딘가에 꽂아 넣었다. 사람 머리를 단번에 박살 낼 수 있는 강력한 화력의 '리볼버' 와 탄창을 사용하는 '자동권총' 의 장점만을 결합하여 만들어진 '데저트 라이온' 이야말로 뱀파이어를 단번에 해치울 수 있는 무기였다.

"그 여잔 죽지 않아! 놈은 표인희가 내성녀라는 걸 알아. 표인희를 죽이는 것보다는 취하는 게 훨씬 이득이라는 걸 모를 정도로 렌스가 멍청한 것 같아?"

"살아 있는 게 곧 안전을 의미하는 건 아니다."

"알아. 하지만 형이 놈들 요구를 들어주는 것도 표인희의 안전을 보장해 주진 않아. 거긴 이미 렌스의 부하들이 쫙 깔렸을 거야. 형이 혼자 가서 뭘 어쩔 건데?"

"데려와야지. 표인희를."

또 다른 '데저트 라이온'을 한 자루 더 허리에 찔러 넣은 후, 초소형권총 'T—Rock26'을 집어 들며 태빈은 중얼거렸다. 'T—Rock26'은 살상력이 크진 않지만 플라스틱 프레임을 사용하여 가볍고, 사이즈가 작아 휴대하기 편리하기 때문에 킬러들의 필수품이었다.

"표인희를 구하기 전에 형이 먼저 죽을 수도 있어."

"……."

"요즘 렌스 측도 최첨단 무기를 사들이고 있어. 예전처럼 칼, 도끼 등과 같은 원시적인 살상을 즐기지 않은 지 꽤 됐단 말이야. 막말로 형이 나타나자마자 박격포라도 쏴버리면 어쩔 거야?"

"노튼은 언제나 자신을 증명하고 싶어 했어. 날 부른 것도 표인희가 제 손에 들어왔음을 과시하고 싶어서일 테니, 적어도 놈과 대면쯤은 할 수 있을 거다."

"그다음엔? 자랑 다 끝났으니 이제 그만 가보십시오, 할까?"

"죽이려 들겠지. 네 말대로 박격포를 쏴버릴지도."

"지금 장난해? 형이 지금 뭔가 단단히 착각하고 있는데. 아무리 형이 전설적인 스파이, 군인, 기타 등등 화려한 암살 능력을 가진 용병이었다고 해도 그건 이제 과거야. 형은 이미 은퇴한 지 오래됐다고. 내가 갈게. 내가 형인 척 분장하면 못 알아볼 거야. 체격이며 걸음걸이 등이 매우 흡사하니까 내가 가서…….”

“내가 가.”

태빈은 더 이상 들을 가치도 없는 동생의 말을 싹둑 잘라 버리고는 크기별로 나열되어 있는 단도들을 양쪽 종아리와 허벅지, 팔뚝에 각각 장착하였다. 최대한 많은 무기들을 몸에 붙여 가져가야 했다. 기빈의 말대로 렌스 측도 총기와 같은 첨단 무기들을 쓰기 시작했고, 그렇다는 건 얼마든지 태빈도 공격당할 수 있음을 의미하니까.

“내 말 들어봐. 작전을 짜봤어.”

기빈이 포기하지 않고 스스로 짠 작전의 세부사항들을 늘어놓기 시작한다. 물론 태빈은 설득당하지 않을 것이다. 이번 일은 동생 기빈을 대신 보내 끝낼 일이 아니었다. 렌스가 협상자로 태빈을 직접 지목했다는 건 이 인질극의 목적이 태빈에게 있음을 의미했다. 놈은 태빈을 없애기 위해 이 일을 꾸몄다. 태빈의 목숨줄이 끊어지는 걸 확인하기 전까지 그는 절대 물러서지 않을 것이다.

“마음 같아선 정면승부로 박살 내버리고 싶지만, 그쪽 소굴로 들어가는 불리한 싸움이니만큼 조심할 필요가 있다고 생각해. 난 우선 형으로 분장해서 놈의 소굴로 들어갈 생각이야. 그런 다음 협상을 하는 척 시간을 끄는 거지. 그놈 본거지에는 분명 부하들이 많지 않을 거야. 서울과 한참 떨어진 곳이라 짧은 시간 대규모로 이동했을 리 없고, 형 하나 처치하는 데 많은 병력이 필요하다고 생각지 않았을 테니까. 최소한으로 배치되어 있겠지.”

“…….”

"우선 안으로 들어가 놈들의 병력이나 배치상황을 스캔하여 우리 쪽에 넘길 거야. 소형 마이크를 부착하면 실시간으로 정보를 넘겨줄 수 있어. 그 정보로 병력 상황을 파악한 뒤, 우리 요원들이 침투하는 거야. 그때까지 내가 시간을 벌고……."

"불가능해."

또다시 기빈의 말을 중단시키고 그는 검은 외투를 휙 걸쳤다.

"렌스는 그리 호락호락 속아 넘어갈 자가 아니다. 놈은 널 보자마자 내가 아닌 걸 알아볼 거야. 초장부터 정체를 들키면 네 작전은 전혀 쓸모가 없어지지."

"할 수 있어. 가능해. 내가 가면 뭐든 가능하다고."

"……."

"그냥 내게 맡겨. 내가 알아서 할 거야. 형 눈엔 어설퍼 보이겠지만, 이래 봬도 MIA에서 제일 잘나가는 요원이라고. 표인희를 구해올게. 털끝 하나 다치지 않게 무사히 데려올게. 나만 믿어, 형."

"표인희는 내가 구해. 이 일은 내 일이다. 내가 알아서 해."

"도대체 왜! 왜 굳이 형이 직접 가려는 거야? 왜!"

기빈은 쩌렁쩌렁 집 안이 울리도록 고함을 내지르며 머리카락을 쥐어뜯었다. 돌아가는 상황이 정말 마음에 안 들었다. 고작 인간 여자 하나 때문에 태빈이 움직이는 것도, 자신이 나서도 충분히 해결될 일인데도 그가 고집을 부리는 것도 모두.

형에게 무슨 일이 생길지도 모른다는 생각은 기빈을 미치게 했다. 한태빈은 자신처럼 죽어 없어져도 상관없는, 그 무엇에도 영향이 가지 않는 보통 뱀파이어가 아니었다. 그의 존재 자체만으로 엄청난 영향력을 가진 '마스터 오브 마스터'이자 수장이었다. 그가 잘못된다면 한국과 아시아는 물론 세계적인 혼란이 야기될 것이다.

"윤리가 납치되었다면 넌 어떡할 거냐?"

"뭐?"

태빈이 갑자기 윤리 얘기를 꺼내자 기빈은 눈살을 찌푸렸다.

"윤리가 납치되었고 납치한 자가 원하는 게 너라면. 그럼 넌 내게 그 처분을 맡길 거냐?"

"윤리와는 경우가 다르지. 갠 우리 친동생이나 다름없잖아. 개네 부친은 형의 동료였어. 죽기 전 잘 보살펴 달라는 유언도 남겼었고. 신윤리의 안전은 우리 책임이야."

"그래서? 윤리 목숨을 내 손에 맡기겠다고?"

꿀꺽, 무의식중에 침이 넘어갔다. 신윤리가 렌스 일당에게 납치를 당한다는 생각을 하자마자 소름이 오싹 끼쳤다. 기빈은 불쾌하고 짜증스런 생각을 재빨리 떨쳐 버리며 이런 가정을 태연히 주절거리는 형을 향해 공격적으로 이를 드러냈다.

"제정신이야? 윤리가 잡혀가면 당연히 내가 나서야지!"

"물론 그렇겠지."

예상했다는 듯 태빈은 차디찬 미소를 흘리며 조롱했다. 이미 사안에 대한 결정이 다 났다는 듯, 여유 있게 탄창을 챙겨 넣고 있었다. 기빈은 초조하게 머리카락을 훑어 넘겼다.

"윤리가 잡혀가도 내가 가고, 표인희가 잡혀가도 내가 가. 난 그런 존재야. 그런 일에 쓰이기 위해 존재하는 요원이라고. 형이 대체 무슨 의도로 그런 질문을 한 건지는 모르겠는데, 내가 혹시 윤리에게 특별한 감정을 품었다고 생각한다면 큰 오산이야. 난 윤리에게 아무 감정 없어."

"윤리에 대한 네 감정은 내 알 바 아니다."

"윤리는 형의 여자가 되고 싶어 해. 어려서부터 형의 짝으로 쭉 고려되어져 온 애라고. 걔가 좋아하는 남자는 형이지 내가 아니라니까."

"너에 대한 윤리의 감정도 내 알 바 아니고."

"난 형과 윤리의 혼인에 적극 찬성하고 있어. 형도 그거 잘 알잖아!"

내가 원치 않는다는 것을 알기에 찬성할 수 있었던 거겠지.

속으로 혼잣말을 중얼거리며 태빈은 냉소적인 시선을 동생에게 던졌다. 그리곤 결의에 찬 동작으로 착, 옷깃을 세웠다.

빈틈없이 완벽하게. 냉철하고 깔끔하게. 기회는 단 한 번.

실수는 결코 용납될 수 없다. 수백 년 동안 해왔던 대로 이번 일을 해내야 한다. 렌스 측에선 그의 집중력을 방해하기 위해 온갖 방법을 다 동원할 것이다. 거기에 휘둘려선 안 되었다. 인희가 안전하게 수중에 들어올 때까지 무슨 수를 써서든 냉정함을 유지해야 한다. 그것만이 간악한 테렌스 노튼의 손에서 표인희를 구할 유일한 길이었다.

"이 일을 끝낼 수 있는 사람은 나뿐이야. 표인희는 내가 구해. 다른 누구에게도 그 여자의 목숨을 맡길 수 없어. 그 이유는 네가 윤리를 구해야 하는 이유와 동일하다."

"표인희를…… 사랑하는 거야?"

기빈이 놀란 눈으로 묻는다. 방금 자신이 신윤리를 사랑한다고 고백했다는 사실은 깨닫지도 못한 채 기빈은 어안이 벙벙해 있었다. 그동안엔 태빈이 표인희를 곁에 두는 이유가 단지 내성녀이기 때문이라고만 생각했었다.

"지금은 감정 따위 중요하지 않아."

태빈은 귀신이라도 본 듯한 동생을 물끄러미 바라보며 중얼거렸다.

"표인희는 나를 사랑하고 내게 의지해. 내가 지켜야 하고 책임져야 할 여자다. 뱀파이어는 책임을 회피하지 않지."

"형……."

"내 걱정은 마. 이래 봬도 냉전시대를 겪어냈던 몸이다. 아무리 녹슬었어도 네 실력보단 나아."

감정 따위 전혀 담기지 않은, 차갑고 기계적인 목소리로 담담히 말하고 태빈은 마지막 무기를 집어 들었다. 재장전 없이 9mm 파라블럼탄 15발을 한 번에 사용할 수 있어 격전 시 뛰어난 화력을 자랑하는 TEV인더스트리의 명총, 'TEV—IN999000' 였다. 예상이 맞다면 비밀의 섬, '예화령' 에 도착하자마자 태빈은 렌스의 수하들과 한바탕 접근전을 치르게 될 것이다. 그는 그들에 맞서 살아남아야 했다. 무슨 일이 있어도.

"난 무사히 돌아올 거다. 내 여자와 함께."

태빈이 입술 언저리를 끌어 올려 빙긋 미소를 만들어 보인다. 빌어먹을 렌스 놈에게 끔찍한 문자메시지를 받은 이후 처음으로 웃는 거였다. 기빈은 아무 말도 할 수가 없었다. 목숨이 왔다 갔다 하는 순간에도 저리 편히 웃음 지을 수 있다는 건 의미하는 바가 컸다.

"이따가 보자."

기빈이 멍해 있는 사이 태빈은 코트 깃을 흩날리며 사라졌다. 한발 늦게 태빈을 따라가려 했으나 내내 옆에서 형제의 옥신각신을 지켜보던 이안이 이를 만류했다.

이안은 인화된 사진 한 장을 뚫어져라 응시하고 있었다. 기빈은 짜증스레 머리카락을 긁어 넘기며 성마르게 중얼거렸다.

"혼자서는 안 돼. 렌스 자식을 무서워하는 건 아니지만 그렇다고 얕봐서도 안 돼. 태빈 형이 아무리 날고 기는 살상 전문가라도 수십 명의 뱀파이어와 한꺼번에 대적해선 살아남을 수 없어. 그건 이안 형도 잘 알잖아. 저러다 죽을 거야. 표인희를 구하기는커녕 둘이 나란히 그곳에 묻힐 거라고."

"네가 따라간다고 달라질 건 없어. 하나나 둘이나 수십 명의 뱀파이어 앞에서 불리한 건 매한가지야."

"그래서 그냥 두고 보란 말이야? 난 그렇겐 못해."

"……."

"난 한태빈이 그리 허무하게 죽는 꼴 못 봐. 인생에서 단 한 번도, 정말 단 한 번도 행복해 본 적이 없는 형이야. 어릴 땐 뱀파이어라는 정체성으로 괴로워했고 인간들한테 이용당하고 상처만 받았어. 철이 들면서부터는 우리들을 위해서만 일해왔고, 그건 현재도 진행형이야. 이안 형은 형수님 만나 행복하잖아. 우리 형이라고 그리 못 될 법 있나? 우리 형도 이안 형만큼이나 고단한 삶을 살아왔는데 단 한순간이라도 행복감을 맛봐야 공평하지 않겠어?"

"네가 원하는 게 태빈의 행복이라면 보내줘. 혼자 해결하게 내버려 둬. 어쩌면 그것만이 태빈이가 행복해지는 길일지도 모르니."

"무슨 소리야?"

기빈이 인상을 쓰며 물었다. 이안은 여전히 사진에서 눈을 떼지 못하고 있었다.

"어쩌면 숙명인지도 몰라. 그 여자를 구해야만 사는 숙명."

"뭐?"

"처음 한 번은 구하지 못했어. 그러고 난 후의 태빈이 삶은 지옥이었지. 그 여잘 구하는 것이 태빈이의 인생을 구하는 거야."

"지금 누구 얘길 하는 거야?"

기빈이 여러 번 추궁해서야 이안은 겨우 눈을 들었다. 오랫동안 사진을 보고 결론을 내린 이후였다. 렌스가 휴대폰으로 전송한 사진 속의 인물, 표인희는 태빈이 목숨처럼 사랑했던 바로 그 여인이라고. 눈을 감은 측면 사진인데다가 재갈이 물려 있었고 사진의 화질조차 선명한 편은 아니었으나 그녀의 강력한 영기는 확실히 느낄 수 있었다.

"오차현."

"오차현? 그게 누군데?"

기빈이 눈살을 찌푸리며 되물었다. 태빈에게 무척 의미 있는 여자임에 분명한데도 자신은 지금껏 전혀 모른다는 사실에 그는 당황스러워했다. 당연한 일이었다. 태빈은 동생이 자신과는 조금은 다른 인생을 살길 바랐고, 그러한 이유로 기빈이 여느 인간과 다름없는 평범한 인생 절차를 밟게 했었다. 태빈이 스파이 활동을 하던 시기에 기빈은 이십대의 대학생이었다.

오차현을 기억하는 이는 세상에 오직 윤이안, 그뿐이었다. 심지어 그녀가 사랑했고, 그녀를 사랑했던 태빈조차 기억하지 못한다. 이안은 딱 한 번 마주쳤던 오차현을 떠올려 보았다. 조국을 위하여 유곽의 여인이 되는 것도 주저하지 않았던 여자. 중국 홍등가서 요염하게 눈웃음을 치던, 붉은 치파오의 여인을.

그녀는 조선의 여성 독립운동가였다.

태빈이 1920년대를 풍미했던 '애국의혈단' 의 단원 오차현을 만난 것은 상해 기차간. 그는 오차현의 교활해 마지않는 꼬임에 넘어가 자신과는 전혀 상관없는 반도의 작은 나라 '조선' 의 독립운동에 가담했었다. 그녀는 작고 단단한 몸, 재치 있는 말솜씨, 색기 넘치는 눈웃음으로 태빈의 영혼을 꼼짝없이 묶어버리고는 나라를 위해 장렬히 죽음을 맞이했다. 태빈의 품에서. 환한 웃음을 보이며 기꺼운 마음으로. 눈앞에서 사랑하는 이를 잃은 그는 날아오는 총탄을 피하지 않고 맞음으로써 스스로 자결을 택하고 만다. 하나, 뱀파이어의 운명이 그러하듯 그는 머리에 총을 맞고도 끝끝내 살아남았다. 오차현에 대한 기억은 모조리 잃어버린 후에.

어째서 표인희에게서 오차현의 영기가 느껴지는지는 이안도 알 수 없다. 이게 흔히들 말하는 '환생' 이나 '윤회' 인지, 그것 또한 알 수 없다. 이안은 단지 사람마다 그 생김새가 다르듯 영기 또한 조금씩 다름을 알았다. 그 미세한 다름을 가장 정확하고 섬세하게 캐치하는 뱀파이어가 바로 그다. 그리고 이안은 지금 표인희의 영기에서 오차현을 떠올렸다.

오차현은 표인희다.

표인희는 오차현이다.

설령 전혀 다른 시대의 다른 인물이라 해도, 서로가 서로에 대해 전혀 모른다 해도, 둘은 같은 영혼의 값을 지닌 인간이었다.

"표인희가 살아야 한태빈도 살아."

이안은 조용히 읊조리며 손에 든 사진을 책상 위에 내려놓았다.

제11장 Feierlich : 잔인한 섬

"어떻게 오셨죠?"

〈국장실〉이라는 푯말이 달린 도어를 저돌적으로 열어젖히자 비서로 보이는 남자가 자리에서 벌떡 일어났다. 비서의 얼굴 위로 당혹감이 스쳐 갔고, 곧장 위험을 감지한 듯 제지하려 달려들었으나 하임은 멈추지 않았다. 기세를 몰아 국장의 사무실 문을 활짝 열었다.

"이것 보세요. 이러시면 안 됩니다. 여기가 어디라고 감히……!"

비서가 황급히 뒤따라왔지만 하임의 폭주를 막을 수는 없었다. 그녀는 지금 눈에 뵈는 것이 없었다. 그녀의 온 정신과 온 감각은 오로지 한 남자를 향해 조준되었다. 정교원. 이기적이고 무능력하고 덜떨어진 인간. 네안데르탈인보다도 더 멍청한 이 인간 때문에 벌어진 사태로 하임은 죽을 만큼 고통스러웠다.

"뭐지?"

등을 보인 채로 책상 위에 걸터앉아 전화를 받고 있던 교원이 이방인의 등장을 알아차리고 고개를 꺾었다. 그는 당장에 하임을 알아보았다. 그녀를 보는 순간 눈빛이 변했다. 견원지간이니만큼 그녀가 자신을 찾아왔다는 사실에 불쾌감을 느끼는 것이라고, 하임은 생각했다. 그녀는 냉소적으로 입술을 비틀며 그를 향해 돌진했다.

"여긴 어쩐 일……?"

교원이 자리에서 일어나면서 수화기를 귀에서 뗐다. 순간, 책상 앞에 우뚝 멈춘 하임이 있는 힘껏 주먹을 날렸다.

"이 한심한 인간!"

퍽!

하임의 돌주먹은 정확히 목표물에 명중했다. 정교원의 손에 들려 있던 수화기가 떨어졌고 그의 턱은 90도로 꺾였다. 뒤따라 들어서던 비서가 경악을 금치 못하고 쩌억 입을 벌렸다. 교원은 잠시 나갔던 얼이 들어오자 아주 천천히 턱을 쥐고 움직여 보았다. 하임의 주먹은 생각 외로 어마어마한 파워를 지녔으나 다행히 인간의 턱뼈를 부숴 버릴 정도는 아니었다.

'대신 멍이 들겠군. 빌어먹을 뱀파이어 같으니라고.'

속으로 중얼거리며 교원은 한낱 비서에 불과한 여자를 쏘아보았다. 그사이 얼음조각상처럼 꽁꽁 얼어붙어 있던 자신의 비서가 뒤늦게 정신을 차리곤 냉큼 달려왔다.

"이게 뭐 하는 짓이야? 당신 뭐야? 여긴 어떻게 들어왔어? 죄송합니다, 국장님. 어떻게 여기까지 왔는지 당장 알아보고 보고토록 하겠습니다. 이 여자에게도 적절한 조치를 취하고, 또……."

"무슨 조치?"

연신 허리를 굽실거리는 비서를 향해 교원이 차갑게 되물었다. 비서가 '예?' 하고 반문하며 멍청하게 두 눈을 껌뻑거린다. 쯧쯧, 속으로 혀를 차며 교원은 눈썹을 씰룩거렸다.

"자네가 이 여자를 감당할 수 있을 것 같진 않은데. 경호원이라도 부를 텐가?"

"거, 걱정 마십시오. 현재 저희 건물에 배치되어 있는 안전요원만도 10명이 넘습니다."

이 여잔 건장한 성인 남자 10명쯤 얼마든지 거뜬히 해치울 수 있는 뱀파이어일세, 남 비서. 속으로 중얼거리곤 교원은 짜증스럽게 명했다.

"나가 있게."

"예? 하, 하지만……."

"나가 있으래도."

비서는 이해할 수 없다는 듯 잠시 어정쩡하니 서 있었으나 곧 자리를 비켜주었다. 등 뒤로 조용히 문이 닫힐 때까지도, 하임은 여전히 분기탱천 씩씩대고 있었다. 교원은 맞았던 부위를 문지르며 찬찬히 상대를 관찰했다.

커다란 안경, 바짝 잡아당겨 뒤로 묶은 머리카락, 고집스럽게 꽉 다물린 분홍색 입술, 다부지게 틀어쥔 주먹과는 전혀 어울리지 않는 얌전한 면 블라우스와 하이웨스트 H라인스커트, 아찔할 만큼 높은 힐. 그리고 연신 떠올랐다 가라앉는 가슴…….

누가 봐도 사감선생 같은, 남자가 결코 욕망을 느낄 수 없는 차림새였다. 그럼에도 불구하고 교원은 그녀를 보자마자 후끈 달아올랐다. 이 여자를 보면 늘 그러했듯이. 교원은 뇌의 조정을 거부하는, 욕구불만으로 가득 차 요동을 치는 아랫놈을 책상 가장자리에 지그시 누르며 생각해 보았다. 어쩌면 그의 몸은 얌전한 차림새 뒤에 숨은 불꽃같은 하임의 열정을 진작 알아보았던 게 아닐까, 하고.

"내가 한심한 인간이란 걸 굳이 상기시켜 줄 필요는 없어, 하임 양. 나도 이미 알고 있으니까."

정교원은 고개를 슬쩍 비틀고는 찾아온 손님에게 응당 그래야 하듯 친절한 미소를 생긋 지어 올렸다. 물론 천하의 정교원을 때리고도 달콤하고 젠틀한 미소를 되돌려받은 하임은 자신의 행운을 알아채지도 못한 듯 여전히 살쾡이처럼 날뛰었다.

"그럼 변기통에 코를 박고 죽어! 주위에 민폐 끼치지 말고."

"미안. 당신들과 달리 내 목숨은 하나라 그렇겐 못하겠군."

"이번 일로 우리 측에 피해가 온다면 알아서 해! 내가 가만 안 놔둘 거니까."

"피해라 해봐야 한태빈밖에 더 있나? 표인희는 어차피 그쪽 종족이 아니잖아. 죽을 확률도 높지 않고. 테렌스 노튼이 표인희를 단순히 한태빈의 유인책으로만 쓸 것 같지 않은데."

"한태빈이란 이름에 '밖에' 라는 표현은 어울리지 않아. 그렇다는 건 그쪽도 잘 알 텐데? 우리 수장은 우리의 전부야!"

"'우리' 가 아니라 '당신' 이겠지, 하임 양."

교원이 싱긋 미소를 지으며 두 팔을 책상 위에 턱 내리짚었다. 상체를 앞으로 들이밀자 단번에 두 사람은 종이 한 장 차이만큼이나 가까워졌다. 교원은 하임의 코끝에서 눈을 번뜩였다.

"전부터 쭉 의심스러웠는데 말이지. 당신 혹시 한태빈 사랑해?"

"뭐……?"

하임이 움찔했다.

"무릇 유능한 비서란 보스의 업무뿐만 아니라 사적인 영역까지도 신경 쓰이지 않게 잘 처리하여야만 하지. 그런 점에서 당신은 완벽한 비서이고 명실공히 한태빈의 숨은 조력자라는 데에 이의 없어. 하지만 말이야. 내 눈에 당신은 너무 과해."

"무, 무슨 미친 소리야?"

"지나치다고. 단순히 비서여서 그렇다기엔 너무 감정적이야. 지금도 봐. 감히 나를 찾아와 내 얼굴에 주먹을 날렸잖아? 내가 당신을 어떻게 처리할 줄 알고 이런 무모한 짓을 하는 거지? 난 지금 당장이라도 당신을 이 나라에서 추방해 버릴 수도 있어."

"개소리 작작해! 성채로부터 안전하게 보호받고 있던 표인희 씨를 몰래 빼돌려 사태를 이 지경으로 만든 주제에 뭘 잘했다고 주둥이를 함부로 놀려!"

하임이 두 눈에 불꽃을 심은 채 으르렁거렸다. 교원은 온몸으로 짜릿한 감각이 휘감기는 것을 느끼며 희미하게 부르르 몸을 떨었다. 하임을 원하는 원초적인 욕구가 치솟았다. 성인이 된 후 이토록 흥분했던 적이 있었나 싶을 정도로 극렬히. 많고 많은 인간 여자들을 두고 하필이면 뱀파이어에게 성적 욕망을 느끼다니. 비극이 따로 없었다.

"애초 표인희에 대해 숨긴 게 잘못이지, 하임 양. 인간을 빼돌려 짝짓기를 할 셈이었다면 가장 먼저 내게 알렸어야 했어."

"알렸으면 뭐가 달라져? 베이징 수뇌회의 때문에 머리가 돌아버린 주제에! 다른 건 아무것도 눈에 들어오지도 않았잖아! 표인희 씨가 수장의 여자란 걸 알았으면 오히려 더 좋아라, 이용해 먹었을 거면서!"

교원은 잠시 할 말을 잃었다. 하임의 지적은 정확했다. 표인희가 한태빈의 여자라는 걸 미리 알았더라면 절대로 일이 이렇게 되진 않았을 것이다. 노튼이 아닌 자신이 직접 표인희를 미끼 삼아 한태빈을 움직이게 만들었을 테니까.

"미안."

하임을 한없는 열기를 담아 똑바로, 뚫어져라 바라보며 교원이 말했다.

"사과하지. 정식으로."

"……?"

이렇게 쉽게 잘못을 인정할 줄 몰랐는지 하임이 머뭇거렸다. 미간을 찌푸리며 고개를 갸우뚱하는 것도 같았다. 입술을 희미하게 꼼지락거리면서 두 눈을 빠르게 깜빡거렸다. 교원은 그 입술을 빤히 내려다보며 말했다.

"수뇌회의를 위해 비행기에 오른 '헤드'에게는 한태빈이 참석하지 않을 거라고 보고드렸어. 한태빈을 포섭하지 못한 책임은 고스란히 내게 지워지겠지. 이번 실수에 대한 대가로 달게 받을 생각이야."

"그것이 면죄부가 될 거라고 생각한다면 큰 오산이야."

"난 사건을 인지한 즉시 당신네 편에 섰어. 신속하게 놈들의 위치파악에 들어갔고, 노튼의 위치를 파악하는 데에 실패했지만 그쪽 패거리들 중 몇 명의 것은 알아낼 수 있었지. 제주도 근처 어느 무인도에 있더군."

"예화령……?"

노튼이 태빈의 월락도를 모방하여 섬을 꾸몄다는 것은 잘 알려진 사실이었다. 그는 그 섬에 한국명 예국, 예리, 예빈을 딴 '예'와 흐드러진 유채꽃의 이미지를 딴 '화'를 조합해 만든 '예화령'이란 이름을 붙이고 거대한 저택을 지었다. 철저히 고립되고 은폐된 은둔지. 궁전처럼 아름답지만 어떤 의미에선 폐허나 다름없는 그곳은 노튼 자신처럼 외롭고 우울하며 공허한 곳이었다.

"노튼의 행방을 알려준 사람이 당신이었어?"

"벌써 도착했을지도 모르겠군. 한태빈이 위치를 전해 듣자마자 홀로 길을 나섰다니까. 주변에서 말려도 아랑곳하지 않았다더군. 그 말은, 한태빈에게 표인희라는 여자가 갖는 의미가 어쩌면 종족의 미래보다도 더 크다는 뜻으로 해석되지 않을까?"

"입 닥쳐!"

"혹 한태빈이 여자 하나에 목숨을 걸었다는 사실에 실망하셨나? 그 좌절감과 분노, 억울함을 풀 데가 없어서 이 일의 시초인 날 찾아온 건가? 내가 표인희를 성채에서 빼돌리지만 않았어도 이런 일은 없었을 테니, 모든 게 내 탓이다?"

"입 닥치라고, 이 개자식아!"

하임은 거칠게 고함을 내지르며 코앞까지 들러붙은 교원의 번지르르한 면상을 향해 주먹을 휘둘렀다. 턱뼈를 아작 낼 심사였으나 이번엔 손목이 잡히고 말았다. 가느다란 하임의 손목을 꼭 그러쥐고 정교원이 더욱 바짝 얼굴을 들이댔다. 놈의 근사한 피 냄새가 코를 찔렀다. 하임은 격하게 숨을 들이키며 후각을 틀어막았다.

"입 닥쳐야 할 쪽은 내가 아니라 그쪽 같은데? 임자 있는 남자한테 껄떡대는 거. 거 보기 안 좋아, 하임 양."

"난 수장한테 딴 맘 같은 거 품은 적 없어!"

"애초 수장의 여자가 되는 건 바라지도 않았다는 건가? 그저 바라보기만 해도 좋았다? 그의 가신으로서 총애를 받는 것만으로도 충분히 행복하다? 그게 가능한 일인가? 한태빈의 침대를 데워줄 여자들을 조달하면서 질투심을 느끼지 않았다는 게?"

"더러운 소리 작작해, 이 나쁜 인간! 그분에 대한 내 감정은 그런 게 아니야. 당신이 생각하는 그런 의미는 절대 아니라고!"

"그럼 다른 의미로는 감정이 있다는 뜻인가?"

"난 그저…… 그저……!"

갑자기 하임의 눈에서 눈물을 쏟아졌다. 잔인하게 몰아치는 교원의 모습을 그대로 담은, 맑고 고운 눈동자가 물기로 흥건해졌다. 그는 나지막이 욕설을 내뱉었다.

이젠 도무지 참을 수가 없었다. 참아지지도 않을뿐더러 참기도 싫었다. 앞으로의 일 따위 어떻게 되어도 좋았다. 지금 이 여자를 가질 수만 있다면 자신의 인생이 파탄 나도 개의치 않았다. 적어도 지금 이 순간만큼은 그런 심정이었다. 교원은 거칠게 입을 열어 파르르 떨리는 분홍 입술을 덥석 물었다.

"흡!"

지독히 유혹적인 신음 소리가 뱀파이어에게서 흘러나왔다. 온몸이 만족감으로 빳빳해졌다. 교원은 고개를 기울여 입술을 더 깊이 빨아들였다. 하지만 곧 퍽, 소리와 함께 그녀의 나긋나긋한 입술은 그에게서 떨어져 나갔다. 뱀파이어가 또다시 그의 턱주가리에 주먹을 꽂아 넣었다.

"이런 빌어먹을 뱀파이어!"

교원은 맞은 부위를 손으로 부여잡고 고함을 내질렀다. 그의 피를 후끈 데웠다 순식간에 싸늘히 식혀 버린 장본인, 하임은 주먹을 불끈 쥔 채 교원을 잔뜩 노려보고 있었다. 눈가에 여전히 눈물방울을 달고, 붉게 달아오른 입술을 파르르 떤 채로. 그의 몸은 또다시 타오를 준비를 시작했다. 교원은 질끈 이를 악물고 신경질을 부렸다.

"기회만 있으면 노리는군. 내 턱이 무슨 샌드백인 줄 알아?"

"그러게 누, 누가 나한테 키스하래요?"

"하면 왜 안 되는데? 당신, 키스 처음 해봐? 아니잖아. 남녀가 끌리면 키스한다는 것 정도는 알 거 아니야."

"뭐라고요?"

하임이 그를 미친 사람처럼 쳐다봤다. 볼 테면 보라지.

"내게 끌리지 않는다곤 마. 여자가 날 원하는지, 원하지 않는지 정도는 나도 아니까. 당신은 내게 끌렸어. 나도 당신한테 끌렸지. 그래서 키스한 거야. 남녀가 화학적으로 끌릴 때 먼저 행동에 옮기는 쪽은 대부분 남자거든."

"남녀고 뭐고! 난 뱀파이어예요, 당신은 인간이고."

"〈난 선생이고 넌 학생이야〉 류의 훈계는 집어치우지 그래."

"뱀파이어와 인간은 이뤄질 수 없어요!"

"그게 뭐. 남녀관계가 꼭 이뤄져야만 하나? 결혼이나 연인으로 발전해야만 해?"

"그럼 일시적인 쾌락을 위해 내게 키스했다는 거예요?"

이제 뱀파이어 하임은 그를 기가 찬 얼굴로 바라보았다. 교원도 자신이 기가 찼다. 어쩌다 여자에게 이런 미친 소리나 주절거리는 남자가 된 것일까. 그는 늘 신사였는데. 이상하게 하임 앞에서만 서면 늘 야만인처럼 굴게 된다. 교원은 회개의 한숨을 푹 내쉬며 용서를 구하려 했다. 하지만 막 입을 열려는 순간, 하임이 먼저 입을 열었다.

"이런 일이 생기다니 정말 유감입니다, 국장님."

냉기 넘치는 차디찬 선언. 둘 사이에 눈에 보이지 않는 선이 쭈욱, 그어졌다.

"더 이상의 불상사가 생기지 않도록 이 기회를 빌어 저의 남성관을 확실히 밝혀 드리죠."

"불상사? 당신, 지금 우리 키스를 불상사라고 치부한 거 맞아?"

"제게 인간은 그저 인간입니다. 남자가 아니라. 우리 사이에 있었다는 화학적 끌림은 상호작용이 아니었던 거죠. 국장님의 일방적인 느낌이었을 뿐입니다."

"이봐, 하임 양……."

"이건 모두 제 탓입니다. 국장님께서는 감정에 충실한 네안데르…… 아니, 인간이므로 뱀파이어인 제 쪽에서 상황을 잘 조절했어야 했는데 그러지 못했습니다. 다시 한 번 말씀드리지만 제 쪽은 단순 호의였을 뿐입니다. 그것을 국장님께선 남녀 간의 호감으로 오인하셨던 거죠. 다시는 절대로 그런 일 없도록 제 쪽에서 더

각별히 유의하겠습니다. 불미스러운 일을 겪게 해드린 점, 정식으로 심심한 사과의 말씀 올립니다."

깔끔한 어조로 말을 마치더니 하임은 배꼽에 손을 얹은 채 깍듯한 자세로 고개를 숙여 예를 다했다. 그러고는 할 말을 잃은 교원만 덩그러니 남겨두고 유유히 사무실을 빠져나갔다.

이로써 정교원의 인생은 파탄 나지 않을 수 있었다. 뱀파이어 여자를 취함으로써 야기될 수많은 문제들로부터 자유로워졌다. 문제가 복잡하지 않게 해주었음에 그는 하임에게 감사해야 마땅했다. 하지만 왜인지 그는 하임의 목을 졸라 버리고 싶은 충동으로 괴로웠다. 쫓아가서 못다 한 키스를 마무리 짓고 싶어 입이 근질근질했다. 어쩌면 인생이 파탄 나길 고대하고 있는지도…….

'미친 새끼.'

교원은 책상 서랍을 열어 시가 하나를 꺼내 들었다.

❖

"미쳤어? 대체 어쩌려고 이런 일을 꾸민 거야?"

"여긴 왜 왔어?"

시건방지게 잘근잘근 껌까지 씹어대면서 고 예쁜 눈을 부라리는 동생을 내려다보고 렌스는 인상을 찌푸렸다. 조만간 한태빈이 들이닥칠 것이다. 놈이 도착하는 즉시 전투는 시작될 것이고. 이런 일촉즉발의 상황에 말괄량이 여동생이 갑자기 등장해 잔소리를 늘어놓으니 렌스는 맥이 쭉 빠지는 것만 같았다.

"동생 보자마자 왜 왔냐 묻고, 참 잘하는 짓이다. 왜? 내가 여기

온 게 마음에 안 들어? 해마다 여름휴가 때면 이리로 안 온다고 난리였으면서. 왜 또 오늘은 왔다고 도끼눈인데?"

"네가 여기 와서 뭐라는 게 아니야. 왜 하필 오늘 왔냐는 거지."

"왜 왔겠어? 미친 오빠 단속하려고 온 거지."

"아멜리아."

"예리! 제발 예리라고 불러줘. 학교서고 직장에서고, 몇십 년 동안 예리라고 불려서 이젠 그 이름이 더 편하다고. 날 아멜리아라고 부르는 사람은 오빠밖에 없다니까."

"좋아, 원예리. 찾아온 용건이 뭐야."

"뭐긴 뭐겠어? 중재하려고 왔지."

"뭔, 재?"

"중재. 버금 중(仲), 마를 재(裁). 제삼자가 당사자들 사이에서 분쟁을 조정하고 화해를 모색하는 일. 오케이?"

"네가 한태빈과 나 사이를 중재하러 여기까지 왔다는 거야?"

"전에도 말했잖아. 두 사람은 동족이고 동족끼린 싸우면 안 된다고. 한태빈은 저명해. 인간사회에서의 영향력도 세고. 오빤 지하세계의 일인자잖아. 빛과 그림자. 두 세력이 힘을 합하면 얼마나 막강해지겠어? 이번 기회에 화해하고, 서로 협력해서 우리 종족을 위해 좋은 방향으로……."

"돌아가."

예리의 말을 다 듣지도 않고 렌스는 휙, 몸을 돌려 안으로 들어갔다. 내 이럴 줄 알았지. 속으로 중얼거리며 예리는 쪼르르 렌스의 뒤를 따라갔다. 그리고는 늘 하던, 한태빈과 손을 잡고 새로운 뱀파이어의 시대를 열어야 한다는 등의 말을 쉴 새 없이 종알종알 늘어놓아 렌스를 폭발 직전으로 만들었다.

"내 눈앞에서 썩 꺼지지 않으면 또다시 목을 졸라 버릴 줄 알아, 원예리."

눈앞에서 비밀의 문이 철커덩 닫혔다. 비밀의 문, 서재. 서재는 그와 비서 박봉달 이외에는 그 누구도 들어갈 수 없는 곳이라 예리는 '비밀의 문'이라 불렀다. 그곳에 렌스가 혼자 들어가면 하늘이 두 쪽 날 만큼 엄청난 일이 아니고선 그 누구도 방해해서는 안 된다. 그 말인즉슨, 렌스가 적어도 몇십 분간은 예리와 마주치지 않기 위해 서재에서 꼼짝하지 않을 거란 뜻이었다.

"끼얏호!"

작전대로 일이 진행됨에 예리는 쾌재를 불렀다. 이미 그녀라면 사족을 못 쓰는 박봉달을 구워삶아 인질이 어디에 있는지 알아둔 예리는 주저함 없이 냉큼 뒤를 돌아 이층 계단을 오르기 시작했다. 지하철 계단보다 수십 배는 더 많은 수의 나선형 계단을 오르고 올라 3층에 다다라서야 예리는 비로소 숨을 가누웠다.

"아무리 추억도 좋고 멋도 좋지만 이게 대체 뭔 생고생인지. 엘리베이터 고깟 것 설치하는 게 뭐 그리 어렵다고. 계단 오르는 게 그리도 좋으면 자기만 오르든지. 왜 엘리베이터를 설치하지 않아서 나까지 헥헥거리게 만들어? 하여간 독재자 같으니라고."

구시렁구시렁 렌스의 흉을 보며 예리는 복도 중간에 붙은 거울에 얼굴을 들이대고 미모 점검에 나섰다. 희고 고운 피부, 완벽한 머릿결, 섹시한 입술, 그리고 봉긋 올라선 가슴. 이만하면 모든 남정네들의 뇌를 흐물흐물 만들기에 충분한 미모였다. 예리는 항상 일을 잘 풀리게 도와주는 자신의 잘난 얼굴을 두 손으로 토닥토닥

기특하다 만져 주고는 자신 있게 모퉁이를 휙 돌아 인질의 방으로 다가섰다.

"어어? 예리 아가씨가 여긴 어쩐 일로……?"

인질이 잡혀 있는 방 앞에는 날렵함과 꽤 쓸 만한 무술실력을 가진 석구가 서 있었다. '제이미'란 이름으로 활동하던 뉴올리언스 시절부터 쭉 렌스의 뒤꽁무니를 따라다니던 녀석은 충성도로 따지면 렌스의 친위대 5인조 까마귀들(시커먼 옷들만 입고 다녀서 예리가 붙여준 이름) 다음으로 높을 것이다. 하나, 안타깝게도 배포가 작고 뱀파이어치고는 머리가 좀 달린다는 단점을 지녔다. 석구에게 인질을 감시하는, 중요하지만 딱히 지능을 요하지 않는 일이 주어진 것도 그 때문이다.

"오빠가 가보라고 해서."

예리는 귀찮아 죽겠다는 티를 팍팍 내며 가슴을 한껏 내밀었다. 석구 정도 구워삶기란 누워서 떡 먹기입죠, 네.

"수장께서요?"

"인질이 여자라면서. 뒤처리…… 그거 있잖아, 화장실. 그거 핑계로 도망칠 궁리할까 걱정됐나 봐. 나더러 화장실에 같이 들어가라네."

"아아……."

석구는 고개를 주억거리며 꿀꺽 침을 삼켰다. 놈이 뭘 보고 있는지는 안 봐도 블루레이. 예리는 앙증맞은 검지로 젖꼭지만 간신히 가린 탱크톱 네크 부위를 주르륵 훑으며, 한 발에 실렸던 무게중심을 다른 쪽으로 옮겼다. 나름 과격한 동작이었던지 가슴이 출렁출렁 흔들렸다. 석구는 허억, 하고 숨을 들이켰다. 예리는 껌을

쬑쬑 씹어대며 짜증스럽다는 듯 신경질적으로 물었다.

"확인이 필요해? 그럼 지금 연락해 보던가. 오빠 지금 자기 서재에 들어갔어."

"아닙니다, 아가씨! 그 일이야말로 아가씨가 아니면 하실 수 없는 일이죠. 들어가십시오."

"밖에서 대기해. 인간 계집 하나쯤 내가 처리할 수 있으니까. 도와준답시고 들어와서 깐죽거리면 알지?"

"물론입니다! 허튼 놈들이 나타나는지 잘 지키고 있겠습니다."

렌스가 서재에 있기 때문인지, 예리의 미인계가 통한 것인지, 석구는 침을 질질 흘리며 예리를 방 안으로 들여보내 주었다. 예리는 멍청하게 속아준 석구에게 고마워하며 마지막으로 흔들흔들, 일부러 몸을 크게 움직여 가슴을 출렁거리게 하고는 방 안으로 사라졌다.

달칵. 문이 닫히자마자 예리는 확 돌변해 방 안을 빠르게 스캔했다. 그리고 몇 초 지나지 않아 문제의 여자를 발견했다. 그녀는 지독한 약물을 주입받았음에도 눈을 똑바로 뜨고 예리를 보고 있었다. 극도의 공포에 휩싸인 여자는 커다란 의자에 양팔과 다리, 입까지 묶인 채였다.

예리는 두려운 눈으로 자신을 바라보는 그녀에게 한없는 연민을 느꼈다. 애비게일이 생전에 했던 말이 떠올라 코끝이 찡해지면서 목이 메어왔다.

"사랑은 죄가 아니잖아."

저 여자는 아무 죄가 없다. 그저 한태빈을 사랑한 것 외에는. 예리는 솟구치는 눈물을 꾹 누르며 재빨리 여자에게 다가갔다.

"당신이 한태빈의 여자예요?"

"……."

여자의 크게 열린 눈은 깜빡임 한 번 없이 예리를 노려보고 있었다. 한참 동안 쥐 죽은 듯이 바라보기만 하던 여자는 천천히 고개를 끄덕임으로써 마침내 인정했다. 예리는 빠르게 말을 이었다.

"난 당신을 도우러 왔어요. 이제부터 재갈을 풀 건데, 만약 당신이 비명을 지르면 3초 이내에 밖에 있는 보초가 들어올 거예요. 그러면 당신을 도우려던 내 계획은 수포로 돌아가겠죠. 그런 불상사가 일어나면 안 되겠죠?"

여자는 다시 한 번 고개를 끄덕였다. 예리는 그제야 마음 놓고 꽁꽁 묶인 밧줄들을 풀어내기 시작했다. 입으로는 주특기인 조잘대기로 자신이 세운 계획을 얘기하고 있었다.

◈

예화령은 바람이 많은 제주도 최남단 작은 섬이었다. 경이로울 정도로 아름답지만 아찔한 절벽과 낭떠러지, 돌과 파도, 화려한 꽃과 푸른 식물들이 환상적인 곳이기도 했다. 섬은 땅덩어리 전체가 하나의 거대한 정원이었다. 끝이 보이지 않는 언덕과 산, 그 너머까지 푸른 갈대와 풀숲으로 가득 채워져 있다. 낮은 언덕을 넘어가면 새하얗고 웅장한 크기의 집 한 채가 보였는데, 그것은 마치 순진한 인간들 사이를 배회하는 사악한 뱀파이어처럼 어둡고 을씨년스러운 분위기를 풍겼다.

태빈은 헬리콥터를 타고 섬 끝에 도착, 차근차근 렌스의 부하들을 처치하며 저택까지 도달했다.

그는 몸에 작은 상처조차 없는 말끔한 상태였다. 딱 한 번 적의 총알이 팔을 스쳐 간 적이 있었으나 여기까지 오는 동안 아물어 버릴 만큼 작은 상처에 불과했다. 렌스의 졸개들은 총기류를 사용한 지 오래되지 않아 명중도가 높지 않은데다 상대에 대한 두려움을 갖고 있었다. 전설적인 '테빈 갬블'과 대결한다는 생각에 당황한 나머지 공격다운 공격조차 제대로 하지 못하고 죽음을 맞이했다. 타고난 살인기술로 한 시대를 풍미했던 태빈을 상대하기엔 한없이 부족한 놈들이었다. 그러한 사실을 렌스가 모를 리 없다. 그가 어수룩한 졸개들을 최전방에 배치한 것은 일종의 환영인사였다. 가볍게 몸 좀 푸시고 조만간 본격적으로 싸워보자는 의미인 것이다.

갑자기 총알이 빗발쳤다.

'하나, 둘, 셋, 넷.'

모두 네 명의 적들이 매복해 있었다. 재빨리 움직였지만 허벅지에 총알 하나가 박혔다. 태빈은 구멍이 나 피가 흐르기 시작하는 상처를 무시하고 분수대 기둥 뒤에 몸을 숨겼다. 현관 오른쪽 기둥에 한 명, 왼쪽 기둥에 한 명, 현관 테라스 지붕 위에 두 명이 있는 것으로 파악되었다. 그는 시원한 물줄기를 뿜어내는 분수 사이로 양팔을 뻗어 적의 머리통을 향해 총알을 발사했다.

피슉. 피슉.

단 두 발로 두 놈이 쓰러졌다. 동시에 하늘에서 총알이 비처럼 쏟아졌다. 태빈은 빠르게 돌진했다. 그의 발자국을 따라 총알이 정신없이 튀었다. 저택 본채 벽에 몸을 붙인 태빈은 탄창을 갈아 끼웠다. 숨결 하나 흐트러지지 않은 채 한참 동안 움직이지 않자 지붕 위의 두 놈들이 서서히 동요하기 시작했다. 동물처럼 예리한 감각이 적들의 동선을 읽어냈다. 목표물을 놓친 추적자들의 전형적인 불안함이 느껴진다. 자신들이 놓친 목표물이 한태빈이라면 아무리 뱀파이어라도 초조해지기 마련. 태빈은 그들이 자진해서 눈앞에 나타나길 기다렸다.

많은 시간이 걸리지는 않았다. 그들은 양방향으로 나눠 지상으로 낙하하였고 그중 한 놈은 태빈의 즉각적이고도 빈틈없는 공격을 받았다. 놈이 비명을 지를 시간조차 주지 않고 정확하게 목뼈를 꺾어버리고는 인마살상용 칼로 목덜미를 찍었다. 소용돌이 모양으로 길게 휘어진 두꺼운 칼은 칼이라기보다 창에 가까웠고 몹시 날카로웠기 때문에 깊숙이 찍어 넣는 순간 뱀파이어의 신체재생능력으로 커버할 수 없는 커다란 구멍이 생기면서 즉사에 이르게 되었다. 놈은 단번에 피를 쏟아내며 목숨을 잃었다.

드륵— 드르르르륵—

등 뒤에서 기관단총이 연사를 시작하자 태빈은 곧장 몸을 숨겼다. 하나 남은 적은 자신이 한태빈과의 4대1 전투에서 혼자 살아남아 있음을 알고 있었다. 간이 콩알만 해져 있었고 선제공격을 당하기 전 어떻게든 먼저 죽여 없애고자 긴장해 있었다. 태빈은 소리 없이 움직였다.

"억!"

눈 깜짝할 새에 놈의 목이 태빈의 손아귀에 잡혔다. 급소 몇 군데를 누르며 숨통을 짓누르자, 놈은 숨구멍이 차단되고 신경이 마비되어 옴짝달싹도 할 수 없는 상태가 되고 말았다. 새파란 눈동자가 잔인한 빛을 띤 채 번쩍거리자 놈은 두려움에 휩싸여 소리를 내지르려 했다. 그러나 뱃속서부터 우러나오는 공포에 찬 비명 소리는 목구멍을 타고 입 밖으로 나올 수가 없었다. 냉혈한다운 차가운 미소를 지으며 태빈은 놈의 목숨을 거두었다.

쿵!

거대한 문을 밀고 저택의 안으로 들어서자마자 어둑함과 음침함, 그에 어울리는 장중한 교향악 선율이 태빈을 맞이했다. 그는 즉시 명곡을 알아들었다. 태빈은 특히 번스타인 버전을 좋아하지만 렌스는 카라얀 버전을 더 좋아하는 모양이었다. 베를린 필하모닉 오케스트라가 연주하는 슈만의 라인교향곡이 차갑고 침침한 공간을 드라마틱하게 떠돌아다녔다.

렌스는 그의 등장에 맞춰 4악장 'Feierlich'를 흘려보내고 있었다. 장송곡을 들려주는 건 '여기가 네 무덤이 될 터'라는 경고인가. 태빈은 핏, 웃음을 흘렸다.

"유치하군."

순간 커다란 벽에 장식된 스크린이 번쩍 켜졌다. 어둑했던 실내는 단번에 LED화면의 환한 빛으로 가득 찼다. 태빈은 미간을 찌푸리며 갑작스런 불빛에 적응하기 위해 눈을 가늘게 좁혀 떴다.

[음, 이런…… 또 우는군. 불쌍하게도.]

렌스의 목소리가 실내에 아주 크게 울렸다. 실눈 사이로 새하얀 스크린이 어른어른 흔들리는 무엇인가를 비추고 있었다. 화면 속의 렌스는 등을 보인 채 소름 끼치도록 나른하게 웃음을 흘렸다. 불길한 예감으로 태빈은 등골이 오싹해지는 것을 느꼈다. 주먹을 세차게 틀어쥐었다.

[이번엔 꿈에서 한태빈을 만나지 못한 모양이지? 눈을 뜨자마자 눈물을 보이는 걸 보니.]

[으, 으……!]

[약물의 양을 아주 조금 줄였을 뿐인데 벌써 몸을 움직이시네. 확실히 보통 인간들과는 다른 체질인 것 같군. 흥미로워.]

렌스가 등을 보인 채로 뚜벅뚜벅 상대를 향해 다가갔다. 아직 혀가 덜 풀린 듯 여자는 제대로 된 어휘를 구사하지 못하였다. 하지만 무엇인가 열심히 뜻을 전달하려 했고, 그 거칠고 악의적인 억양으로 보아 그것은 거의 저주에 가까운 말임이 틀림없었다. 인간의 저주 따위 렌스는 아랑곳 않았다. 그는 상대가 누워 있는 침대를 사뿐히 올라가 네 기둥에 사지가 묶인 방어불능의 육체 위에 올라탔다.

[이제야 뭔가 스릴 있는 일을 해볼 수 있겠는걸?]

렌스는 사악한 미소를 띤 채로 차례차례 여자의 몸을 묶고 있는 족쇄를 풀어주었다. 팔 하나가 자유로워지자 즉각 그녀는 반항을 시작했다. 하지만 마취에서 덜 풀린 육체의 몸짓은 아직 많이 둔했다. 공격은 매가리 없이 흐지부지 끝이 났고 반항도 거세지 못하였다. 그것은 전신이 족쇄로부터 완전히 풀려난 후에도 마찬가지였다. 렌스는 너무나 쉽게 그녀의 양팔을 한 손에 묶어 꼼짝 못하게 만들었다.

[아직 기회는 있어, 인간. 내 제의는 아직 유효해.]

[으, 읏!]

[앙칼진 눈빛을 보아하니 아직 생각이 바뀌지 않는 듯하군. 한태빈이 널 구해줄 거라 믿어 의심치 않는 모양이지? 하지만 잘 생각해 보라고. 넌 지금 내 밑에 있어. 난 널 가만히 두지 않을 거야. 내게 더럽혀진 여자를 한태빈이 과연 원할까?]

[으으으, 으읏……!]

[버림받기 전에 내게 와, 인간. 내 여자가 돼라. 난 네가 한때 한태빈의 여자였다는 걸 전혀 신경 쓰지 않을 테니까.]

렌스는 커다란 손으로 그녀의 턱을 잔혹하게 틀어쥐어 입을 벌리게 하고, 소름 끼치도록 잔인한 그 입술로 그녀의 입술을 덮었다. 스크린은 단숨에 여자를 취하는 렌스의 나른하고 여유 있는 움직임과 여인의 비명 소리로 가득 채워졌다. 그는 그녀의 입안으로 거칠게 파고들어 그 안을 완벽하게 접수한 뒤, 여자의 숨결을 약탈하고 또 약탈했다.

'차갑고 냉정하게.'

스크린에 살기 어린 시선을 고정한 채로 태빈은 스스로에게 주문했다.

'이성을 잃지 않고 냉철하고 깔끔하게. 나의 집중력을 흩트리기 위해 상대가 속임수를 쓰더라도 절대 감정에 휩쓸리거나 빈틈을 보여서도 안 된다.'

심호흡과 함께 그는 혈혈단신 홀로 적지에서 정면 돌파를 시도하기로 결정한 뒤 자신이 세운 철칙들을 나열했다. 하지만 스크린 속에서 인희의 욕망에 젖은 헐떡임이 흘러나오자 그의 이성은 완전히 무너져 버렸다.

[으음……!]

[아직 약기운이 남아 있어 몸이 후끈거리는군. 그렇지?]

태빈의 주먹이 사정없이 떨렸다. 그의 홍채에 붉은 핏물이 흘러내리기 시작했다. 그는 자신이 세워둔 감정적 방어막이 무너지고 있음을 알았다. 세포가 광포하게 날뛰었다. 피가 혈관을 뚫고 나올 듯 콸콸 돌았고 심장은 광속으로 펌프질 중이었다. 이대로라면 조만간 이를 드러낼 것이고 짐승처럼 날뛰게 될 것이다. 뱀파이어가 뱀파이어를 도륙하는 역사상 유래 없는 잔인한 살상이 시작되는 것이다.

[좋아, 그럼 이제부터 본격적으로 나와 즐겨보자고.]

렌스가 여자의 손을 놓아주고 옷을 벗기 시작했다. 재킷 단추를 끄르며 화면을 향해 교활한 미소를 짓는다. 누군가가 지켜보는 걸

염두에 둔 야비한 제스처였지만 태빈은 그렇다는 것을 눈치챌 수 없었다. 렌스의 몸에 짓눌린 여체가 울부짖으며 몸부림을 치기 시작했으니까.

인희는 눈물을 철철 흘리며 손톱에 멍이 들도록 렌스를 쥐어뜯었다. 머리카락이 헝클어지고 얼굴을 덮었다가 허공에 휘날리도록 머리를 흔들었다. 피가 나게 입술을 깨물며 악을 써댔다. 흡사 미친 여자 같았다. 화면 속 렌스는 셔츠를 벗다 말고 인희의 두 팔을 양손에 휘어잡아 침대 바닥에 휙 꽂고 고정을 시켰다. 그 역시 꼭지가 돌기 일보 직전인 양 위압적으로 위협했다.

[짜증나게 하지 마, 인간. 이러는 거 다 소용없다는 거 몰라? 인간의 발악 따위론 날 손끝만큼도 해치지 못해. 그러니 정신 차리고 순순히 내 것이 되란 말이다.]

[차라리 날 죽여…….]

쥐어짜듯이 간신히 속삭이는 인희의 목소리. 들릴 듯 말 듯 작은 그 목소리를 태빈은 똑똑히 들었다. 그 순간, 마지막 이성의 끈이 툭 끊어졌다.

펄럭, 태빈의 검은 외투가 휘날렸다. 그는 화면을 향해 내달렸고 눈이 한 번 깜빡할 사이에 스크린의 대형 패널에 빠직, 금이 갔다. 스크린은 더 이상 다음 장면을 재생하지 못했다. 저택의 공허한 로비는 처음처럼 거대한 무덤이 되어버렸다.

바로 그때였다.

철컥. 철컥. 철컥. 철컥. 철컥.

등 뒤에서 다섯 개의 총이 차례대로 장전되었다. 즉각 머리통으로 차가운 총구가 와 닿는다.

"천하의 갬블도 여자 앞에선 별수 없군, 그래."

맹수를 함정에 빠뜨린 데에 성공한 렌스의 히죽거리는 소리는 멀지 않은 곳에서 들려왔다. 18m에 달하는 높은 천장의 중앙홀을 불길하리만치 윙윙 울리는 말소리는 사면의 벽을 빙 두른 2층 복도 난간 어디쯤에서 나고 있었다.

"웰컴 투 마이 홈(Welcome to my home), 테빈 갬블."

"이제 나오십니까, 아가씨? 일은 별문제없이 잘 끝내셨죠?"

드디어 인질의 방에서 예리가 나오자 석구는 싱글벙글 웃으며 굽실거렸다. 예리는 웬일인지 이마서부터 볼까지 한 손으로 가리고 있었는데, 석구가 붙임성 있게 질문을 건네자 그 손으로 OK표시를 냉큼 해 보였다. 평소였다면 아무리 덜떨어진 석구도 이상함을 느끼고 유심히 관찰했을 테지만 예리의 진한 향수냄새와 묘하게 풍기는 섹시한 체향에 정신이 혼미해진 지금은 그럴 수가 없었다. 그는 연신 헤실헤실 웃으며 예리의 풍만한 몸매를 슥슥 훑었다. 아까보다 가슴이 조금 빈약해진 것도 같은데?

물론 정말로 그럴 리는 없다. 단지 착각이겠지. 생각하는 와중, 예리는 빠르게 왔던 길로 되돌아가고 있었다.

"캬! 스키니 청바지가 저리 어울리는 몸매도 드물 거야."

흔들흔들 양옆으로 움직이는 엉덩이를 구경하며 석구는 감탄사를 내뱉었다. 가만. 근데 왜 엉덩이도 아까보다 작아진 것 같지? 아까는 분명 바지가 터질 듯이 빵빵했었는데 지금은 좀…….

"기분 탓인가?"

그럴 것이다. 아무리 하루에도 몇 번씩 분위기를 확확 바꿀 수 있는, 변신의 귀재 원예리라도 몇 분 만에 살을 빼거나 몸매를 변형시키진 못할 테니까. 석구는 쓸데없는 생각을 접고는 멀어져 가는 예리의 탄력 있는 엉덩이에 집중하였다. 아랫도리를 묵직하게 하는 그것을 실컷 구경하다가, 그녀가 모퉁이 저편으로 사라지자 눈을 감고 그녀가 남기고 간 환상적인 향수냄새를 끙끙 음미했다. 감각세포가 삐끗, 뭔가를 알아차릴 때까지.

모퉁이를 돌아 석구의 시야로부터 자유로워지자 가짜 예리는 걸음을 빨리하기 시작했다. 머릿속으로는 진짜 예리가 해주었던 말들을 기억하기 위해 애쓰고 있었다.

"내가 일부러 내 특유의 냄새를 감추기 위해 진한 향수를 뿌렸어요. 당신도 뿌려요. 이건 내 가발과 똑같은 건데 당신도 쓰도록 해요. 화장도 내가 해줄게요. 인조손톱도 달고. 이렇게 변장하면 아주 잠깐 동안은 들키지 않을 수 있을 거예요. 혹시라도 석구한테 걸리면 그대로 튀세요. 내가 석구를 붙잡고 시간을 벌게요."

보초는 다행히 인희를 알아채지 못했다. 하늘이 도운 탓에 예리와 인희의 체격이 아주 흡사했던 것이다. 예리 쪽이 좀 더 글래머러스한 몸매를 지녔고, 외국인 특유의 환상적인 은빛 계열 눈동자를 가졌다는 것만 빼면 정말로 비슷했다.

예리는 인희를 돕기 위해 검은 가발과 검은 렌즈를 착용했다.

'평소 사회에서 직장생활 할 때 늘 이러고 다녀서 오빠나 부하들이 대수롭잖게 봤을 거예요.' 라며 귀염성 있게 콧잔등을 찡그리던 예리를 떠올리며 인희는 빙그레 웃었다. 통통 튀고 밝은 성격을 지닌 예리는 심성이 무척 착해 보였다. 얼굴도 본 적 없는 인희를 구하기 위해 이런 작전까지 고안해 온 것만 봐도 알 수 있었다. 그녀가 악마 같은 렌스 노튼의 동생이라는 사실은 정말 믿을 수 없었다.

"이 집은 미로처럼 복잡한 구조로 이뤄져 있어요. 넓긴 또 어찌나 넓은지, 제대로 기억하지 못하면 길을 잃을 수도 있으니까 잘 들어요. 일단 석구가 당신을 못 알아보면 절반은 성공이에요."

예리는 인희와 옷을 바꿔 입은 직후 본격적으로 도주로를 알려 주었다. 평소 사람들이 잘 쓰지 않는 비상계단과 그녀만 안다는 비밀통로의 위치였다.

"내가 오빠 몰래 달아날 때 쓰던 곳이에요. 열 번째 철장. 열한 번째 철장. 그걸 살짝만 흔들면 빠질 거예요. 거길 빠져나가면 이 집에서 완벽하게 탈출한 거예요. 무조건 물가로 뛰어요. 독수리 모양의 큰 바위섬 근처에 모터보트를 하나 세워놓았어요. 그걸 타고 탈출해요."

"난 모터보트 몰 줄 몰라요."

"운전할 줄은 알죠? 그럼 됐어요. 별반 다를 거 없으니까. 그냥 시동 걸고 신나게 달려요. 인생 뭐 있어요? 여기서 우리 오빠한테 죽으나 물에 빠져 죽으나 매한가지인데."

예리가 '죽음'에 대해 언급할 때였나 보다. 겁을 먹고 잔뜩 소심해져 있던 인희의 눈에 독기가 떠올랐다. 이대로 죽기는 싫었다. 절대로 이렇게 허무하게 죽을 순 없었다. 그녀에겐 모셔야 할 할머니와 엄마, 뒷바라지해야 할 동생이 있다. 아버지 대신 집안의 기둥 노릇을 해왔던 그녀가 죽는다면 가족들은 가장을 잃는 아픔을 두 번 겪게 될 것이다. 또다시 그런 고통을 겪게 할 순 없었다.

태빈이 그녀로 인해 곤경에 빠지는 것 또한 참을 수 없었다. 지금까지의 멍청한 짓으로도 충분히 그에게 폐를 끼쳤다. 이젠 그녀 스스로 자신을 구해야 할 차례였다. 혼자의 힘으로 여길 빠져나갈 것이다. 그래서 태빈을 만날 것이다. 당당히 찾아가 꼭 해야 할 말이 있었다.

그것이 그녀가 죽지 말아야 할 가장 큰 이유였다.

제12장 원샷원킬

다섯 개의 총구에 둘러싸인 태빈은 순식간에 주의를 분산시켰다. 그리고 그 찰나를 이용해 차례대로 적을 해치웠다. 세 명은 총알이 이마 한가운데를 뚫고 지나갔고 한 명은 관자놀이를 뚫렸다. 나머지 한 명은 그의 등에 칼을 꽂는 데까지는 성공했으나, 되레 그 칼로 손바닥과 목줄기를 차례로 관통당하며 가장 처참한 죽음을 맞이했다.

경이적인 속도로 렌스 노튼의 친위대 다섯을 해치운 태빈은 진짜 무덤이 되어버린 음울한 중앙 홀에 홀로 섰다.

실내는 어두웠다. 빛이라곤 스테인드글라스로 마무리된 돔 형식의 저택천장 정중앙에서 쏟아지는 극소량뿐이었다. 그러나 뱀파이어에게 어둠이란 공기처럼 자연스러운 것. 예민한 태빈의 시각은 2층 복도를 샅샅이 빠르게 훑으며 목표물을 찾았다.

퍼드득, 희뿌연 뭔가가 스쳐 지나갔다. 바짝 긴장의 고삐를 당기는 순간, 갑자기 '펑! 펑!' 소리와 함께 실내 곳곳에 배치된 전등이 환하게 점등되었다. 동시에 정체 모를 무언가가 하늘을 날아올랐다. 커다란 반원을 그리며 솟구친 것은 당연하게도 곧장 아래로 추락했다. 불빛에 적응하기 위해 태빈은 눈을 가늘게 떴다. 그리곤 빛을 등지고 떨어지는 커다란 물체를 노려보았다.

"크아아아—!"

물체가 아니라 뱀파이어였다.

"잠깐만요, 예리 아가씨!"

짙은 향수 냄새 사이로 이상한 체향을 감지한 석구가 저만치 앞서가는 예리를 뒤따랐다. 예리는 잠깐 멈춰 서는가 싶더니 오히려 걸음을 재촉하기 시작했다. 석구의 말을 전혀 듣지 못한 사람처럼. 아니, 누군가에게 쫓기는 사람처럼. 석구는 인상을 찌푸리며 성큼성큼 수상한 여자를 따라잡았다.

"이봐, 나 좀 잠깐 보자니까."

손목을 거칠게 잡아채자 요란한 플라스틱 장신구들이 짤랑짤랑 소리를 냈다. 여자의 몸이 정면으로 돌려졌다. 휘둥그레진 눈동자, 살짝 벌어진 입술, 겁에 질린 듯 할딱거리는 가녀린 숨. 예상대로 여자는 예리가 아니었다. 예리처럼 꾸민 다른 여자다. 여자의 정체는 고민해 볼 필요도 없었다. 석구는 이를 드러내며 으르렁거렸다.

"감히 날 속여? 이 인간 계집이……!"

당장에 눈을 벌겋게 뜨며 위협해 오던 석구는 다음 순간, 온몸에 힘을 빼고 바닥으로 쓰러졌다. 이게 어찌 된 일이냐. 너무 놀라고 황망하여 인희는 한동안 꼼짝하지 못하고 쓰러진 뱀파이어를 내려다보았다. 고개를 들자 눈앞에는 예리가 서 있었다. 그녀는 손가락으로 입안의 껌을 쭉, 길게 늘이며 따분한 표정을 짓고 있었다.

"예리 씨?"

"석구 이놈, 완전 바본 줄 알았더니 그 정돈 아니었네? 얕봤다가 큰코다칠 뻔했잖아?"

"어떻게 된 거예요?"

"아가씨가 잘 빠져나갔나 확인해 보다가. 문을 열어보니 석구가 아가씨 뒤를 따라가잖아요."

"이…… 이 사람 죽었어요?"

"잠깐 기절한 거예요. 걱정 말아요. 내가 다음에 만나면 호신술 가르쳐 줄게요. 몇 가지만 익히면 석구 자식 같은 애송이들 서넛 물리치는 건 일도 아닐 거예요. 이 자식, 적어도 30분은 기절해 있을 거니까 걱정 말고 어서 빠져나가요. 어디로 가야 하는지는 알죠?"

예리가 쫙쫙, 껌을 씹으며 껄렁하게 말하자 인희는 열심히 고개를 끄덕였다. 주인 신호에 반응하는 강아지처럼 열렬히.

"아! 혹시 모르니까 이거 가져가도록 해요. 석구 것이에요."

"이건……."

권총이었다. 인희는 당장이라도 눈알이 튀어나올 듯 놀라며 꿀꺽 침을 삼켰다. 그 모습이 어찌나 안쓰러운지 예리는 절로 고개를 살래살래 흔들었다. 이렇게 순진한 여자가 어쩌다 재수 없이 한태빈 눈에 뜨여서 이런 거친 세계에 발을 들여놓게 된 것인지 안타깝기 그지없었다.

"그냥 방아쇠 당기고 쏴요. 운 좋으면 맞출 거고, 운 나빠서 못 맞춰도 몇 초 정도의 시간은 벌 수 있을 거예요. 아무 무기 없이 도망치는 것보단 이거라도 갖고 있는 게 안전해요."

"그렇긴 하지만……."

"뭘 걱정하는지 알겠는데, 그럴 필요 전혀 없어요. 뱀파이어들은 총 한 방 맞는다고 쉽게 죽는 체질이 아니에요. 뱀파이어가 괜히 뱀파이어겠어요? 영원불멸! 영생불사!"

"뱀파이어도 죽을 수 있다는 거 나도 알아요."

"오잉? 꽤나 철저히 교육받으셨네? 일개 인간에게 그런 고급정보까지 알려준 거 보면 확실히 한태빈이 찜해놓은 거 맞나 보네. 뭐, 그래도 걱정 마요. 뱀파이어는 인간보다 훨씬 튼튼하고, 가끔은 터미네이터냐 싶을 정도로 자꾸만 되살아나는 지겨운 존재니까. 다들 인간의 평균수명보다는 훨씬 오래 살아온 것들이라 지금 죽어도 딱히 여한은 없을 거예요."

"아무리 그래도 난……."

"알아요. 당신네들의 그 고귀해 마지않는 생명존중 사상, 비폭력주의. 한데 그런 것도 때와 장소를 가려야 하는 법이에요. 지금은 이런 걸로 고민할 때가 아니죠. 상대를 죽이지 않으면 내가 죽어야 할 판에 남을 걱정하고 말고 할 게 어디 있어요? 아서요."

때마침 저 멀리서 총소리가 연달아 들려왔다. 탕, 탕, 탕!

아득히 먼 곳에서 들리는 듯 아주 작은 소리. 세상만사 통달한 것처럼 굴던 예리가 갑자기 두 눈을 훅 치켜떴다. 그녀의 은회색 눈동자에 긴장감이 떠오르자 인희는 그제야 감을 잡았다. 총소리는 이 웅대한 저택 어딘가에서 들려온 것이었다. 저택에서 총격전이 벌어지고 있다는 건 태빈이 도착했다는 뜻이었다.

"시간 없어요. 얼른 갖고 뛰어요."

예리는 당장 이 저택을 빠져나가라는 의미로 속살거렸다. 이제부터 이곳은 전쟁터가 되어 피로 물들 터. 총만 봐도 겁먹는, 나약한 인간 아가씨가 있을 곳이 못 됐다. 그녀가 자신처럼 살상현장 한가운데에 무방비상태로 남겨져 평생 트라우마를 겪으며 살게 하고 싶진 않았다. 그 뜻을 제대로 알아들었는지 어쨌는지, 인희는 예리에게서 총을 받아 챙기고는 쏜살같이 달리기 시작했다.

"이제 어쩌지?"

예리는 아랫입술을 깨물며 복도를 잠시 서성였다. 아래층으로 내려가서 오빠를 말려야 할까. 아니면 자신도 여길 떠야 할까. 그것도 아니면 싸움 한복판에 몸을 날려?

물론 자신은 뼛가루가 될 터였다. 아무리 자신이 날고 기어도 전문싸움꾼들인 그들과는 대적할 실력이 못 되었다. 석구 같은 애송이도 뒤에서 단번에 공격했기에 쓰러뜨릴 수 있었던 것이었다. 비록 표인희는 그리 생각하는 것 같진 않았지만.

예리는 순진하고 귀여운 표인희를 떠올리며 씩 미소를 그렸다. 작년에 언니인 애비가 죽은 후부터 쭉 마음이 허했던 그녀는 인희가 왠지 좋았다. 한태빈의 여자만 아니라면 친하게 지낼 수 있었을 텐데 좀 아쉽다는 생각이 들었다.

"이런 황송할 때가!"

표인희가 오빠와 연결되었더라면 여러모로 좋았을 거라고, 쓸데없는 생각을 하고 있을 때였다. 등 뒤에서 낮고 그윽한 남자의 음성이 들려왔다.

"여왕님께서 친절하게 날 마중 나오셨다니."

등골로 찌르르, 강력한 전율이 흐르자 예리는 홱 뒤를 돌았다. 코앞에 날씬하게 쭉 빠진 슬림한 근육질에 얼굴은 어마어마하게 귀엽게 생긴 남자가 서 있었다. 손에 긴 소음기를 장착한 자동권총을 들고. 위아래 깔끔한 검정색 슈트를 차려입은 모습이 척 봐도 렌스의 부하는 아니었다.

"너, 넌…… 누구야?"

예리답지 않게 말을 더듬었다. 무서워서가 아니라 남자의 외모 때문에. 놈은 인간들이 TV에서 허구한 날 꽃미남, 훈남, 두부상 등으로 떠들어대는, 예리의 훼이보릿 스타일이었다. 두근, 이유를 알 수 없는 두방망이질이 예리의 심장을 괴롭혔다. 자존심이 상할 정도로.

"당신 친구의 친구."

남자는 싱긋 웃으며 고민하지 않고 즉각 대답했다. 목소리도 죽인다. 심장이 폭행당하는 듯 아파왔다. 당황한 예리는 퉁명스럽고도 괴팍하게 따지듯 물었다.

"내 친구의 친구? 그 친구가 누군데?"

"내 입으로 언급해선 안 되는 친구지."

"그딴 게 무슨 친구야? 당신 뭐야? 인간이야, 뱀파이어야?"

"둘 다."

"무슨 헛소리야? 당신 완전 수상한데? 여기 어떻게 들어왔어? 이름이 뭐야? 여기 온 목적은?"

"아…… 말 참 많네. 그렇다는 경고는 못 들었는데."

골치 아프게 됐다는 듯이 남자가 총을 쥔 손을 들어 엄지 관절뼈로 이마를 문질렀다. 그가 움직이자 넥타이 하지 않은 와이셔츠 사이가 벌어지면서 맨살이 드러났다.

"난 말 많은 여잔 딱 질색이야."

"뭐라고?"

"미안한데 어쩔 수가 없어. 시끄러워서 내가 견디질 못해. 청각이 좀, 약하거든."

이번엔 총 든 손을 자신의 귀 쪽에 대고 흔들어댄다. 잘못해서 발사라도 되면 어쩌려고 저러지? 위험하게시리! 살짝 겁을 먹었으나 안 먹은 척 예리는 큰소리로 벌컥 소리쳤다.

"그게 나랑 무슨 상관인데? 잔소리 말고 정체가 뭔지나 대시지!"

"내 정체는 말해줄 수 없고. 일단 나랑 같이 가자고."

"뭐?"

"그리고 다시 한 번 말하지만 미안. 그쪽 입을 좀 막아야겠어. 고도의 집중력을 요하는 일이니 협조해 주길 바라."

"무슨 개수작이야? 내가 누군 줄 알고……!"

놈은 순식간에 예리의 말문을 틀어막았다. 들고 있던 총구를 예리의 입안에 집어넣은 것이다. 예리는 서슬 퍼런 총구를 입에 물고 두 눈을 엄청나게 크게 떴다. 두부상이라는 뽀송뽀송 귀엽고 어린 남정네가 씩, 살 떨리게 섹시한 미소를 머금는다. 코앞까지 그 달콤한 얼굴을 들이대고는 속삭였다.

"좋았어, 인간 아가씨. 감사."

눈 깜짝할 사이에 총구를 빼내고는 여직 얼어붙어 움직이지 못하는 예리의 입을 무지막지한 손으로 틀어막았다. 그러더니 악악, 발악하며 몸부림을 치는 그녀를 옆구리에 끼고 바람처럼 움직이기 시작했다.

그 시각, 태빈은 피비린내가 진동하는 저택 중앙 홀에 누워 있었다. 공중을 날아 태빈에게로 곧장 떨어진 뱀파이어는 그의 몸을 짓누른 채 목을 조르고 있다. 중력과 놈의 몸무게, 공격 파워로 인한 엄청난 충격을 한꺼번에 떠안고 뒤로 떨어진 태빈은 지금껏 느껴보지 못했던 강력한 고통을 체감하며 숨을 헐떡였다.

칼을 맞은 상처에서 꿀럭꿀럭 피가 솟구쳤다. 총알이 박혀 있는 허벅지는 잠시 아물었던 상처가 벌어져 역시 피를 흘렸다. 무엇보다 놈이 올라탄 갈비뼈가 부수어졌다. 부러진 갈비뼈가 폐를 압박하는 것을 고스란히 느낄 수 있었다. 태빈은 살의로 가득 찬 뱀파이어를 올려다보았다.

테렌스 노튼.

꼴같잖게 인간행세를 하며 살아왔던 영국 시절과 미국 독립운동 시절을 함께 겪었던 옛 친구. 그 시절 렌스는 태빈의 추종자라 해도 과언이 아닐 만큼 그를 따랐었다.

"이러지 말고 깨끗이 끝내는 게 어때, 친구?"

간신히 성대를 움직여 말들을 토했다. 은빛 눈에 번뜩거리며 살기가 스쳐 간다.

"웃기는 소리. 네놈은 내 손으로 직접 죽일 거다. 스태픈, 갬블."

일부러 그의 이름을 천천히 씹어뱉으며 렌스는 태빈의 목을 쥔 손에 더욱 힘을 주었다. 통증은 더욱 격렬해졌다. 태빈은 렌스의 눈을 응시하며 대리석 바닥에 뻗은 손을 꿈틀꿈틀 움직였다. 아주 가까운 곳에 적이 떨어뜨린 총 한 자루가 있었다.

"이런 날을 150년 동안 고대해 왔지. 네 녀석이 날 배반하고 인간과 손을 잡은 날부터 쭉."

"배반한 적 없어. 네가 엇나갔을 뿐이지."

"헛소리 지껄이지 마!"

렌스가 태빈을 크게 흔들었다. 태빈의 두개골이 바닥에 쿵 부딪쳤다. 제법 세찬 충돌이었으나 태빈은 아픔을 느낄 수 없었다. 이미 그것보다 몇십 배 더 큰 통증을 목과 가슴으로부터 느끼고 있었기 때문에.

"넌 내가 인간들로부터 습격받은 것을 알아. 그 잔악한 놈들이 내 가족을, 내 부모와 동생들을 잔인하게 죽였다는 걸 알고 있었어! 그런데도 그들의 개가 되길 자처했어. 추악하고 더러운 인간들 앞에 무릎을 꿇었어!"

"우린 편의상 손을 잡았을 뿐이야. 서로의 영역을 침범하지 않는다는, 그리하여 인류 전체를 위험에 빠뜨리는 멍청한 짓을 하지 않겠다는 조약을 맺은 것뿐이었다."

"닥쳐! 인간들은 우리를 이용해 저들의 이익을 도모하며 우리 세력을 의도적으로 약화시키고 있어. 궁극적으론 우리 종족을 노예화시킬 속셈이지. 그걸 몰라서 이딴 소릴 지껄이는 거라면 네놈은 수장 자격도 없는 거다!"

"우린 약해지지 않아, 친구. 저들이 어떤 속셈을 갖고 있든 전혀 겁먹을 필요가 없지."

가까스로 말을 뱉어내며 태빈은 차가운 대리석 바닥을 찍은 손끝을 오므렸다. 팔이 아주 살짝 앞으로 딸려갔다. 손바닥 밑동을 바닥에 찍고 다시 손끝을 폈다. 붉게 타오르는 눈동자는 렌스에게서 떼지 않았다. 렌스의 은회색 눈은 이미 푸른 안광을 번뜩이고 있었다.

"난 겁먹지 않았어! 빌어먹을!"

렌스가 태빈의 두개골을 바닥에 격렬히 찍었다. 쿵, 쿵, 쿵. 찢어진 머리에서 흘러나온 피가 커다란 웅덩이를 만들고 있었다. 렌스는 움켜쥔 태빈의 목줄기를 한껏 끌어당겨 번쩍이는 이를 드러내며 으르렁댔다.

"난 응분의 대가를 원하는 것뿐이다. 대가! 죄를 지은 사람이 응당 받아야 할 벌! 내 가족을 죽인 인간들은 죽어 마땅해!"

"너희 가족을 죽인 인간들은 이미 죽었어."

총을 손에 넣을 기회가 멀어져 버림에 안타까워하며 태빈은 중얼거렸다.

렌스는 가족들이 몰살된 직후, 반미치광이가 되어 거리에 나섰다. 집 근처 반경 1km 안에 살고 있는 인간들은 모조리 죽여 없앴다. 눈에 뜨인 인간을 무조건 닥치는 대로 해쳤다. 미국 역사상 가장 잔인하고 비극적이었던 살육으로 기록된 그날, 그는 남녀노소조차 가리지 않았다. 유일하게 생존한 인간은 생후 2주 된 사내아이. 미치광이 살인마 렌스도 차마 그 순진한 갓난아이는 죽일 수 없었던 것이다. 온몸에 피범벅이 된 채로 까르륵거리는 갓난아이를 품에 안은 렌스를, 태빈은 아직도 기억했다.

렌스는 눈물을 흘리고 있었다.

“인간은 모두 똑같아. 잔인하고 이기적인 천성을 가졌지. 약한 자들에겐 한없이 강하고 강한 자들에겐 한없이 약해. 그들 앞에선 절대 등을 보여선 안 되지. 상대를 짓밟기 위해 혈안이 된 족속들이거든. 우리 뱀파이어는 ‘합리적인 변이’ 따위로 힘을 약화시킬 게 아니라 더 강해져야만 해. 본능을 억제시킬 연구가 아니라 최대한 강하게 발현시킬 연구를 거듭하여 인간에게 가장 위협적인 존재가 되어야 한다. 그래서 그들이 절대로 우릴 정복하지 못하도록, 우릴 업신여기고 강제하지 못하도록 해야 해!”

“그게 과연 옳은 일일까? 강함은 다른 강함을 낳기 마련이야. 인류는 또 다른 전쟁에 휩싸이게 되겠지. 그리고 역사적으로 볼 때, 전쟁은 언제나 피와 생명으로 그 값을 치러왔어.”

“겁쟁이 같은 소리 마!”

렌스는 극에 달한 분노를 실어 목을 더욱 세차게 조였다. 이미 핏빛으로 물든 태빈의 얼굴은 검붉은색으로 빠르게 변했다. 숨을 쉴 여지는 이제 거의 남아 있지 않았다. 2m에 가까운 육중한 렌스의 몸이 점점 더 무겁게 느껴진다. 부러진 갈비뼈는 폐를 더 깊이 찔러 들어갔고, 내부에서 콸콸거리는 피의 분출은 고통만큼이나 격렬한 기세였다. 이대로라면 조만간 그는 숨을 놓아야 할지도 몰랐다.

“하긴 너의 정체성은 원래 겁쟁이지. 너무 허약하고 너무 감상적이야. 인간을 사랑하질 않나, 배신당했다며 괴로워하질 않나, 오다가다 만난 인간 여자를 살리기 위해 죽기를 각오하질 않나. 도대체 여자 따위에게 제 생명을 내놓기나 하는, 너 같은 수장이 뭘 할 수 있지? 우리 뱀파이어를 위해 뭘 할 수 있냔 말이야!"

"인간 여자……."

그래, 여기에 온 게 인간 여자 때문이었지. 가물가물한 정신을 붙들고 태빈은 생각했다.

표인희. 자신이 여기에 있는 이유.

그녀는 지금 어디 있지? 여기서 내가 죽으면 표인희는 어떻게 되는가? 생각들이 머릿속을 스쳐 지나갔다. 갖가지 기억들과 에피소드도 떠올랐다 사라진다. 그녀를 처음 보았던 날부터 성채에 처음 도착한 날, 고서적 틈에서 키스했던 일, 도망치다 기빈에게 잡혀온 일, 방금 전 스크린 속의 모습까지 모두 다 생생했다.

"넌 우리 뱀파이어를 멸종으로 이끌 거야. 수장 자격이 없어."

억센 손아귀로 목줄기를 옥죈 채 사악하게 읊조리고 렌스는 거칠게 태빈을 바닥에 내리꽂았다. 태빈은 기력을 다한 듯 기운 없이 쓰러졌다. 상태를 보아 이대로 놔두면 몇 시간 못 버티고 죽을 것 같았다.

복수의 방법으로는 이렇게 죽어가도록 방치해 두는 것도 나쁘지 않았다. 뱀파이어에게 무기력하게 죽음을 맞이하는 것만큼 굴욕적이고 고통스러운 일은 없었다. 특히나 몇백 년을 살면서 거의 모든 분야에서 톱의 위치를 사수해 왔던 한태빈에겐 더더욱 그러할 것이다. 하나, 과거의 정리가 있는데 그리 잔인하게 굴 수는 없지. 그는 엄청난 자비를 베풀어 태빈을 한 방에 고통 없이 죽여줄 작정이었다.

"깨끗이 죽어라, 한태빈."

렌스는 품에서 칼을 꺼내 들었다. 서슬 퍼런 칼날이 허공에서 쨍, 날카로운 빛을 발했다.

"종족의 미래를 위해서."

뱀파이어의 숨통조차 끊어버릴 무자비한 칼끝이 빠른 속도로 낙하했다.

그때였다. 힘없이 반쯤 감겨 있던 태빈의 눈이 번쩍 뜨였다. 붉게 물든 눈이 새파란 빛으로 되돌려져 있었다. 차갑도록 서늘한 눈동자. 그러나 마치 잔잔한 대양처럼 세상만물을 모두 포용할 것만 같은, 그 광활한 파란빛이 선명하게 되돌아와 있었다. 그는 무기력하게 떨구어져 있던 두 팔을 힘차게 들어 자신을 방어했다. 빠른 속도로 낙하하던 칼날이 태빈의 두 손에 붙잡혔다.

"죽어라, 한태빈!"

허공에 정지한 칼끝에 렌스가 온몸의 무게를 실었다. 덕분에 칼은 태빈의 코앞까지 쑥 떨어졌다. 후두둑, 뚝, 뚝…….

얼굴로 핏물이 떨어졌다. 렌스는 이를 악물고 칼 손잡이를 더욱 힘차게 아래로 쑤셔 넣었다. 하지만 더 이상 칼날은 내려가지 않았고 태빈의 손에서는 더 많은 피가 흘렀다. 태빈도 렌스도 손이 파르르 떨려왔다. 누운 채 칼날을 쥔 태빈 쪽이 훨씬 불리하다는 것만 빼면, 두 사람의 힘은 완벽히 균형을 이루고 있었다. 한동안 칼날의 향방을 점칠 수 없을 만큼.

힘의 균형을 무너뜨린 것은 태빈이었다.

눈에 파란 불꽃을 일으키며 분노의 고함을 지르는가 싶더니 칼날을 힘껏 밀어 렌스의 자세를 무너뜨렸다. 칼은 저만치로 날아가

바닥으로 나뒹굴었다. 아주 작은 빈틈마저도 공격의 단초로 이용 가능한 한태빈은 렌스를 끌어안고 몸을 뒤집어 정반대의 상황을 만들었다. 피가 낭자한 손으로 렌스의 멱살을 잡고 면상에 주먹을 내리꽂았다. 입술이 터지고 입안이 피범벅이 되도록. 렌스의 반격도 만만치 않았다. 둘은 엎치락뒤치락 서로가 서로의 우위를 점하며 육탄전을 벌였다.

"죽어! 죽어, 한태빈!"

렌스가 주먹으로 태빈의 턱을 공격할 때였다.

철컥!

언제 들어도 기분 나쁜, 노리쇠 당겨지는 소리가 들려왔다. 거친 숨소리와 함께 총구가 렌스의 눈에 들어왔다. 그는 주먹질을 멈추고 자신을 향해 총구를 조준한 간 큰 여자를 노려보았다. 이글거리는 파란 안광 너머로 낯익은 얼굴이 있었다. 불과 몇 시간 전까지만 해도 귀찮고 끈질기고 아무짝에도 쓸모없다고 여겼던 인간 여자. 도대체 한태빈이 왜 이런 여자에게 목을 매는가, 의구심마저 들었던 바로 그 여자였다.

여자는 몹시도 우스꽝스러웠다. 권총을 쥔 두 손에서는 필사적임이, 연신 아랫입술을 핥는 혓바닥의 놀림에선 두려움이, 제대로 말을 잇지 못할 만큼 할딱거리는 숨소리는 긴장감이 역력했다. 그녀는 당장이라도 쓰러질 것만 같았다. 상대를 죽일 배짱은커녕 저 혼자 기절이나 하지 않으면 다행이었다.

"뱀파이어는…… 안 죽어……."

당장 심장이 터지는 건 아닐까 걱정될 만큼 숨을 거칠게 내쉬며 여자가 주절거렸다.

"표인희?"

렌스 아래에 피범벅으로 누워 있던 한태빈이 눈살을 찌푸렸다. 핏물에 의해 시야가 흐릿해진 상태라 목소리만으로 여자를 알아보았다. 렌스는 태빈을 내려다보며 콧방귀를 뀌었다. 대단한 사랑이시군.

"적어도 지금은 죽을 수 없어. 지금은 안 돼! 당신 따위한테 목숨을 잃게 하진 않아!"

권총을 쥔 손을 들썩이며, 혹은 불안하게 스텝을 이리저리 바꾸며, 여자가 소리쳤다. 몹시도 불안정한 정신 상태인 듯했으나 그러함에도 권총의 조준만큼은 제대로 유지하고 있었다. 렌스는 이죽거렸다.

"그 총은 대체 어디서 난 거지? 장난감 총인가?"

"누가 내게 이걸 줬는지 알면 화나서 돌아버릴걸? 장난감 총 아니니까 입 닥치시지. 손 들어!"

"뭐."

렌스는 반항할 생각 없음을 분명히 하기 위해 두 손을 어깨 근처에서 들어 손바닥을 내보였다. 여자는 총구를 옆으로 휙휙 흔들어대며 렌스의 움직임을 종용했다.

"당장 일어나. 한태빈한테서 떨어져. 저쪽으로 가."

"그러지."

땀과 피로 범벅이 된 얼굴을 빼면 나름대로 멀쩡한 렌스는 기꺼이 고개까지 끄덕이며 자리에서 일어났다. '헉!' 하고 여자가 숨을 격하게 들이마신다. 태빈의 상태가 매우 심각하다는 걸 이제야 알아본 게 틀림없었다. 총 든 손을 달달달 떨었다. 당장이라도 눈물을 쏟을 듯 표정이 일그러졌다. 수도꼭지 두 개를 항상 눈에 달고 다니던 여동생들이 떠올랐다. 하여간 여자들이란.

“태빈 씨, 괜찮아요?”

“여기서 뭐 하는 거야?”

태빈은 전혀 반갑지 않은 얼굴을 바라보며 거칠게 중얼거렸다. 이토록 위험한 곳 한복판에 표인희가 있다는 사실에 그는 등골이 오싹해졌다. 언제 목숨을 잃을지 모를 이곳에 그녀는 대체 왜 나타난 것인가! 천천히 몸을 일으키며 태빈은 엄히 지시했다.

“당장 여기서 나가. 어서.”

“싫어요. 혼자선 안 가요. 당신이랑 같이 갈 거예요.”

“표인희.”

“걱정 마요. 내가 당신을 구할 거니까. 저 악당이 더 이상 당신을 해치지 못하게 할 거예요.”

“뭐?”

“내가 지켜준다고요, 당신을.”

“그걸 지금 말이라고 해!”

기가 막힌 나머지 태빈이 버럭 고함을 지르며 양팔을 허공에 휘둘렀다. 덕분에 핏물이 사방으로 튀기자 인희가 ‘아악!’ 하고 비명을 질렀다. 옆에 서 있던 렌스가 ‘흥!’ 하고 코웃음을 쳤다.

둘의 모습이 유치하고 우스꽝스러워 렌스는 참을 수가 없었다. 남자 대 남자로, 뱀파이어 대 뱀파이어로 싸우는 대결장에 인간 여자가 나타나 훼방을 놓을 줄 그 누가 알았을까. 렌스 입장에선 웃기지도 않는 일이었다. 묘하게 배알이 뒤틀리기까지. 렌스는 저

어설프게 등장한 인간 여자를 어떻게 이용해 태빈을 해치울지 머리를 굴리기 시작했다.

"이리 내."

자리에서 일어난 태빈이 인희를 향해 손을 내밀었다. 인희는 꼴깍 침을 삼키며 고개를 내저었다. 여전히 총구를 렌스에게 겨누고 있었다.

"싫어요."

"그건 위험한 물건이야. 잘못했다가는 자기 자신을 쏠 수도 있어."

"그런 멍청한 짓은 안 할 테니 걱정 말아요. 걸을 수는 있겠어요? 아프진 않아요? 피가 너무…… 많이 나요."

그녀는 당장이라도 눈물을 쏟을 듯 울먹였다. 태빈은 답답한 인희 때문에 한숨이 나왔다. 지금은 그의 상처보다 그녀 자신의 안위가 더 중요했다. 당장 이 험악한 곳에서 탈출해 구조를 기다리게 해야 했다. 작전 시간 정확히 1시간 후, 헬리콥터가 다시 되돌아오기로 되어 있다. 조만간 약속되어졌던 1시간이 다가올 것이고 태빈은 무슨 일이 있어도 헬기에 인희를 태워야 했다.

"내 말 들어. 총을 내게 주고 이 저택을 빠져나가. 시간이 얼마 없어. 구조대가 곧 도착할 거야."

"말했잖아요! 나 혼자는 절대 안 간다고!"

"도저히 눈물 없인 못 봐주겠군."

팔짱 낀 채 렌스가 악의적으로 눈을 번뜩이며 중얼거린다. 태빈이 살벌한 눈빛을 쏘아 '내 여자 앞에서 입 함부로 놀렸다간 뼈도 못 추릴 줄 알아'란 경고를 날렸다. 그러든지 말든지, 총을 가진 쪽은 태빈이 아니니 렌스가 무서워할 필요는 없다. 렌스는 유들유들하게 실실 웃어대며 여자를 향해 농지기를 날렸다.

"그러지 말고 그 총을 내게 주시지? 둘 다 죽여줄 테니 사이좋게 이 섬에 나란히 묻히라고. 어때? 로맨틱하지 않나, 인간?"

"당신은 입 닥치고 가만있으랬지! 한 번만 그 주둥이 놀리면 당장 머리통에 구멍을 내버릴 줄 알아!"

인희가 두 눈을 부릅뜨며 윽박지르고는 총구를 마구 흔들어댔다. 여자는 겉으로 보이는 것보다 훨씬 과격한 면이 있는 게 틀림없었다. 재미있군. 좀 더 도발하면 흥분해 길길이 날뛸지도 모르겠어. 그 틈을 타 한태빈보다 먼저 저 총을 손에 넣는 거다.

그런데 저 인간 여자는 총을 어디서 구한 거지? 옷차림은 또 왜 저래? 가만히 지켜보고 있자니 이상한 점이 한두 군데가 아니었다. 방에 꽁꽁 묶어 가둬두었던 여자가 멀쩡히 걸어나온 것부터가 이상하다.

"당신이 날 여기서 강제로 내쫓아도 소용없어요. 난 다시 돌아올 거니까. 당신을 구해서 함께 나갈 거예요. 이 은갈치는 나한테 맡겨요. 내가 처치할 테니까."

은갈치라는 말에 렌스는 은빛 눈을 번뜩이며 불쾌감을 드러냈다. 하지만 인희도 지지 않고 눈을 더욱 부릅떠서 입 조심하라는 위협을 가했다.

"당신을 이렇게 만든 대가를 치르게 할 거예요. 당신이 다친 만큼 저치도 똑같이 다쳐 피를 철철 흘리게 해주겠어요. 나만 믿어요, 한태빈 씨. 난 내 환자는 확실히 책임져요."

"환자라고?"

총알 몇 방 맞고 손바닥 좀 베었다고 '환자' 취급이라니. 뱀파이어로서 이건 명예훼손 감이었다. 태빈은 이성을 잃고 버럭 고함을 내지르고 싶은 충동을 가까스로 참아내며 어금니를 꽉 사리물었다. 그리고는 억지로라도 그녀의 손에서 총을 빼앗기 위해 손을 뻗었다. 바로 그때, 섬뜩할 정도로 우악스럽기 짝이 없는 비명 소리가 들려왔다.

"아아악! 아아악!"

누구지? 태빈이 인상을 찌푸리자 질문에 답하듯 렌스와 인희가 차례대로 중얼거렸다.

"아멜리아?"

"예리 씨?"

"우리 아멜리아를 어떻게 알지?"

렌스가 인희를 향해 눈을 빛냈다. 하나, 인희의 옷차림과 화장술 등이 동생의 그것과 흡사하다는 것을 알아채기도 전에 또 다른 비명 소리가 들려왔다.

"다들 도망쳐—"

셋이 동시에 고개를 꺾었다.

"폭탄—! 폭탄이 설치됐대—!"

예리가 이층 계단 난간을 타고 내려오고 있었다. 웬 덩치 큰 낯선 남자가 그 뒤를 간발의 차이로 따르고 있었고. 동생이 누군가에게 쫓기고 있음을 캐치한 렌스는 계단 끝을 향해 전속력으로 내달렸다. 하지만 예리는 눈 깜짝할 사이에 불시착했고 간발의 차이로 뒤따라오던 남자에게 덜미를 잡히고 말았다.

"다가오지 마, 테렌스 노튼."

남자는 예리를 꼼짝 못하게 해두곤 관자놀이에 총구를 들이댔다. 바짝 긴장한 채 렌스는 정체를 알 수 없는 남자를 향해 거칠게 물었다.

"넌 뭐 하는 놈이야?"

"글쎄. '이 여자 때문에 미쳐 돌아가기 일보 직전인 사람'?"

남자가 생긋 살벌하기 짝이 없는 미소를 짓는다. 머릿속으론 미친 듯이 발길질에 악다구니를 써대는 여자에게 저주를 내리고 있었다. 여잘 제대로 통제하지 못하여 최악의 사태를 일궈낸 자신에게도.

"어떻게 여기 들어왔지? 네 정체가 뭐야?"

"이 여자와 똑같이 말하시네. 여긴 뭐, 들어올 때 패스포드라도 보여주고 들어와야 하나?"

"예화령은 내 개인소유지야."

"개인소유지인지는 난 모르겠고. 여자가 납치되었다기에 왔을 뿐이고. 사람을 납치해 감금하는 건 범죄이지 말입니다, 테렌스 노튼 씨. 뭐, 그렇다고 난 딱히 죄를 물을 생각은 없어. 어차피 훈계나 응징 따위는 내 일도 아니고 관심도 없으니까. 네가 범죄를 저지르든 말든 난 상관 안 해. 하지만 의뢰받은 일에 대해서라면 문제가 달라지지."

"의뢰?"

"표인희는 내가 데려간다, 노튼. 어차피 그쪽 여자도 아니니까 손해 볼 건 없겠지? 미리 경고해 두는데 귀찮게 따라오지 마셔. 그러다 다치실 수가 있어."

남자의 말에 예리가 또다시 발길질을 하며 악악거리기 시작했다. 남자는 아주 넌덜머리가 난다는 듯이 짜증스레 여자를 더 가까이 확 끌어안고는 이를 악물며 씹어뱉듯 '좀 상황을 봐가면서 입을 여시지, 응?' 하고 말했다. 그사이 렌스가 푸른 안광을 내뿜으며 으르렁거렸다.

"표인희를 데려가겠다니, 도대체 그게 다 무슨 헛소리야?"

"명성에 비해 센스가 많이 떨어지시네. 요점 정리해 드리자면, 내 뒤를 따라오면 후회하게 될 거라는 거야. 일 크게 벌이지 맙시다. 그쪽은 그쪽 볼일 보시고, 난 내 볼일 보고. 상부상조하자고."

"이봐!"

"난 이만 바빠서. 바이!"

남자는 헛소리를 좀 더 열심히 지껄이고는 렌스 발밑에 드르륵, 총알세례를 퍼부었다. 그 총구는 곧장 스테인드글라스로 된 전면 창문으로 돌아갔다. 굉음과 함께 와르르, 유리창이 깨졌다.

인희는 끔찍할 정도로 멀리 튀는 파편을 피해 몸을 숙였다. 엎드린 몸 위로 육중하고 축축한 남자의 몸이 덮쳐 온다. 태빈의 피 냄새가 진동해 인희는 머리가 아찔해졌다. 눈물이 왈칵 쏟아졌다. 저도 모르게 어깨와 가슴을 끌어안은 태빈의 손을 틀어쥐었다. 그는 거대한 몸으로 인희의 전신을 뒤덮어 완벽하게 보호했다.

"태빈 씨……."

"쉿! 내 말 잘 들어. 하나, 둘, 셋, 하면 뛰는 거야. 전속력으로."

"나 혼자서는 절대로 안 갈 거예요."

"걱정 마, 선생. 이번엔 나도 함께니까."

"당신도 같이 가요?"

목구멍이 꽉 조이는 듯 거친 목소리로 인희가 속삭였다. 그가 드디어 '함께'를 얘기함에 코끝이 찡해졌다.

"내 손을 놓지 마. 절대로."

"그건 자신 있어요."

"잘됐군."

꿀이 떨어지는 목소리로 그가 속삭인다. 인희는 두근두근 뛰는 가슴을 진정시키며 마음을 단단히 먹었다. 무슨 일이 벌어지고 있는지, 뭐가 뭔지 혼란스러울 따름이었지만 옆에 한태빈이 있으니 상관없었다. 한태빈을 믿는다. 그와 함께라면 안전하다는 것을. 무슨 일이 있어도 그녀를 버리지 않을 거라는 사실을. 그 믿음이 배반당할 일은 영원히 없을 거란 것도.

"하나, 둘……."

깊고 나직한 태빈의 음성이 귓전을 두드렸다.

"셋!"

구령이 떨어지자마자 인희는 정신없이 다리를 움직이기 시작했다. 태빈이 손을 꽉 잡아주었다. 피비린내 나는 그의 손길이 무척 따뜻하고 애달팠다. 정신이 나갈 정도로, 두 다리가 기계처럼 느껴질 정도로 전속력으로 내달리며 그녀는 마지막으로 흘낏 뒤를 돌아보았다.

천장서부터 무너진 엄청난 유리 파편 잔해들 사이에 렌스 노튼이 망연자실 서 있었다. 파편을 피하기 위해 잠시 얼굴을 가렸을 뿐인데, 고개를 들었을 때는 정체불명의 사나이와 에리는 이미 사라지고 없었던 것이다. 동생이 자신의 코앞에서 납치되었다는 사실에 충격을 받은 듯 렌스는 괴성을 내질렀다. 다음 행동을 목격할 수 없었지만 그가 창문을 넘어 납치범을 쫓을 거라는 것은 불을 보듯 뻔했다.

'자업자득이야.'

제13장 뱀파이어의 로망스

헬리콥터가 두 연인을 발견한 것은 첫 폭파가 막 시작되었을 때였다. 두 번의 굉음이 동시에 울리면서 거대한 저택이 바닥부터 함몰되기 시작하였다. 갑작스런 폭발에 놀란 나머지 그들은 또다시 차가운 대리석 바닥에 배를 대고 엎드렸다. 인희는 숨을 헐떡이며 태빈을 돌아보았다.

"정말 폭발했어요! 폭탄이 설치되었다는 예리 씨의 말이 사실이었나 봐요!"

"납치되는 도중 저택에 폭탄이 설치되었다는 걸 알게 되었을 거야. 오라비에게 알려야겠다고 생각했겠지."

"납치범이 설치한 걸까요? 설마 더 터지는 건 아니겠죠?"

"몇 초 간격으로 더 터질 거야. 아마도. 저택이 사라지고 섬이 산산조각 날 때까지."

"그걸 당신이 어떻게 알아요? 납치범이 왜 그렇게까지 하려 하겠어요? 잠깐. 그러고 보니 그 납치범이 이상한 말을 했어요. 예리 씨를 나로 착각한 것 같았는데……."

"생각하지 마. 지금은 저것에 집중해야 할 때야."

그가 허공으로 손가락을 찔렀다. 그들을 구조하기 위해 저공비행 중인 헬리콥터가 길고 흐느적거리는 밧줄사다리를 아래로 투하하고 있었다. 저걸 타고 하늘을 날아야 하나 보다. 인희는 계속 숨을 쉬기 위해 노력했다. 밧줄사다리에 매달려 창공을 날아가는 생각만 해도 머리가 아찔, 다리가 후들후들 떨려왔다. 그딴 액션은 영화에서 볼 때나 재미있지 실제로 하는 건 노땡큐였다.

"나 아무래도 고소공포증 있나 봐요."

"성채에선 밧줄을 타고 잘만 내려가지 않았나?"

"모르겠어요. 그때랑 지금은 기분이 좀…… 많이 달라요."

"다르지 않아."

"저 사다리는 흔들리잖아요. 무섭단 말이에요!"

"그래도 타야 해. 저거 외엔 방법이 없어."

"소, 손이 미끄러져서 떨어지기라도 하면 어쩌죠?"

"즉사하겠지."

매우 현실적인 말에 인희의 얼굴은 새하얗게 질려 버렸다. 태빈은 놀려먹기를 중단하고 손바닥으로 인희의 볼을 감쌌다. 땀과 흙먼지, 핏물로 지저분한 그녀였건만 태빈의 눈에는 한없이 예쁘기만 한 얼굴이었다. 태빈은 꿀이 뚝뚝 떨어지는 눈으로 그녀를 내려다보다가 붉은 입술에 부드럽게 키스했다.

"걱정하지 마. 당신은 무슨 수를 써서라도 내가 살릴 거니까. 만에 하나 당신이 떨어지는 일이 발생하더라도 살려. 내 몸을 쿠션 삼아 떨어지게 해서라도 당신 살려내. 이번엔 절대로 죽게 내버려 두지 않을 거야."

"이번엔……?"

태빈이 알 수 없는 말을 했고, 그도 자신의 말을 이해하지 못한 듯 잠시 혼란스러워했지만, 둘은 이내 상관하지 않게 되었다. 중요한 것은 이젠 절대 헤어질 일이 없을 거라는 확신이었다. 인희는 태빈의 손을 꼭 쥐었다. 태빈이 그 손에 입을 맞추었다. 서로의 두 눈을 응시한 채로.

밧줄사다리가 머리 위에서 맴을 돌았다. 태빈은 인희를 끌어안고 사다리에 매달렸다. 그가 위쪽에 신호를 주자 헬리콥터는 주저하지 않고 더 높은 곳으로 날아올랐다. 때마침 다음 폭탄이 터졌다. 발밑에서 화염이 솟구쳤다.

❖

"그 세 사람은 무사히 빠져나왔을까요?"

지중해 어느 섬, 잔잔한 호수 한가운데에 작은 쪽배가 떠 있었다. 쨍쨍한 태양 빛이 나뭇잎 사이에 걸려 있었고, 미풍에 흔들리는 나무들은 파릇파릇 생생함을 뽐냈다. 두 사람이 간신히 누울 수 있는 작은 쪽배에는 한 쌍의 사랑스런 연인이 있었다.

남자는 강렬한 햇살을 감당하지 못해 한 팔로 이마를 가린 채고, 여자는 연인의 어깨에 기대어 누워 있다. 여자는 따뜻하게 데워진 호수 물에 손을 담그고 물장구를 치다가 간혹 연인을 향해 차가운 물방울을 튕긴다. 그러면 그녀는 곧장 연인의 품에 안기게 된다. 인희는 검은 셔츠 사이로 보이는 흰 살결을 부드럽게 매만지며 반듯하고 순해 보이는 눈썹을 훅 치켜떴다.

"죽진 않았을 거예요. 그렇죠?"

"그거야 각자의 운에 따라 다르겠지."

"예리 씨가 죽었을지도 모른다고 생각하면 마음이 안 좋아요. 예리 씬 잘못한 게 하나도 없잖아요. 피해자예요. 날 도와주려고 애썼는데."

"걱정하지 마."

"왜요? 뭐 아는 거 있어요?"

"별로."

태빈이 어깨를 으쓱하며 별거 아닌 척했다. 하지만 그 입가에 스치는 경쾌함을 못 알아볼 인희가 아니었다.

"뭐 있구나? 그렇죠? 알아낸 게 있는 거죠?"

"그렇게 궁금해?"

"그럼요. 폭탄으로 인해 섬 하나가 초토화되는 걸 내 눈으로 똑똑히 봤는데. 렌스라는 사람은 죽어 마땅하지만 예리 씨는 살아있어야 해요. 그랬으면 좋겠어요."

"렌스는 잘 모르겠고, 그 여잔 걱정 안 해도 돼. 납치범과 함께 잘 있으니까."

"납치범과 함께라고요? 그 납치범이 누군지 알아요?"

인희가 두 눈을 휘둥그레 뜨고 작고 귀여운 얼굴을 그를 향해 올려붙였다. 태빈은 잠시 더 애를 태워볼까 하다가 이내 마음을 바꾸었다. 지난 며칠 동안 그녀가 겪었던 고초와 충격을 생각하면 최대한 그녀를 걱정과 공포로부터 자유로이 해줘야만 했다. 태빈은 턱 밑에 난 작은 상처를 손가락으로 가볍게 문지르며 빙그레 미소 지었다.

"샤킬."

"샤…… 킬……?"

"전에 한 번 얘기해 줬던 것 같은데. 기억나?"

"서고에서요. 맞죠?"

영리하게 눈을 빛내며 인희가 대답했다.

"샤킬은 사냥꾼이야. 돈을 받고 인간이나 뱀파이어를 죽이는 킬러지. 특이한 건 돈을 아무리 많이 줘도 죄가 없는 상대는 죽이지 않아. 그게 샤킬만의 법칙이고, 그 때문에 이쪽 세계에선 나름 신용이 있는 편이지. 샤킬을 옹호하는 이가 상당수야. 기빈이처럼."

"기빈 씨도 이 일에 관련된 거예요?"

"나 혼자 노튼을 상대하는 게 어지간히도 불만스러웠던 모양이야. 지금껏 단 한 번도 내 뜻을 꺾으려 한 적 없었던 녀석이 내게 대들기까지 했어. 내가 말을 들어주지 않자 비밀스레 샤킬에게 도움을 청했던 것 같아. 평소 노튼에 대해 좋지 않은 감정을 갖고 있던 샤킬은 흔쾌히 응했고."

태빈은 사실대로 얘기했다. 샤킬이 노튼을 해치우기 위해 기빈이 의뢰하지도 않은 폭발물까지 설치했다는 것만 쏙 빼고.

기빈이 샤킬에게 부탁한 일은 정확히 '표인희의 구출'이었다. 인희가 인질로 잡혀 있는 한, 형은 노튼과의 대결에서 약자일 수밖에 없음을 알고 도우려 한 것이었다. 그러나 기빈의 선행에는 예상치 못한 변수들이 있었다. 노튼에 대한 샤킬의 원한이 상당히 깊었던 게 그 첫째 변수요, 인희의 탈출을 도우려는 이가 또 있었다는 것이 두 번째 변수였다.

샤킬은 노튼을 해치우기 위해 기빈이 부탁하지도 않은 폭탄을 들고 섬에 잠입했다. 일찌감치 섬 곳곳에 폭탄을 설치해 놓고 저택에 들어선 그는 저택에 흩어져 있던 노튼의 부하들을 모조리 죽였다. 덕분에 인희는 3층에서 1층까지 무사히 내려올 수 있었지만, 샤킬은 잘못된 목표물을 데리고 탈출을 시도하게 되었다.

"그럼 예리 씨를 나로 착각한 게 사실이었군요?"

"두 사람이 옷을 바꿔 입은 게 화근이었어. 샤킷은 엉뚱한 사람을 납치했다는 걸 저택을 탈출한 이후에 알았다는군."

"그래서 그 둘은 지금 어디서 뭘 하고 있대요? 둘 다 살아 있는 건 맞죠?"

"어딘가에 살아 있다고는 들었어. 어디에 있는지는 나도 몰라. 샤킬의 행방을 아는 이는 드물지. 그의 얼굴을 본 사람도 거의 없고. 항간엔 샤킬이 자신의 정체를 아는 이를 무조건 죽인다는 소문도 있었어."

"설마 예리 씨나 나를 죽이려 들진 않겠죠?"

"샤킬은 원래 죄 없는 사람을 함부로 죽이지 않아. 하지만 글쎄, 원예리는 좀 애매한 케이스로군. 이번 일로 미루어 샤킬은 노튼에게 남다른 원한을 가지고 있는 듯한데, 원예리는 노튼의 여동생이니까. 그리고 당신은 샤킬뿐 아니라 그 누구도 못 죽여. 그런 시도가 조금이라도 감지될 시엔 되려 내 손에 죽어 없어질 테니까."

"왜요? 당신 주치간호사라서?"

인희가 순진한 얼굴로 물었다. 뻔히 정답을 알면서도 묻는 앙큼한 표인희. 태빈은 도저히 참지 못하고 귀여운 콧잔등을 앙, 이로 물어주고는 그곳을 손끝으로 가볍게 문질렀다.

"당연히 내 여자라서지."

"핏! 말도 안 돼. 누가 그런 헛소릴 해요?"

"부정해도 소용없어. 이번 사건으로 우리 관계는 대외적으로 공표된 것이나 다름없으니까. 세상 사람들 모두가 당신을 내 여자로 알아. 심지어 대통령까지 이 일을 보고받았다지. 당신 가족들마저도 날 미래의 사윗감으로 받아들이고 있잖아?"

"그건 우리 할머니와 엄마께서 약간 오버하신 거예요. 두 분께서 겉으론 되게 순진해 보이지만 실은 엄청난 속물이거든요. 돈을 굉장히 밝히세요. 어떻게 알았는지 당신이 우리나라에서도 손꼽히는 재벌이라는 사실을 알아내고선 지속적으로 내게 결혼하라는 압박을 넣고 계신다고요."

약 올리듯 말하고 인희는 가족들에게 시달림을 받아야 했던 지난 며칠간을 떠올려 보았다.

"인희야. 전에 할미가 얘기했듯이 사람은 짚신처럼 다 제 짝이 있는 거란다. 괜히 이놈, 저놈, 쓸데없이 만나서 시간 낭비, 정력 낭비할 필요가 없어요. 내 보기엔 그 청년이 딱 네 짚신이다. 듣자 하니 착한 쪽이라더라. 전 세계적으로 사업을 아주아주 크게 하는데, 돈을 버는 만큼 좋은 일에 많이 쓰고, 가끔은 나쁜 놈들을 혼내주기도 한대. 널 납치한 놈도 아주 혼쭐을 내주었다고 하지 않니!"

외할머니께선 태빈이 '착한 쪽' 이라는 출처 모를 정보에 전적으로 동의하는 것 같았다. 가진 돈을 정의로운 일에 쓴다는 사실에 후한 점수를 주었다가, 태빈이 총을 맞아가며 인희를 구해오는 것을 보고는 마음을 완전히 굳혀 버렸다. 피투성이가 된 몸으로 인희를 가족의 품으로 데려온 그날 이후로, 외할머니는 줄곧 그녀에게 한태빈과 결혼하라는 잔소리를 해대셨다. 정작 당사자인 태빈은 결혼의 'ㄱ' 자도 꺼내지 않는데!

엄만 또 어떻고.

"난 그렇다? 네 할머니가 사람은 잘 본다고 생각해. 할머니가 괜찮다면 괜찮은 거야. 늘 그렇게 생각하며 살았어. 네 아버지도 할머니가 오케이했기 때문에 나랑 결혼할 수 있었지. 내 눈에도 그 사람은 좋은 사람 같더라. 이번 일을 겪으면서 엄마도 확신하게 되었어. 그 사람이 네 짝이라면 엄만 안심이야."

사람이 아니라서 문제죠, 라고 응수해 주고 싶은 걸 꾹 참느라 입이 어찌나 근질근질하던지!

남동생은 다행히 가타부타 말이 없었다. 하지만 한태빈이 전투 시뮬레이션 게임에 등장하는 무기들을 실제로 만드는 사업가란 사실을 알고, 환호성을 내지르며 총기에 대해 이것저것 질문을 쏟아냈던 것으로 보아 대충 어떤 의견을 갖고 있는지 감은 왔다. 아마 누나가 한태빈과 결혼하지 않겠다고 선언하면 결사반대를 외칠 게 뻔하였다.

세 가족은 똘똘 뭉쳐 인희를 몰아붙였다. 그 열화와 같은 모습을 보고선 도저히 진실을 고할 수 없었다. 한태빈은 사람이 아니라 뱀파이어라는 사실을.

"나와 결혼할 건가?"

장난처럼 가볍디가벼운 말투로 그가 물어왔다. 인희는 입술 언저리를 삐죽 꺾었다.

"내가 원하기만 하면 다 이뤄질 것처럼 말하시네."

"원하기는 하고?"

"그거야 뭐……."

원한다고 말하고 싶었다. 그가 뱀파이어라도 상관없다고, 그저 사랑하는 당신과 죽을 때까지 행복하게 살고 싶다고. 하지만 한태빈한테 이런 마음을 보여줘도 좋을까?

"왜 얼굴을 찡그리지? 그게 그리 괴로운 일인가?"

무의식중에 얼굴을 찌푸렸나 보다. 그가 중얼거리더니 갑자기 그녀를 훽 끌어당겨 몸 위에 올려놓는다. 인희는 깜짝 놀라 떨어지려고 했다. 태빈은 아직 치료 중이고 갈비뼈가 확실히 붙을 때까지 아직 며칠은 더 조심해야 하기 때문에 이런 행위는 위험했다. 하지만 태빈은 그녀를 놓아주지 않았다. 인희는 버둥거리며 제발 놔달라고 그에게 애원했다.

"안 돼. 가만있어."

"의사가 당분간은 절대 안정을 요한다고 했단 말이에요."

"의사의 목을 당장 부러뜨려야겠군."

"주치의 말을 들어야죠! 그러기로 약속하고 여기 온 거잖아요."

"내 몸은 내가 알아. 나한테 '절대 안정'은 당신과 가까이 있는 거야."

"이런 식이면 정말 곤란해요. 당신 건강을 위해 내가 여길 뜰 수밖에 없다고요."

"조금만 더 격렬히 움직이면 배가 뒤집혀, 간호사 선생. 갈비뼈가 부러진 환자가 호수에 빠져 허우적거리면 어떻게 될까?"

우뚝. 그에게서 빠져나가기 위해 필사적으로 버둥거리던 인희의 사지가 신기하리만치 완벽하게 정지했다. 혹여 그런 일이 생길까 염려한 듯 인희는 겁에 질린 채 꼼짝도 하지 않았다. 태빈은 빙그레 웃으며 인희를 조심스럽게 다시 끌어들였다. 그녀는 순종적으로 그의 것이 되었다. 만족스러움이 태빈의 온몸을, 온정신을 감쌌다. 그는 눈을 감고 후각과 촉각으로만 인희를 느끼며 중얼거렸다.

"이대로 잠시만 있어, 선생. 환자를 위해 그 정도는 해줄 수 있겠지?"

"네……."

한숨을 깊게 내쉬며 그녀가 힘없이 중얼거렸다. 한태빈을 누가 이기랴. 달리 다른 방도가 없었다. 아주 조심스럽게, 최대한 얌전히 붙어 있다가 떨어지는 수밖에. 인희는 잔뜩 긴장한 채로 단단한 그의 가슴팍에 머리를 기댔다. 하지만 희미한 포르말린 냄새에 섞인 그의 육감적인 체향을 맡은 지 10분도 채 되지 않아 인희는 저도 모르게 온몸에서 힘을 쭉 빼버렸다.

나른한 감각이 밀려오면서 스르륵 눈이 감겨왔다. 한가하고 따뜻하며 행복한 기분. 긴장이란 긴장은 모조리 풀린 편안한 육체. 그 두 가지는 한태빈의 마약 같은 체취와 섞여 인희를 잠자는 숲 속의 공주로 만들어 버렸다. 인희는 정말이지 급속도로 곯아떨어졌다.

잠결에 그녀는 부끄러움도 모르고 벌어진 태빈의 셔츠 사이로 손을 미끄러뜨렸다. 벨벳처럼 부드럽고 뜨거운 살의 감촉이 너무 좋아 가르릉거렸다. 그 부드러운 곳에 얼굴을 부비부비 비벼대고 울퉁불퉁 근육질 식스팩과 네모난 가슴근육을 차례로 애무해 대니 태빈은 숨도 쉴 수 없는 지경에 빠져 버렸다. 그녀가 손끝을 세워 작고 딱딱한 젖꼭지를 빙글빙글 돌릴 때는 총알이 가슴에 박힐 때보다도 더 격한 통증으로 숨을 헐떡여야 했다.

"표인희……."

태빈은 다급하게 인희의 둔부를 끌어당기며 이를 악물었다. 그녀의 몸무게가 불룩 솟은 하반신을 짓누르자 그제야 살 것 같은 기분이 들었다. 자신의 거친 숨소리와 불규칙적으로 뛰는 심장박동을 체크하며 태빈은 중얼거렸다.

"해로워. 몸에 아주 해로운 여자야."

해롭다는 걸 알지만 끊을 수 없는 존재. 그게 바로 표인희였다. 신의라고는 눈곱만큼도 없는, 그래서 수백 년 동안 끔찍하리만치 강하게 혐오해 왔던 인간임에도 불구하고 그녀를 포기할 수 없는 건 그래서였다. 잘라내는 게 불가능하니까.

태빈은 인희의 짧은 바지 가장자리 안으로 손을 넣어 맨살의 부드러움을 즐겼다. 꼭 끌어안고 쪽쪽, 정수리에 자잘한 키스를 흩뿌렸다. 섬에서의 일로 얻은 수십 개의 멍들을 차례대로 손끝으로 어루만져 주었다. 신성한 마음의 맹세를 하면서. 그러나 곧 하반신으로 에로틱한 행위가 감지되자 그의 머릿속은 '신성함'과는 거리가 먼 상태가 되어버렸다.

"헉!"

잠든 줄 알았던 사악한 마녀 표인희가 태빈의 바지 속을 급습했다. 순식간에 엄청난 강도의 쾌감이 꼭지까지 차올랐다. 태빈은 당장 쪽배를 되돌려 둘만의 고급펜션으로 직행해야겠다고 결심하며 짐승처럼 격렬하게 울부짖었다.

"표인희, 도망쳐. 어서……."

태빈은 몹시도 절박하게 애원했다. 멈추려 해도 멈춰지지 않았고, 멈추고 싶은 마음도 전혀 생기지 않으니 덜컥 겁이 난 것이다.

그녀를 다시 갖겠다 결심했을 때, 태빈은 마지막 순간에 멈출 수 있을 것이라 생각했었다. 그녀를 밀어내는 일은 무척이나 힘든 일이고, 분명히 비참함과 자괴감, 광기라는 후유증에 시달리게 될 터이지만 이전에 그랬던 것처럼 가능할 것이라 여겼었다. 쾌감의 끝까지는 갈 수 없겠지만 미약하게나마 그녀에게 닿고 싶었다. 불완전하게나마 그녀를 갖고 싶었다. 자신의 여자임을 확인하고 싶었다. 그 바람이 너무나 절박했던 나머지 그는 스스로를 제어하지 못하는 사고에 대해서는 고려해 보지 못하였다.

"날 밀어내라고, 표인희. 제발!"

태빈은 내면에서부터 긁어 올라오는 거친 음성으로 외쳤다.

"싫어요…… 으흣!"

인희가 고개를 가로저으며 신음했다. 그가 무얼 걱정하는 것인지 알았지만 상관없었다. 이번엔 겁나지 않았다. 신기하게도 그가 무섭지 않았다. 마음속의 한 조각 의구심을 털어버린 탓인지도 모르겠다. 그의 존재를 부정했던 마음, 뱀파이어가 아니길 바랐던 마음이 두려움으로 작용하다가 그를 온전히 받아들임으로써 그것을 극복한 것인지도 모르겠다.

무엇 때문이든 이제는 정말로 한태빈이 두렵지 않았다. 길들여지지 않은 야성의 맹수처럼 송곳니를 드러내며 그르렁거려도. 붉은 눈을 번뜩이며 목덜미를 깨물어도. 인간의 것과는 비교도 할 수 없는 크기의 성물(性物)을 좁디좁은 그녀의 입구에 끼우고 거침없이 내달려도. 그가 뱀파이어라는 사실이 너무도 자연스럽게 느껴졌다.

턱밑까지 올라오는 절정의 전조. 그는 점점 더 빨리 움직였다. 더욱 격렬하고 더욱 가파른 움직임으로 쑤석였다.

그녀의 안은 세상 그 어느 곳보다도 더 뜨겁고 아늑하고, 꽉 조였다. 도저히 멈출 수가 없었다. 이 엄청나게 끓어오른 욕구가 완벽하게 채워지지 않은 지금의 상태로써는 결코 멈추어지지 않는다. 그는 브레이크 없는 자동차처럼 미친 듯이 그녀에게 돌진하며 짐승처럼 포효했다. 찢을 듯 입구를 통과해 저 깊고 깊은 곳까지 쑤셔 박혀오는 그의 몸은 들어왔던 것만큼이나 빨리 빠져나갔다가, 또다시 그만큼 빠른 속도로 허전한 공간을 메웠다.

"으흑, 흑, 흑……!"

인희는 허리를 뒤틀고 엉덩이를 들어 올려 그를 더 깊이 머금었다. 그와 더 가까워지려 애썼고 그와 한 몸처럼 움직이도록 노력했다. 그의 하반신이 추락할 때마다 침대는 지진 난 듯 흔들렸고 인희는 뜨겁게 신음했다. 거대한 열감에 흐느적거리며 멍청하게 생각했다. 이런 것이 궁극의 쾌락일까, 하고. 설명할 수 없는 엄청난 수치의 쾌감이 토네이도처럼 인희의 정신을 저 하늘 끝까지 날려 보내고 있었다. 온몸이 활활 타오르는 것만 같았고 가슴은 당장이라도 터질 것 같았다.

"으흐, 으으으읏!"

끝이 다가온 듯했다. 빠른 속도로 수축을 이어가는 자궁 안으로, 여전히 잔뜩 일어서 있는 불쏘시개를 쑤욱 끝까지 넣으며 그는 무너지듯 상체를 떨어뜨려 인희를 끌어안았다. 그녀는 허벅지로 태빈의 몸을 감쌌다. 단단한 그의 엉덩이 골 사이로 두 발끝을 교차하여 걸어두고 목에는 팔을 감았다. 태빈은 입을 벌려 인희의 입술을 빨았다. 감미롭고 다정하게.

"바보같이."

태빈이 그렇게 속삭인 것도 같았다. 무슨 의미인지 묻거나 생각해 볼 틈도 없이 그가 힘차게 허리를 튕겼다. 한 번도 가능할 것이라 생각해 본 적 없는 속도로 그가 파고들었다. 그녀를 꿰고 또 꿰었다. 찌르고 또 찔렀다. 둘은 숨이 끊어질 듯 헐떡이며 비명을 질렀다.

둘은 서로의 몸을 끌어안고 동시에 한곳을 향해 날아갔다. 쏜살같이. 진공상태와 같은 높다란 곳에 도달할 때까지. 절정이었다.

그들은 산산이 부서졌다. 정신을 놓았고 녹초가 되어 퍼졌다. 두 육체가 만나는 곳에서 진득한 밀크가 보글거리는 작은 거품과 함께 북적북적 흘러나왔다. 체액으로 범벅된 그곳이 꽉 맞물린 채로 둘은 한참 동안 서로를 음미했다. 눈을 감고, 서로를 끌어안고, 상대의 영혼을 호흡하고 있었다.

"죽지 않았어."

태빈이 정신을 차리고 처음 뱉은 말이었다. 정신이 나갈 정도로 대단했던 결합이었음에도 그녀는 살아 있었다. 그녀를 향해 미친 듯이 욕정하고 갈구했는데도 그녀는 목숨을 부지하고 있었다. 어떻게 그럴 수가 있었을까. 어떻게 송곳니를 잔인하게 박아 넣어 흡혈하지 않을 수 있었을까. 어떻게 이성을 잃지 않을 수 있었을까. 자신이 이뤄내고도 믿을 수 없는 현실에 태빈은 잠시 할 말을 잃었다.

"정말로…… 죽지 않았어. 정말로."

유리로 만든 예술품인 양 인희의 얼굴과 가느다란 목선을 조심스럽게 어루만지며 태빈이 자꾸만 뇌까렸다. 가무잡잡하고 커다란 손아귀에 잡힌 인희는 실물이라기엔 턱없이 작고 여려 마치 인형 같았다. 그녀는 감았던 눈을 천천히 뜨고 태빈과 시선을 맞추었다.

"내 말이 맞잖아요, 뱀파이어 씨."

빙긋 부드러운 호를 그리며 그녀가 웃었다. 태빈의 눈동자가 태양빛을 받은 호수처럼 따스하게 반짝거렸다.

"어떻게 이런 일이 가능했지? 내가…… 뭘 했던 거야?"

"뭘 '해서'가 아니라 '하지 않아서'예요. 날 거부하지 않아서. 날 받아들이기로 마음먹었기 때문에 죽이지 않을 수도 있었던 거라고요."

그것도 모르냐는 듯 인희는 코끝을 치켜 올리며 잘난 체를 했다. 그게 또 믿을 수 없을 만큼 귀엽고 사랑스러워 태빈은 그녀를 열렬히, 레이저 조준기처럼 뚫어져라 내려다보며 가만히 속삭였다.

"그런가?"

"사실 나도 잘은 몰라요. 난 뱀파이어도 아니고 뱀파이어를 연구했던 사람도 아니잖아요. 뱀파이어라곤 당신밖에 몰라요. 다른 뱀파이어는 알고 싶지도 않고요. 그냥, 이번엔 느껴졌어요. 당신이 날 마음으로 깊이 받아들이는 것을. 나도 그랬고요."

"피 냄새를 맡지 못했어."

"처음부터 안 난 거예요, 아니면 정신이 쏙 나가서 냄새에 집중할 수가 없었던 거예요?"

"글쎄? 둘 다?"

대충 대답하고 태빈은 인희의 입술에 쪽 입을 맞추었다. 아무래도 좋았다. 활기차게 너울거리는 그녀의 영기에 취해 피 냄새 따위 맡을 겨를도 없었던 것인지, 그녀와 함께여야만 한다는 사실을 비로소 받아들였기 때문인지, 정확한 원인은 알 수는 없으나 상관없었다. 기적이 일어났다는 사실이 중요한 것이지 그 원인이 무엇인지가 중요한 건 아니니까.

"난 이렇게 될 줄 알았어요. 처음부터. 당신이 날 해칠 사람이 아니란 걸 첫눈에 알아봤지요."

인희는 또다시 선생님 같은 말투로 젠 척하고는 뾰족 입술을 내밀어 태빈의 것을 머금었다. 혓바닥을 할짝거리며 입술 선을 훑더니 가운데부분을 부드럽게 빨았다. 그의 붉은 입술이 혀에 흡착되어 부드럽게 그녀의 영역으로 빨려 들어갔다. 그 조심스럽고 서툰 움직임에, 태빈의 몸속에서는 후끈한 감각이 화살처럼 빠르게 솟구쳐 다리 사이를 꿰뚫었다. 아직 인희의 내부에 웅크리고 있던 몸이 꿈틀거리며 기지개를 켰다. 놀라운 기세로 일어서 내부를 꽉 채우자 인희는 숨을 헐떡이며 신음했다.

"흐으으응……."

여인의 신음 소리를 입안에 가두는 것만큼 섹시한 경험은 또 없을 것이다. 태빈은 더 이상 참을 수 없음에 거칠게 입을 벌려 인희를 덮쳤다. 조그맣고 수줍었던 그녀의 도발이 단번에 태빈에게 먹혀 버렸다.

사탕처럼 입술을 빨아먹었다. 입안을 헤집고 휘저어 닥치는 대로 비비고 핥고 빨았다. 휘어잡은 그녀의 통통한 혀를 이로 물어뜯고 돌기에 흡착하여 빨고 비볐다. 감각세포가 날카롭게 아랫도리를 휘감고 공격해 왔다. 인희가 도전적으로 혀를 내돌리며 함께 폭주하자 쾌감은 머리꼭지까지 에워쌌다. 그녀가 허리를 음란하게 굴리며 철썩철썩 부딪쳐 올 때에는 정신을 차리지 못할 정도가 되어버렸다. 그는 자제하기 힘든 몸을 옆으로 굴려 인희를 몸 위에 올렸다.

"천천히 하자고, 표인희."

욕망에 취한 그의 목소리는 거칠었다. 인희는 그가 했던 것처럼 두 손으로 침대 면을 짚고는 몸을 앞으로 숙인 채 허리를 빙글빙글 굴리며 속삭였다.

"왜 그래야 하는데요?"

"못 버틸 게 뻔하니까."

부드럽게 원을 그리던 허리의 움직임이 일순 정지했다. 도발과 장난기가 혼재되어 있던 인희의 눈빛이 순식간에 걱정과 우려로 가득 찼다. 그녀는 눈을 크게 홉뜨고는 따스한 손을 뻗어 태빈의 찬 볼을 냉큼 감쌌다.

"당신, 아파요? 내가 아프게 했어요?"

다정한 손길이 스르륵 아래로 흘러내려 심장으로 향했다. 갈비뼈 근처를 어루만지는 인희의 눈은 어느새 간호사의 그것이 되어 있었다. 태빈은 사랑스런 그녀를 가만히 지켜보았다. 괜찮다고, 괜한 걱정하지 않도록 이실직고해야 한다는 걸 아는데 마음속 악마가 좀 더 그녀를 걱정시키라 부추기는 통에 꾹 입을 다물고 있었다. 자신을 위해 마음 써주는 표인희가 가슴 벅차도록 예뻤다.

"난 당신을 말한 거였어. 당신이 못 버틸 거라고. 녹초가 되어 쓰러졌다가 깨어난 게 방금 전이었잖아."

"아픈 사람은 내가 아니라 당신인데, 날 걱정했단 말이에요?"

"당신은 지금 온몸이 멍들고 살갗 곳곳이 까졌어. 그 멍 자국이 완전히 사라지기까지는 적어도 2주일은 걸릴 거야. 일주일만 푹 쉬면 깨끗이 나을 나보다는 훨씬 더 심각한 상태인 거지."

"웃기지 말아요. 당신은 총에 맞고 칼에 찔리기도 했어요. 타박상 몇 개 얻은 나보다 훨씬 위중하죠."

"총이나 칼쯤 뱀파이어에겐 아무것도 아니란 걸 알 텐데……."

태빈은 인희의 허리를 잡고 천천히 움직이기 시작했다. 느슨하게 벌어진 그녀의 몸 안으로 그가 느릿느릿 들어갔다가 나왔다. 이미 흥건하게 고여 있던 꿀물과 부드럽게 열린 몸이 그를 나른하게 휘감았다. 놀라울 정도로 아득한 느낌에 태빈은 숨을 헐떡였다. 당장 죽어도 좋을 만큼 황홀한 기분이었다.

"아무것도 아닌 건 아니죠. 뱀파이어도 죽을 수 있잖아요. 치유 능력이 인간의 능력에 비해 월등히 높다 뿐이지 천하무적이라곤 할 수 없다고요. 심지어 늙기도 한다면서요?"

인희는 내용과는 전혀 어울리지 않은 뇌쇄적이고 나른한 말투로 중얼거리곤 몸을 굽혀 태빈의 벌거벗은 아랫배에 입술을 찍었다. 태빈은 아름답고 향긋한 육체의 꽃잎 속으로 찢을 듯 깊이 들어가며 인희의 자그마한 엉덩이를 양손에 가득 쥐고 끌어 내렸다.

"내가 천하무적이 아니라고 생각한단 말이지?"

"당연하죠. 듣자 하니 당신, 뱀파이어들 사이에선 완전 늙다리라던데요. 많은 전쟁과 그보다 더 많은 전투를 치르는 동안 죽지 않고 버틴 최고의 용병이라고."

"음, 이 몸이 늙고 병들었다고 생각하는군? 그렇지?"

"그 얘길 들으니 살짝 후회가 되었죠. 난 귀하디귀한 내성녀이니 더 젊고 건강한 뱀파이어를 골라잡아도 되지 않았을까……꺅!"

얄밉게 그를 약 올리는 와중이었다. 그가 갑자기 속도를 높이기 시작했다. 엉겁결에 비명을 지르고는 그녀는 태빈의 빨래판 같은 복부에 손을 대고 균형을 잡았다. 하나 오래지 않아 태빈의 품 안으로 풀썩 거꾸러지고 말았다. 다리에 힘이 빠지고 머리가 어지러워서 도저히 버틸 수가 없었다.

"으으음……."

그녀는 태빈의 목덜미에 얼굴을 묻고 신음성을 흘렸다. 그는 빠른 속도로 치솟았다가 가라앉기를 경이로운 속도로 반복했다. 쉴 새 없이 몸속에 박혀오는, 단단하고 부드럽고 뜨거운 그것은 서서히 인희의 자제력을 앗아가고 있었다. 이성의 벽에 균열을 만들었다. 본능의 파고를 점점 더 높여갔다. 드디어 교접장소로부터 시작된 쾌감의 물결은 강렬하고도 폭발적으로 치솟아 인희의 이성과 절제력을 찢고 발기고 깨부쉈다.

인희는 비명을 질렀다.

"아, 아, 아, 아, 아……!"

그에 의해 높이 솟구쳤다 가라앉던 그녀의 몸은 어느덧 자발적으로 흔들리고 있었다. 온몸을 치고 때리는 강력한 감각의 폭풍을 맞으며 그녀는 소리를 지르고 또 질렀다. 태빈이 거칠게 그녀를 끌어당겨 젖꼭지를 입에 물었다. 손으로 가슴을 끌어 올려 그에게 더 많은 살점을 물리기 위해 애쓰면서도 인희는 정신없이 몸을 흔들었다.

두 사람은 거의 동시에 완벽한 해방감을 맛보았다.

"태빈 씨……."

온몸에서 에너지란 에너지는 모조리 다 빠져나간 듯 축 늘어진 채 인희가 속삭였다. 태빈은 그녀에게 아직 말할 기운이 조금이라도 남아 있음에 놀라며 가만히 끌어안아 주었다. 여태 그들은 하나였고, 태빈은 이 근사한 일체감을 아직은 깨뜨리고 싶지 않았다. 인희의 몸이 환상적으로 욱신거렸다. 이 완벽하게 섹시한 느낌을 계속 경험할 수만 있다면 평생 그녀와 연결되어 살아도 좋을 것 같았다.

태빈은 조심스럽게 몸을 옆으로 굴려 인희를 침대에 편히 눕히고는 땀범벅이 된 이마, 붉은 키스마크와 퉁퉁 부은 입술, 아직까지도 열기에 취한 듯 흐릿한 그녀의 눈동자를 따스하게 내려다보았다.

"태빈 씨……?"

"왜?"

대답을 뱉는 사이 목이 메었다. 그냥 그랬다. 평생 몇백 년을 살아오는 동안 단 한 번도 울어본 적 없었는데. 지금 이렇게 표인희를 바라보자니 눈물이 나오려 했다. 이상한 감정이었다. 안도감, 편안함, 자연스러움 같은 것. 마치 헝클어졌던 퍼즐이 완성된 기분. 오랫동안 길을 잃고 헤매다가 드디어 올바른 길을 찾은 기분. 표인희가 그의 편안함이고, 마지막 퍼즐이고, 바른길이었다.

"갑자기 생각났는데요…… 나 가임기예요."

인희가 멍하게 그를 올려다보며 중얼거렸다. 약간 긴장한 얼굴이다. 정확히 무슨 의미인 것인지 알 수 없어 태빈은 잠시 공식적인 반응을 미루고 다음 말을 기다렸다. 하지만 그의 묵묵부답을 다른 의미로 곡해한 듯 인희는 더듬더듬 가당치도 않은 성교육을 시작했다.

"음, 전에도 얘기했던 것 같은데 여전히 잘 모르는 것 같네요. 그게 무슨 말이냐면 내가 임신했을지도 모른다는 뜻이에요. 우린 방금 피임을 하지 않았잖아요. 여자에겐 그…… 가임주기라는 게 있는데, 그 기간 내에 섹스를 하면……."

"성교육은 따로 안 시켜도 돼. 수백 년 간 섹스를 하지 않았다고 해서 성지식이 없는 건 아니니까."

"사후피임약을 처방받아야겠죠?"

아주 조심스럽게 묻는 인희의 눈동자가 서서히 촉촉해져 갔다. 예민한 태빈의 오감이 인희의 감정을 읽어 내려갔다. 그녀가 왜 이런 질문을 하는지, 어째서 그가 임신을 바라지 않는다는 착각을 하게 된 것인지는 알 수 없으나 지금 인희의 심경이 복잡하다는 것만은 알 수 있었다. 그녀는 아기를 바라고 있었다.

"내 아이를 낳기 싫은가?"

"……."

태빈이 물었지만 인희는 대답을 내놓지 못하였다. 그녀가 알고 싶은 것은 태빈이 아기를 바라느냐, 마느냐였다. 그걸 알아내기 전까지는 자신의 입장을 밝히지 않을 생각이었다. 그녀의 굳은 결심을 감지한 듯 태빈은 갑자기 긴 팔을 뻗어 협탁 위에 놓여 있던 휴대폰을 집어 들었다. 그리고는 얼이 빵 나갈 만큼 충격적인 발언을 서슴없이 뱉았다.

"하 비서? 지시해 뒀던 내 결혼식 준비는 차질 없이 잘 진행되고 있나?"

제14장 불멸의 연인들

"아참! 내가 사랑한다고 말했던가요?"

많은 인파로 북적거리는 상해 예원 거리. 아름다운 곡선미를 자랑하는 중국의 고전 건축물을 정신없이 감상하던 인희가 갑자기 이제야 생각났다는 듯 획 고개를 꺾으며 물어왔다. 인희의 뒤통수에 시선을 꽂고 내내 사랑 빔을 쏘아대던 태빈은 이제야 아내의 정면을 마주할 수 있다는 즐거움에 함박웃음을 지었다.

"사랑 고백은 처음 만났을 때부터 쭉 하지 않았던가?"

"아아, 맞다. 그랬지? 내가 왜 그랬을까요?"

도무지 이해하지 못하겠다는 듯 인희가 미간을 찌푸린다. 태빈은 그 구겨진 피부를 손끝으로 문질러 펴주었다. 그리곤 '나만이 정답을 알고 있다' 포스를 풀풀 풍겨가며 빼기듯 말하였다.

"그거야 내게 첫눈에 반해서였겠지. 날 보자마자 푹 빠져 버려

서 도저히 사랑을 고백하지 않을 수 없었던 거 아니었겠어? 뭐, 딱히 이상할 건 없다고 봐. 여자들은 원래 날 보면 다들 첫눈에 반하곤 하니까."

"난 아니에요. 첫눈에 반하는 사랑 같은 건 믿지도 않는다고요. 내가 얼마나 시니컬한 인간인데요. 우리 할머니한텐 죄송한 말씀이지만, 할머니께서 짚신 얘길 하실 때마다 겉으론 네네, 하면서도 속으로는 늘 코웃음을 쳤었어요."

"전엔 그렇게 얘기하지 않았던 것 같은데. 남녀 사이엔 운명적인 끌림이 있어야 한다고, 내게서는 그런 걸 느끼지 못했다고 하지 않았던가?"

"그땐 당신한테서 도망치려고 발버둥 칠 때였잖아요. 뭔 말을 못해요?"

"거짓말이셨다?"

"사실은 그 이후로 가끔씩 그 '운명' 이란 것에 대해 생각해 보곤 해요. 내 생각대로 우린 정말 우연에서 우연으로 엮인 사이인 걸까. 어쩌면 정말로 운명적으로 만나야만 하는 사이였던 것은 아닐까. 수많은 나이트클럽 중 하필 내가 '블러드' 에 갔고, 거기서 당신을 만났고, 당신과 인연이 되고. 정말 그 모든 것들이 우연히 벌어진 일들일까. 뭐, 결론은 항상 '처음부터 운명 지어진 관계란 없다' 였지만요. 하지만 지금 이렇게, 처음 만나자마자 사랑한다고 고백을 했던 걸 떠올리니 어쩌면……."

"어쩌면?"

정말로 우린 운명인 건지도 모르겠다는 생각이 들어요.

마음속으로 중얼거리며 인희는 빙긋 그를 향해 미소를 지었다.

태빈이 슬쩍 눈썹을 비틀어 올려 다음 말을 재촉했다. 한 달 전 그녀의 남편이 된 뱀파이어, 한태빈은 인간 여자인 새신부로부터 '그대는 내 운명'이라는 상투적인 고백을 듣고 싶은가 보다. 당장이라도 그가 원하는 멘트를 날려주고 싶었으나, 세상에서 가장 우스꽝스럽고 김빠진 프러포즈를 받은 새신부의 입장으로서 결코 순순히 그리해 줄 수는 없는 일이었다.

불쑥, 요양 중 갑자기 터진 결혼 소식 때문에 황당했던 일이 떠올랐다.

"당신 결혼해요? 누, 누구랑요?"

"누구긴 누구야. 표인희, 당신이지."

"무슨 소리예요? 나한텐 결혼에 대해 일언반구도 없었잖아요. 정식으로 프러포즈도 안 했으면서!"

"따로 프러포즈할 필요 있나? 우린 이미 몸을 섞었고 임신되었을 확률도 커. 죽음의 다리를 함께 건너기도 했고. 우리 사이에는 화학적 이끌림과 생물학적, 유전학적 어울림, 그리고 그 어떤 상대와도 가질 수 없을 동지애도 형성되어 있지. 이보다 더 완벽한 동반자를 찾을 수 있다고 생각해?"

"수백, 수천 가지의 이유를 갖다 대봐요! 그게 상대의 동의 없이 제멋대로 결혼식을 진행시킨 것에 대한 해명이 되는지!"

그녀는 발끈했고 마구 저항했지만 결혼식은 미루어지지 않았다. 정확히 3주 후 그녀는 너무너무 아름답고 너무너무 고상한, 세상에 이런 드레스도 존재할 수가 있구나 싶게 환상적인 웨딩드레스를 입고 그의 아내가 되었다.

결혼식은 성채에서 거행되었다. 주례는 성채의 신부님이신 요한이, 들러리는 하임과 경주, 기빈과 이안이 각각 맡아주었다. 하객은 성채의 주민 500여 명. 결혼식 날 성채 주민들과 가족은 밤이 깊어가도록 축제 분위기에 휩싸여 먹고 마시고 취하였다.

강제로 결혼한 듯한, 몹시도 찝찝하고 불퉁한 기분이 풀린 것은 기나긴 신혼여행이 시작되고 난 직후였다. 역시 그의 의견 100%로 결정된 신혼여행의 테마는 '한태빈'. 그는 자신이 태어난 영국에서부터 잠시 거주했던 인도, 이후 이주해 간 미국, 인간과의 공조체계로 첩보활동을 이어갔었던 유럽, 러시아, 일본 등을 차례로 돌았다.

"이게 뭐예요?"

"'여왕의 눈물'. 우리 가문의 장자에게만 물려지는 보석이지."

영국에 위치한 갬블 가의 저택에서 그는 수세대 내려온 그들 가문의 보석을 인희의 손가락에 끼워주었다. 그는 저택 이곳저곳을 돌면서 뱀파이어였던 갬블 가의 사람들이 인간 문명 속에서 어떤 식으로 살아남아 왔는지에 대해 소상히 얘기해 주었다. 그는 적어도 수세대 동안 '아버지와 아들'을 연기하며 인도와 영국을 오갔다고 했다. 근 700년 동안에는 이 반지를 손에 넣은 여자가 없었다고도. 딱 한 여자가 자신을 결혼의 덫으로 유인한 적이 있었으나 진정한 주인이 될 수 없었다는 말도 하였다.

미국에선 백악관을 방문했다. TV매체로만 보던 미국 대통령을 만났고 영부인과 친구가 되었다. 그들은 태빈을 사로잡은 여인은 처음이라며, 잘 부탁한다는 말로 중요한 문제가 있을 때마다 인희의 도움을 받고 싶다는 뜻을 에둘러 내비쳤다. 인희는 당연히 '말도 안 된다, 한태빈은 자기 의견이 확고한 남자라 베갯머리송사에 휘둘릴 일이 절대로 없다, 그러니 나한테 잘 보여봤자 아무 소용없다' 며 열심히 손사래를 쳤다. 태빈은 그런 인희를 알쏭달쏭한 얼굴로 지그시 내려다볼 뿐 말이 없었다.

절친한 뱀파이어 지인인 스카일러도 미국인이었다. 유명 영화사인 '신세기US' 를 소유한 스카일러는 인희를 보자마자 수수께끼 같은 말을 건넸다.

"단순히 텃밭의 용도라고 치부하기엔 너무 특별한 분이시군요. 테빈 갬블은 당신을 얻기 위해 무슨 돈지랄을 했죠?"

그가 아주 진지한 얼굴로 묻는 바람에 인희는 그 의미를 되새겨보느라 한참이나 곱씹어보아야만 했다. 정확히 무슨 말인지 알아차리고 얼굴을 붉혔을 때는, 스카일러는 이미 태빈으로부터 엄중한 경고를 받고 사과를 건넨 후였다.

일본 뱀파이어의 성채는 도쿄에 있었다. 도심 한복판에 웅대하게 자리한 그곳은 일본의 근세기 건축양식의 최고봉이라 부를 만큼 아름다운 전통가옥 형태였는데, 때문에 누구나 접근 가능하며 간혹 학교나 유치원에서 견학을 신청할 정도로 완벽히 노출돼 있었다. 물론 그와 동시에 보안시설도 훌륭하여 위험은 전혀 없었다. 그에 반해 러시아 성채는 아무도 모르는, 접근할 수조차 없는 높은 산맥 산기슭 꼭대기에 위치했다. 드라큘라 백작의 성을 연상케 하는 으스스함과 끝이 보이지 않는 으리으리한 규모의 성채에서 인희는 수장인 니콜라이를 만났다. 피 한 방울 흐르지 않을 것 같은 차갑고 어두운 니콜라이까지 만난 후 인희가 느낀 점은 한태빈보다 매혹적인 뱀파이어는 이 세상에 존재하지 않는다는 것이었다.

"우리 사이가 운명인지 아닌지는 중요하지 않다고 생각해요. 우리가 지금 현재를 함께하고 있다는 거, 그게 가장 중요한 거죠."

인희는 그와 깍지 낀 손을 들어 가슴에 얹었다. 밤하늘의 총총 빛나는 별처럼 반짝이는 눈으로 그를 바라보고서, 인희는 납치되었던 순간부터 그에게 꼭 하고 싶었던 말을 진지하게 꺼냈다.

"난 내가 죽을 때까지, 혹은 죽어서까지 당신을 붙잡아둘 생각은 안 해요. 의미 없는 일이잖아요. 어차피 난 몇십 년 살다가 죽을 거고 당신은 내가 죽은 뒤에도 쭉 살아남아 있을 텐데. 내가 늙어갈 때 당신은 여전히 이렇게 젊을 거고요. 주글주글 할망구가 되어서까지 부인 행세를 하는 건 주책바가지라고 생각해요."

"……."

"그냥 당신이 날 참아줄 수 있을 때까지만 함께해 줘요. 그거면 돼요. 내가 늙으면 다른 여자를 찾아 떠나도 좋아요. 그때가 되면 기쁘게 놓아줄게요."

"다른 여자를 취하는 나를 보고도 질투를 하지 않겠다고?"

"현실적으로 생각해야죠. 감정적으론 사랑하는 당신이 다른 여자의 품에 안긴다는 건 상상하기도 싫지만, 우린 서로 다르잖아요. 당신은 뱀파이어고 나는 인간. 어차피 끝을 함께할 수는 없어요. 난 미리 이런 문제를 상의해 둬야 한다고 생각해요."

"신혼여행 중에 끝을 얘기하다니. 잔인한 신부로군."

중얼거리는 그의 표정은 몹시도 어두웠다. 이런 얘기를 그녀의 입을 통해 들었다는 것이 마음에 안 들었다. 아직 먼 미래의 일이고, 행복한 신혼여행 중에는 이런 암울한 얘기를 꺼내고 싶지 않았다. 누가 뭐래도 그에게 여자는 인희뿐이었다.

"납치당했을 때는 정말 죽고 싶었어요."

여전히 태빈의 시선을 사로잡은 채 인희는 계속 말을 이었다.

"치욕적이고 무서워서 주저앉고만 싶었죠. 어떻게든 살아남아야겠다는 생각이 든 것은 당신 때문이었어요. 당신한테 꼭 다시 사랑한다는 말을 하고 싶어서. 물론 난 당신이 지적했다시피 이전에도 몇 번씩이나 사랑한다고 말했었죠. 하지만 그땐 뭔가…… 그래야만 할 것 같아서, 마치 누군가가 내 뇌로 지시를 내린 것처럼 나도 모르게 했던 말이었어요. 나도 내가 왜 뜬금없이 그런 말을 했는지 몰랐었죠."

"운명에 이끌렸던 건가?"

"그럴지도요. 어쩌면 충동적인 것이었을 수도, 정말로 마음에서 우러나온 말이었을 수도 있어요. 그래도 당신에 대한 확신이 없었다는 건 확실해요. 당신을 정말로 사랑하는지, 아니면 뭐에 홀리듯 일시적으로 당신한테 빠져든 것뿐인지 잘 가늠할 수 없었어요."

"납치당했을 때에야 그 감정의 실체를 깨달았다는 거군."

"처음으로 당신이 뱀파이어라도 상관없다는 생각이 들었어요. 내가 늙고 당신은 계속 젊은 상태여도, 내가 죽고 당신은 남은 인생을 살아가게 되더라도, 나 없는 동안 다른 여자와 행복해지더라도, 상관없다고. 그런 현실적인 문제들이 산재해 있음에도 당신과 함께하고 싶다고. 당신은 내 인생의 전부이지만 난 당신 인생의 아주 작은 일부분일 뿐이라는, 그 불공평함에도 불구하고 당신을 원한다고요. 그만큼 당신을 사랑한다는 사실을 그때서야 깨닫게 됐어요."

"표인희……."

"끝! 할 말 끝났어요. 이제 가던 길 마저 가요."

태빈의 표정이 심상찮게 변한다 싶자 인희는 서둘러 화제를 돌렸다. 속으론 이런 푸념보다도 못한, 지극히 감상적이고 유치한 말들은 나중에 할 걸 후회했다. 괜히 즐거워야 할 여행이 어색하고 우울해지는 건 싫었다. 제발 다 잊고 아까처럼 즐거운 한때로 되돌아가고 싶다는 생각에 인희는 더 활달하게 수다를 떨기 시작했다.

다행히 처음엔 생각 많은 눈으로 지켜보기만 하던 태빈도 시간이 지날수록 예의 분위기를 되찾고 편안한 대화를 이어갔다.

"중국 활동 기억이 없다고요? 설마 당신, 말로만 듣던 기억상실증인 거예요?"

"불편함은 없어. 내가 살아온 수백 년 중 단 6개월의 기억만 없어진 거니까."

"상해에 6개월씩이나 있었단 말이에요? 대체 무슨 일을 하면서요?"

"전혀 몰라. 내 기억은 내 스스로 잠가둔 것이기에 그 누구도 인위적으로 정보를 주입해선 안 된다는군. 아무도 이야기해 주지 않

아. 다만 아주 중요한 일을 도모했었다는 느낌은 들어. 왠지 한국과 밀접한 관계가 있었던 것도 같고. 그전엔 아시아권에 대해 관심이 없었는데, 기억을 잃은 후부턴 자꾸만 관심이 가더라고. 그 일을 계기로 한국에 완전히 정착했지."

"상해는…… 임시정부가 있던 곳인데. 혹시 우리나라의 독립을 도왔던 거 아니에요?"

인희가 장난스럽게 눈을 반짝이며 농을 걸었다. 그럴싸한 추측이었으나 가능성은 전혀 없었다. 그는 당시 유럽과 미국을 오가며 첩보활동을 벌이고 있었다. 동료인 이안은 러시아와 유럽, 중국을 종횡무진 활약하고 있었고. 간혹 이안과 만나 일본 본토에서 작전을 수행하기도 했지만 일본의 지배를 받던 한국은 그의 관심 밖이었다.

"독립운동은…… 아마 아닐 거야."

태빈은 어깨를 으쓱하며 고개를 가로저었다. 그리곤 이유를 설명하기 위해 막 입을 열었을 때였다. 갑자기 그의 머릿속에서 '펑!' 하고 뭔가가 터졌다. 미스터리한 기억들을 봉인해 두었던 망각의 호리병이 그 비밀스런 문을 개봉했다. 생소하기 짝이 없는 광경이 불쑥 튀어나왔다. 하나, 둘, 물밀듯이…….

"머리통을 날려 버리기 전에 입 닥쳐!"

기억 속에서 인희가 그를 향해 총구를 휘두르며 소리쳤다. 20세기 초반 서양에서 유행했던 모던한 옷차림이었다. 그 얼굴을 자세히 들여다보려니 머리가 아파왔다. 태빈은 손을 들어 이마를 세차게 짚었다. 그때 또 다른 기억이 밀려왔다. 이번엔 흰 저고리에 검은 치마, 한복을 입은 인희였다. 그녀는 그의 어깨를 두드리며 깔깔거렸다.

"그래, 그래, 나도 알아. 날 너무 '아이 러브 유' 해서 미쳐 버리시겠지. 그러니까 애정해 마지않는 나를 위해 얌전히 이 작전을 수행하라고, 코쟁이 씨."

지끈거림이 더욱 심해졌다. 기억들은 더욱 빨리 떠올랐다 사라졌다. 일본 작전을 끝내고 이안을 만나러 가다가 우연히 만났던 여자. 감히 뱀파이어인 자신에게 총구를 들이대며 협박을 가하던 그녀에게 첫눈에 반해 버렸던 일. 그녀와 함께하기 위해 그녀의 임무를 도왔던 6개월간의 시간들…….

그리고 기어이 문제의 마지막 그날까지 떠올리고 말았다. 중차대한 임무를 수행하던 중, 적에게 정체가 탄로난 그녀가 스스로를 죽음으로 몰아넣었던 바로 그날의 일을.

"오지 마! 제자리로 돌아가! 당장!"

테빈 갬블이 시속 68km/h로 달리는 열차 지붕 위를 걷기 시작하자 지붕 가장자리에 매달려 있던 오차현은 남은 에너지가 현격히 고갈될 위험을 감수하고서 온 힘을 다해 소리쳤다. 엄격하기 그지없는 지시였고, 늘 그녀의 지시에 따라왔으므로 그는 당연히 뒤를 돌아 객실로 향해야 했다. 그러나 파란 눈의 이방인은 그럴 마음이 전혀 없는 듯하였다.

"지금 돌아가지 않으면 가만 안 둬, 이 머저리야! 너 때문에 다 망치게 생겼잖아!"

답답함과 간절함이 턱밑까지 차올라 차현은 발악하듯 소리를 내질렀다. 하나, 저 빌어먹을 외국인은 한 치의 망설임도 없이 그녀를 향해 다가오고 있었다. 차가운 겨울바람이 제법 세차게 부는데도 그의 발걸음은 흔들림이 없다. 인간이 달리는 열차에서 저처럼 평온하고 재빠르게 움직이는 게 가능할까, 차현은 멍하게 생각했다. 어쩌면 그의 주장대로 인간이 아닌 흡혈귀일 수도 있겠다고도.

하나, 진짜 그럴 리는 없었다. 이 세상에 인간의 피를 마시며 살아가는 귀(鬼)가 존재한다는 소린 듣지도 보지도 못했다. 그는 그저 타고난 체력과 겁 없는 성격, 몹시 저돌적이고도 골치 아픈 '순정'을 지닌 서양인일 뿐이었다. 그리고 그 답답할 정도로 올곧은 '순정' 때문에 저런 미친 짓을 감행하는 것이었다.

"저 멍청이."

차현은 이를 악물었다. 바람이 차가웠다. 열차는 생각보다 빨랐고, 50kg의 몸무게를 겨우 지탱하고 있는 손끝은 서서히 얼어붙고 있었다. 오차현답게 악으로 버티었지만 팔에서도 힘이 빠져나가고 있었다. 오래 못 버틸 거란 걸 차현은 알았다. 두려운 마음을 억누르며 눈을 감아보았다. 사사로운 감정 때문에 작전에 집중하지 못했던 자신, 그로 인하여 초래한 엄청난 피해들을 떠올렸다.

모든 것이 자신의 불찰이었다.

저 외국인을 꼬드겨 독립운동에 가담시킨 것부터가 실수였다. 그때는 코쟁이 따위에게 마음 줄 일 없을 줄 알았다. 아무리 좋아

한다고, 사랑한다고 말해도 언제까지나 코웃음 치며 능글능글 '알아, 알아, 다 안다고' 하고 맞받아칠 수 있을 줄 알았다.

처음에 그를 끌어들일 땐 잠깐 작전에 투입해 이용해 먹고 떼어낼 생각이었다. 하지만 그가 의외로 두뇌회전이 빠르고 날쌔서 동지로서 욕심이 나버렸다. 작전이 거듭되고 숨겨진 여러 능력을 발견하게 되면서 그를 다시 보게 되었다. 그녀도 어쩔 수 없는 여자였고, 지속적인 그의 대시에 무너질 수밖에 없었다. 오늘만 해도, 화장 따위에 신경 쓰는 대신 조금만 더 주위 경계에 신경 썼더라면 적이 따라붙은 것을 눈치채지 못하는 불상사는 일어나지 않았을 것이다.

"단원의 실수는 단원 스스로 책임진다."

애국의혈단 최우선 철칙을 중얼거리며 차현은 눈을 떴다. 총격이 시작되었다. 테빈의 등 뒤에서 적이 머리를 드러내고 라이플을 조준하고 있었다. 상황이 이런데도 테빈은 멀리 도망칠 생각은 않고 맞사격을 하며 재빠르게 그녀에게로 달음박질을 쳐온다. 이렇게 된 이상 그녀가 해야 할 일은 하나뿐이었다.

'저 멍청한 외국인을, 오로지 날 사랑한다는 이유로 아무 이유 없이 이 위험한 일에 뛰어든 저 미친 남자를 살린다.'

그녀가 목숨을 구걸하면 둘 모두 죽을 것이다. 그녀가 의연히 죽음을 맞이한다면 그는 더 이상 가망 없는 동료를 구하기 위해 시간을 허비할 필요가 없어질 것이다. 그리고 그는 독립군이라면 의당 목숨을 걸고 지켜내야 할 밀서를 가지고 있다. 그를 어떻게든 살려 이번 작전을 성공으로 이끌어야만 한다.

"조금만 참아, 차현!"

열차 칸과 칸 사이의 제법 넓은 공간을 가뿐히 뛰어오며 그가 소리쳤다. 손톱 밑이 찢어지고 갈라져 피가 흘렀다. 떨어지지 않으려 안간힘을 쓴 흔적. 아래는 돌무더기와 깊은 산골짜기로 통하는 낭떠러지다. 손이 미끄러져 떨어지면 십중팔구 즉사다. 하지만 상관없다. 어차피 독립운동에 투신한 것 자체가 죽음을 불사한 일이었다.

차현은 마음으로 부모님께 하직 인사를 올렸다.

"내 손을 잡아."

놀랍게도 테빈은 지극히 멀쩡한 모습으로 그녀의 머리 위에 앉아 있었다. 어찌나 균형 감각이 탁월한지 달리는 열차 위에서도 평소와 전혀 다를 바 없었다. 그는 서둘러 손목을 잡고 그녀를 열차 지붕 위로 끌어 올리려 했다. 등 뒤에선 적이 또다시 총구를 들어 테빈을 향해 조준하고 있었다. 차현은 테빈의 손끝을 꽉 틀어쥐었다.

"꼭 살아남아서 작전을 성공시켜 줘."

"무슨 소리야? 쓸데없는 소리 말고 어서……."

"다음 생에선 꼭 당신 품에서 죽을게요, 테빈."

"차현!"

총알이 다시 날아오기 시작했다. 차현의 눈에 눈물이 그렁그렁 차올랐다. 지금껏 단 한 번도 인정한 적 없었지만 이제는 인정해야만 했다.

"당신을 사랑해……."

다음 생에선 사랑한다는 말을 자주 해주리라 마음먹으며 차현은 손을 놓았다. 테빈이 두 눈을 부릅뜨며 고래고래 뭐라 소리쳤지만 차현은 가차없이 손목을 비틀어 그를 끊어냈다. 차현의 가녀린 몸은 어둡고 아득한 계곡 아래로 빠르게 떨어졌다. 테빈이 절규했다.

"안 돼!"

"당신이었군."

태빈이 멍하게 중얼거리며 속삭였다. 그의 파란 눈에서 눈물이 주르륵 흘러내리고 있었다. 인희가 몹시도 놀라고 걱정스런 눈으로 그를 바라보았다.

"뭐가요? 왜 그래요? 어디 아파요?"

"당신이었어. 날 여기까지 인도한 여자가."

"대체 무슨 말을 하는 거예요?"

인희는 미간에 태빈이 애써 지워놓은 주름을 잡고서 어리둥절하니 두 눈만 빠르게 깜빡거렸다. 태빈은 지나가는 사람들이 쑤군거리며 바라보는 것도 아랑곳하지 않고 고개를 숙여 인희에게 키스를 했다. 일생의 인연에게. 그의 마지막 퍼즐 조각 같은 여자에게. 그의 심장, 그의 영혼, 그의 전부인 여인에게.

"사랑해, 표인희."

번잡한 예원 거리 한복판에서 파란 눈의 외국인은 동양인 아내에게 아주 오랫동안 키스를 퍼부었다.

❖

1923년 여름.

상해에서 할빈으로 가는 열차는 만차였다. 또한 경비가 삼엄했다. 출발 직전 세워진 열차는 일본군에 의해 샅샅이 검열되고 있었다. 두 개 조로 나뉜 일본군은 누군가를 찾으려는 듯 양쪽 끄트머리 객실에서부터 차근차근 뒤져 왔다.

파란 눈의 서양인, 테빈 갬블은 성마른 동작으로 양복 조끼 주머니를 뒤져 값비싼 회중시계를 꺼내 들었다. 사람들에겐 그의 행동이 출발시간이 지연됨에 짜증스러워하는 걸로 보일 터였지만 실은 달랐다. 그것은 일종의 속임수. 그는 머릿속으로 기민하게 스파이인 자신의 정체가 발각되었을 때의 도주 동선을 그리고 있었다.

"꿀꺽."

고도로 집중되어 있던 그의 두뇌활동이 멈춘 것은 침 삼키는 소리 때문이었다. 영민한 대뇌 속에서 3차원 입체영상으로 그려지던 도주로의 도면이 순식간에 흩어졌다. 테빈은 꼼짝하지 않고 눈동자만 굴려 예민한 시선을 옆 승객에 쏘았다.

'여자.'

열차 출발 직전 그의 옆자리에 탑승하여 지금껏 입도 벙긋 하지 않는 여인은 목서부터 배꼽까지 촘촘한 간격으로 단추가 채워진, 발목까지 내려오는 드레스를 입고 있었다. 새까맣고 윤기 있고 머리카락은 끝이 곱게 말려 목덜미 근처까지 내려져 있었고, 그 위로 깃털장식이 인상적인 모자를 깊이 눌러쓴 채다. 약지에서 반짝이는 보석이 가짜라는 것만 빼면 머리에서부터 발끝까지 완벽한 신여성, '모던 걸' 그 자체였다.

"꿀꺽."

여자는 또다시 침을 삼켰다. 그 작디작은 소리는 테빈의 집중력을 또다시 방해했다. 여자에게는 다른 승객과 다른 뭔가가 있었다. 그 '뭔가'가 뭔지 아직은 정확히 판단할 수 없지만, 분명한 것은 그에게 큰 영향을 미친다는 것이었다. 테빈을 흔들 수 있는 인간은 많지 않았다. 거의 없었다. 직감이 뛰어나고, 그 직감에 의존하여 일을 처리하는 방식에 익숙한 테빈으로서는 계속해서 이 여자를 관찰할 수밖에 없었다.

여자는 십대 후반에서 이십대 초반. 옷가지는 모두 새 것이었고 짙은 화장으로 가렸지만 몹시 긴장해 있었다. 침을 삼키는 것뿐 아니라 혀로 입술을 자주 축이기도 했다. 자기가 유부녀임을 강조하려는 듯 유난히 커다란 결혼반지를 낀 손은 드레스 자락을 움켜쥐었다 풀었다를 반복하고 있었다. 순간 여자를 주시하며 훑어 내리는 그의 시선을 느낀 듯 갑자기 여자가 테빈을 돌아보았다.

몸에 난 털이란 털이 모조리 곤두서는 경험을 한 것은 바로 그때였다. 둘의 시선이 허공에서 얽혔다. 그의 등골에선 서늘한 기운이 스쳐 지나갔다. 심장이 펄떡펄떡 뛰기 시작했다. 아랫도리가 돌처럼 단단해졌다. 피 냄새가 사정없이 그의 감각을 강타했다. 여자의 유난히 맑은 눈망울이 테빈이 꽁꽁 닫아두었던 감각의 문을 활짝 열어버린 것이다.

피가 끓어올랐다. 홍채 가장자리로 붉은 빛이 스며들기 시작했다. 테빈은 주먹을 틀어쥐고 치미는 욕망을 짓눌렀다. 누르고 또 누르며, 뼛속까지 뱀파이어인 자신을 저주했다.

다행히 여자는 재빨리 눈을 돌렸다. 앞자리에 앉은 중국인 할머니와 나이 어린 손자에게로. 급격히 치솟던 욕망이 훅 가라앉으며 숨을 죽였지만 여전히 피에 대한 갈망으로 온몸이 뜨거웠다. 테빈은 여자에게서 시선을 떼려 노력하며 더욱 세차게 주먹을 틀어쥐었다.

빠직. 무언가가 바르러지는 소리에 여자가 다시 고개를 돌렸다. 훅, 격하게 숨을 들이켜며 여자가 중얼거렸다.

"뭐, 뭐야……?"

테빈의 손에 들려 있던 회중시계가 부서져 있었다. 여자는 그의 괴력에 놀라 두 눈을 휘둥그레 뜨고 있었다.

"뭐 하는 작자야? 뭔데 저리 힘이 세? 서양 코쟁이들은 다 저러나?"

아주 작게 혼잣말을 중얼거리는 붉은 립스틱이 그의 눈앞에서 춤을 추었다. 여자는 양인에 대한 선입견을 갖고 있었다. 눈이 파란 외국인은 조선의 말을 알아들을 리 없다고 생각한 듯 그의 앞에서 속내를 대놓고 중얼거렸다. 그녀의 목소리는 낮고 허스키했다. 힘차고 강한 억양을 가졌고, 거기엔 높은 자부심과 긍지가 숨어 있었다. 여자가 어디서든 기죽지 않는 성격임을 그는 단숨에 알아보았다. 그녀에게서는 나라를 빼앗긴 자들의 열등감이나 두려움이 느껴지지 않았다.

"이런, 우라질! 혹시 총독부 끄나풀 아니야?"

아랫입술이 윗니에 질겅질겅 씹혔다. 잠시 소강상태였던 욕망이 또다시 맹렬히 치솟았다. 홍채가 간지러웠다. 피가 거꾸로 솟구쳤고 안면에 홍조가 돌기 시작했다. 테빈은 즉시 그녀를 외면하며 눈을 감았다. 스며들었던 붉은 기가 가라앉기를 기다렸다.

열차 중문이 거친 소리를 내며 활짝 열렸다. 뚜벅뚜벅. 부츠를

신은 인간들이 들어섰다. 동시에 옆자리 여인도 옷자락을 세차게 움켜쥐었다. 예상했던 대로 일본인들이었다. 스탠드칼라에 붉은 문양이 그려진 황갈색 군복은 관동군의 복장이었다. 그들의 주 임무가 무엇인지를 떠올려 보았을 때 그들이 찾는 사람이 어떤 인물일지는 대충 짐작이 갔다.

테빈은 옆자리의 여자를 흘낏 보았다. 그녀는 또다시 꿀꺽, 침을 삼켰다. 여자가 조선의 독립을 도모하는 지하조직의 일원인지 아닌지는 알 수 없으나, 만약 그렇다 하더라도 이런 긴박한 상황에는 익숙지 않은 게 틀림없어 보였다. 그가 가늠한 대로 여자의 나이가 어리다면 그 이유도 짐작 가능했다.

"어이, 거기. 고개를 들어라."

일본군의 대장으로 보이는 남자가 한 승객을 향해 일본어로 명했다. 승객은 젊은 여자였다. 그는 들고 있던 몽타주와 승객을 대조하기 시작했다. 날카로운 질문으로 조선인인지 중국인인지, 어디로 뭘 하러 가는 것인지 간단히 취조한 후, 자신이 찾는 인물이 아니라는 확신이 들어서야 놓아주었다.

옆자리 여자는 눈동자를 미친 듯이 굴렸다. 어떻게 하면 살아서 이곳을 나갈 수 있을까, 생각하는 것이겠다. 이윽고 뒷문을 통해 달아나겠다는 결심이 선 듯 그녀가 뒤를 돌아보았다. 하지만 기다렸다는 듯이 뒷문이 활짝 열리면서 또 다른 조의 일본군들이 들이닥쳤다.

진퇴양난. 사면초가. 이 어린 조선의 독립군은 꼼짝없이 갇혔다.

여자가 발밑에 내려두었던 가방을 움켜쥐고 열린 창문 아래를 기웃거렸다. 창문을 뛰어넘어 도주할 생각인 듯하다. 그러나 그것은 자살행위다. 일본군은 등을 보이며 도주하는 여자를 절대로 간과하지 않을 것이다. 여자의 등에 총알이 박히고 열차역이 선혈로 낭자하는 광경이 절로 그려졌다.

'안타까운 일이로군.'

테빈은 콧수염 아래의 매혹적인 입술을 살짝 비틀어 냉소했다. 곧 그것마저 싹 걷어내고 부서진 회중시계를 내려다보는 척 턱을 끌어 내렸다. 앞으로 일어날 소동과는 전혀 무관함을 일본인들에게 전시하기 위함이었다. 그러나 다음 순간, 그는 찌르르 울리는 짜릿한 쾌감에 온몸이 굳어버렸다. 옆구리로 차가운 물체가 찌르듯 와 닿았다. 동시에 여인의 과도하게 달콤한 향취도.

"코쟁이 신사 양반, 우리말을 알아듣는지 못 알아듣는지는 모르겠지만 꼼짝하지 말고 내 말 잘 들어."

여자의 강단 있는 허스키 보이스는 속삭임 모드에서 치명적인 매력을 발산했다. 테빈의 모든 본능은 즉각 왕성한 활성화 상태로 접어들었다. 피. 여자. 폭력. 머릿속에서 수천 년 동안 꾸준히 퇴화되어 왔던 뱀파이어 특유의 야성이 속삭였다.

피를 취하라. 여자를 취하라. 그러기 위해서 방해되는 자들은 사그리 다 죽여 버려라.

손바닥에 땀이 맺혔다.

"이제부터 당신은 내 인질이야. 내가 여길 빠져나가도록 협조해 줘야겠어."

"……."

"미리 사과하지. 아무리 작전이고 인질이래도 취향이란 건 있을 테니까. 피차일반. 나도 그쪽이 취향은 아니야."

피와 사과 향의 달콤한 체취를 풍기며 여자는 시니컬하게 중얼거리더니 갑자기 축축한 손바닥을 들어 그의 볼을 감쌌다. 그리곤 무슨 일이 벌어지는 것인지 채 파악하기도 전에, 휙 그를 끌어당겨 입술을 부딪쳐 왔다.

"에구머니나!"

앞좌석의 중국인 노인이 화들짝 놀라며 어린 손자의 눈을 가렸다. 꽃잎사귀 같은 여인의 입술이 낙인처럼 그의 입술에 찍혔다. 사타구니 사이로 날카로운 감각이 꿰뚫고 지나가자 테빈은 빠르게 뒤로 물러섰다. 그러나 여자의 강단 있는 손길이 그를 막았다. 그녀는 테빈의 뒤통수를 더욱 적극적으로 끌어당기고, 총부리를 더 세차게 찔러 넣었다.

"조금만 참으라고, 양귀(洋鬼). 죽기 싫으면 내게 협조해."

여자의 얇은 입술이 탐욕스럽고 야만적인 테빈의 두툼한 입술 위에서 꿈틀꿈틀 움직였다. 테빈은 입술을 내어준 채로 모든 감각을 빠르게 닫았다. 코끝을 진동하는 여자의 향내를, 자신의 후각을 유린하는 그 미치도록 유혹적인 향취를 맡지 않기 위해서 죽을 힘을 다했다. 그러나 여자가 불편한 듯 몸을 뒤척이다가 봉긋 솟은 가슴이 우연히 그의 팔을 스치는 순간, 그의 노력은 수포로 돌아가고 말았다.

"으…… 흡!"

테빈은 여자의 몸을 거칠게 끌어안고 좌석 등받이에 밀어붙였다. 여자는 몹시 당황한 듯 거칠게 숨을 들이켰다. 그가 뜨거운 혓바닥을 내밀어 위아래로 딱 달라붙은 여자의 입술을 핥았다. 여자는 이런 남세스런 짓은 처음이라는 듯 혐오스런 눈빛으로 다급하게 다그쳤다.

"이 야만인! 뭐 하는 짓이야, 이게?"

"연인처럼 보이고 싶은 거 아닌가?"

그가 조선말로 중얼거렸다. 그러자 여자가 '헉!' 하며 눈동자를 왕방울만 하게 떴다. 파란 눈에 코쟁이 양귀가 자기네 말을 이리도 잘할 줄은 꿈에도 생각 못한 것이다. 그는 수백 년을 살아오는 동안 딱히 할 거라곤 '공부' 밖에 없었고, 그중 가장 쉽고 대표적인 게 여러 나라의 언어 습득이었다는 설명은 생략했다. 해봤자 믿지 않을 게 분명할뿐더러 지금은 그런 사소한 얘길 늘어놓을 시간이 없었다.

"다, 당신이 어찌 우리말을……?"

그는 놀란 여자의 벌어진 입술 틈을 저돌적으로 비집고 들어갔다. 물컹하고 뜨거운 이물질이 침투하자 여자는 순진한 처녀처럼 몸을 떨며 더욱 격렬히 숨을 들이켰다. 그녀는 지금껏 남정네의 신체 일부분을 입안에 머금어본 적이 단 한 번도 없었던 게 틀림없었다. 온몸이 충격으로 꽁꽁 얼어붙어 꼼짝 못하는 걸 보면.

테빈은 고개를 꺾어 여인의 입술을 마음껏 유영하며 오목한 허리를 끌어당겼다. 여자는 잠시 저항하는가 싶더니 이내 포기한 듯 그가 종용하는 대로 몸을 내맡기었다. 그는 여자를 자신의 몸에 찰싹 붙이고는 손끝으로 드레스의 솔기를 나른하게 훑었다. 천천히 위로 아래로 움직였다가 불룩하게 튀어나온 가슴 근처를 살짝 건들었다. 여자는 작게 신음했다.

"흐읏……."

테빈은 허리를 쓸었다가 작은 엉덩이를 감싸 부드럽게 틀어쥐었다. 움찔, 여자는 몸을 흔들었다. 생경한 경험에 긴장한 게 역력함에도 그녀는 무언가를 느끼고 있었다. 몸 안에서 불덩이처럼 치미는 무엇. 진공상태인 양 몸을 공중으로 떠올렸다 가라앉히는 그 무엇. 부끄러운 부분에 통증을 유발하고 습기를 밭아내도록 하는 그 무엇. 자꾸만 목구멍으로 이상하고도 야릇한 소리를 흘러내게 하는 그 무엇. 그녀는 그 무엇에 심취한 흐릿한 눈을 반쯤 감은 채로 숨을 헐떡였다.

『믿을 수 없을 정도로 감미롭고 아름다운 숨소리군.』

영어로 중얼거리며 테빈은 자꾸만 구석으로 숨어드는 여자의 혀를 힘차게 사로잡아 자신의 것으로 휘감았다. 그의 품 안에서 여자가 몸을 떨었다. 쫍쫍, 소리 나게 빨아들이자 몹시도 다급하게 그의 옷소매를 붙들었다. 옆구리의 총구도 덩달아 덜덜 떨었다. 품 안의 여인은 완전히 흥분해 쾌락의 능선을 내달리고 있었다.

"이것들은 또 뭐야?"

테빈의 등 뒤로 일본군이 멈춰 섰다. 보기에 심히 민망한 장면이라 놈들은 큼큼, 목청을 돋우는 것으로 그들에게 협조를 요청하였다. 하나 열정적인 연인들이 자발적으로 수색에 협조할 기미를 전혀 보이지 않는데다 눈치 빠른 부하가 무어라 고해오자, 대장은 심기가 잔뜩 불편한 음성으로 '양키 놈들이란' 하고 팩 지나쳐 가버렸다.

한참 만에야 테빈은 그녀를 놓아주었다.

"헉! 헉!"

여자는 여전히 숨이 거칠었다. 취하고 싶은 향, 달콤한 숨결이었다. 어떻게 이런 향기가 있을 수 있지? 이 여자는 대체 누구이기에 이토록 자신을 미치게 만들 수 있는 건가?

테빈은 이해할 수 없었다. 자신의 이성과 본성을 송두리째 흔드는 여자가 존재한다는 사실을. 이토록 강렬한 끌림이 있을 수 있다는 사실도. 생전 처음이었다. 일생의 단 한 번뿐인 사랑이라 여겼던 마리아 햄프턴에게서조차 이토록 강한 느낌은 없었다.

"멋진 키스였어, 조선인."

겨우 입을 열어 꺼낸 말이었다. 마음 같아선 그녀에게 더 깊고 야릇한 키스를 퍼부어주고 싶었지만, 그렇다면 끝이 어찌 될지 장담할 수 없었다. 스스로를 컨트롤할 수 있을 때 그만둬야만 했다. 그에 대한 답은 '따귀' 로 돌아왔다.

찰싹!

"후레자식."

처음 듣는 욕을 내뱉으며 그녀는 그를 노려보았다. 그리고는 가방과 권총을 움켜쥐고 자리에서 벌떡 일어섰다. 열차에서 나갈 생각인 모양이다. 잘한 결정이다. 몽타주까지 손에 넣은 관동군이라면 절대로 그녀를 두 번 놓치진 않을 것이다. 열차를 모두 뒤져도 찾으려던 인물이 나타나지 않으면 얼굴을 확인하지 못했던 '키스 커플' 을 가장 먼저 의심할 것이다.

"통성명이라도 해야 하지 않을까, 총잡이? 키스까지 한 사이에."

"머리통을 날려 버리기 전에 입 닥쳐!"

차림새와 어울리지 않게 험악하게 눈을 부라린 여자는 테빈을 스쳐 빠르게 통로를 나아갔다. 승객들은 공공장소에서 양키와 애정행각을 벌인 동양 여자를 보며 쑤군거렸으나 그녀의 귀에는 아무것도 들어오지 않는 듯하였다. 오로지 처음 본 양놈에게 첫 입맞춤을 빼앗겼다는 사실에 분한 나머지, 걸음을 재촉하면서도 북북, 손등으로 입술을 닦아내고 있었다. 그녀는 심히 저돌적으로 벌컥, 앞쪽 중문을 열어젖혔다. 그리곤 앞칸으로 이동하기 위해 막 발걸음을 내디딜 찰나,

"누구냐!"

얇고 교활한 일본군 목소리가 뒷문 쪽에서 들려왔다. 놈들은 벌써 수색을 모두 마치고 의심스런 승객을 재확인하기 위해 돌아왔다. 여자는 뒤도 돌아보지 않고 달리기 시작했다.

"거기 서랏! 서지 않으면 쏘겠다!"

곧바로 탕, 총소리가 울렸다. 테빈은 벌떡 일어났다. 행여 여자가 총에 맞았을까 걱정이 되었던 것이었지만, 총은 여자 쪽에서 쏜 듯 쫓아가던 일본군이 앞으로 꼬꾸라졌다. 총소리는 세 번 더 울렸다. 승객들이 비명을 지르며 움직이기 시작했고, 순식간에 열차는 아수라장이 되었다. 앞칸 통로 한가운데에 서서 두 손으로 권총을 쥐고 사격하던 여자는 그 틈을 타 또다시 내달리기 시작했다.

"당장 저 계집을 잡아라! 총독부 건물을 폭파하려 했던 테러 분자 오차현이다!"

하지만 이미 여자는 다음 객실로 이동한 후였다. 두 개의 객실은 서로 밖으로 나가려는 공포에 질린 승객들로 혼돈의 장을 이루고 있었다. 일본군들은 우왕좌왕하는 사람들의 흐름에 막혀 앞으

로도 뒤로도 나아가지 못했다. 총을 위로 쏘아대며 사람들을 위협했지만 그 바람에 객실은 더욱 난장판이 되었다. 급기야 그들은 잔인하게 죄 없는 승객들을 쏘아 죽이기 시작했다.

피로 물드는 객실을 뒤로 테빈은 열차를 소리 없이 빠져나왔다.

"씨알종자 없는 놈! 육시랄 놈! 옘병 지랄할 놈!"

파란 눈의 무례하기 짝이 없었던 양귀를 떠올리며 차현은 발꿈치를 쿵쿵 찍어댔다. 겨우 열차를 빠져나오긴 했으나 몸을 숨길 곳이 마땅치 않았다. 이미 상해는 그녀를 찾기 위해 혈안이 된 일본군이 쫙 깔렸고 단원들도 각자 몸을 숨긴 지 오래였다. 할빈으로 건너가 일부 단원들과 합류하기로 했던 차현은 계획이 어그러짐에 어찌해야 할 바를 몰랐다. 이대로는 얼마 못 가 잡히고 말 터였다. 우선 옷부터 갈아입고 가방에 든 독립운동자금을 어딘가에 숨겨야 했다.

"오차현."

옷을 갈아입기 위해 어둑한 골목길로 들어섰을 때, 누군가 그녀를 호명했다. 일순 온몸이 뻣뻣해졌다. 일본군이다. 그들이 몰래 뒤를 쫓았던 게 틀림없었다. 하지만 어떻게? 인파에 묻혀 옴짝달싹도 못하는 걸 두 눈으로 똑똑히 보았는걸.

이대로 체포될 순 없었다. 죽을 때 죽더라도 독립운동자금만큼은 할빈에 전달해야만 한다. 어떻게든 여기서 살아남아야 했다. 차현은 하나 남은 총알이 제발 놈의 심장에 꽂히길 기원하며 권총을 꼭 틀어쥐었다.

"이 더러운 일본놈! 죽어라!"

휙 아름다운 반원을 그리며 차현이 뒤를 돌았다. 펄럭, 치맛자락이 휘날렸다. 쭉 뻗은 오른손에 들린 권총이 남자의 심장을 정확하게 조준한다. 총알은 즉각 발사되었다. 탕!

"……."

남자는 고요한 어둠속에 그대로 서 있었다. 죽이지 못한 것이다. 당황한 차현은 뻔히 총알이 없다는 걸 알면서도 무의미하게 방아쇠를 당겼다. 딸깍, 딸깍, 딸깍…….

차현은 이를 악물고 빈총을 버렸다. 이렇게 된 바에야 상대 놈과 격투를 벌여야 할 것이다. 완벽히 제압할 수는 없어도 맨손 대 맨손이라면 남자 하나쯤 상대할 자신이 있었다. 차현은 가방을 털썩 내려놓고 양쪽 주먹을 다부지게 쥐었다. 남자는 이제 천천히 걸음을 옮겨 다가오고 있었다. 두려움이 엄습해 일을 그르치기 전에 생각을 행동에 옮겨야 했다. 차현은 힘차게 기합을 넣으며 그를 향해 도약했다. 하지만…….

"귀찮은 여자로군. 그것도 아주 많이."

눈 깜짝할 사이에 그녀는 허리를 뒤로 젖힌 남세스런 자세로 남자의 품에 안겼다. 차현은 어쩌다 자신이 이러고 있는 것인지 전혀 알 수가 없었고, 그러한 사실에 기가 막혔다. 어처구니없음에 숨을 헉헉 내쉬며 두 눈을 휘휘 내돌렸다.

"당신은 그 양놈?!"

"테빈. 내 이름은 테빈 갬블이야, 오차현."

"도대체 왜 날……!"

왜 쫓아다니는 거냐고 소리를 쳐줄 요량이었다. 하지만 그녀의 외침은 곧장 남자의 입안으로 빨려 들어가고 말았다. 테빈은 한참 만에 입을 떼고서 키스로 인해 정신이 혼미해진 차현을 향해 지극히 섹시한 미소를 지어 보였다.

"당신을 사랑하게 될 것 같은 예감이야, 오차현. 그것도 아주 많이."

에필로그

"그러니까 내가 별것도 아닌 일에 호들갑을 떤다, 이거예요?"

윤리는 옆에 앉아 자신을 토닥거리는 인희, 인자한 눈빛의 이안과 경주 부부를 차례대로 둘러보며 날카롭게 물었다. 그들에겐 어른들 특유의 '너는 아직 덜 커서 모르겠지만 우린 다 알아' 포스가 물씬 묻어나고 있었다.

어린애 취급은 지긋지긋해. 한기빈한테서 그런 취급 받는 것만으로도 충분하다고!

"다 필요 없네요. 총알을 무려 48개나 맞아 만신창이가 된 사람을 걱정해 주기는커녕 걱정하는 나한테 걱정하지 말라는 소리나 하고. 기빈이가 오라버니, 언니들한테 이런 존재밖에 안 돼요? 기빈이가 이런 대접 받아야 할 만큼 하찮은 존재였어요?"

"우린 그런 뜻이 아니라……."

"이안 오라버니한테 실망했어요. 언니들은 함께한 세월이 많지 않으니 그럴 수 있다지만 오라버닌 아니잖아요. 오라버닌 기빈이가 태어났을 때부터 함께해 온, 가족과도 같은 사람이면서 어떻게 걱정하는 기색 없이 천하태평일 수가 있어요?"

"윤리야."

"태빈 오라버니한텐 더 실망했어!"

사랑스런 윤리가 태빈의 이름을 씹어뱉듯 내뱉자 모두들 깜짝 놀랐다. 태빈, 이안, 기빈이 막냇동생처럼 애지중지하며 길러온 신윤리는 태빈을 가장 좋아하고 따랐기 때문이다. 철이 들면서부턴 한태빈의 신부가 될 거라며 공공연히 떠들고 다닐 정도로 그녀는 태빈을 흠모했었다. 반면 기빈과는 늘 앙숙이었다. 얼굴만 마주쳐도 서로 으르렁거리며 헐뜯기 바쁜 사이. 그랬던 두 사람 사이에 무슨 일이 있었기에 윤리가 이런 반응을 보이는 걸까.

"어떻게 하나밖에 없는 친혈육이 다쳤는데 코빼기도 안 비쳐요? 수술까지 했는데. 엄청 아팠을 텐데. 동생보다 사업이 더 중요하대요? 그깟 사업! 그깟 돈! 그게 뭐가 그리 중요해서 기빈이가 수술한 지 세 시간이나 지났는데도 나타나질 않는 건데요? 우리 기빈이는 다쳐도 걱정 안 돼요? 다치는 게 당연한 사람이에요? 오라버니들한테는 그 정도밖에 안 되는 사람이냐고요!"

쩌렁쩌렁, 병원 복도를 울리는 윤리의 외침은 절절했다. 숨통이 끊어질 듯 애끓는 탄원이었다. 듣는 사람, 눈물을 쏙 빼도록 서럽고 가슴 절절한 하소연이었다. 비록 기빈이 받은 수술이 뱀파이어 요원에겐 정말 하찮은, 인간의 맹장수술만큼이나 가벼운 수술이었다 하더라도. 그녀가 진심으로 속상해하는 모습을 보니 셋 모두 저절로 숙연해졌다. 다들 어쩌면 기빈에게 위험한 임무를 지우는 일을 너무 당연시했던 건 아닌가, 스스로를 돌아보게 되었다.

"무슨 일이야?"

윤리의 울음기 섞인 씩씩거림만 병원 복도를 무겁게 휘돌고 있을 무렵. 동생 수술이 진행되는 동안에도 사업에만 몰두한 나머지 코빼기도 안 내비친 문제의 새신랑, 한태빈이 등장하시었다. 눈치 없이 빙긋 미소까지 곁들인 채로.

"왜들 그러고 있어?"

태빈은 동생 안부는 묻지도 않고는 곧장 아내에게 쪼르르 달려가 볼에 키스를 퍼부었다. 그러고는 '별일 없었지? 헛구역질이 늘거나 이상반응을 일으키진 않았어?' 등의 온갖 걱정이란 걱정을 다 해대어 스스로 애처가임을 만방에 알린다. 기빈이 걱정은 요만큼도 하지 않는 태빈의 매정한 처사에 윤리는 그만 울음을 터트리고 말았다.

태빈은 그제야 깜짝 놀라 무슨 일이냐고 물었지만 이미 때는 늦은 후였다. 윤리는 죽일 듯이 노려보며 울먹이는 목소리로 '기빈이 병실에 가볼게요' 란 말만 남기곤 싸하니 돌아섰다. 분위기가 엉망이 되어버린 고로 이안과 경주도 서둘러 윤리를 따라나섰고, 순식간에 복도에는 두 신혼부부만 남게 되어버렸다.

"태빈 씨."

인희는 한심스런 눈으로 남편을 바라보았다. 이 모든 게 다 당신 탓이다, 하는 아내의 눈빛에 태빈은 도통 모르겠다는 듯 빈손을 내보였다.

"내가 뭘?"

"도대체 어디 있다가 이제야 나타난 거예요? 도련님 다쳐서 수술 중이라는 연락 못 받았어요?"

"사업상 중요한 미팅이 있었다는 얘기, 하 비서가 안 했나?"

"해주셨죠. 하지만 적어도 수술이 끝날 때쯤엔 나타날 줄 알았어요. 미팅을 취소하고 달려올 줄 알았단 말이에요."

"할 수 있었다면 당연히 그랬겠지. 하지만 중간에 빠져나올 수 없는 일정이었어. 왜? 수술 도중 무슨 문제라도 있었어? 뭐가 잘못됐나?"

"수술은 별 탈 없이 잘됐어요."

"그래, 그랬겠지. 이 한태빈의 주치간호사가 투입된 수술인데 오죽했겠어."

팔불출처럼 헤벌쭉 웃으며 태빈이 자랑스러운 아내를 품 안으로 쏙 끌어당겨 안는다. 결혼한 직후 인희는 국립특별보훈안전병원으로 직장을 옮겨 간호사 일을 계속하고 있었다. 국립특별보훈안전병원, 일명 안전병원은 뱀파이어만을 위한 국가지정 병원으로 뱀파이어의 치료와 재활뿐 아니라 그들을 위한 호르몬 연구나 변이 프로그램 등을 운용하는 국가 주요기관이었다. 아시아 뱀파이어의 수장 한태빈의 아내가 근무하기엔 최상의 병원이랄 수 있었다.

"장난 아니에요."

인희는 심란한 마음으로 작게 한숨을 내쉬면서도 태빈을 수줍게 끌어안았다. 비록 지나치는 사람 하나 안 보였지만 엄연히 이곳은 공공장소. 예전의 표인희였다면 펄쩍 뛰며 밀어냈을 테지만 지금의 그녀는 자연스럽게 남편의 손길을 받아들였다. 아무 때나,

어느 곳에서나 마음 내키는 대로 아내를 안고 쪽쪽, 입을 맞추는 스킨십 대마왕 한태빈의 아내로 다섯 달을 살다 보니 이 정도는 대수롭잖게 받아들이게 된 것이다.

"꽤 심각하다고요. 윤리가 당신한테 많이 서운한가 봐요."

"윤리가?"

"이번 일로 충격이 심해요. 도련님이 자기 때문에 다쳤다고 생각하는 것 같아요. 보기 딱할 정도로 마음이 많이 약해졌어요. 충격전 한가운데에 있었던 후유증이 생각보다 큰 것 같아요."

착하고 마음 여린 아내가 살이 올라 포동포동, 어여쁜 두 볼을 그의 가슴팍에 부비부비 문질렀다. 둔부를 더듬던 그의 손에 바짝 힘이 들어갔다.

"윤리가 기빈이한테 목숨 빚을 졌다는 거군? 녀석이 옳다구나 하겠네. 늘 윤리와의 기싸움에서 우위를 점하고 싶어 안달을 했었는데. 축하해 줘야겠는걸."

"아직도 장난말이 나와요? 윤리가 당신 때문에 상처를 많이 받았다고요."

"걔네들은 별로 걱정할 필요 없어. 이런 부상은 기빈이가 요원이 된 이래 수십 번도 더 입어왔었고 매번 잘 이겨내 왔으니까. 상처는 깨끗이 나을 거야. 윤리 마음의 상처도 기빈이가 알아서 잘 치유할 거고. 그러니 쓸데없는 걱정하지 말고 당신은 당신 자신이나 걱정해. 지금 남 걱정할 때가 아니라고, 표 간호사. 이것 봐, 눈에 피곤이 가득 담겼잖아."

태빈이 인희의 얼굴을 감싸고는 실핏줄이 일어선 그녀의 눈을 애틋한 눈으로 들여다보았다.

그녀가 다시 직장에 나가겠다고 했을 때, 안 된다고 단호히 빛내던 매서움과는 전혀 다른 눈빛이다. 그는 급하게 치러진 결혼식과 10주 일정의 기나긴 신혼여행의 여독이 채 풀리지 않은 상태로 일을 시작하는 건 그녀와 아이, 둘 모두의 건강을 해치는 일이라고 주장하였다. 인희는 출산 직전까지도 멀쩡하게 일했던 동료들을 많이 알았기 때문에 고집을 굽히지 않았다. 결국 태빈이 불같이 화를 내는 지경에까지 이르게 되었으나, 인희가 뚝뚝 눈물을 흘리자 그 기세도 금세 사그라지고 말았다. 온 세상을 덜덜 떨게 만드는 한태빈의 진노도 아내 앞에선 '빛 좋은 개살구'에 불과했던 것이다.

"좋아. 그럼 병원을 옮겨. 당신 건강을 항상 케어할 수 있고 혹여 무슨 일이 생기더라도 가장 신속히 조처를 취할 수 있는 병원으로. 거기로 옮긴다면 동의하지."

독불장군 고집쟁이, 한태빈은 기어이 아내를 자신의 영향권 안에 데려다 놓고 나서야 마음을 놓았다. 아픈 사람을 돕는 일이 천직이라 생각하는 인희로서는 어느 병원에서 일하든 상관없었다.

"난 엄청 건강해요."

가만히 말하고는 슥 움직여 그의 단단한 몸에 아랫배를 가져다 댔다. 남편의 손길이 즉각 엉덩이를 묵직하게 눌렀다.

"내 걱정은 전혀 할 필요 없다고요. 우리 둘 중 일 때문에 피곤한 사람이 있다면, 그건 내가 아니라 당신일걸요? 한 달에도 몇 번씩 태평양을 건너잖아요. 아침부터 밤까지 일 때문에 정신없고.

오늘도 아침 일찍부터 나가서 지금까지 회의하느라 눈코 뜰 새 없이 바빴잖아요. 맞죠?"

아내가 근심 어린 눈으로 바라본다. 태빈은 아무 걱정할 필요 없다고, 뱀파이어는 인간이 걱정해 주지 않아도 될 만큼 튼튼하다는 사실을 말해줘야만 했다. 하지만 그러기에 그는 아내의 걱정거리가 되는 걸 너무 즐겼다. 아내가 자신을 끊임없이 걱정하고, 동정하고, 애틋해하는 게 좋았다. 할 수만 있다면 더 불쌍해져서 아내의 온 관심과 애정을 다 차지해 버리고만 싶었다. 그 바보 같고 치기 어린 욕망 때문에 가끔은 변이 주사를 주기적으로 맞는다는 사실조차 마구 토설해 버리고 싶을 때가 있었다.

"날 참아줄 수 있을 때까지만 함께해 줘요."

변이 주사를 맞기로 결심한 것은, 상해에서 인희가 가슴 아픈 고백을 했을 때였다. 이전까지 태빈은 인희가 죽는 모습을 지켜보는 것만큼 고통스러운 일은 없을 거라고 생각했다. 그러나 인희의 고백을 듣는 그 순간, 어느 한쪽만 혼자 쓸쓸히 늙어가는 것 역시 죽음과 비견되는 큰 고통이란 걸 깨달았다.

변이 주사는 태어난 지 900년이 넘어가야만 늙기 시작하는 뱀파이어의 특이 체질에 변화를 줄 수 있었다. 실제로 약을 개발한 민영훈이 몇십 년간 인간처럼 서서히 늙어갔었다. 태빈은 민영훈이 실시했던 임상실험을 토대로 똑같은 프로그램을 이수할 예정이었다. 그리하여 아내와 함께 나란히 늙어갈 생각이었다. 계획은 당분간 비밀이었다. 그가 방금까지 병동에서 변이 주사를 맞았다는 걸 알면, 전생에 독립군이었던 아내는 아마 저격용 피스톨로 그의 심장을 겨눌 것이었다.

"내내 당신 생각뿐이었어."

총질하는 아내의 사랑스러운 모습을 떠올리며 태빈은 향긋한 목덜미에 코를 박았다. 자연스럽게 인희의 허리가 뒤로 휜다.

"회의 시간에 딴생각을 하면 써요? 회장이라는 분이."

"당신의 향취를 하룻밤 맡지 못한 후유증이지. 아는지 모르겠지만 난 어젯밤 드레스룸 간이침대에서 잤었다고."

"알아요. 새벽에 눈 떴을 때 당신이 없어서 깜짝 놀랐어요. 대체 왜 거기 가서 잤어요? 그 소파는 당신 덩치에 비해 턱없이 작아 불편했을 텐데."

"몰라서 물어? 당신을 만지지 않은 채 잠들 자신이 없어서지, 물론. 깨우고 싶지 않았어. 당신이 요새 뱃속의 아이와 일 때문에 부쩍 피곤해한다는 걸 아니까."

꼭 안고 있으면서도 아내와 더 가까워지기를 소원하듯 태빈은 더욱 열렬히 끌어안으며 뒤뚱뒤뚱 몸을 양옆으로 흔들었다. 인희의 입가가 한층 더 부드러워졌다. 새삼 그가 자신을 얼마나 염려하는지 느껴졌다. 태빈처럼 욕구가 왕성한 뱀파이어가 순전히 상대를 위해 참는 것이 얼마나 힘들고 고통스러운 일인지 모르는 바가 아니기에 더욱 절절하게 다가왔다.

"당신은 실수한 거예요. 실은 나도 어젯밤 내내 당신을 기다렸다고요."

"날 기다렸다고? 왜?"

"그거야 당신이 원했던 걸 나도 원했으니까 그렇죠."

인희는 발끝을 세우고는 그의 귓가에 뜨겁게 속삭였다. 아내의 숨결이 피부 깊숙이 스며듦과 동시에 태빈의 혈관이 습관처럼 긴장했다. 자동반사적으로 심장박동이 빨라진다.

"음, 맙소사……."

태빈은 작게 중얼거리며 거칠게 그르렁거렸다. 믿을 수 없게도 표인희는 결혼한 지 5개월이 지난 지금까지도 그에게 지대한 영향을 미쳤다. 속삭임 한 번만으로도 그를 성중독자 수준으로 몰아갈 정도이니 가히 치명적이라 할 수 있었다. 급격히 흥분상태로 접어들며 태빈은 혓바닥을 내밀어 아내의 긴 목선을 핥았다.

짭조름한 피부맛과 함께 그녀 특유의 바나나 향취가 폐 속으로 빠르게 스며들었다. 뜨거운 뱀파이어의 혈(血)이 몸 한가운데로 몰려들었다. 온몸이 빳빳하게 굳었지만 그중 뇌의 지배를 받지 않는, 감정적인 한 부분이 유독 쇠꼬챙이처럼 단단하고 공격적으로 올라서고 있었다. 태빈은 열렬히 일어선 몸을 아내의 아랫배에 부드럽게 비볐다. 그러면서 두툼하고 자극적인 혓바닥으로 인희의 목을 나른하게 쓸곤 축축하게 달아오른 살갗을 이로 부드럽게 깨물었다. 자극받아 발그레해진 그곳을 입술로 물고 세차게 빨아들이자 인희가 가볍게 숨을 헐떡였다.

"여기선…… 안 돼요……."

"그럼 집으로 가자고. 최대한 빨리."

쪽, 쪽, 쪽, 민감해질 대로 민감해진 그녀의 피부를 입술로 연달아 물며 태빈이 중얼거렸다. 꽉 잠긴 목소리의 상태로 보아 그는 이미 결심이 선 듯했다. 묘한 기대함에 인희는 가슴이 두근거렸다. 남편이 완전히 흥분해 미쳐 버리게 만들고 싶은 위험한 충동이 돌발적으로 생겨났다. 마음 같아선 당장 이 자리에서 남편을 유혹해 버리고 싶었지만…….

'직장에서 물의를 일으켜선 안 되지 말입니다, 표인희 쌤.'

여긴 뱀파이어들이 상시로 우글거리는 장소다. 괜히 낯 뜨거운 짓을 벌이다 혹시라도 누군가에게 들킨다면 태빈의 명예는 곧장 추락할 것이다. 남편에게 해가 될 만한 짓을 저지를 순 없었다. 인희는 남편의 양복 재킷에 걸린 먼지를 손끝으로 탁탁 털어내며 현모양처의 미소를 빙그르르 지어 보였다.

"안됐지만 퇴근하려면 아직 멀었어요. 그리고 당신, 아직 도련님도 못 봤잖아요. 여기까지 왔는데 도련님이 깨어나는 건 보고 가야죠."

"기빈이한텐 윤리면 돼. 생각이 다른 데에 가 있는 형 따위는 그 녀석도 반갑지 않을 거라고. 퇴근 시간이 얼마나 남았지?"

"데이(Day) 근무는 5시에 교대해요."

"좋아, 그럼 1시간만 기다리면 되겠군. 아주 적절해."

태빈은 아내를 지그시, 그러나 충분히 뜨겁고 화끈하게 응시하며 흘깃 손목시계를 확인했다.

"뭐가 적절하다는 거예요?"

인희는 우습다는 듯 중얼거리고 그를 빤히 바라보았다. 긴 머리를 깔끔하게 말아 올리고 연한 화장에 굽 낮은 로퍼, 분홍빛이 도는 병원 유니폼을 단정히 착용한 아내는 완연한 천사의 모습이었다. 태빈은 어쩌다가 그녀가 자신의 손에 들어왔을까 생각했다. 세상에서 가장 고귀하고 아름다운 피조물인 그녀가 어쩌다가 자신의 사람이 되었을까. 어쨌든 표인희는 한태빈의 것이 되었다.

한태빈의 영혼을 치유하였다.

표인희는 한태빈만의 나이팅게일이다.

"음, 우리 딸에게 부모의 금슬이 얼마나 좋은지 몸소 체험하게 해줄 시간?"

"허어……!"

뻐기듯 거만하기 그지없는 모션을 취하며 느릿느릿 중얼거리는 남편을 향해 인희가 두 눈을 커다랗게 뜨며 파닥파닥 빠르게 눈꺼풀을 깜빡거렸다.

"그, 그게 무슨 말이에요?"

"무슨 말이긴. 지금 당장 인적 없는 병실을 찾아야 한다는 뜻이지."

"인적 없는 병실이야 많으니까 걱정 마요. 금세 찾아요. 여긴 일반 병원이 아니라 일이 많지 않잖아요."

"맞아, 그래서 내가 당신을 이곳에서 일하게 한 거지. 자자, 이제 그만 딴청 피우고 빨리빨리 움직여. 난 지금 폭발 직전이야. 아주 급하다고. 서두르지 않으면 여기서 일을 치르게 될지도 모른단 말이야. 우리 부끄럼 많이 타는 귀여운 아내께선 그러는 걸 굉장히 꺼려하잖아. 응?"

태빈이 인희의 팔을 잡고 끌며 어딘가로 저벅저벅 걷기 시작했다. 그러더니만 가장 가까운 병실 문부터 차례대로 활짝 열어 안을 확인하기 시작했다. 엄청나게 넓은 그의 보폭 때문에 거의 달리다시피 끌려가며 인희는 숨을 헐떡였다. 흥분이 온몸을 에워쌌다.

"딴청 피우는 건 내가 아니라 당신이에요. 병실 타령만 하지 말고, 당신이 방금 했던 '딸'에 대해 얘기해 보라고요. 그게 대체 무슨 말이에요? 의사선생님께선 우리 아이의 성별에 대해 아무 언질도 주지 않으셨는데 대체 당신은 무슨 근거로 우리 애가 딸이라는 건데요? 혹시 의사가 당신한테만 귀띔해 줬어요?"

"난 당신 몰래 내통 같은 건 안 해."

"그럼 대체 어떻게 안다는 거예요?"

"그냥 알아. 뱀파이어는 모르는 게 없다고."

"그럼 정말 우리 애가 딸이란 말이에요?"

"아니면 내가 뭣 때문에 우리 아이 방을 분홍색으로 물들였겠어?"

그가 벌컥 어느 문을 열자 컨퍼런스 중이었던 의사 무리들이 휘둥그레 그들을 돌아본다. 개중엔 그를 알아보고 벌떡 일어나는 의사도 있었지만 태빈은 가차없이 외면하며 쿵, 문을 닫아버렸다.

"난…… 당신이 딸이길 바라서 그런 줄로만 생각했어요."

"내가 말 안 했던가? 딸이든 아들이든 상관없다고. 난 당신이 내 자식을 낳는다는 사실만으로도 충분히 행복한 사람이야. 딸도 좋고 아들도 좋아. 물론 당신을 쏙 빼닮은 '여자 총잡이' 쪽이 훨씬 더 당기긴 하지만."

"여자 총잡이요?"

그게 대체 무슨 소리냐는 듯 인희가 인상을 찌푸린다. 동시에 그가 복도 맨 끝 방을 벌컥 열고는 우뚝 멈춰 섰다. 드디어 애타게 찾아 헤매던 빈방을 발견한 것이다. 태빈은 아내의 팔을 쭉 끌어 가슴팍에 당겨 안고는 재빨리 방으로 들어가 문을 잠갔다. 사랑스런 아내가 기대에 찬 숨결을 가볍게 헐떡이며 그를 올려다본다.

눈빛이 참 똘망똘망하기도 하다.

태빈은 아내의 턱을 들어 달콤하고도 낭만적인 키스를 선사하였다.

"당신이 내 심장에 총구를 겨눈 그 순간부터 난 당신의 포로가 됐어, 표인희."

"무슨 잠꼬대 같은 소리예요? 내가 언제 당신한테 총을 겨눴다고 그래요?"

키스의 달콤함에 취해 나른하게 미소를 지으며 인희는 귀엽게 콧잔등을 찡그렸다. 남편이 멋대로 장난말을 지어내고 있다고 여기는 게 틀림없었다. 그는 그리 생각하도록 놔두었다. 전생의 기억 같은 거 없어도 충분히 그들은 서로를 사랑했다.

"이제 우리 딸 생각은 잠시 접어둬. 지금부턴 그 헌신적이고 정교한 손길을 환자도, 우리 딸도 아닌 나만을 위해 사용해 줘야겠어, 표인희 선생."

거액을 들여 표인희를 주치간호사로 채용한 대부호답게 그는 오만하기 짝이 없는 명령을 던졌다. 인희는 장난 가득, 흥분 가득, 모험심 가득한 눈을 빛내며 생선을 앞에 둔 고양이 같은 미소를 생긋 지어 올렸다. 그리곤 그녀를 총잡이라 부르는 남편의 기대대로 손길을 뻗어 섹시하고도 위험한 그의 피스톨을 부드럽게 쥐었다.

"흐윽……."

다급한 신음 소리가 남편의 목구멍을 통해 흘러나왔다. 인희는 혀끝으로 아랫입술을 쓸고는 천천히 손목을 위아래로 움직이기 시작했다.

"빌어먹을 총잡이!"

태빈이 파란 눈을 번뜩이며 신음하듯 울부짖었다. 얼마 지나지 않아 그는 인희를 벽에 밀어붙이고는 스스로 격렬히 움직여 절정을 향해 달렸다.

여전히 그를 쥔 인희는 여신처럼 황홀했다. 강하고 섹시했다. 그 모습을 보고서 태빈은 장담하지 않을 수 없었다. 그들의 딸이 분명 뱀파이어 역사상 유래를 찾아볼 수 없는 독보적인 여자 뱀파이어가 될 것임을. 제 엄마를 닮은 용감하고 섹시한 마타 하리가 태어날 것이다.

나는 아마도 두 여인 사이에서 질식하고 말겠지.

물론 행복에 겨워.

THE END…

〈 작가 후기 〉

색다른 뱀파이어를 그려보고자 사부작사부작 시작했던 이야기가 2탄 '태빈' 편까지 이어졌습니다. 연작할 계획이긴 했으나 가능성에 대해서는 미지수였기 때문에 현재는 이야기를 마감 지을 수 있었다는 것만으로도 뿌듯한 기분입니다. 녹록한 작업은 아니었습니다. 뱀파이어 소재를 선택한 것을 후회하기 일쑤였습니다. 원고를 마무리한 시점에서 돌이켜 보니 소재가 아니라 집중의 문제였다는 생각이 드는군요.

뱀파이어 연작의 본편 격인 '태빈' 스토리는 여러 겹의 설정들이 복잡하게 맞물려 있습니다. 시리즈에서 태빈이 차지하는 존재감 때문입니다. 1탄 『꿈으로의 초대』가 '뱀파이어 종족' 해설에 주인공들 사랑을 끼얹은 형국이라면, 『뱀파이어 로망스』는 태빈X인희 러브스토리에 주요 인물 소개가 깔려 있는 그림이죠. '꿈초대'가 오롯이 주인공 민경주

개인의 이야기라면, '뱀스' 는 개인이자 전체의 이야기이기도 하고요. 하여, 한태빈의 이야기는 여기서 끝맺음하였지만 뱀파이어 이야기는 이제부터 시작입니다. 앞으로 더 얼마나 많은 매력적이고 섹시한 뱀파이어들의 이야기를 쓸 수 있을지 모르겠습니다만 꾸준히 풀어내 보도록 하겠습니다.

뱀파이어의 리더 그룹으로서 강력한 영향력을 지닌 한태빈 수장에게는 두 가지 약점이 있습니다. 퇴화되었어야 할 흡혈욕을 가졌다는 것과 인간 여자에게 배신당한 경험이 있다는 것입니다. 두 가지가 결합된 비극이 초반에 언급된 '마리아' 사건이죠. 그로 인하여 태빈은 인간 여자를 혐오할 뿐만 아니라 여자를 멀리해 왔습니다. 그 모든 금기를 깬 이가 바로 표인희였죠.

뱀파이어를 사랑할 운명을 타고난 듯 표인희는 한눈에 태빈에게 빠져들었습니다. 놀랍게도 그녀는 내성을 가진 것으로 판명되지요. 모든 면에서 딱 맞는 두 사람이었지만 태빈은 내면의 퍼즐을 풀지 못합니다. 악역을 담당한 '렌스 노튼' 이 아니었다면 태빈은 지금도 스스로가 가둔 껍질 속에서 외롭고 고통스러운 삶을 살고 있었을 겁니다. 그런 의미에서 렌스는 태빈의 은인이랄 수 있지 않을까요?

작가 조련의 명수, 유경화 팀장님, 감사합니다. 항상 힘 받고 있습니다. 동료 작가님, 김작, 큰 이작, 작은 이작, 올해도 파이팅하고 건필하십시오. 함께 달려주신 '볼탱이' 님께도 감사드립니다. 우리 가족들,

모두모두 건강하십시다. 앞으로 좋은 일들만 가득할 것이니 걱정 노노 하고요. 마지막으로 이 책을 읽어주신 로맨스소설 독자님들께 감사의 인사를 올립니다. 저는 더 재미있는 글로 다시 찾아뵙겠습니다.

2015년 8월 무더운 여름날

홍윤정 드림